Après avoir décroché un diplôme en sciences politiques et histoire, **Sandy Williams** a envisagé de faire du droit. Fort heureusement elle s'est vite rendu compte qu'écrire des romans était bien plus passionnant que les études de cas. Après un séjour prolongé à Londres avec son mari, elle vit à présent au Texas où elle écrit à plein temps et travaille occasionnellement dans des bibliothèques locales. *La Diseuse d'ombres* est son premier roman publié.

www.milady.fr

Sandy Williams

La Diseuse d'ombres

Sidhe – 1

Traduit de l'anglais (États-Unis) par Clémentine Curie

Milady

Milady est un label des éditions Bragelonne

ISBN : 978-2-8112-0889-9

Bragelonne – Milady
60-62, rue d'Hauteville – 75010 Paris

E-mail : info@milady.fr
Site Internet : www.milady.fr

À Trey. Merci de me supporter… même quand j'exagère.

Remerciements

Mes écrits seraient restés enfouis au fin fond de mon disque dur si je n'avais pas eu le soutien de personnes merveilleuses. D'abord et surtout mon mari, Trey, qui a cru en mon travail avant que je n'y croie moi-même. Je n'y serais pas arrivée sans toi. À mes amis et ma famille : merci de ne pas me prendre pour une folle quand je laisse tout en plan pour me jeter sur mon carnet de notes.

Je remercie tout particulièrement mes bêta-lecteurs : David Bridger, Tina Everitt, Katee Robert, Shelli Richard et surtout Reneé Sweet, une fan de la première heure.

J'aimerais aussi remercier deux personnes qui m'ont aidée à exploiter tout le potentiel de cette histoire : mon agente, Joanna Volpe, incroyable depuis le début, et mon éditrice, Kat Sherbo, qui m'a impressionnée par ses conseils et corrections avisés.

Chapitre premier

Ma peau me picote quelques instants avant qu'un rai de lumière blanche se matérialise à l'avant de l'amphithéâtre. Je serre les dents et garde les yeux rivés sur mon QCM, niant la présence du fae qui s'immisce dans mon monde par cette fissure. Qu'il aille au diable, quand bien même ce serait le roi en personne ; ce soir, je compte réussir cette épreuve.

Je coche la réponse C et passe à la question suivante.

— McKenzie.

Kyol. Bien entendu, c'est lui que la Cour m'envoie.

— McKenzie, dit-il. Nous devons y aller.

À part moi, personne ne peut le voir ni l'entendre, même s'il domine mon professeur qui se tient à moins de deux mètres sur sa gauche. Tous les autres étudiants restent courbés sur leurs tables, à plancher sur leurs examens de fin d'année. La main crispée sur mon crayon à papier, je coche une autre case.

Le fae gravit les marches jusqu'à mon siège au cinquième rang. Je persiste à éviter son regard et secoue la tête. Je lui avais pourtant dit – je leur avais tous dit ! – de ne pas me solliciter cette semaine, mais il n'y en a pas un qui soit capable de comprendre pourquoi j'ai besoin de ce diplôme, puisque la Cour subvient à tous mes besoins. J'ai essayé de leur expliquer que je suis humaine. J'ai des rêves d'humaine, j'ai besoin de mener une vie d'humaine. Personne ne met huit années à décrocher une licence de lettres. Ils ne m'ont pas écoutée. Pas Kyol, en tout cas.

Pas maintenant! C'est ce que j'ai envie de lui crier, mais même le plus infime murmure troublerait le silence de l'amphithéâtre. Je me concentre sur mon examen, laissant mes longs cheveux balayer la table. Ils forment un rideau châtain qui me barre la vue de Kyol pendant que je relis la question dix. La guerre de la Cour peut attendre que j'aie fini.

Kyol pose une main sur mon épaule et une chaleur agréable se diffuse sous la fine bretelle de mon débardeur violet. Si nous étions seuls, je me presserais contre lui, m'imprégnerais de sa chaleur, de son odeur – de lui ! –, mais pas ici, pas maintenant, en plein milieu d'une épreuve que je dois réussir. Je remue pour me soustraire à son contact. Constatant qu'il ne retire pas la main, j'abats mon poing sur la table.

Mes camarades de classe tournent la tête pour me dévisager et le professeur Embry fronce les sourcils. Génial !

— La dix, dis-je avec un rire nerveux. Elle est galère.

Sauf que non. Elle traite de l'œuvre de C.S. Lewis. Facile. Je coche la réponse A.

Kyol me secoue l'épaule et je me tortille de nouveau. Hors de question que je plante cette matière une troisième fois. J'en ai besoin pour obtenir mon diplôme. Kyol peut apparaître devant tout le monde si ça lui chante, je ne décollerai pas mes fesses d'ici avant d'avoir terminé l'épreuve et m'être relue trois fois.

—Nous n'avons pas de temps à perdre, dit Kyol. Les rebelles t'ont trouvée.

J'aspire une bouffée d'air glacé, retiens mon souffle pendant que je ferme les yeux un bref instant, puis j'expire, fourre mon crayon à papier dans mon sac à dos et me lève.

—Je suis désolée, j'annonce à mon professeur surpris. Je dois y aller.

Le temps de faire volte-face et de me précipiter en haut de l'amphi, Kyol m'attend déjà devant la sortie. Je me prépare au déferlement d'émotions que je sais imminent et me décide enfin à croiser son regard argenté. La plupart des gens ne parviennent pas à percer son expression sévère et rigide, mais moi si. J'ai vu ses yeux s'adoucir et scintiller à la lumière de la lune. J'ai vu un sourire naître sur ses lèvres, entendu un rire jaillir de sa poitrine. Et pourtant, même dans ces rares moments de quiétude, il conserve toujours une certaine gravité, comme s'il était capable de se dresser au milieu d'un champ de bataille et de défaire les lignes ennemies d'un seul regard glacial.

Il s'avance vers la porte. J'enferme mes sentiments à double tour et interromps son geste ; je ne veux pas que mes camarades de classe aient l'impression que la porte s'ouvre toute seule. Il me lance un regard et un éclair bleu saute de sa mâchoire à sa tempe avant de disparaître dans sa chevelure sombre. Puis un autre serpente sur la main qu'il a posée sur la garde de son épée. Ce sont des éclats de chaos, rappels visuels que les faes n'appartiennent pas à ce monde. Ils sont d'une beauté captivante, autant que l'assurance et la force tranquille de Kyol.

—Où est-ce que je dois aller ? je demande une fois la porte claquée.

— Au coude de la rivière.

Il m'empoigne par le bras et m'entraîne à sa suite. Seigneur, il est sérieusement inquiet. Les rebelles sont-ils donc si proches ? Je scrute le couloir de long en large, mais la seule autre personne en vue est un étudiant assoupi contre un mur, un journal en guise d'oreiller. J'aimerais me laisser aller à la même insouciance, mais c'est impossible. Si les rebelles ne me tuent pas sur place, ils se serviront de moi pour traquer les membres de la Cour les uns après les autres, comme je les ai traqués eux toutes ces années.

Ma peau recommence à me picoter. Je me raidis, puis me détends lorsque trois faes portant l'armure *jaedric* de la Cour se joignent à nous, sortant de leurs fissures pour prendre position autour de moi. Fuir serait facile si je pouvais emprunter l'une de ces étroites bandes de lumière, mais je ne suis qu'une humaine. Je ne peux passer par une fissure que si elle s'ouvre au niveau d'un portail et qu'un fae m'escorte ; sans ça je ne survivrais pas au voyage.

Kyol s'adresse à ses soldats dans leur langue. Ils acquiescent à ses ordres d'un hochement de tête et nous nous engageons dans le couloir. Je refoule mon inquiétude et presse le pas pour ne pas me laisser distancer, m'assurant que tout ira bien, que Kyol veillera sur moi. Comme toujours.

Dehors, une légère brume orange et rose entache l'horizon. Les ténèbres croissantes déclenchent l'éclairage du campus. Dans un claquement de métal, les lumières s'allument et inondent les visages des étudiants, certains assis sur des bancs en béton, d'autres marchant seuls ou par groupes de deux ou trois. Même une fois la nuit tombée, cette zone du campus reste bondée à cause de la bibliothèque. Le portail de la rivière se situe à environ un kilomètre au nord-est, après les bureaux en construction d'une société d'ingénierie.

J'ajuste mon sac à dos sur mes épaules. Il n'est pas lourd. J'ai laissé la plupart de mes livres à la maison pour n'emporter que l'essentiel : mes fiches de littérature anglaise, mon carnet de croquis, mon téléphone portable et la petite bourse à cordons qui renferme une poignée de pierres d'ancrage. Ces dernières me seront nécessaires pour traverser le portail, à moins que Kyol ne m'en donne une nouvelle pour l'occasion.

Je trottine pour rester à la hauteur des faes. Sentant les regards des étudiants sur moi, j'essaie de retirer ma main de celle de Kyol. Ça n'a rien de franchement inhabituel de voir quelqu'un traverser le campus en courant, mais le fait qu'il me tire derrière lui rend ma démarche bancale et les gens doivent se demander ce que je fabrique au juste avec mon bras.

— Kyol, je chuchote.

Il jette un coup d'œil aux humains qui ne voient pas que je lui tiens la main ; ils me voient juste brasser le vide. Il serre les dents puis me relâche.

— Je suis désolé, *kaesha*.

J'en ai le souffle coupé. « *Kaesha* ». Un surnom affectueux qu'il ne me donne que lorsque nous sommes seuls. Je doute qu'il ait conscience de ce qu'il vient de dire – il continue à m'entraîner du même pas assuré –, mais si ses soldats l'entendaient, s'ils le rapportaient au roi…

Une brise qui n'a rien de naturel agite l'air jusque-là figé, faisant bruisser les feuilles des arbres et rouler une canette de soda sur le sol en béton. J'ai la chair de poule. Les rebelles sont là. Ils nous épient. Ils se cachent. Ils…

Des flèches se mettent à siffler. Des lumières fusent autour de moi tandis que les faes de la Cour disparaissent dans leurs fissures. Les flèches qui entrent en collision avec elles s'évanouissent aussi, englouties par l'Entre-Deux. Une seule atteint sa cible : l'épaule d'un fae qui a réagi une seconde trop tard. Avec un grognement de douleur, il s'échappe par sa fissure. Il est le seul à ne pas revenir. Les autres réapparaissent avec des renforts au moment où les rebelles initient un nouveau tir de barrage.

— Vas-y !

Kyol me pousse en avant, mais je fais volte-face pour courir en direction du bâtiment d'anglais. Jamais de la vie je ne traverserai la cour à découvert !

De nouvelles flèches transpercent l'air. Je ne vois pas si elles touchent les faes tandis que je lutte pour que Kyol me laisse passer, mais j'entends d'autres fissures s'ouvrir. Chaque fois que les lumières éclatantes lacèrent l'atmosphère, j'ai l'impression d'entendre un bout de tissu épais se déchirer en deux. Ajouté aux martèlements de mon cœur qui me crèvent les tympans, c'est à peine si je saisis les paroles de Kyol.

— Tu dois rejoindre le portail, McKenzie. Il le faut !

Mon instinct me crie de retourner à l'intérieur du bâtiment, mais j'ai confiance en Kyol au point de remettre ma vie entre ses mains. Je cesse de me débattre et jette un regard par-dessus mon épaule. Les flèches continuent de pleuvoir. Une fois décochées, elles deviennent visibles aux yeux des humains normaux au bout de quelques secondes. Si un fae manque sa cible ou ne touche pas une fissure, les gens vont voir les traits se ficher dans les arbres ou par terre, ou rebondir sur le sol en béton. Mais, pour l'instant, aucun étudiant ne réagit. Les rebelles font preuve de prudence.

Je m'avance d'un pas hésitant. Des faes de la Cour surgissent sur les toits pour se battre ; d'autres assurent la défense au sol, évoluant avec fluidité depuis leurs fissures. Ils repoussent les attaques des rebelles, mais le chemin est long jusqu'au portail. Ils fatigueront avant que je l'atteigne. Certains risquent de mourir. Kyol risque de mourir !

— Ne t'en fais pas, dit-il, s'apercevant de mon inquiétude. (Il pose la main sur ma joue.) Tant que tu seras en sécurité, ça ira.

Je me mords la lèvre et hoche la tête. Oui, bien sûr que ça ira. Il est le maître d'armes du roi. Il peut se débrouiller. Sans compter que les faes vont avoir besoin de moi s'il y a des illusionnistes parmi les rebelles. Seul un humain doué de double vue peut percer cette magie-là à jour.

Sans me soucier des regards interloqués des étudiants, je prends une profonde inspiration, serre les dents et cours. Kyol et moi travaillons ensemble depuis dix ans, nous sommes habitués à la manière de se mouvoir, de penser et de réagir de l'autre ; lorsqu'un rebelle fond sur nous et que Kyol ne se retourne pas pour l'affronter, je sais qu'il ne peut pas le voir.

— À 10 heures, maintenant ! dis-je.

Kyol fait volte-face comme je le lui ai ordonné et oblige son adversaire à parer. Puisqu'un simple contact suffit à briser l'illusion d'un fae, il redevient visible pour Kyol dès qu'ils croisent le fer. Sa lame tranche le bras du rebelle trois attaques plus tard, mais le coup n'est pas fatal. L'illusionniste s'enfuit par une fissure.

Kyol revient à mon côté. Je tressaille au passage d'une flèche qui le manque de justesse, puis de nouveau lorsqu'une seconde siffle tout près de mon visage avant de disparaître dans la fissure d'un autre fae de la Cour. Je suis tentée de me baisser pour éviter les attaques des rebelles, mais ça ne ferait que nous ralentir et attirer davantage l'attention des humains. J'ai déjà menti une fois pour m'extirper d'un examen psychiatrique ; je ne me sens pas capable de réitérer l'exploit.

Nous dépassons la bibliothèque au pas de course. Au-delà, un rempart métallique barre l'accès au site en construction. Alors que je dévie à gauche pour le contourner, un mur de fissures se forme en travers de mon chemin. Six faes en surgissent. Tous des rebelles.

J'informe Kyol de leur nombre. Il n'hésite pas, signe qu'aucun d'eux n'a eu recours à une illusion. Il part à l'assaut, pourfendant l'air de sa lame, mais il ne peut pas affronter les six rebelles à la fois. Deux d'entre eux se détachent du groupe et s'avancent vers moi.

Je tourne les talons et me mets à courir. Pas le temps de faire le tour, je bondis et m'accroche au sommet du rempart. Mes baskets me gênent pour trouver une prise dans le grillage et les barbelés m'entaillent les paumes. Je parviens à me hisser de l'autre côté, mais j'atterris brutalement sur le flanc droit. Occultant la douleur qui me vrille la hanche, je me relève en hâte et m'élance de plus belle. Une fissure s'ouvre devant moi. Je manque de m'y engouffrer, mais Kyol s'interpose pour m'en empêcher. Pour me sauver.

Il dissipe la fissure puis me fait passer derrière lui. Un fracas métallique s'élève tandis qu'il en découd avec mes poursuivants. Je me faufile sous l'échafaudage à l'extérieur de l'immeuble et par l'entrée sans porte. L'entreprise de construction a déjà érigé les murs internes du rez-de-chaussée. En courant, je traverse les futures parties communes. Je suis presque arrivée de l'autre côté lorsque cinq fissures s'ouvrent en demi-cercle devant moi.

Cinq faes rebelles apparaissent. Pas besoin d'être stratège pour comprendre qu'on m'a tendu une embuscade. Ils m'ont acculée ici, attirée comme une brebis dans la tanière du loup.

— McKenzie.

Même s'il n'avait rien dit, le fae au centre du groupe aurait retenu toute mon attention. Il est grand, plus que Kyol mais pas aussi baraqué, et quoique son regard argenté soit intense, il est d'une nuance plus claire, plus vivante. Il porte une cuirasse en *jaedric* sombre de piètre qualité par-dessus une tunique qui a dû être blanche, un pantalon gris ample et des bottes noires éraflées. Ses cheveux d'un blond doré ont l'air d'avoir été coupés au couteau, ou peut-être avec l'épée qu'il tient à la main. Il n'empêche que son apparence négligée n'enlève rien à l'assurance et la vivacité qu'il dégage. Et que c'est sur moi, sa proie, qu'il se focalise.

— McKenzie Lewis.

Un éclair bleu étincelle sur son cou, puis il penche légèrement la tête de côté. La seconde suivante, il pointe son épée vers moi et je perçois un changement dans son maintien.

— Tu es blessée ? demande-t-il.

Je suis son regard et remarque une tache sombre sur mon débardeur violet. J'appuie la main sur mon ventre. C'est chaud et humide.

— Tu es blessée ? répète le rebelle.

Non. J'ignore d'où vient ce sang. Personne ne m'a touchée. Personne sauf Kyol…

Kyol. Oh, Seigneur ! Il est blessé.

Je fais volte-face vers la sortie pour tenter de le rejoindre, mais deux rebelles s'avancent et me barrent le passage, leurs épées tirées, prêts à frapper.

— Je ne veux pas te faire de mal, dit le meneur des faes. J'aimerais te parler.

Il se rapproche d'un pas. Je recule d'autant.

— Regarde.

Il rengaine son épée puis me montre ses mains, paumes exposées. Comme s'il était inoffensif.

Qu'il aille se faire foutre ! Je ne les laisserai pas m'emmener. Je me rue vers la seule issue qu'il me reste, l'escalier métallique situé dans le coin nord-est du bâtiment.

Mon sac à dos ballotte à chaque marche. J'ai le temps d'arriver au premier étage avant d'entendre les rebelles se lancer à mes trousses. Je m'arrête pour réfléchir à la meilleure solution, et me rends compte qu'il n'y en a aucune.

— Merde !

Je n'ai nulle part où aller si ce n'est plus haut et, ensuite, je serai coincée. Faute de mieux, je m'élance jusqu'à l'étage suivant. Impossible de faire demi-tour. Impossible de m'arrêter. Ils me talonnent.

— Merde, merde, merde !

Quand je déboule au troisième, j'ai les jambes en feu. Pas la force de monter une autre volée de marches. Je traverse l'étage en courant, les yeux rivés sur mes pieds tandis que j'enjambe des piles de planches et passe sous les structures en bois des futurs murs de l'immeuble. Le soleil est couché. Il fait noir, mais je distingue les contours d'une machine dans l'ébauche de couloir. Je me tapis derrière, priant de m'être dissimulée à temps.

Des bruits de pas feutrés résonnent sur le béton.

Mes cheveux me collent au visage et au cou. Je les écarte de mes yeux et cherche un moyen de me sortir de là. Il y a une ouverture au bout du couloir, que je devine destinée à être une porte-fenêtre. Une bande de sécurité en plastique orange est tendue en travers, et j'aperçois le bras blanc d'une grue éclairée par la lune à sept ou huit mètres de la façade de l'immeuble.

Sept ou huit mètres. Est-ce que j'arriverai à sauter aussi loin ?

— Tu compliques inutilement les choses.

Je tressaille au son de sa voix. Il se rapproche. Il sait que je suis là.

Je serre les dents, refusant de céder à la panique. Les rebelles ne me tueront pas tout de suite, j'en doute. Ils vont essayer de se servir de moi. Ils voudront me retourner contre la Cour, m'obliger à lire les ombres. Ils ne me feront probablement pas de mal avant d'être sûrs que je ne coopérerai pas. Je devrais disposer de quelques secondes pour agir.

J'essuie la sueur sur mon visage et me concentre sur la grue dehors. *Sept ou huit mètres.* Pas le choix, je dois sauter.

Je ne me laisse pas le temps de revenir sur ma décision. Je cours jusqu'à la bande en plastique, passe par-dessus…

— Non, attends !

… et je saute, mais le rebelle attrape mon sac à dos.

Je glisse. Je hurle.

J'emmêle mes doigts dans la bande en plastique.

Je tombe.

Je heurte le mur de l'immeuble et continue à crier.

Le temps que je me rende compte que je ne suis pas morte, j'ai la gorge à vif. Je suis suspendue dans le vide entre le deuxième et le troisième étage, agrippée à la bande en plastique comme si ma vie en dépendait… parce que c'est le cas.

Un gloussement attire mon attention vers le haut. Voilà que ce maudit fae se penche au-dessus du vide, l'air réjoui et décontracté.

— Je n'en reviens pas que tu te sois accrochée, dit-il.

La lumière de la lune souligne les traits de son visage, et j'ai beau me balancer deux étages et demi au-dessus du sol, je suis soudain plus énervée qu'effrayée. Sans le reconnaître, je sais d'instinct qui il est : Aren, fils de Jorreb, l'impur qui a résolu de renverser le roi. Et il se moque de moi.

La bande en plastique se distend. J'ai des crampes aux doigts, mais je suis prête à rester accrochée indéfiniment si ça me permet de tenir à distance le tueur au-dessus de moi.

Quelque chose se détache du mur et je chute d'un mètre supplémentaire.

— Hé là, tout doux. Tout doux, dit Aren.

— Dégage !

J'ai l'intention de crier, mais je ne parviens qu'à émettre un croassement rauque. Je sais que je devrais le supplier de m'aider, mais une part de moi-même est convaincue que Kyol va me sauver. J'occulte sciemment la part qui croit qu'il est mort.

— D'accord, dit Aren sur un ton désinvolte qui m'horripile. Pas de problème, mais pourquoi ne pas me donner la main d'abord ? Ça ne sert à rien que tu tombes.

—Je ne vous aiderai pas !

—Ce n'est pas ce que je te demande. Donne-moi juste la m…

La bande de plastique s'arrache du mur. Je pousse un nouveau cri et me crispe dans l'attente du choc.

—McKenzie. Hé, regarde par ici, McKenzie. Je te tiens.

Le cœur battant, je lève la tête. C'est vrai, il me tient. En quelque sorte. À moitié pendu dans le vide, il a la bande enroulée autour de la main gauche et se retient de l'autre à l'encadrement de la fenêtre.

—Arrête de te débattre, dit-il.

J'arrête ; je n'avais même pas remarqué que je gesticulais.

—Bon. Maintenant, tu vas devoir t'accrocher à mes jambes. Je pense que la bande se déchirera si j'essaie de te hisser. Tu vas y arriver ?

J'acquiesce d'un hochement de tête. Je me fiche de son identité désormais. Je ne veux pas mourir. Je veux vivre. Je veux être normale, avoir mon diplôme, me trouver un vrai travail et passer du temps avec des amis dans le monde réel. Et mince, j'aimerais bien goûter au sexe au moins une fois avant de crever.

À la pensée de la mort, je baisse les yeux vers le sol en béton.

—Non, ne regarde pas en bas, McKenzie. Regarde en haut. Regarde-moi.

Je fais ce qu'il dit. L'éclat de ses yeux est à la fois brillant et doux, comme du sable argenté parsemé de minuscules échardes de diamant, et malgré son expression sérieuse, il ne semble pas tendu. Ce dernier détail m'impressionne. Je suis mince, d'accord, mais pas un poids plume, et il supporte nos deux charges.

— Hisse-toi vers le haut.

Sa voix se fait un peu plus pressante. Il doit sentir le plastique s'étirer, lui aussi.

Je puise la force de me tendre et d'attraper ses jambes. Dès que j'ai passé mes bras autour de lui, il lâche la bande. Haletant, il se hisse par-dessus le rebord. Je m'accroche tant bien que mal à la façade de l'immeuble jusqu'à ce qu'il m'empoigne par le bras et me tire en lieu sûr.

Je suis étendue face contre le sol en béton. J'ai les bras en compote et je tremble, mais ce n'est pas le moment de faiblir. Les rebelles vont exiger que je paie un prix élevé pour m'avoir sauvé la vie, et je n'ai aucune intention de m'attarder dans le coin pour honorer ma dette.

Je me relève en titubant, mais mes genoux me lâchent.

— Ça va ? demande Aren.

Je fais la sourde oreille et me remets debout. Cette fois, je parviens à garder l'équilibre. Pas que ça me soit d'un grand secours. Trois rebelles bloquent l'accès à la cage d'escalier. L'un d'eux parle en fae.

— La police arrive, traduit Aren derrière moi.

Ce sont sans doute mes cris qui les ont ameutés. Alors que j'envisage de me remettre à hurler, Aren m'attrape par le bras.

Des éclairs étincelants passent de sa peau à la mienne. Je ne peux pas me dégager. Il m'accule dans un coin, et lorsqu'il colle son corps svelte contre le mien, mon cerveau cesse de fonctionner. Les éclairs entre nos deux épidermes s'intensifient et mon corps s'embrase.

— La police ne peut pas t'aider, dit Aren.

Je suis sûre que c'est mon malaise évident qui me vaut ce rictus de sa part. Il sent le courant passer entre nous aussi bien que moi, mais ça ne le dérange pas.

— Lâche-moi ! j'exige en essayant de me libérer les bras.

Les halos de lampes torches dans l'escalier annoncent l'arrivée des flics.

— Du calme. Ne bouge pas, chuchote Aren.

Je me contorsionne. Je suis sur le point de réussir à m'échapper lorsqu'il m'enserre la taille de son bras puissant et plaque son autre main sur ma bouche.

Idée stupide de sa part. Je le mords de toutes mes forces.

Il ne grimace pas, mais son rictus s'évanouit.

— Désolé, chuchote-t-il à mon oreille.

Une douleur fulgurante me transperce la tempe. Je vacille, sans perdre connaissance. Mes genoux ne répondent plus, en revanche. Aren doit me soutenir. Je parviens à me concentrer sur son visage, assez pour lire de la surprise dans ses yeux. Puis celle-ci se dissipe. Il pince les lèvres et brandit de nouveau son arme. C'est une dague. Il abat la garde une seconde fois.

Chapitre 2

Ma tête me fait un mal de chien. Je suis seule sur la banquette arrière d'un van. C'est un humain qui est au volant ; il ralentit, s'arrête. Je n'ai aucune envie de décoller de mon siège, mais la portière latérale coulisse en grinçant et on m'oblige à me lever. Des taches noires dansent devant mes yeux. Elles ressemblent beaucoup aux ombres que je lis pour la Cour, à la différence qu'elles ne forment pas de motifs et que personne n'a ouvert de fissure ici, où qu'« ici » soit au juste. Avant que ma vue ait eu le temps de s'ajuster, je suis entraînée à plusieurs mètres du véhicule, que le conducteur engage déjà de nouveau sur la route. Au moins, le fae qui cherche à me démettre l'épaule n'est pas Aren. Cet homme, les rebelles l'appellent Trev. L'étau de ses doigts me coupe la circulation et c'est à peine si je sens les ondes électriques qu'il m'envoie. Il ne s'arrête pas lorsque je trébuche ou peine à garder le rythme. Les humains ne peuvent pas se déplacer aussi vite que les faes. Il a beau le savoir, il ne ralentit pas, cet enfoiré.

Nous n'allons pas loin. Tant mieux, car marcher me donne l'impression que le monde tangue autour de moi, mais c'est aussi mauvais signe : ça veut dire que nous avons atteint un portail. Invisible lorsque je le regarde en face, il apparaît dans ma vision périphérique si je détourne la tête.

Une infime brèche dans le réel qui brouille subtilement le paysage.

Je cligne des yeux pour essayer de déterminer où nous sommes. Je parviens à lire les chiffres sur le cadran numérique de ma montre : il est un peu plus de minuit. Je connais l'emplacement de chaque portail jusqu'à trois heures de distance de mon campus, mais nous avons roulé au-delà. Je ne reconnais ni la minuscule mare qui s'étend devant moi, ni ce bosquet d'arbres, apparemment perdus au milieu du pâturage d'un quelconque fermier.

Aren s'avance jusqu'au bord de la mare. Comme je sais que les portails sont toujours situés sur un point d'eau, je comprends ce qu'il fait lorsqu'il plonge la main dans les flots sombres. Il établit une connexion avec le portail, se redresse et tourne sa paume vers le ciel. Mais au lieu d'éclaboussures d'eau, c'est de la lumière qui se déverse de ses doigts, goutte après goutte d'abord, puis par deux et par trois, jusqu'à ce que l'interminable pluie devenue déluge forme un mur aveuglant. Cette fissure-ci s'ouvre sur l'Entre-Deux dans un grondement digne de celui des éléments déchaînés.

— Elle va traverser avec moi, dit Aren en sortant une longue bande de tissu indigo de sa poche.

— C'est indispensable, ça ? je demande.

Il rive son regard argenté sur le mien.

— Si les rumeurs à ton sujet sont vraies, alors oui. C'est plus qu'indispensable.

Parfois, c'est la plaie d'avoir une réputation qui vous précède.

Trev m'immobilise tandis qu'Aren noue le bandeau autour de ma tête. D'accord, je n'aurais pas dû m'attendre à ce qu'ils commettent une erreur stupide, d'autant que si je me retrouve dans cette situation, c'est uniquement à cause de ce que je suis capable de voir. Si je n'avais pas les yeux bandés, je serais sans doute parvenue à nous localiser une fois la fissure traversée. En bref, je suis la cartographe ultime. Lorsque les fissures s'évanouissent, je vois la topographie du terrain s'écrire dans les ombres qu'elles laissent derrière elles. C'est comme fixer une lumière vive trop longtemps : quand on détourne le regard, notre vision a besoin d'un temps d'adaptation. Il se produit la même chose avec les fissures, sauf que là où les autres gens ne distinguent que de vagues taches éparses, je vois les ondulations de rivières, les crêtes de montagnes, le relief d'un paysage. Je couche ces ombres sur le papier pour que les faes de la Cour puissent retrouver leurs ennemis, et je suis plutôt douée pour épingler ma cible – chose qui, de toute évidence, a mis les nerfs des rebelles en pelote.

Aren dit quelque chose dans sa langue, et l'instant d'après j'entends des fissures normales s'ouvrir. J'en déduis que les autres faes vont rentrer directement chez eux, rejoindre leur base, leur campement, ou que sais-je encore. Ce qui me laisse donc seule en tête à tête avec Aren. Certes, ça n'améliore pas vraiment mes chances de m'échapper, mais c'est toujours ça de pris.

Aren place un objet tiède et lisse au creux de ma main droite. Je n'ai pas besoin de le voir pour savoir qu'il s'agit d'une pierre d'ancrage, qui rougeoie sûrement encore sous l'effet de la marque qu'il lui a imprimée.

— Tu sais ce qui se produira si tu la lâches ? demande-t-il.

— Je serai éviscérée et découpée en une centaine de milliards de petits bouts de chair, et je viendrai te tourmenter dans tes cauchemars.

Je laisse la pierre glisser entre mes doigts. Elle heurte le sol dans un bruit mat. J'attends qu'il se penche pour la récupérer, mais je ne perçois aucun mouvement de sa part.

— Si tu es suicidaire, dit-il au bout d'un long moment, il existe des façons moins douloureuses de mourir.

— Tu me veux vivante.

Ma voix ne flanche pas. On ne peut pas en dire autant de mon rythme cardiaque. Les éclairs qu'Aren m'envoie se propagent dans mon bras.

— Tu en es certaine ?

— Tu ne m'aurais pas sauvée si tu voulais ma mort.

Là, tout de suite, c'est bien la seule chose qui m'aide à garder courage. Il s'est donné beaucoup de mal pour que je ne finisse pas écrasée au sol. Il doit forcément vouloir que je lise les ombres pour lui, pour les rebelles. Tant qu'il s'imaginera qu'il y a une chance que j'accepte, je devrais pouvoir m'en tirer. Enfin, je crois.

Sa main glisse de mon coude à mon épaule.

— Ramasse la pierre d'ancrage. Elle est à côté de ton pied gauche.

Je me baisse pour me soustraire à la chaleur de son contact et tâtonne dans l'herbe couverte de rosée jusqu'à trouver la pierre. La tentation est forte de la balancer le plus loin possible, mais non, je ne suis pas suicidaire ; et Aren, fils de Jorreb, est le boucher de Brykeld.

— Tu ne seras pas éviscérée si tu lâches la pierre d'ancrage, dit-il en m'obligeant à me redresser. Tu te perdras dans l'Entre-Deux.

Sur ces mots, il m'entraîne dans la fissure du portail.

L'air est brutalement expulsé de mes poumons et se cristallise. J'ai l'impression d'être passée sous la surface d'un lac gelé. Il fait si froid ici que mon cœur cesse de battre et mon sang de circuler. Seul mon esprit fonctionne, et il ne peut se focaliser que sur la chaleur de la pierre d'ancrage dans ma main gauche et de la paume d'Aren dans ma main droite. Je ne me rappelle pas lui avoir pris la main, mais je la serre de toutes mes forces. J'aimerais mieux lui tordre le cou.

Que la fissure s'ouvre ou non sur un portail, il paraît que la traversée est instantanée, mais je jurerais que j'agonise pendant dix à quinze bonnes minutes. Ça me suffit amplement pour savoir que je n'ai aucune envie de rester dans l'Entre-Deux une seconde de plus que nécessaire. Je déteste emprunter des portails, surtout sans Kyol.

À peine libérée de la glace, je sais que nous nous trouvons dans le Royaume. L'air y est différent. Il est… mordant, une sensation qui m'évoque le croquant d'une pomme, et l'atmosphère est plus légère. À moins que je ne sois devenue plus lourde – je l'ignore. Tout ce que je sais, c'est que je suis humaine. Je ne suis pas davantage à ma place dans cette contrée que les faes dans la mienne. J'ai l'impression d'être encombrante, balourde, qu'on ne voit que moi. Et c'est le cas. Dans le Royaume, les éclats de chaos n'émanent pas des faes mais des humains et se matérialisent sous forme d'éclairs blancs plutôt que bleus. Je m'habituerai à leur présence et à ce monde d'ici à une heure ou deux mais, en attendant, c'est peu dire que je ne suis pas à mon aise. Je suis sur les nerfs.

Me tournant vers Aren, je fais le geste de retirer mon bandeau. Il m'en empêche, prend mes mains dans la sienne et les tient contre le dur plastron en *jaedric* qui protège son torse. Nous sommes si proches que son parfum de cèdre et de cannelle s'insinue dans mes poumons. Mes pensées se brouillent un instant lorsqu'il m'envoie de nouveaux éclairs. Ils ondulent entre mes doigts, sur mes paumes, remontent le long de mes bras. Ce serait si facile de me perdre dans cette sensation délicieuse, mais j'ai eu dix années pour apprendre à résister au toucher d'un fae et je ne me laisserai pas distraire.

— Ne m'oblige plus jamais à emprunter un portail sans que j'y sois préparée ! je crache tout en essayant de me dégager.

Bien entendu, j'échoue, et il me semble entendre un petit rire derrière le grondement d'une fissure qui s'ouvre sur un autre portail.

— Je t'ai fait ressortir en un seul morceau.

Il me prend la pierre d'ancrage des mains pour me la restituer la seconde suivante. Elle est encore chaude ; il lui a imprimé une nouvelle destination.

— Retiens ton souffle.

Déjà ? Alors que je m'apprête à réclamer des explications, il me tire dans la fissure et ma question m'est arrachée de la bouche.

Je n'avais encore jamais voyagé si vite. Les faes peuvent enchaîner les fissures à l'infini, pourvu qu'ils ne s'éloignent pas trop de leur point de départ, mais nous venons de faire un saut entre deux mondes. Même si nous étions restés sur Terre, le fae le mieux préparé aurait eu besoin de récupérer deux ou trois minutes avant d'ouvrir une seconde fissure. Pas étonnant que la Cour n'ait jamais réussi à capturer Aren.

La chaleur de mon monde m'enveloppe. Peinant à respirer, j'essaie de distinguer des voix de gens ou de faes, des bruits de circulation ou de travaux. N'importe quoi susceptible de m'éclairer sur le lieu où je me trouve. Les oiseaux qui pépient au-dessus de ma tête ne m'aident pas. Je pourrais être n'importe où.

Aren imprime une nouvelle marque sur la pierre d'ancrage.

— Encore.

— Encore ? je m'exclame, sauf que cette fois, je retiens mon souffle avant qu'il m'emmène.

Ça aide. Mais même si mes poumons échappent à la morsure du givre, jamais au grand jamais je n'avais enchaîné plus de deux fissures en une heure d'intervalle.

Nous restons dans mon monde. À ce stade, je tremble comme une feuille, et ce n'est pas qu'à cause de la glace qui semble s'être substituée à mes os. Les traversées de ce genre vident les voyageurs de leur énergie. Lorsque Kyol me fait passer par une fissure, il encaisse l'essentiel du choc. Sauf s'il est à bout de forces ou blessé, je n'accuse la plupart du temps qu'une légère perte de repères. Ça aurait sans doute été pire si l'on avait eu à emprunter trois fissures d'affilée, mais ça n'a jamais été nécessaire. En plus, je suis prête à parier que ce qu'on vient de faire est dangereux.

Aren me lâche les mains pour me frictionner les bras. Même si le chatouillis électrique me réchauffe un peu, je le repousse. Avec ce bout de tissu qui m'aveugle et ma tête qui bourdonne encore, je suis déstabilisée. Je suis sûre que mes genoux m'auraient lâchée si Aren ne m'avait pas rattrapée, mais je ne veux pas de son aide. Aussitôt mon vertige dissipé, je pivote sur mon pied droit et lui balance mon genou gauche dans l'entrejambe, ce qui lui arrache un cri. Sans pour autant lâcher prise, il intercepte sans mal le poing que je m'apprête à écraser à l'aveuglette sur son nez.

Je distribue des coups de pied, gesticule et me débats.

— Lâche-moi !

J'essaie de l'assommer d'un coup de tête, mais il se tient prêt désormais. Il m'entoure de ses bras et plaque les miens le long de mon corps. À force de tourner sur moi-même, je me retrouve dos à son torse. Je continue à gigoter jusqu'à épuisement, ce qui ne tarde pas puisque la traversée des portails a déjà pompé la majeure partie de mon énergie.

— Tu as fini ? demande-t-il.

Je lui envoie mon talon dans le tibia une dernière fois.

— Pour l'instant.

Une courte pause, puis :

— Je vais te retirer ton bandeau. Ne te retourne pas vers les ombres.

Je les sens flotter à seulement quelques pas de moi, et lorsque Aren dénoue la bande de tissu, je dois me faire violence pour ne pas jeter un coup d'œil par-dessus mon épaule. C'est toujours difficile de ne pas être happée par les ombres. Leur appel tiraille ma conscience, comme le murmure d'un chant de sirènes. J'ai appris à mieux leur résister au fil des années, mais l'ordre que m'a donné Aren les rend d'autant plus attirantes.

J'enfonce mes ongles dans mes paumes en guise de diversion. Puis, plutôt que de transgresser l'interdit, je bascule la tête en arrière et cherche le ciel entre les branchages… le ciel ensoleillé.

Une petite minute... Il faisait nuit noire lorsque Aren m'a obligée à traverser le premier portail, et vu son impatience à enchaîner les deux suivants, il n'a pas pu s'écouler plus de trois ou quatre minutes. Ma montre indique qu'il n'est que minuit dix.

— Où est-ce que tu m'as emmenée, bon sang ? j'exige de savoir.

Un infime rictus se dessine à la commissure de ses lèvres. Il aurait dû me laisser les yeux bandés ; je bous de lire la satisfaction sur ce visage qu'encadrent ses cheveux blonds ébouriffés. Ce côté à la fois négligé et sexy lui va très bien, et le fait que je n'y sois pas insensible achève de me mettre en rogne. Un tueur, ça devrait être moche et plein de cicatrices, pas avoir un visage comme le sien.

Je me détourne d'un geste brusque et balaie les alentours du regard. Je crois voir des montagnes à ma droite, mais Aren referme la main sur ma nuque avant que j'aie pu m'en assurer.

— Je t'ai dit de ne pas te retourner.

— Je ne regardais pas les ombres !

Ses doigts me font franchement mal. Il a dû trouver un point sensible, car je me retrouve à genoux en un rien de temps.

— J'essaie de te ménager, McKenzie, mais je ne te laisserai rien découvrir qui puisse nuire aux miens.

— Je suis désolée, dis-je en espérant qu'il me libère, car mon épaule gauche est en train de s'engourdir.

Je scrute ses bottes éraflées, aussi immobile et docile que possible. Il desserre son étreinte mais garde la main sur mon cou. Je le sens qui m'observe. Après un long silence, je me risque à lever la tête.

Ses yeux argentés virent au gris, et tandis qu'il me jauge de ce regard d'acier dénué de joie, un frisson de peur me parcourt la colonne vertébrale. Je prends alors la pleine mesure de ses paroles, et je redoute qu'il commence à se dire que me garder en vie n'en vaut pas la chandelle.

— Bien, dit-il avec un hochement de tête, comme pour m'informer qu'il sait que j'ai conscience de la précarité de ma situation.

Il me prend la main et m'aide à me relever.

— Par ici. (Il m'indique un vague sentier.) Nous avons du chemin à faire.

Vu mon état de fatigue, ce n'est qu'au prix d'un effort considérable que je me retiens de lui demander pourquoi il n'ouvre pas simplement une dernière fissure. Je suis obligée de passer par un portail si je veux emprunter une fissure, mais je peux ressortir n'importe où du moment que j'ai avec moi une pierre d'ancrage marquée de ma destination. Mais bon, je pense connaître la réponse à ma question : il est paranoïaque. C'est pour ça qu'il m'a fait enchaîner trois portails si vite, et qu'il me surveille maintenant comme s'il pouvait soudain me pousser des yeux dans le dos qui me permettraient de voir les ombres derrière nous. J'ai envie de lui dire que je ne suis pas douée à ce point-là – les ombres ne sont plus assez fraîches et nettes pour que je les lise –, mais je garde mes commentaires pour moi.

Tandis que nous marchons, je jette un coup d'œil au ciel et me demande si on ne serait pas en Californie, ou peut-être dans l'Oregon. Deux heures de décalage séparent ma maison près de Houston de ces deux États… mais non, ce n'est pas un écart assez important pour qu'il y ait du soleil. Comme il va vers son zénith, on ne peut pas être sur la côte Ouest. Je doute même qu'on se trouve où que ce soit dans l'hémisphère Ouest.

Génial !

À notre passage, des rongeurs s'agitent dans les buissons qui longent ce semblant de sentier. Aren me serre de près. L'envie me prend de l'interroger au sujet de Kyol. Je sais qu'il a pu s'en sortir s'il a essayé de s'échapper, mais jamais il ne m'a abandonnée quand j'ai eu besoin de lui, et je n'arrive pas à me débarrasser du pressentiment qu'il est mort pour moi.

Mes pas faiblissent. Je me mords la lèvre pour m'obliger à me concentrer sur cette douleur-là plutôt que sur la peur qui enfle au creux de mon ventre. Je ne veux pas qu'Aren découvre l'étendue de mes sentiments pour le maître d'armes du roi. Ni l'étendue de ceux du maître d'armes pour moi.

En grimaçant, je baisse la tête pour éviter une branche basse. Cacher ce que je ressens n'a rien de nouveau ; je devrais y être habituée, depuis le temps. Kyol et moi ne sommes pas censés éprouver d'attirance l'un pour l'autre. Nous avons bien essayé de lutter, de maintenir une relation strictement professionnelle et de limiter nos contacts physiques, mais Kyol est plus fort que je ne le suis. C'est l'homme le plus honorable que j'aie jamais rencontré – humains et faes confondus –, et il a été franc avec moi dès le départ : notre histoire ne peut pas avoir d'issue heureuse. Même s'il ne perd pas la vie en combattant pour son roi, les lois du Royaume nous interdisent d'être ensemble.

Je sais que je dois tourner la page. Aucune femme sensée n'attendrait dix ans qu'un homme devienne plus qu'un simple ami, mais le problème, avec l'amour, c'est que ça vous pousse à faire des choses stupides. Je vis pour ces instants où Kyol baisse sa garde, lorsque nous sommes seuls, que nous nous embrassons et que je peux me raconter que tout va pour le mieux dans nos deux mondes.

Seigneur, et si on ne partageait plus jamais de tels moments ?

Au bout du chemin, je m'oblige à mettre mes inquiétudes de côté. Aren et moi sortons du bois et arrivons dans une clairière qui fait à peu près la taille d'un terrain de football. Il y a assez d'arbres disséminés de part et d'autre pour que leurs branches dressées forment une canopée relativement dense au-dessus de nos têtes. Les rayons de soleil qui percent entre les feuilles jettent des ombres sur de la terre meuble, de l'herbe piétinée et une pancarte en bois fendue. Malgré la peinture écaillée et l'inscription à demi effacée, je suis à peu près certaine qu'elle convie les visiteurs à entrer dans la maison d'hôtes au nom illisible qui se dresse un peu plus loin. C'est une bâtisse à trois étages avec un toit pointu et des murs d'un blanc passé, décorés de croisillons marron. La façade latérale est lézardée et la maison entière semble usée par le temps, mais j'arrive à me représenter son apparence initiale. On croirait une chaumière sortie d'un conte de fées. Pour être exacte, on croirait celle d'Hansel et Gretel. Mmm…

Je reviens à la pancarte décrépite et déchiffre ce qui subsiste du message. Il souhaite effectivement la bienvenue aux invités dans la maison d'hôtes ; ou plutôt, il les « *wilkommen* » dans la « *gasthaus* ».

Je m'arrête abruptement et me tourne vers Aren.

— En Allemagne ? C'est une blague ?

Un sourire joue sur ses lèvres.

— Non, pourquoi ?

Il pose la main au creux de mes reins et me pousse en avant. Je devrais peut-être m'estimer chanceuse qu'il ne soit pas contrarié par ma découverte, mais franchement, ce n'est pas comme si on était au Luxembourg, qui fait à peu près la taille du centre commercial moyen au Texas. En cas de pépin, je suis censée appeler Paige, ma meilleure amie – d'accord, la seule – et lui dire où je me trouve. Elle n'est pas au courant de l'existence des faes, mais elle a déjà rencontré Kyol. Elle lui transmettra le message si je le lui demande. Sauf que même si elle le prévenait aujourd'hui, il faudrait des mois à la Cour pour inspecter chaque recoin isolé d'Allemagne. D'ici à ce qu'on me retrouve, Aren et ses rebelles auraient largement le temps de plier bagage.

En parlant de rebelles, ils sont plus d'une dizaine ici. C'est décidément un spectacle étrange – que je devrais qualifier de médiéval, j'imagine –, mais je m'y suis en quelque sorte habituée au fil du temps. Ils portent les habits typiques des faes du commun. Les hommes comme les femmes sont vêtus de tuniques blanches ou marron clair, et de pantalons de couleur foncée qu'ils rentrent dans leurs bottes noires. Quelques-uns sont protégés par des armures semblables à celle d'Aren, en écorce de *jaedric*. La Cour traite celles de ses soldats avec un produit qui rend le bois plus sombre et lui donne du lustre, mais pas les rebelles. Les leurs sont ternes et couvertes de taches. De petites bourses à cordons pendent à leurs ceintures ; elles ressemblent à celle que j'ai fourrée dans mon sac à dos, et dont je n'ai plus vu la couleur depuis qu'Aren m'a mise KO. Tout comme la mienne, ces bourses contiennent des pierres d'ancrage.

Les faes remarquent ma présence et un murmure traverse le campement. Lorsque leurs regards argentés croisent le mien, ils interrompent leurs discussions. Très vite, tous me dévisagent. Pas un n'articule une syllabe.

Les éclairs bleus qui étincellent sur leur peau me donnent la chair de poule. Ces gens me méprisent, en particulier le trio installé sur des troncs d'arbres quelques mètres à ma droite. À leurs pieds gisent des épées rangées dans leurs fourreaux, et les chemises de deux des hommes sont maculées de taches rouges. Ce sont les assaillants qu'a affrontés Kyol lorsqu'ils se sont mis en travers de ma route. À ce moment-là, ils avaient été six. Certains n'ont donc pas survécu. J'en éprouve un malaise, même si ce n'est pas justifié ; c'est à eux d'assumer la responsabilité de ces décès. Quand je traque des faes pour la Cour, Kyol essaie toujours de capturer nos cibles vivantes. Il ne tue que si c'est nécessaire. Ces rebelles l'y ont contraint en m'attaquant.

— Aren !

Une voix de femme brise le silence. Elle ferme la porte de l'auberge, dévale les marches du perron, et soudain le campement entier s'anime pour accueillir Aren. Il est clair que tous le respectent ici, et je dois admettre qu'il a un certain charisme. Je le regarde sourire et échanger des poignées de main, et même si je ne comprends pas ce qui se dit, j'ai l'impression qu'il minimise ce qu'il vient d'accomplir. Ça m'énerve. M'enlever n'a peut-être pas été difficile, mais il y aura des représailles. J'y veillerai.

La femme qui a interpellé Aren accourt vers lui et se jette à son cou. Il la serre dans ses bras, mais se tourne légèrement de côté. C'est une étreinte platonique entre amis, même si je peux affirmer que la femme aimerait que ça aille plus loin. Elle est belle, avec ses cheveux blonds dorés tressés de coquillages et ses bracelets en pierre aux poignets. Et à en juger d'après ses vêtements, elle jouit aussi d'un certain statut. Elle porte une tunique bleu vif et un pantalon propre et bien ajusté. Le tissu semble coûteux, du genre que seuls les nobles peuvent se payer, et le col et l'ourlet de sa tunique ample sont ornés de brisures de joyaux. Tout le monde la remarque. Aren aussi, j'en suis sûre, mais peut-être cache-t-il une fille encore plus jolie quelque part ailleurs ?

Pendant que ces retrouvailles l'occupent, je tente un petit pas en arrière, presque insignifiant. Voyant que personne ne semble s'en apercevoir, je recule d'un centimètre supplémentaire. Je ne sais pas ce que j'espère au juste, puisque je ne peux pas semer les faes. Prendre le large avant qu'on remarque mon absence, sans doute ? Mais je n'ai même pas complété une foulée qu'Aren se retourne. Je me fige et affiche mon air le plus innocent.

— C'est la *nalkin-shom*, dit-il à son auditoire.

Je fronce les sourcils. Je n'ai jamais appris le langage des faes – c'est interdit aux humains –, mais j'ai la certitude que le nom qu'il vient de me donner est une insulte.

— Tu ne l'as pas tuée, dit la jolie femme.

Elle me toise avec un dédain évident. Non, je ne l'aime pas, et ce n'est pas juste parce qu'elle est belle. Si elle s'est exprimée en anglais, c'est uniquement pour me déstabiliser et me faire savoir qu'ils ont bel et bien envisagé de me tuer. Ce rappel a l'effet escompté, mais je parviens à garder la tête haute et à la fusiller du regard.

— Voici Lena, fille de Zarrak, me dit Aren. Elle va te conduire à ta chambre.

La femme grimace un peu plus.

— Elle a droit à une chambre ?

— Oui. Veille à ce qu'elle soit au deuxième étage. Elle a besoin de prendre du repos avant que nous décidions de son sort.

— Tu veux dire, avant que vous décidiez si vous allez me tuer ou pas.

Il s'écoule un moment avant que je me rende compte que j'ai parlé tout haut.

Aren sourit.

— Au fait, Lena, assure-toi que sa chambre ne donne pas sur l'un des chênes. Je crois que notre *nalkin-shom* a la fâcheuse tendance à sauter par les fenêtres. (Il me décoche un clin d'œil.) Profite de ton séjour, McKenzie.

— Viens, lâche Lena sèchement tandis qu'Aren déboucle sa ceinture et rejoint un groupe de trois faes qui l'attendent.

Alors que j'envisage de faire la sourde oreille, elle croise ses bras minces mais musclés et hausse le sourcil, l'air de vouloir en découdre. Même si, question poids et taille, on doit se valoir, je suis à peu près sûre que la fille de Zarrak peut me mettre une raclée… comme tous les faes présents, d'ailleurs.

Chapitre 3

À vue de nez, le campement est scindé en deux groupes : ceux qui veulent ma mort, et ceux qui veulent se servir de moi. J'aimerais pouvoir dire que la balance penche en ma faveur, mais les faes ne sont même pas divisés en deux moitiés égales. Les deux tiers se sont ralliés au vote de Lena, la plus déterminée à me voir mourir, apparemment.

Je suis plantée sur le perron de l'auberge pendant que les rebelles me détaillent comme si j'étais une sorte de marchandise mise aux enchères. Le soleil est presque couché, et je dois plisser les yeux pour distinguer les visages dans l'obscurité croissante. J'ai tout de même la présence d'esprit de ne pas leur demander d'allumer la lumière. Non seulement les faes voient mieux que les humains dans le noir, mais je les soupçonne fortement d'avoir fait couper l'électricité de l'auberge. À l'exception d'un vieux lit branlant, la pièce dans laquelle Lena m'a jetée pendant douze heures était d'un dénuement total. Il ne restait même pas d'ampoule au plafonnier. Ils ont vidé les lieux de toute technologie humaine.

Pour être honnête, je suis étonnée qu'ils aient pris le risque de m'amener ici en voiture. Même si le van était un modèle basique, ça reste une technologie complexe, et la technologie perturbe les pouvoirs des faes.

Ils qualifient leurs pratiques d'*amajur*. Moi, j'appelle ça de la magie. Presque tous les faes sont capables de modifier l'atmosphère ; c'est ainsi qu'ils ouvrent des fissures entre nos deux mondes. D'autres peuvent créer des illusions, donner vie à de petits objets inanimés, étouffer les bruits, contrôler les éléments... Toutes ces petites choses du quotidien que nous effectuons sur Terre à l'aide de notre technologie, ils les réalisent dans le Royaume avec leur magie. Le truc, c'est qu'à cause de l'influence des humains, certaines formes de magie se sont perdues. Les faes ne savent plus construire de portails ou entrevoir le futur. D'autres types de magie sont menacés, tels que le don de guérison ou télépathie. C'est en partie pour cette raison que la Cour mène la guerre aux rebelles. Aren et les siens se moquent des lois qui interdisent l'introduction d'objets et d'éléments de la culture humaine au sein du Royaume. Le roi Atroth est obligé d'agir s'il veut sauvegarder la magie des faes.

Je reviens à mon lynchage. C'est curieux, je suis plus irritée qu'effrayée. Je suis peut-être sous le choc... ou bien stupide. À moins que ce ne soit dû à Aren. Il est assis sur un banc en bois quelques pas à ma droite et a calé ses bottes sur la rambarde du perron. Il penche plutôt pour se servir de moi, et même s'il n'a rien dit pour ma défense – il n'a rien dit depuis le début de ce procès –, j'imagine que son vote doit peser plus lourd que celui des autres. Ou, du moins, je l'espère.

Lena dit quelque chose dans leur langue et les faes se taisent. Les secondes s'égrènent. Plus le silence dure, plus je me sens mal à l'aise.

— La décision est donc prise, dit Lena en anglais, et ses yeux argentés me lancent des éclairs.

Mon cœur cogne dans ma poitrine. La tension s'accumule au niveau de mes épaules et je bande les muscles de mes cuisses, prête à courir, mais personne ne fait un geste. Je crois que c'est bon signe. Même si la majorité a voté ma mort, pas un ne semble vouloir s'occuper de la tâche.

Une grimace déforme le joli visage de Lena. Elle sort une dague du fourreau en cuir à sa ceinture, gravit les marches du perron et présente l'arme à Aren.

— Cela doit être fait.

Elle n'a pas le cran de s'en charger elle-même. J'y vois de la lâcheté de sa part, mais en même temps je suis soulagée. Ces gens ont peut-être un sens moral, au bout du compte. J'imagine que ça doit être autrement plus difficile de tuer quelqu'un de sang-froid que dans le feu d'une bataille – sans compter que c'est injustifiable. La Cour ne s'y abaisserait pas.

Aren n'a pas l'air disposé à accepter la dague. Il reste sur le banc, les bras croisés, les yeux rivés sur moi. Je lui rends son regard tandis que, comme les autres faes, j'attends son verdict.

Il retire ses bottes de la rambarde et se penche en avant. J'ai un coup au cœur lorsqu'il s'arrête sur l'arme que Lena tient à la main.

Non, c'est forcément une ruse. Il ne va pas me tuer. Il a besoin de moi. Il cherche juste à m'effrayer pour que je coopère. N'est-ce pas ?

Quand il prend la dague, je laboure mes paumes de mes ongles pour empêcher mes mains de trembler.

— Tu es certaine de ne pas vouloir lire les ombres pour nous ? demande Aren.

Sa voix a perdu sa gouaille habituelle. Il est on ne peut plus sérieux : il va me tuer si je ne me plie pas à sa volonté.

— Je peux servir de monnaie d'échange, je lâche.

Il penche la tête de côté et détache son regard du mien pour m'examiner lentement de la tête aux pieds. Le plus infime des rictus joue sur ses lèvres.

— À combien estimes-tu ta valeur, *nalkin-shom* ?

— Elle essaie de gagner du temps, intervient Lena avant que je puisse répondre. On ne peut pas laisser la Cour la récupérer.

Sans blague ! Bien sûr que j'essaie de gagner du temps. C'est ce qu'elle ferait aussi si elle était encerclée par des gens qui voulaient lui trancher la gorge.

— On pourrait récupérer Roop et Kexin, lance Trev à ma gauche.

— Ou Mrinn, dit un autre.

Plusieurs se manifestent avec de nouvelles suggestions. J'ai de la valeur, pas de doute là-dessus. Peu d'humains sont doués de double vue ; moins encore sont capables de lire les ombres. Je vais peut-être m'en sortir. Je relâche mon souffle et vois déjà mes chances de survie passer à trente… quarante… allez, disons même cinquante pour cent.

Lena dévisage les faes massés sur la pelouse.

— On ignore s'ils sont encore en vie.

— Et la Cour ignore qu'elle, elle est encore en vie, dit l'un d'eux.

C'est un bon argument, et j'ai envie de leur suggérer de me prendre en photo pour l'envoyer au roi, en me faisant brandir le *Frankfurter Times*, tiens. Enfin, le journal local, quoi.

Je lâche un petit rire. Comme s'ils avaient un appareil photo ici. Et quand bien même, personne n'oserait y toucher.

Aren se penche en avant, appuie les avant-bras sur ses genoux et serre la garde de la dague dans ses mains. Le monde entier attend sa décision. Une fois de plus. Ça doit être sympa d'avoir une telle influence.

Lorsqu'il se lève, son visage est inexpressif. Je me sens froide et détachée, comme une spectatrice qui regarderait la fin de ma vie se jouer. Alors que je suis à deux doigts de tenter une fuite désespérée et vouée à l'échec, Aren demande :

— Que dis-tu d'un pari ?

Je cligne des yeux, puis fronce les sourcils.

— Un pari ?

Il rend la dague à Lena.

— Oui. Un pari.

Très bien, je vais entrer dans son jeu. Pour l'instant.

— Tout dépend de la mise.

Il arbore un sourire espiègle.

— Il n'y a qu'une chose qui t'intéresse, *nalkin-shom*. Je suis prêt à la mettre sur la table.

Je marque une pause, envisage une réplique cinglante avant d'y renoncer.

— Tu me rendrais la liberté ?

Il croise les bras et s'appuie contre un pilier du perron.

— Si tu peux épingler l'un de mes faes avec une précision de cent mètres, oui.

Cent mètres. Merde, c'est précis. Je l'ai déjà fait – deux fois, même –, mais je suis à peu près certaine que la chance y a joué un rôle. Ma chance est en berne depuis les vingt-quatre dernières heures. Je doute d'avoir droit à un soudain revirement de fortune.

— Que veux-tu si j'échoue ? je demande, même si je sais ce qu'il va me répondre.

— Que tu lises les ombres pour moi, dit-il.

Il jubile littéralement maintenant, et ça commence à me prendre la tête. Il a beau connaître ma réputation, il est certain de mon échec. Et c'est justifié. Les meilleurs diseurs d'ombres épinglent en général leurs cibles dans un rayon de trois cents ou quatre cents mètres. En ce qui me concerne, je divise habituellement cette marge de moitié. C'est pour ça que je constitue un atout pour la Cour. Quand un fae ressort d'une fissure à l'emplacement que je lui ai indiqué, sa cible se trouve presque toujours à portée de sa flèche.

Lena s'avance vers nous. Constatant qu'Aren ne la regarde pas, elle lui touche le coude.

— Quand bien même les rumeurs à son sujet ne seraient qu'à demi fondées, on ne peut pas se fier à elle.

C'est vrai. J'ignore pourquoi il est prêt à faire ce pari. Est-ce qu'il s'imagine qu'en procédant ainsi, je serai moins tentée de lui tendre un piège ? Que si je perds un pari dans les règles, j'accepterai de travailler pour eux sans chercher à les rouler ?

Qu'importe. Puisque j'ai l'opportunité de gagner ma liberté, je dois la saisir.

— Si je perds, je lirai une fissure.

Aren ne me quitte pas du regard.

— Tu en liras autant qu'il me faudra.

— Deux, je propose.

— Toutes jusqu'à ce que je sois satisfait, McKenzie.

Je croise les bras.

— Si tu le prends comme ça, je reviens sur mon offre.

Son perpétuel rictus ne faiblit pas.

— Moi, je t'offre la liberté.

— Tu me demandes de porter préjudice à la Cour.

— Ce n'est pas ton peuple.

Non, mais je considère certains d'entre eux comme des amis. Je n'en ai pas de trop, des amis. Si je ne compte que les humains, il n'y a que Paige. Elle ferme les yeux sur mon comportement étrange et sur la fréquence de mes absences subites. Elle est comme une sœur pour moi, et puisque j'ai coupé les ponts avec ma mère et mon père, elle est ma seule famille.

Kyol, lui, n'est pas un membre de la famille. Son cas est totalement à part.

Je reste sourde à la douleur dans ma poitrine et carre les épaules. Je ne vois qu'une solution : je ne me permettrai pas de perdre ce pari.

— D'accord. J'accepte.

— Bien.

Aren pose son regard argenté sur l'assemblée des faes qui ont suivi notre échange, puis il descend les marches en trottinant. Il entraîne Trev à l'écart et lui murmure quelque chose à l'oreille ; un lieu, je présume. Ils se tiennent à côté d'une vieille table de pique-nique en bois calée sur un lit de cailloux blancs. Mon attention est retenue par un objet posé à l'extrémité d'un des bancs. Mon sac à dos.

Je ne suis pas certaine d'avoir le droit de quitter le perron, mais plus je me trouverai près de Trev lorsqu'il ouvrira une fissure, mieux je pourrai voir les ombres en détail. Je prends donc le risque de descendre les trois marches. Et puis, mon sac à dos est juste là, à quelques mètres à peine. À l'intérieur, il y a mon téléphone portable. Mon portefeuille. Ma collection de pierres d'ancrage.

Les faes ne cherchent pas à me retenir, mais certains portent la main à la garde de leurs épées. L'inquiétude se lit sur leurs visages. Même si Aren et Lena ne me croient pas capable d'épingler Trev, beaucoup d'autres n'en sont pas si sûrs. Un léger murmure passe parmi eux. Je les entends marmonner « *nalkin-shom* » à plusieurs reprises. Ils prononcent ce mot comme si j'étais une sorte de monstre.

— Prête ? demande Aren.

Plus que deux pas et j'atteindrai mon sac à dos. J'ai envie d'en sortir mon portable, d'activer le GPS et d'appeler de l'aide, mais je coupe court à mon geste. Les faes ne vont sûrement pas rester plantés là à me regarder pendant que je farfouille dans mon sac. Et pas la peine de songer à l'attraper au passage et à m'enfuir. Je risquerais de me faire tuer.

Je me campe face à Aren et hoche la tête.

— Je suis prête.

Trev ouvre une fissure. Le rai de lumière blanche me force à plisser les yeux, mais il ne reste là que quelques secondes. Dès que Trev le pénètre, il se fond dans la luminosité. La fissure se dissipe la seconde suivante, et je n'en garde que son image sur la rétine. Mes paupières papillonnent jusqu'à ce que cette image se brouille et scintille, s'assombrisse et se déforme. Des ombres se profilent à la périphérie de ma vision. Elles forment d'abord des contours larges, insaisissables. Des continents. Puis un seul. Je cligne de nouveau des yeux et les ombres changent, rapetissent puis s'étrécissent jusqu'à former une colonne vertébrale. Une chaîne de montagnes. Sur la côte Est, je crois. Oui, la côte Est, ça ne fait pas de doute. Trev s'est rendu dans une région du Royaume connue sous le nom de Mashikar.

— Donnez-moi du papier et un stylo, dis-je.

— Nous n'en avons pas, me répond Aren avec nonchalance.

Je grimace, sans me détourner des ombres. Quand je lis pour la Cour, Kyol charge toujours un fae de transporter ce dont j'ai besoin. Je sais qu'il doit y avoir du papier quelque part mais qu'Aren me met des bâtons dans les roues pour gagner du temps, car les ombres ne me resteront en mémoire que brièvement.

— J'ai un carnet de croquis dans mon sac à dos.

— Oh, rétorque Aren. On a vidé ton sac. On s'est débarrassés de tes appareils électroniques et de tes affaires.

Cette fois, je jette un regard à Aren. Il sourit, tandis que Lena ricane dans son dos. En serrant les dents, je vais à mon sac et l'ouvre. Je me retrouve nez à nez avec deux grands yeux bleu vif. Un *kimki*. Une espèce de croisement entre un furet et un chat, avec un long corps souple et des oreilles de souris. Quand la lumière de la lune tombe sur ses pattes avant repliées, il plisse le museau et sa fourrure aux pointes argentées se hérisse.

Aren tend la main vers le sac, paume exposée. Le *kimki* me dévisage encore quelques secondes avant de courir le long du bras d'Aren et de se percher sur ses épaules. Un nouveau souffle de vent ébouriffe sa fourrure et la couleur argentée s'estompe jusqu'à ce que l'animal soit blanc comme neige.

Aren lui grattouille les oreilles.

— Son nom est Sosch. Les *kimki* deviennent argentés lorsqu'ils se trouvent à proximité de portails ou de choses qui les attirent. Il doit vraiment t'apprécier. Il s'est pelotonné dans ton sac dès qu'il y a décelé ton odeur.

Sosch me regarde en clignant des yeux, l'air innocent.

Je fusille Aren du regard.

— Je… tu…

Ce salaud m'a roulée. Voilà pourquoi il était disposé à faire ce pari : il avait tout planifié pour que j'échoue. Et là, ma réaction… on dirait qu'elle l'amuse au plus haut point.

Non, pas question ! Je refuse de perdre comme ça.

Je me baisse vers le lit de cailloux sous la table de pique-nique et je ramasse le plus grand que je trouve. Il est pointu d'un côté et, quand je me redresse, je dois prendre sur moi pour ne pas le jeter à la tête d'Aren. Je n'ai pas le temps pour ça. Mes souvenirs des ombres se dissipent déjà.

Je fais face aux deux faes assis sur la table.

— Du vent.

Ils jettent un coup d'œil à la pierre dans ma main, se dévisagent l'un l'autre puis me regardent. Je suis sur le point de les éjecter tous les deux de la table lorsqu'ils se décident à descendre et à s'écarter de mon chemin. Je serre la pierre dans ma main droite, l'arête tranchante pointée vers le bas, et je commence à graver les ombres. Le bois est vieux et gorgé d'humidité. Mon couteau improvisé l'entame facilement. Je trace une rapide esquisse, visualise le scintillement et les mouvements des ombres dans mon esprit. Je dessine une rivière qui serpente le long d'une montagne escarpée. Un village se déploie sur la rive ouest, mais ce n'est pas là que Trev est ressorti. Il se trouve quelque part dans la propriété agricole sur la rive opposée.

L'échelle de ma carte change lorsque je restreins l'emplacement du fae à une zone plus petite. Me focalisant sur celle-ci, j'essaie de me souvenir de signes distinctifs dans les ombres. Il y avait un verger, je crois. Juste là.

Je marque l'endroit, mais j'ignore totalement si Trev se trouve dans le verger ou à l'intérieur de la ferme, cinq cents mètres plus loin. Où est-il donc ?

Les ombres ne me révèlent rien, et l'instant suivant elles disparaissent de ma mémoire. Merde ! De frustration, je plante ma pierre au milieu du verger.

Une minute. Je me concentre sur ma carte.

Une pierre dans le verger.

Mais oui !

Je reprends ma pierre et trace une croix à la lisière du verger.

— Il est là. (J'indique le lieu du doigt.) Près de Carbada.

Dès que j'ai prononcé le nom de la ville, le sourire d'Aren s'évanouit. Je ne saurais dire lequel de nous deux est le plus surpris. Il est abasourdi, c'est clair, mais ça ne vaut pas ma stupéfaction lorsque je comprends que l'emplacement désigné n'est pas simplement à moins de cent mètres de là où se trouve Trev ; il est pour ainsi dire sous ses pieds.

Mince alors, je suis douée.

Avec un regard résolu et un peu suffisant, je m'écarte de la table de pique-nique et déclare à Aren :

— Voilà ce que je vaux.

Il pose Sosch par terre. Le campement entier doit être sous le choc, car personne ne dit un mot, pas même Lena, qui observe toujours fixement la carte que j'ai gravée.

— Amusez-vous bien, dis-je avant de tourner les talons et de rejoindre le sentier étroit que j'ai suivi jusqu'ici.

Je me tiens droite et garde la tête haute, même si je m'attends plus ou moins à recevoir un poignard dans le dos.

Je tends l'oreille, à l'affût du bruit d'une lame qu'on dégaine, mais je ne perçois que le vent, le chant des grillons et le crissement de mes pas. J'ai presque atteint la lisière des arbres lorsque Aren prend enfin la parole.

— Arrêtez-la.

Je tressaille, mais continue de marcher jusqu'à ce qu'un fae me barre la route. Alors qu'il s'apprête à m'attraper le bras, il suspend son geste juste avant de me toucher. Je ne peux pas le semer. Je ne peux pas le battre. Avec un soupir, je retourne auprès d'Aren.

Je croise son regard.

— Contente de savoir que tu tiens parole.

— J'ai dit que je te rendrai ta liberté, et je le ferai. Tôt ou tard.

Il s'interrompt pour m'examiner de ses yeux argentés, comme s'il n'arrivait pas bien à me cerner. Je n'apprécie pas ce regard scrutateur, surtout quand je sens quelque chose se serrer dans ma poitrine.

— Mais je ne peux pas te laisser partir maintenant. Encore moins après avoir vu ce dont tu es capable. Tu es incroyable.

Un petit sourire renaît sur ses lèvres.

— Je suis désolé, McKenzie, mais tu vas devoir rester avec nous jusqu'à la fin de cette guerre.

— La guerre ne prendra jamais fin.

Il hausse les épaules.

— En ce cas, j'imagine que tu vas rester ici un moment. (Il se tourne vers le fae à côté de moi.) Reconduis-la à sa chambre, et trouve-moi Sethan. J'ai à lui parler.

Aren jette un dernier coup d'œil à la carte griffonnée sur la table de pique-nique et secoue la tête, comme s'il n'arrivait toujours pas à y croire.

— Aren, je l'interpelle alors qu'il commence à s'éloigner.

Je n'ai pas envie de lui dire un mot de plus, ni de plonger mon regard dans le sien plus longtemps, mais je dois en avoir le cœur net.

Il se retourne.

— Le maître d'armes du roi, j'articule malgré la boule dans ma gorge. Il te tuera pour m'avoir enlevée.

Si Kyol est mort, Aren va forcément s'en vanter. Je retiens mon souffle et mon cœur se brise des centaines de fois pendant que j'attends sa réponse. Je suis à la fois trop terrifiée pour espérer, et trop désespérée pour m'en empêcher. Enfin, au bout de ce qui me semble être un millénaire, Aren incline la tête en signe d'acquiescement.

— Le combat promet d'être intéressant.

Chapitre 4

Dès que la porte de ma chambre se referme derrière moi, je défais les draps du lit sans perdre une seconde. J'éprouve leur résistance. Ils sont miteux, mais assez solides pour que je n'arrive pas à les déchirer. Quant à savoir s'ils supporteront mon poids, je l'ignore encore, mais je n'ai pas l'intention de rester assise là douze heures de plus seule avec mes pensées.

Je vais à la fenêtre. Ma chambre donne sur la lune, brillante et pleine. Sa clarté perce tant bien que mal la cime des arbres et sème des taches de lumière sur la table de pique-nique. À part ça, l'endroit est désert. Je ne sais pas si c'est moi qui ai de la chance ou si les rebelles sont négligents, mais je compte bien profiter de la situation. Le problème, c'est que je suis au deuxième étage, et que deux draps ne suffiront pas à faire une corde assez longue.

J'essaie de nouveau de déchirer le tissu en coton, sans réussir à rompre un seul fil. Au moins, ils sont plus solides qu'ils n'en ont l'air, mais il va me falloir un objet tranchant.

Le lit est l'unique meuble de la pièce. Je m'agenouille à côté et regarde si je peux trouver en dessous quelque chose susceptible d'entamer le tissu. Le matelas est posé sur une grille en métal. Comme il fait trop noir pour voir quoi que ce soit d'utile, je tâtonne à l'aveuglette et finis par sentir un morceau de métal qui dépasse. Je le tords jusqu'à réussir à le déloger du sommier. Une fois que je l'ai en main, je le plante au milieu d'un des draps, cale mes pieds contre le lit, me penche en arrière et tire.

— Ha ! je lance triomphalement à la chambre vide lorsque le drap se déchire en deux moitiés égales.

Je répète le processus avec l'autre drap et me retrouve avec quatre morceaux. Après les avoir noués les uns aux autres, j'apporte ma corde improvisée jusqu'à la fenêtre et jette un coup d'œil dehors. Toujours pas de patrouille.

J'inspecte chaque nœud. M'étant assurée qu'ils tiennent tous, je ravale une soudaine montée d'angoisse. Il faut que je le fasse. Je ne vais pas attendre que Kyol vienne me sauver.

Kyol est vivant.

Je ferme les yeux et adresse au ciel une courte prière de gratitude. Notre relation – si on peut appeler ça comme ça – a été compliquée ces derniers mois. C'est ma faute. Je m'efforce d'être une humaine normale. Je me suis concentrée sur mes études, j'ai cherché un vrai travail… J'ai même laissé Paige me trouver des rencards. De gentils garçons, tous, et j'ai essayé de les apprécier – non, vraiment ! – mais jusqu'ici il n'y en a pas un qui m'ait donné envie d'un second rendez-vous.

Frustrée, je pousse le battant de la fenêtre. Bon sang, qu'est-ce qu'elle grince ! À croire qu'elle n'a pas été ouverte depuis des décennies. Je retiens mon souffle et tends l'oreille. Pas de bruits de pas dans le couloir ; pas de cris dehors. Je respire de nouveau, mais compte jusqu'à cent au cas où. Après avoir scanné une dernière fois du regard la cour de l'auberge, je noue une extrémité de la corde au radiateur fixé sous la fenêtre, puis jette l'autre dehors. Même avec les nœuds, elle touche presque le sol.

Me hisser dehors est sacrément plus dur que je ne me l'étais imaginé, et je ne suis pas certaine de savoir comment m'y prendre sans me tuer. Je me retrouve à califourchon sur le rebord, une posture plutôt délicate vu l'étroitesse de la fenêtre. Lentement, avec précaution, je me laisse glisser jusqu'à ce que ma jambe gauche, que j'avais laissée à l'intérieur, passe par-dessus bord et frotte contre la façade. Je ne me rends pas du tout compte du bruit que je fais, mais au point où j'en suis, je ne peux rien y changer.

J'attrape la corde de la main droite et lâche le rebord de la fenêtre auquel je me retenais de la gauche. Aussitôt, je tombe. J'ai beau serrer le drap entre mes mains, je descends trop vite. Mes paumes me brûlent, jusqu'à ce qu'enfin j'arrive au premier nœud en poussant un petit cri – pas trop fort, pour ne pas attirer l'attention. Je lève la tête vers la fenêtre et envisage de retourner à l'intérieur. Secouant la tête pour chasser cette idée, je serre les dents et laisse le morceau de drap suivant m'écorcher les paumes. Je rencontre un autre nœud. Puis un autre.

Il commence à y avoir du sang sur le coton blanc. Alors qu'il me reste encore un demi-étage avant de toucher le sol, j'ai trop mal pour m'accrocher plus longtemps. Je parviens à atterrir sur mes pieds, mais je suis foudroyée par une vive douleur aux jambes et m'effondre. Tandis que j'emplis mes poumons d'air froid, à quatre pattes par terre, je suis frappée par ma bêtise. Je viens de tenter une acrobatie que je n'avais jamais vue exécutée qu'à la télévision. J'aurais pu me briser les os.

Mais, pour rappel, ce n'est pas le cas. Je suis vivante. Dehors. Seule.

Prenant garde à ne pas frotter mes mains meurtries sur l'herbe, je me force sur mes genoux et me lève. J'attends une seconde qu'un vertige passe – Seigneur, il faut que je dorme – avant de m'éloigner discrètement de l'auberge.

Un bruit de chute.

Je m'arrête et regarde par-dessus mon épaule.

Aren. Et merde. Il a dû m'entendre ouvrir la fenêtre et me suivre, finalement. Il examine ma corde improvisée, tire un coup dessus, puis pose son regard argenté sur moi.

— Je te l'accorde, tu ne manques pas de ressources, dit-il.

Ses mains n'ont pas l'air d'avoir été brûlées par les draps. Les miennes sont en feu. J'essaie de les dissimuler et de faire comme si son interruption m'indifférait, mais je me raidis lorsqu'il s'avance vers moi. Et s'il avait changé d'avis, du coup ? S'il pensait que c'était trop risqué de me garder en vie ?

Pourtant, au lieu de me frapper ou de me réprimander, il prend l'une de mes mains dans les siennes et diffuse sa magie. Des éclairs bleus courent le long de ses bras, et sa paume devient soudain une compresse chaude contre la mienne. Passé les premières secondes désagréables, la sensation de chaleur douloureuse change. Ça fait du bien, maintenant. Autant que le picotement électrique qui remonte vers mon coude. Je laisse Aren me toucher plus longtemps que je ne le devrais, assez pour que plusieurs filaments bleus aux contours irréguliers sautent de sa peau à la mienne. Ils brillent à la clarté de la lune. Je les regarde virevolter autour de mon avant-bras, consciente qu'Aren les observe lui aussi.

— Des *edarratae*, dit-il. Des éclats de chaos.

— Je sais ce que c'est, je réplique en tentant de faire abstraction des sensations que ces éclairs, ces *edarratae*, déclenchent en moi. Tu peux me lâcher.

J'essaie de me dégager de son étreinte.

— Tu aurais pu te tuer.

Il libère ma main droite pour prendre la gauche, veillant à éviter la montre que je porte au poignet. Cette paume-ci n'est pas aussi amochée que l'autre, mais il panse mes plaies d'une nouvelle caresse de chaleur.

— Ça aurait fait plaisir à Lena.

Il croise mon regard.

— En effet, oui.

Je n'aime pas l'insistance avec laquelle il me regarde dans les yeux. Ça me rappelle Kyol et sa fascination à leur égard. Je ne leur trouve rien d'extraordinaire ; ils sont d'un marron quelconque, un peu plus foncé que mes cheveux. Mes traits diffèrent légèrement de ceux d'une femme fae – mes pommettes ne sont pas aussi saillantes, mon nez pas aussi droit –, mais Aren ne s'attarde pas sur le reste de mon visage pour l'instant. J'aimerais mieux, car combinée à ses éclats de chaos, l'intensité de son regard fait naître un frémissement de chaleur au creux de mon ventre. Ce n'est pas normal que je me mette dans un état pareil, surtout pour Aren, fils de Jorreb.

Je détourne le regard et, tout en exhortant mon corps à refroidir, je me reproche d'avoir été réceptive à la douceur de ses yeux argentés. J'essaie de nouveau de dégager ma main. Je dois chasser ses *edarratae* si je veux avoir les idées claires.

Au bout d'un moment, il me relâche. Sans regarder mes paumes guéries, je croise les bras. Le pouvoir de guérison est une magie menacée, et ça me semble injuste qu'un tueur le détienne.

Aren m'indique le perron de l'auberge.

— Viens, *nalkin-shom*. Nous devons parler.

Je reste plantée là où je suis.

— J'ai un nom. Pas la peine de m'insulter.

— T'insulter ? (Il penche la tête de côté.) « *Nalkin-shom* » est l'un des titres les moins insultants qui t'aient été donnés.

Je fronce les sourcils.

— Des titres ?

— Oui, des titres. « *Nalkin-shom* » signifie « la magicienne des ombres ». Lena préfère t'appeler « *traep-shom* »… « la chienne des ombres ». Certains surnoms perdent de leur mordant lorsqu'on les traduit, mais il y a aussi « la pourriture des ombres », « la putain du roi », « la traîtresse ». (Il marque une pause. Un petit sourire étire le coin de ses lèvres, et je jurerais que la lumière de la lune scintille dans ses yeux.) Ne me dis pas que tu n'étais pas au courant de ta réputation de tueuse ?

— La Cour capture la plupart des faes que je traque, dis-je en essayant de ne pas me laisser atteindre par son air suffisant.

— Les enfants faes font des cauchemars à ton sujet. (Il me prend le poignet et attend que ses *edarratae* jaillissent sur mon bras.) Leurs parents leur racontent que s'ils ne sont pas sages, la *nalkin-shom* viendra les chercher la nuit pour les faire griller avec ses éclairs et les vider de leur magie.

Mon cœur se met à battre au rythme de l'énergie qui pulse dans mon corps.

— Tu exagères.

— Vraiment ?

— C'est toi, l'impur. Si les faes racontent des histoires à leurs enfants pour les effrayer, c'est de toi qu'ils doivent parler.

Les impurs sont un peu comme des gourous shootés au crack. Ils recrutent leurs fidèles parmi les crédules et les désenchantés, puis sèment le trouble dans le Royaume en prétendant être les rejetons élus des *Tar Sidhe*, ces faes aux pouvoirs supérieurs qui régnaient sur les provinces il y a des siècles. J'ai traqué une demi-douzaine d'impurs au fil des années, dont certains qui avaient eu plus de succès que d'autres, mais tous étaient violents. Le vrai monstre, ici, c'est Aren.

À ma grande surprise, il s'esclaffe.

— Viens, *nalkin-shom*. Il faut que tu rencontres quelqu'un.

Sans me laisser la possibilité de protester, il lâche mon poignet, pose la main au creux de mes reins et m'oblige à avancer. Nous tournons à l'angle de l'auberge. Soit les rebelles sont tous partis, soit ils sont calfeutrés à l'intérieur, sauf Lena qui discute sur le perron avec un autre fae. Il est nouveau ; je me serais certainement souvenue de lui s'il avait assisté à mon procès. Ses cheveux blonds, longs et raides tombent sur ses larges épaules couvertes par une cape bordeaux. Sa tunique et son pantalon noirs ont l'air coûteux et propres, et le fourreau de cuir à sa hanche est dans un état impeccable, presque comme s'il n'avait jamais à dégainer son épée. Si ce n'est pas un criminel, c'est un noble. Dans les deux cas, il a des ressources en *tinril*, la monnaie en usage dans le Royaume, et je ne peux m'empêcher de me demander s'il est le fae qui finance la rébellion d'Aren.

Il termine sa conversation avec Lena alors que nous gravissons les marches du perron.

— Voici Sethan, fils de Zarrak, dit Aren.

Le frère de Lena ? Je le hais déjà.

— Assieds-toi, McKenzie.

Il pose la main sur mon épaule et me guide jusqu'au banc en bois érodé à côté de la porte d'entrée. Je m'y effondre, en partie pour me dérober à son contact, mais aussi parce que je suis morte de fatigue. Les gargouillis de mon estomac me rappellent que mon dernier repas remonte à quelques heures avant mon examen, et une migraine me lamine le crâne. Les rebelles auraient au moins pu me donner un bout de pain quand ils m'ont enfermée dans cette chambre.

Les faes restent debout. Je déteste avoir à lever les yeux pour les regarder, mais je croise les bras, me cale sur le banc et attends qu'Aren prenne la parole.

— Dis-nous ce que tu sais au sujet de la Cour.

Même si j'ai l'estomac noué, j'affiche sans ciller un air que j'espère être de défi.

— C'est votre gouvernement, dis-je. (Je ne me mouille pas trop, c'est un fait connu de tous. Enfin, de tous les habitants du Royaume, en tout cas.) Il est dirigé par le roi Atroth, un descendant des *Tar Sidhe* élu par les hauts nobles des treize provinces. Le roi…

— Le roi t'a dit qu'il y a treize provinces…, m'interrompt Sethan.

Ce n'est pas franchement une question.

— Il m'a montré des cartes, dis-je avant de le regretter aussitôt.

— Quel genre de cartes ?

— En papier, je lâche sèchement.

Je sais ce qu'il cherche à me faire dire. Il veut savoir s'il y avait des portails indiqués sur ces cartes. C'est ça le nerf de la guerre, après tout. Contrôler les portails revient à contrôler les échanges commerciaux du Royaume. Bien que les faes soient capables de se téléporter depuis n'importe quel point, ils ne peuvent emporter des chargements de marchandises avec eux que s'ils ouvrent leur fissure sur un portail. Sinon tout ce qui excède ce qu'ils peuvent transporter eux-mêmes se perd dans l'Entre-Deux. Il y a plusieurs décennies – bien avant que je rencontre Kyol –, le prédécesseur du roi Atroth a entrepris de réguler l'usage des portails en exigeant des marchands qu'ils paient une taxe pour la libre circulation de leurs denrées dans le Royaume. Bien entendu, ça n'a pas plu aux marchands, et pas besoin d'être un génie pour deviner pourquoi ils ont été si nombreux à se mettre en quête d'un Descendant de rechange.

Sethan reste imperturbable.

— Combien y avait-il de portails ?

— Aucun, je mens.

Il y en avait trente et un, soit une dizaine de plus que ce qu'indiquent les cartes publiques du Royaume.

— Pourquoi t'avoir montré ces cartes, en ce cas ?

— J'imagine qu'il doit en montrer à ses diseurs d'ombres pour la même raison, dis-je en indiquant Aren d'un geste de la tête. La géographie.

Il fallait que je mémorise les provinces et les régions du Royaume. Si je ne connaissais pas les noms des lieux, mes cartes ne seraient que des gribouillis sans queue ni tête. Je dois prononcer le nom de la région à voix haute pour que la magie opère et que le fae qui m'accompagne puisse se rendre à l'emplacement indiqué. C'est l'unique petite étincelle de magie que peuvent se vanter de posséder les diseurs d'ombres comme moi.

Lena se détache du mur.

— Elle ment. Elle sait où se trouvent les portails disparus. Elle les a empruntés.

— J'ai emprunté les portails des provinces, dis-je à Sethan.

Je ne sais pas bien pourquoi je me sens obligée de me justifier auprès de ce fae. C'est quelqu'un d'important – ça, j'en suis sûre –, mais comment se fait-il que son nom ne me soit pas familier ?

— On surveille les portails des provinces, objecte Lena. On t'aurait enlevée depuis longtemps si tu n'empruntais que ceux-là pour te déplacer.

Je garde une expression neutre et essaie de ne pas trahir qu'elle a raison. Dans le temps, le Royaume était constitué de centaines de petits fiefs, chacun doté de son propre portail, mais il y a trois cents ans, presque tous les portails ont disparu au cours de la *Duin Bregga*, une guerre sanglante dont le nom se traduit grosso modo par « la Dissolution ». Kyol m'a rapporté que les portails disparus ont été détruits, mais d'après des rumeurs qui courent toujours, certains seraient restés et leur emplacement aurait simplement été effacé de l'esprit des faes en recourant à une magie qui n'existe plus aujourd'hui. Lorsque l'un des hommes du roi Atroth, assisté d'un *kimki* argenté, est tombé sur un portail qui ne figurait sur aucune carte, ces rumeurs ont été confirmées. Depuis lors, Atroth n'a eu de cesse de chercher – avec succès – d'autres portails disparus.

— Si tu veux prolonger ton espérance de vie, dit Lena en s'avançant d'un pas vers moi, tu vas nous donner l'emplacement de ces portails.

— Lena, intervient Aren avant de poursuivre dans leur langue.

Elle rétorque avec virulence ; calmement, il reprend la parole. Quoi qu'il ait pu lui dire, ça ne plaît de toute évidence pas à la jeune femme. Sethan a juste le temps de s'écarter de son chemin avant qu'elle n'ouvre la porte et s'engouffre en trombe dans l'auberge, tout en marmonnant ce que je parie être des insultes en fae. Et il y a des chances qu'elles me soient destinées.

Qu'importe. Je suis contente qu'elle soit partie.

Sethan reporte son attention sur moi.

— Je suis sincèrement désolé que tu te retrouves prise dans cette guerre. Nous n'avons jamais eu l'intention d'impliquer des humains, mais Atroth ne nous a pas laissé le choix lorsqu'il a commencé à recruter des personnes comme toi pour nous nuire. Ses diseurs d'ombres, toi en particulier, nous ont presque détruits. Nous étions obligés de t'éloigner de lui.

Il marque une pause et me sonde de son regard argenté comme s'il pouvait lire dans mes pensées. Ce qui est impossible. La télépathie n'est pas une magie menacée : c'est l'une de celles qui n'existent plus.

— Nous aimerions que tu nous aides, McKenzie. Et nous aimerions t'aider.

— M'aider ? je ricane. Tout ce que je veux de vous, c'est que vous m'autorisiez à partir.

— Et à laisser Atroth continuer à se servir de toi ? (Il secoue la tête.) Ce n'est pas envisageable.

— Et si j'acceptais de ne plus travailler pour la Cour ?

Sethan fronce les sourcils comme s'il n'arrivait pas à comprendre ma question. Yeux plissés, il m'examine. Pourvu qu'il ne devine pas ce que cache mon expression. Pourvu qu'il interprète mon offre comme la plus grande concession que je puisse leur faire, plutôt que comme un projet que je mûris depuis maintenant plusieurs semaines. Samedi prochain, le jour où j'aurais obtenu mon diplôme si je n'avais pas planté mon examen de fin d'année – et je l'ai planté, pas de doute là-dessus –, je comptais donner ma démission à la Cour. Ce n'est qu'en restant à l'écart du Royaume et de tout ce qui se rapporte aux faes que je parviendrai à mener une vie d'humaine normale. Anticipant la remise de mon diplôme, j'avais envoyé ma candidature pour un poste d'assistante éditoriale dans la banlieue de Houston. J'avais prévu de me faire de nouveaux amis, d'intégrer un club de lecture, d'aller au cinéma, à des concerts, des soirées... bref, partout où les gens normaux ont le temps d'aller. Mais maintenant, à moins que je réussisse à échapper à ces faes et que je trouve le moyen de convaincre mon professeur de me laisser repasser mon épreuve, ça ne risque pas d'arriver.

Penser à mon évasion me pousse à regarder en direction de la forêt obscure. Il souffle une légère brise, et je m'attendrais presque à voir Kyol surgir dans la clairière, silhouette silencieuse et meurtrière dans le noir de la nuit. J'ai un petit pincement au cœur.

La voix d'Aren couvre le bruissement des feuilles.

— Elle croit qu'ils vont la laisser partir.

Je me retourne vers l'impur.

— Bien sûr qu'ils vont me laisser partir. Ce n'est pas eux qui m'ont enlevée. Ce n'est pas eux qui me font du chantage pour que je travaille pour eux. Je suis libre de partir quand je le souhaite.

Aren lance à Sethan un regard entendu.

— Tu vois.

— Qu'est-ce qu'il y a à voir ? je demande.

— Ton ignorance.

Il sourit comme s'il venait de révéler la chute d'une blague tordante. Il traverse le perron et pose la main sur la poignée de la porte d'entrée.

— Parle-lui, Sethan. Tu me feras part de ta décision ensuite.

La porte se referme derrière lui en claquant. J'ai l'estomac retourné mais, cette fois, je ne sais pas bien si c'est parce que je suis affamée ou parce qu'Aren m'a laissée seule avec ce fae inconnu. Ça n'a pas de sens, je sais bien. C'est Aren l'homme qui m'a enlevée, qui m'a obligée à parcourir la moitié de la planète et qui est responsable du massacre de Brykeld. Le truc, c'est qu'en dehors de la fois où il m'a assommée dans l'immeuble en construction pour que je me taise, il ne m'a pas fait de mal. À vrai dire, il a presque été gentil avec moi. Il aurait pu me tailler en pièces – et c'est probablement ce qu'il aurait dû faire – quand j'ai essayé de m'enfuir. Mais au lieu de ça, il m'a soignée.

Sethan s'appuie contre la rambarde.

— Aren pense que la Cour t'a trompée. Il est d'avis que si on te révèle la vérité au sujet de cette guerre, tu nous prêteras main-forte.

— Je connais déjà la vérité.

Les nœuds de mon estomac se resserrent. Je ne suis pas complètement naïve. Je sais qu'il serait très facile pour la Cour de me mener en bateau. Je ne parle pas leur langue. Je ne comprends rien à leur politique. Je ne connais que l'histoire qui m'a été enseignée. Mais j'ai vu de mes yeux ce qu'ont fait ces rebelles, et puis Kyol... Kyol ne serait pas dans le mauvais camp. C'est quelqu'un de bien, et même si j'aimerais que ça aille plus loin, c'est un ami. Depuis dix ans. Il n'a pas pu jouer la comédie tout ce temps qu'il a passé avec moi.

— Le roi t'a dit qu'il y a treize provinces, reprend Sethan. Il ment. Il y en a dix-sept. Je suis sûr qu'il t'a également dit que nous voulons le contrôle total des portails. Ce n'est pas le cas. Nous voulons l'accès à tous, à des tarifs raisonnables.

Mais c'est qui, ce type ?

— Vous auriez pu en discuter avec Atroth il y a des années comme il vous en a donné la possibilité, mais tout ce qui intéresse Aren, c'est d'assiéger le palais d'Argent. Les impurs sont assoiffés de pouvoir, c'est bien connu.

Sethan me gratifie d'un sourire qui se veut sans doute agréable et patient, mais que je trouve condescendant.

— Aren n'a pas l'intention de s'asseoir sur le trône, McKenzie. Moi si.

Je m'immobilise et m'efforce de ne rien laisser paraître de ma surprise. Ce serait donc Sethan l'impur ? Le roi ne s'en doute absolument pas. Si ça avait été le cas, Kyol ou le seigneur général Radath m'auraient chargée de le chercher chaque fois que nous traquions un rebelle, au cas où il aurait été dans les parages.

— Je ne suis pas un impur, poursuit Sethan. La lignée des Zarrak est plus pure que celle d'Atroth. Celles d'autres faes sont encore plus pures que la mienne, mais tous ont été tués, pacifiés ou rendus *tor'um*.

Tor'um, c'est un mot que je connais. Il se traduit en gros par « dépossédé », un surnom péjoratif donné aux faes qui n'ont pas assez de pouvoirs pour ouvrir une fissure. La plupart des faes concernés naissent avec cette faiblesse, mais certains perdent leur magie plus tard. Ceux à qui ça arrive ne gardent pas vraiment toute leur tête. Le plus effrayant, c'est que les cas sont de plus en plus nombreux. Même en contrôlant les portails du Royaume, Atroth s'est montré incapable d'inverser le lent déclin de la magie des faes. Malgré les lois à ce sujet, les faes continuent d'introduire des plantes, des animaux et parfois même de la technologie humaine dans leur monde. Le gros problème, c'est qu'il y a littéralement cent fois plus de portails sur Terre qu'au sein du Royaume. Comme la Cour n'a pas assez de soldats pour les surveiller tous, certains marchands se sont établis dans mon monde pour éviter les taxes et les régulations. Tant qu'ils y gagnent, ces faes-là se moquent de ce qu'ils font entrer dans le Royaume.

— Tu n'y crois pas, dit Sethan.

— Que tu es un Descendant des *Tar Sidhe* ou que ta lignée est plus pure ?

Je ne sais pas trop que croire, mais ce qui est clair, c'est que ça m'intéresse d'en apprendre plus au sujet de ce fae, d'Aren et de la rébellion. Ça pourrait être mon dernier coup d'éclat avant que je prenne ma retraite. Je pourrais espionner un peu, planifier mon évasion, rapporter mes découvertes au roi, puis retrouver une vraie vie et un boulot sur Terre.

Je ne cille pas.

— Si l'un ou l'autre était vrai, les hauts nobles t'auraient élu.

— C'est ce qui se serait passé si chacune des dix-sept provinces avait eu le droit de s'exprimer.

— Neuf provinces sur treize ont voté pour Atroth, dis-je, même si je ne suis pas convaincue par son histoire de dix-sept provinces. Fais le calcul. Il aurait gagné quand même.

— Le vote des hauts nobles aurait été différent, déclare-t-il, sûr de lui. Toutes les guerres ont deux facettes, McKenzie. Le roi ne t'a raconté qu'une version de l'origine de notre conflit.

J'ai envie de lui faire remarquer que lui me raconte la sienne lorsqu'un martèlement sourd et répétitif détourne mon attention. Je scanne la clairière du regard sans rien voir. Il semblerait que ça puisse venir de l'intérieur de l'auberge. Sethan ne semble pas s'en inquiéter, et ça ne me dérangerait pas beaucoup non plus si ma tête ne bourdonnait pas à chaque coup. Je me pince l'arête du nez dans l'espoir que ça se calme.

La porte d'entrée s'ouvre et Aren ressort, tenant à la main un panier tapissé de feuilles, rempli de fruits et de fromages et surmonté de pain. Il me le tend. Je dois me faire violence pour ne pas le lui arracher des mains et en dévorer le contenu. Les fruits du Royaume sont divins – plus succulents et sucrés que n'importe quel melon ou abricot que j'aie goûté –, mais je m'oblige à croiser les mains sur mes genoux.

Il fronce les sourcils.

— Ça fait presque un jour que tu n'as rien mangé.

— Je ne sais pas ce que tu as mis dedans.

Son rire me prend au dépourvu.

— Tu es incroyablement butée, *nalkin-shom*.

Je parviens à me retenir de lever les yeux au ciel, mais sa rengaine commence à me lasser.

— Je m'appelle McKenzie.

Aren met un quartier de fruit violet dans sa bouche, puis me tend de nouveau le panier. Je le regarde tandis que mon ventre gargouille.

— Il faut que je goûte le fromage, aussi ? demande-t-il.

Quand je me rends compte que ça n'aurait aucun sens de m'empoisonner, je soupire et prends le panier. Il n'a pas besoin d'être retors s'il veut me tuer. Me trancher la gorge d'un coup de couteau ferait l'affaire, et aucun des rebelles ne trouverait à y redire. Il est même plutôt probable qu'ils fêteraient ça.

Je porte une tranche de fromage blanc à pâte molle à mes lèvres. Lorsqu'il entre en contact avec ma langue, mes papilles s'éveillent. Si Aren et Sethan n'étaient pas en train de m'observer, je me renverserais sur le banc en gémissant de plaisir. Ce fromage est absolument délicieux, même si, dans mon état de manque, j'irais jusqu'à me satisfaire de l'écorce amère dont les faes sont si friands.

Je mastique, déglutis et me saisis d'une autre tranche, indifférente à l'air satisfait qu'affiche Aren avant de se détourner pour parler à Sethan en fae. J'arrache un bout de pain et l'enroule autour d'un morceau de fromage orangé. Je ne l'ai pas terminé que j'en porte déjà un autre à ma bouche. Gardant les fruits pour le dessert, j'essaie de ralentir l'allure. Il ne me faut tout de même pas plus de quelques minutes pour engloutir le contenu du panier. Si je pouvais juste dormir un peu maintenant, je me sentirais beaucoup mieux. Une simple sieste de cinq minutes, ce serait le paradis.

Les deux faes terminent leur conversation au moment où je repousse le panier. Sethan n'a pas l'air content.

— Je m'en remets à ton jugement, Aren, et j'espère que tu as raison. McKenzie.

Il m'adresse un bref salut, puis descend les marches du perron en trottinant. Je le regarde s'avancer dans la forêt. Un éclair de lumière m'apprend qu'il a ouvert une fissure. Dommage que le feuillage m'empêche de lire ses ombres.

— Je t'ai obtenu un sursis, dit Aren en s'adossant au pilier du perron.

Sa désinvolture et l'intensité de son regard argenté forment une étrange combinaison. Je n'aime pas sa façon de m'observer. J'aime encore moins la façon qu'a la lumière de la lune de l'auréoler et de lui prêter un air mystérieux, presque élégant. Constatant qu'il n'ajoute rien et ne détourne pas les yeux, je m'agite sur le banc en bois.

— Bon, dis-je lentement, parce qu'il faut que je brise ce silence. Tu t'attends à des remerciements ?

— Tu finiras par nous aider.

Il semble tellement sûr de lui.

Je secoue la tête.

— Non. Je reste loyale à K… au roi Atroth.

Il esquisse un rictus.

— Je gagnerai ta confiance.

— Je douterai de tout ce que tu diras.

Avec un petit rire, il se détache du pilier et traverse le perron pour prendre ma main droite dans la sienne. Au moment où il m'aide à me lever, je commets l'erreur de soutenir son regard. Si près de lui, je cours le risque de me perdre dans ses yeux, surtout avec la chaleur de ses *edarratae* qui remontent le long de mes bras. Il incline la tête et me regarde de haut, amusé.

— Tu me poses un défi intéressant.

D'un doigt, il me caresse la mâchoire, et je suis submergée d'éclairs qui partent de mon cou pour envahir mon être. Un instant déboussolée, déstabilisée, je brûle d'une envie sur laquelle j'ai peur de mettre un nom.

Enfin, Aren s'écarte et ouvre la porte d'entrée.

— Viens, *nalkin-shom*. Je vais te border.

Quand enfin je reprends contenance, je lance à cet enfoiré mon regard le plus glacial. Pour une raison que j'ignore, il a l'air de trouver ça drôle.

Chapitre 5

Je suis devenue insomniaque il y a dix ans. J'étais élève de première, déléguée de ma classe et inscrite à tous les cours de niveau supérieur que proposait mon lycée. Mes professeurs m'adoraient, mes amis me respectaient, mes parents étaient fiers de moi. C'est ma rencontre avec les faes qui a tout chamboulé. Si je n'arrivais plus à dormir, au début, c'est parce que j'ai cru que je devenais folle et que j'étais victime d'hallucinations ; personne d'autre ne voyait ces gens couverts d'éclairs qui fouillaient les couloirs et les salles de classe. Et il était clair qu'ils cherchaient quelque chose. Quelqu'un. Moi.

Lorsqu'un impur du nom de Thrain a découvert que j'étais douée de double vue, il m'a emmenée de force dans le Royaume et s'est servi de moi dans sa guerre contre le roi. Devant mon refus de lire les ombres pour lui, il m'a privée de nourriture. Il m'a frappée. Il a menacé de s'en prendre à mes amis et à ma famille. Je n'ai pas eu d'autre choix que de l'aider. Enfin, jusqu'à ce que Kyol me sauve.

Après qu'il m'a rendue à mon monde, c'est désormais à cause du sang qui bouillonnait dans mes veines la nuit que je n'arrivais plus à dormir. Kyol m'intriguait. Il me protégeait, et quand le roi Atroth m'a demandé de l'aider à capturer Thrain, j'ai accepté sans hésiter. C'est à ce moment-là que les cauchemars ont commencé. Certains des faes de Thrain refusaient de fuir ou de se rendre. Ils ont riposté, tué, sont morts ; et à leur tour, ces visions m'ont hantée et empêchée de dormir.

À présent, c'est songer que je ne reverrai peut-être plus jamais Kyol qui me fait perdre le sommeil. J'avais seize ans quand nous nous sommes rencontrés, et lui était... plus âgé. Dans le Royaume, les gens – faes et humains confondus – vieillissent moins vite que sur Terre. J'aurais donné à Kyol une vingtaine d'années à l'époque, même s'il aurait tout aussi bien pu en avoir le double. Il n'était pas encore le maître d'armes d'Atroth, mais il était son ami. Il est devenu le mien, et notre relation a fini par... évoluer. Ces dix dernières années, je ne suis parvenue à goûter un sommeil paisible et réparateur que les nuits où Kyol a veillé sur moi. Malgré la résolution que j'ai prise de mener une vie normale loin des faes, ça n'a toujours pas changé.

Ça fait des heures que j'ai les yeux rivés au plafond, tenaillée par mes angoisses. De temps à autre, leur étau se desserre et mes paupières lourdes se ferment, mais les plus légers soupirs et gémissements de l'auberge suffisent à me réveiller.

J'entends des bruits de pas s'arrêter devant ma chambre. Lorsque la porte s'ouvre en grinçant, je feins de dormir. Quelqu'un entre, se racle la gorge. Je garde les yeux fermés et refuse de bouger.

— McKenzie.

J'ai beau être allongée à même un sommier à ressorts qui pourrait faire office d'instrument de torture, je ne tique toujours pas.

— McKenzie, dit la personne, plus fort cette fois.

La voix m'est inconnue. C'est celle d'une femme, mais pas Lena.

— McKenzie Lewis.

Alors que j'entrouvre les yeux pour la fusiller du regard, je me retrouve à froncer les sourcils. Il filtre juste assez de lumière dans la chambre pour que je puisse constater que la fae qui me dévisage est habillée comme une humaine : un jean assorti à un haut rouge moulant, des bracelets métalliques et un collier de perles noires à trois rangs. C'est difficile à dire dans cette pièce mal éclairée, mais il me semble qu'une mèche de sa chevelure sombre et soyeuse est tressée de grenats et de *premthyste*, une pierre nacrée que l'on trouve dans la province située à l'extrême sud du Royaume. Si j'ai vu juste, c'est une fille de Cyneayen, le noble régent de la province de Tayshken.

— Le soleil est levé, dit-elle en indiquant inutilement de la tête ma fenêtre condamnée.

Les planches de bois ne laissent pas passer le moindre rai de lumière. Le vacarme qu'a fait Lena la nuit dernière avec son marteau et ses clous m'a donné une affreuse migraine. J'aurais plus de chance de m'échapper en creusant un trou dans le mur qu'en m'attaquant à l'épaisseur de bois qui barre désormais la fenêtre.

— C'est l'heure du réveil.

— Pas chez moi.

Je ferme les yeux en souhaitant qu'elle s'en aille.

Elle pousse un soupir d'impatience.

— On m'a chargée de passer la main à Lena si tu refuses de coopérer.

Ma foi, rien ne vaut une menace pour vous tirer du lit le matin. Je m'assois… et réprime de peu un gémissement.

Je suis courbaturée de partout. D'accord, je n'ai pas bien dormi, mais je n'ai pas non plus eu le sommeil si agité que ça. J'imagine que c'est le prix à payer quand on escalade des grillages et qu'on tente des acrobaties dans le vide. Je me masse le cou dans l'espoir que la douleur se résorbe.

— Aren a dit que tu aurais peut-être les membres endoloris.

La fae ouvre la main et me présente deux petits cachets blancs.

— C'est quoi ?

— De l'ibuprofène.

Je plisse les yeux.

— Les faes ne prennent pas de médicaments humains.

— Ils ne sont pas pour moi.

L'anatomie des faes n'est pas si différente de celle des humains, mais ils ne sont pas censés avoir de contacts avec notre alimentation et notre culture. Ce n'est pas tant que les médicaments soient dangereux pour elle – si c'était le cas, des éclairs bleus onduleraient comme des serpents autour des cachets dans sa paume –, mais même hors technologie, les objets issus de mon monde affaiblissent graduellement la magie du Royaume. Certes, nous ne sommes pas dans le Royaume pour l'instant, et la seule qui souffre ici c'est moi.

Après m'être rappelé que ça ne rimerait à rien pour eux de m'empoisonner, j'accepte les deux cachets qu'elle me tend. Accumuler assez de salive pour les avaler me prend un moment. Hélas, il va s'écouler encore une vingtaine de minutes avant qu'ils agissent.

— Qui es-tu ?

— Je m'appelle… Kelia.

Intéressante, cette hésitation. Je n'avais encore jamais rencontré de fae qui ne me dise pas d'entrée de jeu de qui il était le fils ou la fille. Chercherait-elle à me cacher sa lignée, par hasard ?

— C'est de la *premthyste*, dans tes cheveux ?

Je suis sûre de reconnaître la pierre, maintenant. Seules quelques familles prestigieuses portent encore ce genre de tresse distinctive de nos jours. Pas de doute, elle doit être une fille de Cyneayen. Si je me souviens bien du seigneur Raen, l'aîné de Cyneayen, c'est un antihumain notoire. Il ne parle pas un mot d'anglais, et chaque fois que je suis tombée sur lui, il a grimacé comme si ma vue lui laissait un sale goût dans la bouche. L'anglais de cette fille – Kelia – est irréprochable. Avec l'accent américain qu'elle a perfectionné, elle se fondrait sans mal dans une foule d'humains, tant que personne autour d'elle n'est capable de voir les *edarratae*.

Elle pince les lèvres.

— Aren veut que je t'enseigne notre langue.

Je lui aurais peut-être fait remarquer qu'elle évitait ma question si sa déclaration ne m'avait pas interloquée. M'apprendre à parler le fae ? Quel intérêt y voit Aren, au juste ? Il parle anglais, tout comme Sethan, Lena et le reste de ceux qui pourraient avoir à travailler avec des humains. Ça ne m'étonnerait pas que la moitié des rebelles maîtrisent ma langue. Et puis, est-ce que ça ne les désavantagerait pas que je puisse écouter leurs conversations ? En l'état actuel des choses, ils pourraient exposer en détail toute leur stratégie de guerre sans que j'aie la moindre idée de ce qu'ils racontent.

— Le roi l'a interdit.

Ce n'est pas que je n'aie pas envie d'apprendre à parler le fae, bien au contraire. J'ai simplement l'habitude de ne pas le comprendre et de séparer nos deux cultures autant que possible.

— Il nous a aussi interdit d'apprendre les langues de ton monde, dit Kelia sans hésiter. Ça ne nous a pas empêchés de le faire. Ça ne devrait pas être un frein pour toi non plus, à moins que tu ne craignes la Cour.

À moins que je ne craigne... Oh, ça y est, je vois où il veut en venir.

— Aren commence fort, hein ?

Kelia hausse les sourcils.

— Quoi ?

— Laisse tomber.

C'est drôlement intelligent de sa part, comme tactique. Avec cette offre, il me fait passer un message : la Cour ne se fie peut-être pas assez à moi pour m'enseigner leur langue, mais lui si, ou en tout cas c'est ce qu'il veut me faire croire. Bien essayé, mais je ne suis pas stupide. J'aurais peut-être – je dis bien peut-être – pu croire à la pureté de ses intentions s'il comptait me laisser partir après m'avoir appris leur langue. Dommage que Sethan et lui m'aient clairement signifié qu'il ne fallait pas y compter avant que cette guerre soit terminée. Je ne tomberai pas dans le piège des manipulations d'Aren.

En revanche, je vais en tirer avantage.

— D'accord. Je suis partante, dis-je en me relevant un peu trop vite.

Mes muscles s'indignent de mon geste brusque et ma vue s'obscurcit.

Elle m'étudie un moment.

— Après le petit déjeuner.

Alors qu'elle commençait à se détourner, elle me saisit soudain la main.

Je serre le poing de l'autre, prête à me défendre.

— C'est une montre ? demande-t-elle.

J'hésite.

— Euh, ouais.

Une montre à cadran numérique bon marché, achetée 10 dollars au supermarché du coin.

Kelia ouvre grand ses yeux argentés.

— Je peux la mettre ?

Je dégage la main et la frotte contre mon jean pour chasser le picotement de ses *edarratae*.

— C'est de la technologie.

— Peu complexe, dit-elle sur un ton dédaigneux. Tu veux bien, s'il te plaît ? Je te la rendrai.

C'est quoi son problème, bon sang ? Kyol déteste quand je porte ma montre, et pour être honnête, ça m'étonne qu'Aren n'ait pas exigé que je la retire pour qu'il puisse l'expédier au cimetière technologique où mon portable a dû finir.

— S'il te plaît…, insiste-t-elle.

C'est sa magie, après tout. Je détache la montre et la lui donne. Des éclats de chaos se propagent le long de son bras quand elle la prend. Sans se soucier de leur frénésie soudaine, elle essaie d'attacher le bracelet à son poignet. De toute évidence, c'est la première fois qu'elle fait ça, ce qui n'a rien de surprenant. Je l'aide à insérer la tige de métal dans un trou du bracelet en plastique. Sous la montre, sa peau brille d'une faible lueur bleutée.

Elle tourne le poignet et contemple, fascinée, le cadran numérique. La porte ne laisse pas vraiment passer assez de lumière pour que j'arrive à lire l'heure, mais elle est fae. Il est probable qu'elle distingue les chiffres.

— Merci, dit-elle sans me regarder.

— Il y a… Tu vois ce petit bouton, sur le côté droit ? Si tu appuies dessus, le cadran s'éclairera.

— Vraiment ?

Lorsqu'elle essaie, trois *edarratae* fins comme des aiguilles remontent le long de son doigt et se diffusent en toile d'araignée bleue sur le dos de sa main. Ils s'évanouissent dès qu'elle relâche le bouton, puis réapparaissent quand elle l'enclenche de nouveau. Après avoir éclairé le cadran une dizaine de fois, elle laisse enfin retomber ses mains. Remarquant que je l'observe, elle se départ de son air intrigué.

Elle se racle la gorge.

— C'est l'heure du petit déjeuner.

Je ferme les yeux et plaque mes paumes sur mes tempes. Après trois jours entiers à ne faire que répéter tout ce que dit Kelia et nommer tout ce qu'elle m'indique, je suis sur le point de craquer.

— Assez ! je hurle.

— *Na raumel e'Sidhe*, répond-elle calmement.

Dans la langue des faes.

— Non. Ça suffit. J'ai besoin d'une pause.

En plus, je ne me rappelle plus comment on dit « assez » en fae et je suis épuisée. Depuis qu'Aren m'a amenée ici, je n'ai la paix que lorsque les rebelles m'enferment dans ma cellule.

Bon, d'accord, ma chambre. Et on ne peut pas dire que les rebelles m'aient maltraitée. Ils veillent à ce que je ne manque ni d'eau ni de nourriture, et personne ne m'a franchement menacée depuis le premier jour, mais ils ne sont jamais bien loin. Ils me surveillent et me jugent en permanence, l'air méfiant. Ça n'aurait pas été pire s'ils m'avaient menottée ; je n'ai pas eu la moindre occasion de m'échapper.

Kelia croise les bras et attend, appuyée sur une jambe. Si elle s'imagine que son obstination peut rivaliser avec la mienne, elle se trompe. Je me suis comportée en élève modèle depuis qu'on a commencé ces leçons. Je n'avais jamais engrangé une telle quantité d'informations en si peu de temps, pas même la fois où, revenue d'une mission au Royaume, j'ai dû passer la nuit à réviser un examen qui aurait normalement nécessité des jours de travail.

Kelia me fait la morale en fae. Je n'ai pas besoin de comprendre ce qu'elle dit – le ton de sa voix est explicite –, mais, à ce stade, je me moque qu'elle passe la main à la fille de Zarrak. Je suis incapable d'apprendre un mot de plus. Je m'y refuse.

Kelia se rend enfin compte que ses paroles se heurtent à un mur… un mur très fatigué, de mauvais poil et inébranlable. Elle se voûte, renonçant à lutter.

— Très bien, dit-elle en faisant la moue. Tu as faim ?

— Non.

Nous avons déjeuné il y a à peine une demi-heure, et avant ça nous avions pris une collation. En plus, je flaire une ruse de sa part pour me forcer à nommer les aliments et les couverts. Je n'en démordrai pas, il n'est pas question que j'apprenne un mot fae de plus aujourd'hui.

Je vais à la table de pique-nique et examine la carte que j'ai gravée dessus. Comme d'habitude en ce qui concerne mon travail, on croirait l'œuvre d'un schizophrène. Celle-ci est pire que les autres, plus grande et plus brouillonne, un tracé de lignes qui s'interrompent brutalement avant de reprendre quelques centimètres plus à droite, là où j'ai réduit l'échelle de ma carte mentale. Aux yeux d'un humain normal, l'esquisse finale doit ressembler au dessin d'un enfant de maternelle, mais pour un fae qui m'entend nommer une ville ou une région, elle vaut une pierre d'ancrage. S'ils n'ont pas une pierre ou un diseur d'ombres pour nommer l'emplacement désigné sur sa carte, les faes ne peuvent se rendre qu'aux endroits qu'ils ont mémorisés. Ça fonctionne un peu comme les humains avec les numéros de téléphone : ils sont capables d'en retenir des dizaines, mais s'ils n'y repensent pas souvent ou ne les composent pas de temps en temps, ils ont tendance à les oublier totalement.

Je m'installe sur ma carte du verger, appuie les coudes sur mes genoux et fixe mes bottes du regard. Pendant que je prenais mon petit déjeuner le premier matin de mon séjour ici, Kelia a ouvert une fissure. Vingt minutes plus tard, elle est revenue les bras chargés de vêtements. La plupart étaient pour elle, mais elle m'a donné deux jeans, trois hauts neufs et une paire de bottes en cuir noir… à talons, bien entendu, pour me dissuader de m'enfuir. Les jeans sont un poil trop serrés. Kelia m'a assuré qu'ils me vont bien – même si je ne lui ai rien demandé et que ça m'est égal – et que mon chemisier bleu ciel n'est pas trop décolleté, mais ce n'est clairement pas comme ça que j'ai l'habitude de m'habiller. J'achète mes affaires pendant les soldes et porte des tee-shirts. Ce style de vêtements est beaucoup trop branché pour moi. Mais pas pour Kelia.

Elle s'assoit à côté de moi sur la table et se met à jouer avec la bourse à cordons attachée à sa ceinture en regardant le sentier envahi de mauvaises herbes qui coupe la lisière des arbres. Ça fait trois jours qu'elle surveille ce chemin. Au début, j'ai pensé qu'elle guettait le retour d'Aren. Je ne l'ai pas vu depuis qu'il m'a raccompagnée à ma chambre, et même si je brûle de curiosité, je n'ai pas cherché à savoir où il se trouve. Mais je commence à douter que ce soit pour lui que Kelia passe son temps à tourner la tête, à moins qu'elle ait un faible pour lui. Je suis à peu près sûre que Lena est amoureuse de ce type – à vrai dire, il ne doit pas y avoir beaucoup de faes qui n'auraient pas envie de sauter dans son lit –, mais Kelia n'a jamais l'air transie quand elle parle d'Aren. Peut-être redoute-t-elle que la Cour découvre cet endroit ? L'espoir fait vivre.

Tandis que je triture une grosse écharde qui dépasse du bord de la table, mon humeur se dégrade. C'est entre autres pour ça que je suis parvenue à endurer trois jours entiers de matraquage linguistique. Si je laisse mon esprit vagabonder, je finis immanquablement par déprimer. Ça fait maintenant quatre jours. Je suis sûre que je ne manque à personne, pas même à Paige, qui a l'habitude de mes longues absences épisodiques. C'est à cause de ça que je vis seule, dans un appartement à quelques kilomètres du campus. J'ai essayé l'internat en première année, mais à force de me surprendre à parler toute seule – les faes choisissent presque toujours de rester invisibles aux yeux des humains normaux –, mon colocataire a demandé à changer de chambre.

Je jette l'écharde que j'ai arrachée de la table et cherche un sujet de distraction. Tout ce qui pourrait m'empêcher de penser à ma vie est bon à prendre.

— Aren, dis-je en sautant sur la première idée qui me passe par la tête. Il va revenir ?

Kelia a un petit rire.

— Probablement.

— Où est-il allé ?

— Dans le Royaume.

C'est une réponse laconique, comme si elle fermait la porte à d'autres questions au sujet de l'impur. Ou plutôt du faux impur, si j'en crois Sethan.

— Tu le connais depuis combien de temps ? je demande.

Elle cesse de tripoter la bourse à sa ceinture et me dévisage.

— Ça fait trois jours que tu n'as pas parlé de lui. Pourquoi cet intérêt soudain ?

Je hausse les épaules.

— Il te manque ?

Cette fois, c'est à mon tour de froncer les sourcils.

— Bien sûr que non.

— La plupart des femmes sont folles de lui, dit-elle.

Est-elle sérieusement en train d'insinuer que j'apprécie sa compagnie ?

— Il m'a enlevée !

Elle penche la tête de côté.

— Tu ne le trouves pas séduisant ?

— C'est un fae.

Les mots m'ont échappé. Même sans admettre ni nier quoi que ce soit, ils pèsent comme un mensonge sur ma langue.

L'expression de Kelia s'assombrit.

— Ça veut dire quoi, ça, au juste ?

— Nos deux mondes ne doivent pas se mêler, nos corps encore moins, je récite, avec autant d'affliction que Kyol le jour où il m'a déclaré la même chose.

— Tu le penses, ça ? demande-t-elle.

— Oui, je m'oblige à dire d'une voix creuse.

Le ton de Kelia se charge d'amertume.

— Tu es comme tous les autres. (Elle se lève de la table de pique-nique.) Si tu veux faire une pause, tu peux aller dans ta chambre.

Alors qu'elle se dirige vers l'auberge, elle s'arrête dans son élan, blême. Je suis son regard jusqu'au sentier.

Trev s'avance dans la clairière en boitant, couvert de blessures suintantes. Des *edarratae* étincellent sous l'épaisse couche de saleté avant de disparaître sous sa tunique déchiquetée et trempée de sang. Je n'ai pas revu Trev depuis la nuit où j'ai lu ses ombres. En comptant Kelia et Lena, seuls cinq faes sont restés à l'auberge. Ceux qui ont passé l'après-midi à me surveiller du perron comme des vautours abandonnent leur poste pour se précipiter vers le rebelle blessé.

Kelia le rejoint un peu avant les autres. Elle échange quelques mots avec lui, paniquée. Trev secoue la tête, la mine grave. Je saisis certains mots au vol, « Cour »... « soigner »... « portail », jusqu'à ce qu'ils se mettent à tous parler en même temps et trop vite pour que je puisse les comprendre. Ça n'a pas d'importance. L'essentiel, c'est que leur conversation retient toute leur attention. Personne ne m'a accordé le moindre regard, et la bordure est de la clairière ne se trouve qu'à dix ridicules petits mètres de moi.

Je ne tergiverse pas, je cours. En trois longues foulées, je m'engouffre dans la forêt.

Poussée par l'adrénaline, je bondis par-dessus un tronc d'arbre en putréfaction. Je sais que les faes vont avoir placé des charmes autour du campement, mais je suis une humaine douée de double vue. Même si je ne verrai pas vraiment les pièges magiques, je les sentirai au vrombissement que ma peau détectera dans l'air. Lorsqu'une légère vibration me parcourt le bras gauche, je suis mon instinct et bifurque à droite. Le charme ne m'arrêtera pas, mais si je passe au travers, les faes me localiseront. Sans me soucier des branches qui me cinglent le visage et les bras, je continue à courir, de plus en plus vite.

Le sol de la forêt se dérobe sous mes pieds. Je glisse sur la pente raide dans une cascade de feuilles mortes et retrouve de justesse mon équilibre au moment où le terrain s'aplanit. Je ne sais pas du tout où je vais – tout se ressemble ici –, mais je ne ralentis pas. Je dois fuir, mettre le plus de distance possible entre les rebelles et moi, et trouver le moyen de contacter Paige.

Je cours à perdre haleine depuis deux ou trois minutes quand je suis alertée par des picotements sur ma peau. Je m'arrête net et scrute la forêt. Ce n'est pas un charme que je sens à présent. Ce sont eux.

La canopée dense empêche la plupart des rayons du soleil de passer, et quand le vent secoue les cimes des arbres, des ombres dansent sur le sol de la forêt. Je ne vois pas les faes, mais je suis certaine qu'eux me voient.

Merde. Qu'est-ce que je suis censée faire, maintenant ? Courir ? Me battre ? Les supplier de m'épargner ? Aucune de ces options ne me tente.

Je tourne en rond. Les talons de mes bottes s'enfoncent dans la terre meuble tandis que j'inspecte un bosquet après l'autre en essayant de deviner d'où viendra leur assaut. Un mouvement attire mon attention. Lena. Elle s'avance vers moi, son épée tirée. Ça se présente mal. Qu'elle soit une femme n'y change rien ; tous les faes savent se battre. Elle pourrait me botter les fesses même si c'était moi qui tenais l'arme.

Très bien, en ce cas. Ça ne me laisse plus que le choix de courir… car je n'ai pas l'intention de la supplier.

Je fais demi-tour et détale. Des branches me fouettent le visage et s'accrochent à mes vêtements, m'obligeant à lever les bras pour contrer l'attaque de la forêt. Devant moi, le terrain s'incline de nouveau en pente raide. Malgré mes poumons en feu et un point de côté, je continue de courir.

Les taillis bruissent derrière moi, à ma gauche puis à ma droite, et juste au moment où j'allais atteindre la colline, je trébuche sur du vent.

Il n'y a pas d'autre façon de décrire ce qui m'arrive. Alors qu'il y a une seconde mes jambes se mouvaient devant moi, mes tibias se heurtent soudain à de l'air aussi solide que de l'acier. Je parviens à garder l'équilibre assez longtemps pour comprendre que Lena est une tisseuse d'air – incroyablement puissante, qui plus est –, puis un nouveau jet d'air imperméable fuse contre mon épaule. Le choc est si violent que je tourne sur moi-même. Ma cheville s'empêtre dans un fourré de mauvaises herbes épineuses et je tombe sur les fesses. Ma course se serait peut-être arrêtée là si un troisième coup de vent ne m'avait pas frappée en pleine poitrine et projetée avec une telle force que je me retrouve à rouler pieds par-dessus tête, prenant de la vitesse au lieu d'en perdre.

La forêt me lacère la peau et m'assaille d'images furtives. Soudain, un arbre se dresse en travers de mon chemin. J'étends les bras pour l'éviter. Erreur. Mon bras droit encaisse la totalité de mon poids. Un craquement, une vive douleur à l'avant-bras, et je me retrouve étendue face contre terre.

Tandis que le monde devient flou autour de moi, je roule sur le flanc gauche. Mon bras droit retombe, comme si une articulation supplémentaire avait poussé entre mon poignet et mon coude. J'essaie de ne pas penser à l'os blanc qui transperce ma chair. Je veux me mettre à genoux, mais je suis prise de nausée. J'ai le tournis. Ma vue se brouille. Puis, alors que Lena s'avance vers moi, tout devient noir.

Chapitre 6

— Il y a un nouvel impur.

J'arrache mon regard des ombres que Kyol a laissées derrière lui. Ça fait des mois qu'on ne s'est pas vus, mais le temps n'a pas émoussé mes réactions à son égard. J'ai un petit coup au cœur. Il n'a pas changé depuis la dernière fois qu'on s'est retrouvés, lorsqu'on est convenus que les choses seraient plus simples si chacun se cantonnait à son monde. C'était justifié. Cette façon qu'il a de veiller à conserver une expression neutre me serre le cœur.

Je me laisse tomber sur le canapé. Mes parents sont sortis. C'est la première fois qu'ils me laissent seule à la maison depuis la fois où j'ai disparu pendant trois jours entiers. J'ai refusé de leur dire où j'étais allée – qu'est-ce que j'aurais gagné à dire la vérité, vraiment ? – et ils n'ont levé ma punition qu'il y a quelques semaines, quand mes notes sont remontées.

— Un nouvel impur ? je répète.

Le premier a failli me tuer et pourtant, la peur que je devrais ressentir est ensevelie sous une émotion plus forte.

— Tu es en sécurité, m'assure Kyol en s'asseyant à son tour sur le canapé.

Même si un bon mètre nous sépare, la chaleur de son corps fait grimper la température de la pièce.

— Pourquoi es-tu ici, alors ? je demande.

Son regard dévie vers le mien. Les mots sont inutiles. Il n'est pas ici pour la raison que je voudrais. Rien n'a changé. Le roi n'a pas révoqué les lois qui nous séparent, et Kyol n'a aucune intention de renier son serment.

— J'ai demandé à Atroth d'envoyer quelqu'un d'autre, dit-il.

— Parce que tu n'avais pas envie de me voir.

— Non. (Il serre les dents, puis baisse les yeux au sol.) Parce que j'avais envie de te voir.

Je déteste entendre cet aveu lui échapper dans une vague de culpabilité. Je déteste avoir envie de le réconforter, de lui dire que ce n'est rien – que je vais bien –, et que je comprends. Je n'ai pas envie de comprendre, mais il est le maître d'armes du roi. Il a juré de protéger les Descendants des *Tar Sidhe* au prix de sa vie, et même si me fréquenter et côtoyer la technologie de mon monde n'endommageait pas sa magie, c'est un homme qui ne revient pas sur ses promesses.

Et mince… moi qui m'attendais à ce que le temps prouve que mes sentiments étaient passagers.

— Quel est son nom ? je demande, car mon esprit risque de se perdre en scénarios hypothétiques si je ne me concentre pas sur la vraie raison de la venue de Kyol.

— Betor, fils de Jallon.

Je suis frappée par une impression de déjà-vu si violente que j'en ai mal au crâne. Non, ça ne peut pas être ça. Je devine ce qui va se passer ensuite.

— Il est pire que Thrain ? je m'entends lui demander.

— Pas encore. Nous espérons le capturer avant qu'il initie une nouvelle attaque.

Kyol évite mon regard. Sa voix est monocorde.

— Tu ne veux pas de mon aide.

— Non.

— Alors pourquoi es-tu venu ?

— Atroth a pensé que je pourrais te convaincre d'épingler quelques faes. Je suis chargé de te dire que tu ne participeras pas aux affrontements de grande ampleur. Nous allons nous servir de toi… en secret ? (Il lève la tête. À mon assentiment, il reprend.) Lorsque nous aurons appris l'emplacement d'un des rebelles, mes hommes tenteront de l'arrêter. Je t'escorterai, et si le rebelle ouvre une fissure, tu traceras la carte de ses ombres.

Ça semble sans grand danger. C'est mieux que de se servir de moi pour percer les illusions des faes au cœur de la bataille.

— Ça, je peux le faire, dis-je.

Kyol serre les mains sur ses genoux.

— Quand Thrain t'a trouvée, tu étais obligée de nous aider. Mais cet impur-ci ignore qui tu es. Ce n'est pas ta guerre. Si tu nous aides, ce sera parce que tu l'as choisi et… et, McKenzie, il ne peut rien y avoir entre nous.

Je ferme les yeux. Ce n'est pas ce que j'ai envie d'entendre. J'ai envie d'entendre qu'il y a une chance que le roi change d'avis ou qu'il fasse une exception.

— Je suis désolé, conclut Kyol en se levant.

Je me force à sourire et me lève aussi.

— Pas de problème. Je comprends. Ça vaut probablement mieux pour moi que je fréquente quelqu'un de mon espèce, de toute façon.

— Oui, acquiesce-t-il en me regardant.

On est plus près l'un de l'autre qu'on ne le devrait. On le sait tous les deux, et pourtant ni lui ni moi ne nous écartons. Kyol repousse les mèches de cheveux qui tombent sur mon visage, laisse ses doigts s'attarder sur ma joue et, sans y penser, je lève la tête.

Le temps ralentit son cours.

Nos lèvres se touchent.

C'est censé être un dernier baiser, et si on avait tous les deux été humains ou faes, ça l'aurait peut-être été, mais juste avant qu'on se sépare, des éclats de chaos explosent en moi. Son sursaut et sa brusque inspiration me prouvent qu'il les ressent, lui aussi, et au lieu de nous éloigner, nous nous rapprochons. Beaucoup plus près.

Notre baiser se fond en deux, puis en trois, jusqu'à ce que sa langue effleure la mienne et que je perde le compte. Il m'enserre la nuque avec douceur, comme si mon humanité me rendait fragile ; mais si ce doit être notre dernière étreinte, je ne veux rien réprimer.

Je l'enlace avant qu'il puisse s'écarter, et de nouveaux éclairs ricochent entre nous. C'en est fini de sa retenue. Quand il m'embrasse maintenant, j'ai la sensation d'être prise dans une violente tempête. Je perds tous mes moyens lorsqu'il m'allonge sur le canapé et se met à me caresser les bras, pose les mains sur mes hanches puis les glisse sous mon tee-shirt.

Il se passe quelque chose avec les éclats de chaos. Avec nos éclats de chaos. Alors que nous sommes sur Terre, des éclairs blancs me traversent et se mêlent aux siens dans un feu qui nous embrase.

Nos lèvres sont entrouvertes, nos souffles courts. Il sait ce qu'il fait ; j'essaie de donner l'impression que c'est aussi mon cas, mais les éclats de chaos gagnent en intensité et je ne suis pas certaine d'arriver à gérer la situation.

Il doit voir cette incertitude passer dans mes yeux.

— Tu es vierge ?

Une part de moi-même prend conscience que c'est un rêve, et qu'en ce cas je devrais pouvoir modifier ma réponse.

Je ne peux pas. Je m'entends lui dire « oui », l'entends me dire qu'il n'a pas le droit de me prendre ça. Malgré mes protestations, il lisse mes vêtements en s'excusant et dépose un léger baiser sur ma joue. Ses doigts quittent ma peau, et la chaleur de ses éclairs s'estompe. J'ai l'impression qu'une partie de mon âme s'estompe avec eux. Je respire toujours aussi fort, mais l'air que j'avale est froid et vide. Quand il repart par une fissure, j'ai envie d'être en colère. J'ai envie de le haïr pour sa retenue, pour m'avoir laissée alors que j'attendais tellement plus de ses caresses, et pour ne pas s'être comporté comme un mâle de base. Et pourtant, je ne le hais pas. Je l'aime même davantage.

On pourrait penser que la douleur qui me tenaille le bras droit éclipserait l'inconfort que me cause mon lit, mais il y a un ressort – ou un couteau, je ne sais pas trop – qui me laboure la colonne vertébrale. Je n'ai pas envie de me décaler. Mon bras a beau être maintenu par une attelle et enveloppé dans des bandes de tissu, je frôle l'inconscience au moindre mouvement. Je ne veux pas me rendormir. Je ne supporte pas ce sentiment de solitude qui s'est abattu sur moi à la fin de mon rêve.

Les heures passent. Mes muscles se roidissent et je commence à me lasser de fixer le plafond. Les fissures dont il est parcouru me laissent perplexe. Je ne devrais pas pouvoir les voir, pas avec la porte fermée et la fenêtre condamnée. Lentement, je tourne la tête vers la droite et découvre d'où provient la lumière de la chambre : un bocal à confiture posé à l'envers sur le sol. De brillantes volutes de brume blanche et bleue s'affrontent derrière les parois de verre. C'est ainsi que les faes s'éclairent la nuit tombée. Bien sûr, ils ne se servent d'habitude pas de ce genre de bocaux. Les souffleurs de verre du Royaume façonnent des lampes, des appliques murales et des orbes suspendus que les faes peuvent allumer grâce à leur magie. Tout ça est bien joli, quand on est un fae. Moins quand on est humain.

Je m'entraîne à soulever la tête plusieurs fois. Lorsque ce geste devient tolérable, je plie les genoux jusqu'à pouvoir poser les pieds à plat sur le matelas. Du coup, vu que je pèse davantage sur ma colonne vertébrale, je me résous à essayer de me décaler sur le côté.

La douleur me vrille le bras et je ferme les yeux. Seigneur, j'ai été mal inspirée de m'enfuir. Qu'est-ce qui m'a fait croire que je pourrais leur échapper ? Les faes ont l'avantage du nombre. Ils sont plus rapides et connaissent mieux le terrain. Même sans leur magie, j'aurais eu peu de chances de les semer.

Les pulsations dans mon bras se dissipent peu à peu. Comme je pense que je me sentirais mieux si je m'asseyais, je décide cette fois de tout donner. Je retiens mon souffle, oriente mes pieds vers le bord du lit et me sers de mon bras indemne pour me hisser.

La chambre se met à tourner autour de moi et j'ai un accès de nausée. Je me concentre sur ma respiration. De la sueur perle sur mon front tandis qu'un frisson me glace jusqu'à la moelle. La panique s'empare de moi peu à peu, comprime ma poitrine et me brûle la gorge. Je ne devrais pas être ici, je ne devrais pas être impliquée dans cette guerre. J'allais en sortir. Si les rebelles avaient attendu ne serait-ce que trois jours de plus, j'aurais eu mon diplôme et démissionné de la Cour. La magicienne des ombres d'Aren aurait fini par devenir un mythe, et j'aurais été en sécurité. Et indemne.

Je ravale mes émotions et m'exhorte à surmonter la douleur qui se diffuse dans mon avant-bras. Au bout de quelques minutes passées à respirer profondément, la pièce retrouve sa stabilité.

Bon, la tentative de fuite a échoué. Je ne peux pas renoncer pour autant. Je n'aurai qu'à mieux me préparer la prochaine fois. Je vais devoir…

J'entends le cliquetis de la porte. Elle s'ouvre sur Kelia, qui entre. Elle apporte une outre en peau et un second bocal éclairé par magie. Quand elle remarque que je suis réveillée, elle traverse la chambre et se campe devant moi.

— C'était stupide de ta part.

— Ouais, je parviens à articuler, même si je dois forcer sur ma voix.

— Tu as de la chance qu'Aren ait insisté pour qu'on te garde en vie.

De la chance ? J'aurais eu de la chance si je m'étais échappée. Ou s'ils ne m'avaient jamais capturée, déjà.

Kelia marque une pause et penche la tête de côté.

— Comment va ton bras ?

— Super.

Elle marmonne un mot fae que je n'ai pas encore appris, puis fouille dans sa poche.

— Tends ta main.

Soulever mon bras indemne me coûte un effort incroyable. Les tendons de mon épaule sont raides et je me sens faible comme si j'avais nagé des heures dans une piscine et que je devais de nouveau supporter la totalité de mon poids. Kelia laisse tomber deux cachets dans ma paume. Même ça, ça me paraît lourd.

— Je ne pense pas que l'ibuprofène va m'aider, lui dis-je.

— Ceux-ci sont un peu plus corsés.

Je la regarde de nouveau en haussant le sourcil.

— Tu voles dans les pharmacies, maintenant ?

— Quelques cachets, ça ne manquera à personne, dit-elle d'un air détaché.

Je les mets dans ma bouche et Kelia me tend l'outre. Lorsque je manque de la laisser tomber, elle m'aide à l'incliner. J'avale les cachets, sans trop me soucier de ce que c'est du moment qu'ils atténuent la douleur dans mon bras.

— Merci, dis-je lorsqu'elle reprend l'outre.

— Si tu es reconnaissante, n'essaie plus de t'échapper.

Je pars d'un petit rire.

— Bien sûr. Pas de souci.

Tout en se penchant pour poser son bocal, elle plisse les yeux, mais le regard noir qu'elle me lance manque de conviction. Je crois qu'on essaie toutes les deux de se détester, mais qu'on n'y arrive pas.

Le grincement de la porte qui s'ouvre attire notre attention. J'entends Kelia hoqueter, puis soudain elle traverse la pièce et se jette dans les bras du nouveau venu.

— Naito ! s'écrie-t-elle.

Je cligne des yeux à plusieurs reprises. J'essaie de ne pas rester bouche bée, mais elle est en train d'embrasser ce type, et même si son nom pourrait induire en erreur, il n'est pas fae.

Kelia s'écarte d'un pas minuscule mais garde les mains posées sur le torse de l'homme, le touchant comme si elle doutait de sa réalité. Maintenant qu'ils ne sont plus bouche contre bouche, je remarque ses cheveux noirs en bataille et les traits anguleux de son visage. S'il est au moins à moitié asiatique, il est surtout cent pour cent humain.

Kelia l'embrasse de nouveau, un baiser plus long et plus appuyé cette fois. Un éclat de chaos passe de son visage à celui de l'homme, puis ondule le long de son cou avant de disparaître sous le col maculé de sang de sa chemise.

— Que s'est-il passé ? demande-t-elle. Tu es blessé ?

— Je vais bien, dit Naito. Ce n'est pas mon sang.

Elle retombe dans ses bras. Il la serre contre lui, mais il a les yeux braqués sur moi. Je suis trop abasourdie pour détourner le regard. Il est humain, elle est fae, et je ne peux pas m'empêcher de me demander ce qui se passerait si Kyol rejoignait la rébellion. Est-ce que ça nous permettrait d'être ensemble ? C'est ce que je veux plus que tout, mais je ne lui ai jamais demandé d'abandonner la Cour. Le ferait-il pour moi ?

Des pointes de culpabilité me transpercent le cœur. Je n'ai absolument aucun droit de lui réclamer ça.

Naito fait reculer Kelia d'un demi-pas, puis lui caresse les bras. Lorsqu'il atteint ses poignets, il s'arrête, fronce les sourcils et baisse les yeux sur la montre que je l'ai laissée m'emprunter.

— Qu'est-ce que c'est que ce truc ? demande-t-il.

Elle sursaute comme si elle venait d'être piquée, et se hâte de couvrir son poignet de sa main droite.

— Rien.

— *On a déjà eu cette discussion*, dit-il.

Enfin, je crois que c'est ce qu'il dit. On dirait que je ne suis pas le seul humain à qui les rebelles ont appris à parler fae. Il continue à la sermonner, même si ses mots s'enchaînent maintenant trop vite pour que j'arrive à le suivre. Kelia fait la moue, mais elle le laisse détacher la montre de son poignet.

Il traverse la pièce et me la tend.

— Elle est à toi, je suppose.

Je hoche la tête, encore un peu sous le choc.

Il jette la montre sur le lit.

— Ne la lui redonne pas. Ni ça, ni aucun objet technologique.

Je ne sais pas si je serais agacée à la place de Kelia par sa réaction excessive, ou si je la trouve attendrissante. Pour être honnête, elle n'aurait pas dû toucher ma montre, encore moins la porter. Une pâle ligne bleue enserre son poignet comme une meurtrissure, même si la couleur est trop phosphorescente pour un hématome. Il est probable qu'une technologie aussi basique n'occasionnera pas de dommages durables à sa magie.

Naito m'observe toujours. Je pense qu'il attend que je lui réponde, jusqu'à ce qu'il dise :

— Alors comme ça, tu es la magicienne des ombres d'Aren.

J'ai du mal à me retenir de lever les yeux au ciel.

— Je ne suis pas la propriété d'Aren.

— Bien sûr que non. (Le coin de sa bouche s'étire en un sourire.) Il paraît que tu es meilleure que ce que disent les rumeurs.

— Je suis meilleure que toi.

Ces mots m'ont à peine échappé que je réprime une grimace. Je n'aurais pas dû dire ça, même si c'est sans doute vrai.

— Qu'est-ce qui te fait croire que je lis les ombres ?

— Que ferais-tu ici, sinon ?

Je ne peux pas m'empêcher de regarder Kelia lorsqu'elle s'avance à côté de lui.

— Je suis peut-être simplement doué de double vue, dit-il en entremêlant leurs doigts.

— Peut-être.

Non, je ne suis pas jalouse d'eux. Non.

Kelia serre sa main dans la sienne et lève la tête vers lui.

— Que s'est-il passé ?

Son sourire s'évanouit et il a soudain l'air las.

— La Cour arrête les faes qui sympathisent avec nous, dans l'espoir qu'ils auront des informations à leur fournir sur elle. (Il me désigne d'un geste de la tête.) Les gens qu'ils ont emmenés ne savaient rien, mais Aren est intervenu quand même. On en a libéré la plupart. On aurait pu capturer un autre diseur d'ombres d'Atroth si le maître d'armes n'avait pas débarqué.

Son regard pèse sur moi.

— Le fils de Taltrayn n'apprécie pas de t'avoir perdue. Il fait de ces attaques contre les nôtres une affaire personnelle.

— Les… tiens ?

— J'appartiens autant à la rébellion que toi à la Cour, dit-il en s'interrompant pour m'étudier. Mais à mon avis, il y a des chances que les miens me respectent et m'aient intégré davantage que toi les tiens.

— J'ai tout le respect qu'il me faut.

— Mais ils ne t'ont pas intégrée, si ? Ils ne t'informent pas de leurs plans, ni des conséquences de ce que tu fais pour eux. Ils t'ont même interdit de parler leur langue.

Je garde la tête haute et essaie de prendre un air assuré. Ce n'est pas si facile avec un bras cassé et un corps meurtri, mais ses critiques me hérissent.

— Ils ne m'ont jamais barricadée dans une pièce ni menacée de mort.

— Ce n'est pas parce que tu ne sais pas que tu es une prisonnière que tu n'en es pas une.

— Et c'est ta faute si tu es blessée, renchérit Kelia.

Je la fusille brièvement du regard avant de retourner à Naito.

— La Cour prend soin de moi, tout comme elle prend soin du Royaume. Elle ne fait pas brûler vives des familles derrière des murs peints à l'argent.

À cette allusion à Brykeld, les narines de Naito se dilatent, mais comme il ne dit rien, j'insiste.

— Elle ne se cache pas dans les maisons de faes innocents ni n'affame les gens pour essayer de tourner la situation à son avantage.

Il hausse les sourcils.

— On affame les gens ?

— C'est ce qui se passe quand vous attaquez les portails. Vous perturbez le commerce. Les marchands ont peur de voyager à cause de vous.

— Tu penses que c'est nous qui affamons les gens ? (Il rejette la tête en arrière et éclate de rire.) Tu gobes tout ce que la Cour te raconte, hein ?

Alors là, grossière erreur, mon pote. Il n'y a rien qui me fasse plus tiquer qu'un rire condescendant. Pas que je puisse y faire grand-chose à part bouillir depuis mon lit, mais ces gens peuvent toujours courir pour que je les aide. Aren est responsable du massacre de Brykeld, et j'ai été témoin de ce que d'autres actions des rebelles ont provoqué. En attaquant les portails, ils obligent les marchands à embaucher des gardes du corps ou à voyager par la route uniquement s'ils veulent atteindre leur destination. Ces coûts supplémentaires se répercutent sur l'ensemble du Royaume, et tous les faes n'ont pas les moyens de payer les prix gonflés. Ceux qui ne le peuvent pas restent plusieurs jours voire plusieurs semaines sans manger.

— Ce n'est pas à cause de nous que les gens ont faim, dit Naito une fois son accès de rire passé. Si les gens ont faim, c'est la faute d'Atroth et de ses taxes.

— Des taxes qu'il a été contraint d'imposer pour protéger son peuple d'Aren, je rétorque. Les impurs ont toujours nui au Royaume. Votre meneur ne fait pas exception.

— Aren n'est pas un Descendant des *Tar Sidhe*. C'est Sethan.

— Écoute, dis-je. Les seigneurs des provinces ont voté pour le roi Atroth. C'est un Descendant, personne ne conteste ça, alors à moins que tu aies une sorte d'aversion pour la démocratie, c'est lui le roi légitime.

Sa mine s'assombrit.

— Ce n'est pas les États-Unis, ici…

— Non, c'est l'Allemagne, je l'interromps, soudain fatiguée et plus que grincheuse. Et si ça ne vous dérange pas, j'aimerais rentrer chez moi.

Il secoue la tête.

— Aren aurait dû te tuer.

C'était bien la peine de s'attendre à un peu de sympathie de la part d'un autre être humain. Les rebelles ont complètement lavé le cerveau de ce type.

Il dit quelque chose en fae à Kelia. Je l'entends lui répondre, mais je suis soudain trop distraite pour décrypter leurs paroles. Aren se tient sur le pas de la porte, furieux. Des *edarratae* étincellent le long de sa mâchoire crispée, effaçant brièvement les ombres de son visage. Ils n'améliorent pas son humeur, en revanche. Je le sens bouillir d'ici. Il s'avance à grandes foulées, la main serrée sur la garde de l'épée à sa ceinture. Il se contient… à peine.

— Dehors, aboie-t-il.

C'est moi qu'il regarde, même s'il est clair qu'il s'adresse à Naito et Kelia. J'ai envie de les supplier de rester, mais Naito prend Kelia par le bras. Ils quittent déjà la chambre, ne laissant la porte qu'à peine entrebâillée.

Bon, du calme. Il doit bien y avoir quelque chose que je puisse dire ou faire pour me tirer de ce mauvais pas. Dois-je m'excuser pour avoir essayé de m'enfuir ? Lui proposer de lire les ombres pour lui ? C'est pour ça qu'il m'a laissé la vie sauve jusque-là, ainsi que pour ce que je sais des portails disparus, mais ça me semble honteux de me rendre. Kyol ne se rendrait pas. Il résisterait aussi longtemps que possible, et ensuite…

Aren tire un couteau de sa ceinture.

… ou peut-être qu'il me trouverait stupide de ne pas tout tenter pour sauver ma peau.

J'ouvre la bouche pour formuler une offre susceptible de m'obtenir un sursis, mais les mots restent coincés dans ma gorge. La douleur fuse dans le côté droit de ma cage thoracique quand je tousse pour essayer de dégager mes voies respiratoires soudain bloquées par la peur. Aren s'accroupit devant moi, ses yeux argentés rivés sur les miens.

— Je ne vais pas te faire de mal.

Malgré le grondement sourd de sa voix, c'est avec douceur qu'il glisse la lame de son couteau sous les bandages qui enveloppent mon bras fracturé. Je hoquette lorsque l'attelle et les bandes de tissu tombent au sol. C'est douloureux, mais pas autant que si je n'avais pas pris les cachets de Kelia.

Délicatement, Aren entoure la fracture de ses deux mains et réveille sa magie. Je serre les dents pour m'empêcher de crier. Du feu, de la lave en fusion, voilà ce que m'évoque son contact. Si je n'étais pas en train de regarder mon bras, je jurerais que ma peau se carbonise sous ses doigts.

Quand la douleur cuisante s'intensifie, j'agrippe l'épaule d'Aren de ma main gauche. J'enfonce les ongles dans son biceps, ferme les yeux. Mon instinct me supplie de le repousser, mais j'ai déjà enduré ça. La Cour du roi Atroth compte trois guérisseurs, et j'ai failli mourir la première année où j'ai lu les ombres pour essayer de retrouver la trace de l'impur Thrain.

La douleur disparaît. Mon bras m'élance toujours, mais le feu est parti et j'arrive de nouveau à respirer.

En revanche, Aren n'a pas retiré ses mains. Je ne peux pas m'empêcher de remarquer que ses jointures sont enflées et sales, et que sa peau est couverte d'entailles. Du sang, de la sueur et de la crasse s'immiscent dans une profonde coupure qui va de son poignet à son coude. Il faut qu'il s'en occupe avant qu'elle s'infecte.

Il libère enfin mon bras, puis pose sa main sur la mienne, toujours agrippée à son épaule. Quand je lâche prise et m'écarte, mes doigts glissent sous les siens.

Je déglutis une fois, puis deux avant de retrouver ma voix.

— Pourquoi ?

Un *edarratae* étincelle sur sa mâchoire.

— Pourquoi quoi ?

— Pourquoi tu ne vas pas me faire de mal ?

Il soutient mon regard, s'attardant une seconde de trop avant de détourner les yeux.

— Lena s'en est déjà chargée.

— Tu ne m'as rien fait non plus quand je suis sortie par la fenêtre, je souligne.

Il s'assoit à côté de moi sur le lit.

— Tu veux que je te fasse du mal ?

— Non.

Je baisse les yeux sur mon bras blessé juste à temps pour voir deux éclairs bleus filer sur ma peau là où se trouvait la fracture. C'est vraiment trop bizarre. Aren ne me touche plus. Les éclats de chaos ne devraient pas être encore là. Je me frotte le bras comme si je pouvais les essuyer.

— J'ai laissé l'*amajur*, la magie, en toi, dit-il. Elle reste active pour réparer la fracture. Ça s'estompera dans quelques minutes. Où es-tu blessée encore ?

— Je vais bien.

Je n'ai pas souvenir que la magie des guérisseurs du roi ait agi de cette manière, mais, à vrai dire, je n'étais qu'à demi consciente à ce moment-là.

— Où es-tu blessée encore ? répète Aren, avec plus d'insistance cette fois.

J'hésite, puis dis :

— Aux côtes et au dos.

Il baisse les yeux sur mon tee-shirt. Oh, non. Hors de question que je l'enlève. Quand il s'avance vers moi, je tire sur l'ourlet du devant et le maintiens fermement en place. Aren marque une pause, puis se penche pour remonter le pan de derrière.

— Tu peux garder ton tee-shirt.

— Merci, je réplique sèchement, mais je lâche le tissu pour qu'Aren puisse le remonter jusqu'à mes épaules.

Il trace du bout des doigts le contour de mes côtes de haut en bas, inspectant mes blessures. Même si je n'ai rien de ce côté-là, il répète son geste à gauche, et je frissonne à son contact.

— Pas de fracture, dit-il. Ça ne va pas faire aussi mal que quand je dois ressouder des os.

Il plaque sa paume sur les hématomes les plus graves, et la chaleur de sa magie me pénètre. Une lueur bleue se déploie juste au-dessus de ma hanche tandis qu'un éclat de chaos virevolte sur mon ventre nu. Non, ça ne fait pas mal. Ça me picote d'une manière désagréablement plaisante.

Derrière moi, Aren prend une profonde inspiration et se penche en avant. Quand je sens son souffle chaud sur ma nuque, je me raidis. Je suis une fille, c'est un homme, et nous sommes seuls dans cette pièce. Il est dix fois plus fort que moi. Il peut faire ce qu'il veut et même si je criais, il y a peu de chances qu'on vienne à mon secours.

— Tu as toujours peur de moi.

Mon cœur cogne dans ma poitrine. Je n'ose pas le regarder.

— Je ne devrais pas ?

Il met un long moment avant de me répondre, et quand il se décide, j'ai l'impression qu'il choisit ses mots avec soin.

—Morte, tu ne nous seras d'aucune utilité. Blessée, tu ne voudras pas nous aider. Ça, Lena et les autres ne le comprennent pas.

Il s'éloigne.

Je rajuste mon tee-shirt.

—Tu sembles leur en vouloir davantage qu'à moi.

—Parce qu'ils savent… (Il s'interrompt.) Je m'attendais à ce que tu essaies de t'enfuir.

—Vraiment ?

Il hoche la tête, et l'ébauche d'un sourire se forme sur ses lèvres.

—Pourquoi crois-tu que j'aie laissé autant de faes pour te surveiller ?

Je hausse les épaules… et suis soulagée de constater que ce geste n'est pas douloureux.

—Tu as peur que le maître d'armes me retrouve.

—Ah oui, le maître d'armes. Je pense que tu serais consternée d'apprendre ce qu'il est capable de faire pour te récupérer.

Un malaise me prend aux tripes mais je ne bouge pas, jusqu'à ce que le rire d'Aren me fasse sursauter.

—Tu ne demandes même pas ce qu'il a fait ? Tu as trop peur de découvrir quelque chose qui te déplairait ?

Le regard noir que je lui jette n'efface pas l'étincelle moqueuse dans ses yeux. Soulagé du poids qui pesait sur ses épaules, il s'est départi de sa mélancolie et est redevenu le ravisseur gouailleur qui me retenait deux étages au-dessus d'une chaussée en béton.

—Aren ?

Un fae passe la tête par l'encadrement de la porte. Il mentionne le nom de Sethan et enchaîne sur une tirade d'autres mots que je reconnais, sans parvenir à comprendre leur ordre ni leur sens. Aren lui répond tout en se levant du lit, puis m'adresse un sourire.

— Tu te sens mieux ?

Il s'attend à ce que je sois reconnaissante, que je me sente redevable.

— Je tenais le coup, avant.

Il glousse.

— Ton entêtement te perdra, *nalkin-shom*. Je finirai par te rallier à ma cause, tu verras.

Il referme et verrouille la porte derrière lui. Jamais je ne l'admettrai à voix haute, mais j'ai effectivement du mal à le haïr, avec les soins qu'il m'a prodigués.

Chapitre 7

Ce serait bien que quelqu'un suggère à Naito et Kelia d'aller se trouver une chambre. Même s'ils se menacent à coups d'épée, leur joute a un côté suggestif. Ils ruissellent de sueur, et leurs poitrines se soulèvent presque en rythme tandis qu'ils se regardent dans les yeux. Kelia s'amuse avec lui. Elle se déplace assez lentement pour que Naito s'imagine avoir une chance, avant de se baisser, aguicheuse, ou de sautiller hors de son atteinte. Elle reste surtout sur la défensive, mais les rares fois où elle se décide à attaquer, son épée d'entraînement émoussée touche toujours sa cible.

Le fracas métallique résonne de nouveau dans la clairière. Naito parvient à contrer l'une des offensives de Kelia. Il sourit, intercepte le coup de poing qu'elle lui envoie pour rire, puis l'attire dans ses bras et plaque sa bouche contre la sienne. Des éclats de chaos étincellent entre eux.

— Curieuse ?

Me tournant brusquement vers Aren, je manque de tomber de la table de pique-nique.

— Quoi ? je couine.

Au sourire d'Aren, mon cœur reste coincé dans ma gorge. Et mince, pourquoi faut-il qu'il soit aussi séduisant et qu'il réapparaisse maintenant ? Il avait de nouveau disparu après avoir guéri mon bras il y a quatre jours, et je venais d'arrêter de guetter son retour par-dessus mon épaule.

— Tu observes Naito et Kelia, dit-il. Tu aimerais savoir ce que ça fait d'embrasser un fae.

Je sais ce que ça fait d'embrasser un fae. C'est tout le problème.

— Tu restes, cette fois ?

Je suis obligée d'étirer le cou pour le regarder quand il se campe devant moi.

— Je serais heureux de satisfaire ta curiosité.

Son sourire redouble d'espièglerie. L'estomac noué, je dois lutter pour garder une expression neutre.

— Tu as tué des gens durant ton absence ? je demande.

Il se penche vers moi et baisse la voix.

— Ce serait une expérience intéressante, tu ne crois pas ?

Comme je refuse de battre en retraite, je maintiens une posture rigide tandis qu'il se rapproche pas à pas. J'essaie de prendre un air blasé, mais mon cœur s'emballe dans ma poitrine. Je n'ai pas peur de l'embrasser. J'ai peur d'aimer ça. À vrai dire, je suis certaine que les *edarratae* me feront aimer ça, ce qui a quelque chose de franchement dérangeant.

Aren pose les yeux sur ma bouche. Je panique lorsqu'il commence à refermer la distance entre nous. Avant que ses lèvres touchent les miennes, je lève les deux mains pour le repousser. Il m'esquive en riant.

— Je ne te toucherai pas sans ta permission, dit-il en se hissant sur la table à côté de moi.

Il se fiche de moi ?

— Tu me touches sans arrêt sans ma permission.

— Je… (Il s'arrête et glousse.) Eh bien, il faut croire que oui.

Un couinement enjoué attire nos deux regards vers le sol. Sosch, l'adorable mais traître *kimki* que j'ai trouvé roulé en boule dans mon sac à dos il y a une semaine, se précipite vers la table de pique-nique. Il s'arrête, lève les pattes avant et dresse les oreilles.

Aren le ramasse, mais il l'a à peine installé sur ses genoux que Sosch roucoule de plus belle en me faisant les yeux doux. Je reste les bras croisés. Pas question de le laisser m'approcher. Il est à Aren, et je ne le laisserai pas me rendre gaga avec ses petites minauderies.

Aren claque de la langue. Visiblement, il n'en faut pas plus à Sosch pour s'arroger le droit de sauter sur mes genoux. Il se blottit contre mes bras croisés. Son museau est doux, humide.

— Tu vas le vexer, dit Aren en fouillant dans sa poche.

Je ne bouge pas jusqu'à ce qu'il me lance quelque chose. J'attrape au vol la bourse à cordons… ma bourse à cordons. Les pierres d'ancrage à l'intérieur crissent l'une contre l'autre quand je la serre dans ma main.

— Tu me la rends ?

Ça ne lui coûte rien. Sans un fae pour m'aider à traverser un portail, ces pierres ne me sont d'aucune utilité.

— J'ai passé les deux derniers jours à me rendre aux emplacements marqués sur ces pierres, dit-il en regardant Sosch se glisser sous mon bras.

La fourrure du *kimki* est douce comme de la soie contre ma peau. Je laisse la créature sur mes genoux, mais je ne la caresse pas.

Aren esquisse un léger sourire avant de se concentrer de nouveau sur moi.

— La plupart étaient prévisibles : ta maison au Texas, plusieurs portails des provinces, et quelques-unes des principales villes du Royaume. L'une d'elles m'a mené à un portail disparu que nous n'avions pas encore trouvé. Utile, celle-là.

Un frisson court sur ma peau. J'arrache mon regard d'Aren et caresse d'une main le dos de Sosch, dont la fourrure vire à l'argenté.

— Il n'y a qu'un seul endroit où je n'ai pas réussi à me rendre.

Et mince, mince, mince.

— Il a fallu que je trouve une diseuse de pierres pour en avoir le cœur net.

Il prend ma main droite – sans ma permission ! –, me fait déplier les doigts et place une pierre semi-transparente dans ma paume. Il referme ma main dessus.

— Elle m'a dit à quoi elle mène.

Mince !

C'était stupide de ma part de la garder, mais je voulais me souvenir de la nuit où Kyol m'a emmenée au *Sidhe Cabred*. Les faes ne peuvent pénétrer le jardin des Ancêtres qu'avec l'accord du roi ; les humains n'ont pas le droit d'y aller du tout. Le *Sidhe Cabred* est ce qui se rapproche le plus d'une terre sainte dans le Royaume, et Kyol… il voulait m'y emmener. Comme les jardins sont situés derrière les murs d'enceinte en argent de Corrist, la capitale du Royaume, il ne pouvait m'éviter l'entrée hautement gardée qu'en empruntant un *Sidhe Tol*, un portail particulier qui permet aux faes d'ouvrir des fissures dans des zones protégées par de l'argent.

Le contact avec l'argent n'est pas nocif pour les faes ; ça les empêche simplement d'apparaître où ils en ont envie. Les maisons des riches sont revêtues de ce métal, de même que les prisons, les installations militaires, et tous les lieux qui abritent des objets de valeur. Les rois du monde des faes ont tenu secrets les emplacements des quelques *Sidhe Tol* qu'ils ont trouvés, mais en sa qualité de maître d'armes d'Atroth, Kyol sait où ils sont situés. Il m'en a fait emprunter un pour m'amener dans les jardins.

J'ignore s'il existe un seul endroit sur Terre qui puisse rivaliser avec la beauté du *Sidhe Cabred*. Quand Kyol m'a entraînée sur ses chemins rarement fréquentés, j'ai eu l'impression d'évoluer dans un paradis, une sorte de croisement entre une forêt vierge et les jardins suspendus de Babylone. Peut-être était-ce parce que, même sans recours à la magie pour sculpter la végétation, tous les arbres, plantes et fleurs étaient exotiques pour moi. Une rivière passait au milieu des jardins avant de se jeter du haut d'une falaise escarpée dans un bassin d'eau cristalline au pied du mur nord de Corrist. C'est là que Kyol m'a conduite, là où nous avons failli…

Mais non. Cette fois encore, même si j'étais on ne peut plus consentante et que Kyol était à deux doigts de céder, il s'est contenu. Ça ne m'a pas surprise. C'est une limite que j'ai l'habitude de ne pas franchir, me satisfaisant de baisers à couper le souffle et d'*edarratae* qui m'électrifient la peau.

À côté de moi, Aren tend la main. Il pose deux doigts sur ma mâchoire et me fait tourner la tête vers lui.

— Tu as emprunté un *Sidhe Tol*, McKenzie.

J'en serre la preuve dans mon poing. Je ne peux pas le nier.

— J'avais les yeux bandés, dis-je.

— Je ne te crois pas. (Au lieu de retirer la main de ma mâchoire, il glisse ses doigts dans mes cheveux et se met à caresser ma joue du pouce.) Si tu me dis où il se situe, je te laisserai partir.

Son contact est trop intime. Des *edarratae* se déversent en moi, descendent le long de mon cou jusque dans ma poitrine. Je déglutis et serre les dents, faisant de mon mieux pour ne pas apprécier cette sensation. Je commets l'erreur de le regarder dans les yeux. Il n'a pas l'air d'un meurtrier. Cette façon qu'il a de tenir ma tête dans sa main me donne un sentiment de sécurité. J'ai l'impression de pouvoir me fier à lui. J'ai l'impression qu'il…

Fils de…

Je pousse Sosch sur ses genoux et me lève.

— Ça ne marchera pas.

Il prolonge son petit jeu de séduction encore un moment, puis des paillettes d'argent scintillent dans ses yeux. Il pose Sosch sur la table.

— Tu ne peux pas me reprocher d'avoir essayé, si ?

— Si, parfaitement.

Il se met à rire.

— Bien sûr. J'étais pourtant sérieux. Ta liberté en échange du *Sidhe Tol*. C'est un marché honnête, il me semble, mais mon offre ne durera pas.

— Tes offres ne valent rien, de toute façon.

La lumière de ses yeux s'éteint.

— Tu me détestes vraiment, hein ?

— Oui !

Je lui tourne le dos et cherche Kelia du regard, espérant qu'elle a fini de se battre avec Naito pour que l'on puisse reprendre mes cours de langue. Mais ni l'un ni l'autre ne sont dans la clairière. Ils ont dû suivre mon conseil muet et se trouver une chambre.

— Tu n'as donc aucun doute au sujet de la Cour ? demande Aren.

Je me retourne vers lui et assène :

— Pas depuis Brykeld.

Il tressaille comme si je venais d'essayer de le frapper. Mais, vite remis, il durcit son regard.

— Brykeld, c'était…

— Un accident ? je demande.

Il se lève lentement.

— Je n'y étais pas…

— Menteur.

— … quand la ville a brûlé, achève-t-il en étrécissant les yeux. Je ne l'aurais pas permis.

— Tu y étais pour les viols, alors ?

Un muscle tressaute sous son œil droit.

— Non.

— Comme c'est arrangeant !

Kyol m'a demandé pardon un millier de fois pour m'avoir emmenée à Brykeld. Il disait qu'il ne l'aurait jamais fait s'il avait su à quel point ça allait être horrible. Mes cauchemars ont duré des semaines après ça. Encore maintenant, plus de deux ans ont beau s'être écoulés, j'entends encore parfois leurs hurlements. Les rebelles ont enfermé des familles entières dans des échoppes aux murs peints à l'argent. Ils ont condamné les fenêtres et les portes avant de mettre le feu aux bâtisses. Les faes de la Cour ont essayé d'intervenir, mais ils étaient occupés à repousser les rebelles. J'ai fait ce que j'ai pu, bravant les flammes pour m'attaquer aux bâtiments avec l'épée d'un fae mort. J'en suis revenue avec de graves brûlures aux mains, aux bras et au visage. Il a fallu qu'un des guérisseurs du roi répare les dégâts, et je ne suis parvenue à sauver qu'un seul fae.

— Je vous ai livré la personne responsable de Brykeld, dit Aren.

— C'était toi, le responsable.

Et je ne supporterai pas de rester là à lui parler une seconde de plus. Je me détourne brusquement et me dirige vers l'auberge.

— Madin, fils de Vinth, me lance-t-il.

Je reconnais ce nom aussitôt, mais ne m'arrête de marcher que lorsque Aren m'empoigne le bras et m'oblige à lui faire face.

— Tu sais qui il était, dit-il.

— Un de tes faes. Et alors ?

Un éclat de chaos étincelle sur sa mâchoire crispée.

— J'ai révélé son emplacement à la Cour une semaine après Brykeld. Je vous l'ai livré à cause de ce qu'il a fait.

Je garde la tête haute.

Il plisse les yeux.

— Depuis que tu es avec moi, t'ai-je donné des raisons de croire que j'approuverais un massacre ?

— Non. Tu me montres ton meilleur visage, lui dis-je. Quand tu es avec moi. J'ignore ce que tu fais derrière mon dos.

— La guerre, et je la mène de manière honorable.

Il me lâche avec une petite poussée.

Je ricane.

— Tu ne connais rien à l'honneur. Tu tolères des violeurs et des meurtriers dans tes rangs.

— Je n'exerce pas de contrôle direct sur chaque fae qui soutient la rébellion.

— Tu devrais !

Il ouvre la bouche pour rétorquer, se ravise et scanne la clairière du regard. Je l'imite. Lena et deux autre faes nous observent depuis le perron, comme si notre dispute les divertissait.

Quelque chose m'entaille la main droite. Je jette un coup d'œil à mon poing et m'oblige à desserrer les doigts autour de la pierre d'ancrage. Oui, j'ai été stupide de la garder. Tôt ou tard, Aren va perdre patience. Il commencera à écouter Lena et les autres faes qui veulent se débarrasser de moi, mais il ne me tuera pas sans m'avoir extorqué l'emplacement du *Sidhe Tol.*

Des rumeurs me sont parvenues au sujet de ce dont lui et les siens sont capables pour faire parler les faes de la Cour qu'ils capturent. J'ignore combien de temps j'arriverai à résister à l'interrogatoire d'Aren une fois qu'il aura décidé que je dois cracher le morceau. Il va falloir que je m'enfuie avant. Car s'ils obtenaient le *Sidhe Tol*, les rebelles pourraient envahir le palais d'Argent. Et peut-être même tuer le roi.

Les deux jours suivants, j'échafaude et rejette plusieurs dizaines de plans d'évasion. Si les rebelles n'étaient pas autant sur le qui-vive, l'un d'eux aurait pu fonctionner, mais même si j'ai fait semblant de m'être résignée à ma captivité, ils ne m'ont pas quittée des yeux. Il ne me reste plus beaucoup de temps – je le sais –, et quand l'ombre d'un fae tombe sur moi un début d'après-midi, je me raidis à la pensée qu'Aren s'est enfin décidé à m'arracher le *Sidhe Tol.*

Mais ce n'est pas Aren. C'est Sethan, que je n'ai pas revu depuis la nuit de notre rencontre.

— Kelia m'a dit que tu as des facilités à apprendre notre langue.

Je hausse les épaules. Si je progresse vite, c'est que toutes ces années j'ai accumulé les excursions de deux ou trois jours dans le Royaume. La sonorité et le rythme de leur discours me sont familiers ; j'avais juste besoin d'un peu d'enseignement formel pour commencer à comprendre les mots et les phrases.

Sethan repousse la cuirasse en *jaedric* que j'ai mise à sécher sur la table de pique-nique et s'assoit sur le bord dégagé.

— Merci pour ton aide, dit-il en indiquant d'un geste de la tête la pièce sur laquelle je suis en train de travailler.

Je me sers d'un pinceau à poils drus pour appliquer une colle transparente à prise rapide sur les bandes d'écorce noire que j'ai tendues sur le cuir. L'écorce est coriace et presque impossible à entamer. Les faes la récupèrent en en arrachant des pans entiers des arbres *jaedric*. Une fois que les bandes légères et fines comme du papier ont séché sur la cuirasse, elles peuvent arrêter les flèches aussi bien que les vestes de police arrêtent les balles.

Fabriquer des armures pour les ennemis de la Cour ne manque pas d'ironie, c'est vrai, mais ça m'occupe. Et puis, de temps en temps, je n'applique que quatre bandes d'écorce sur l'armure au lieu des cinq que Kelia a préconisées. Malgré ses inspections aléatoires, je n'ai pas encore été repérée.

— Ce n'est rien, dis-je en prenant une nouvelle bande de *jaedric* de la pile qui diminue à mes pieds.

— La Cour t'a bien traitée, n'est-ce pas ?

Je tends l'écorce au milieu de la cuirasse, me servant de mon genou pour maintenir une extrémité en place.

— Oui, je réponds sèchement, sans lever les yeux.

— Le roi subvient à tes besoins.

— Oui, dis-je encore.

C'est mon boulot de lire les ombres. Le roi me donne juste assez d'argent tous les mois pour payer mes études, mes factures et m'acheter à manger. Je pourrais sans doute vivre dans une maison de trois cents mètres carrés si j'en avais envie – Atroth me paierait davantage si je le lui demandais –, mais je vis chichement car je n'ai pas envie qu'on me demande d'où vient mon argent.

— On pourrait subvenir à tes besoins, nous aussi, dit Sethan.

Cette fois, je le regarde.

— Tu essaies de m'acheter ?

— C'est préférable à d'autres moyens de pression, non ?

Je garde une expression neutre.

— Ma loyauté n'est pas à vendre.

Sethan pince les lèvres. Je ne pense pas qu'il m'apprécie tellement plus que Lena. Je suis étonnée qu'il écoute Aren plutôt que sa sœur, qui veut toujours ma mort. Il faut dire aussi que d'après ce que m'a confié Kelia, Sethan et Aren sont presque comme des frères.

Quand on parle de la famille de Sethan… La voix de Lena me parvient de l'autre bout de la clairière. Je ne saisis pas ce qu'elle dit, mais elle se dirige vers nous, un sac en tissu à la main. Un fae qui ne m'est pas familier la talonne, les traits tirés.

Sethan se lève. Je ne bouge pas de ma place, à califourchon sur le banc de pique-nique, jusqu'à ce que Lena retourne le sac et qu'une tête coupée tombe sur la table.

Je m'écarte d'un bond. Mes bottes glissent sur le lit de cailloux et je m'étale sur les fesses. La seconde suivante, la puanteur me frappe de plein fouet. Malgré mon haut-le-cœur, je n'arrive pas à détacher mon regard des yeux de la chose. La tête repose sur son oreille gauche. L'œil droit est ouvert, mais l'iris argenté et la pupille grise ont presque disparu sous un voile blanc. Je n'arrive pas à discerner l'iris et la pupille de l'œil gauche à cause du pieu enfoncé dans l'orbite. Une partie de mon cerveau relève qu'il y a aussi une note tachée de sang accrochée à la tige en métal. L'autre moitié de mon cerveau ne relève rien.

Aren me hisse sur mes pieds. Je ne sais pas d'où il sort. J'entends sa voix sans pour autant réussir à comprendre ses paroles. Ce n'est pas à moi qu'il s'adresse, de toute façon. Il parle en fae à Lena et à l'homme qui la suivait.

Je me force à me concentrer sur eux, sur Aren en fait, dans l'espoir que son visage parvienne à occulter l'image de la chose sur la table.

Il me jette un coup d'œil.

— Alors, la Cour n'est pas aussi bienveillante que tu le pensais ? demande-t-il.

Mon estomac se noue. J'ai entendu dire que la rébellion envoyait des têtes avec des messages, mais je ne l'avais jamais vu de mes yeux. Quand les faes meurent, ils disparaissent dans un rai de lumière et leurs âmes d'ombre – une brume blanche que seuls les humains doués de double vue peuvent voir – se dissolvent dans l'air. Kyol appelle ça « rejoindre l'éther », ce que je suppose être l'équivalent d'aller au ciel.

Mais comme couper la tête d'un fae le prive de cette possibilité, cet acte est jugé particulièrement malveillant.

— Vous le faites, vous aussi, dis-je à voix basse.

Lena ricane.

— Donc, du coup, ça ne pose plus de problème qu'eux le fassent.

Si, ça pose un problème. Un soupçon de doute fissure mon assurance. Et si je me trompais au sujet de la Cour ? Si j'avais passé dix ans à lire les ombres pour les mauvaises personnes ?

Lena arrache la note du pieu et me la colle sous le nez.

— C'est une menace. La Cour veut te récupérer. Si on ne te relâche pas, ils vont se mettre à mener des raids contre des villes et des campements au hasard jusqu'à ce qu'ils te trouvent. Ils tueront ou captureront tous ceux qui s'opposeront à eux, même s'ils n'ont aucun lien avec nous. (Elle abat le bout de papier ensanglanté sur la table de pique-nique.) On devrait leur renvoyer ton cadavre. C'est ce que ferait le roi.

Elle s'en va avant que j'aie pu dire un mot. Même si je ne sais pas ce que j'aurais bien pu répondre à ça. C'est indéfendable. Ça me rend malade, mais ça ne cadre pas avec ce que je sais de la Cour. Kyol se met en quatre pour capturer les rebelles, même quand il serait plus simple de les tuer. Les hommes qu'il forme agissent comme lui. Je ne les ai jamais rien vu faire de cruel.

Mais je ne passe pas mon temps à les surveiller. L'incertitude me prend aux tripes.

— Tu es pâle, dit Aren à mon côté.

Sa voix est douce, voire inquiète.

— Je suis juste… J'ai juste besoin de dormir.

Je déteste sa façon de hocher la tête, comme s'il avait évalué mon état et conclu que dormir était exactement ce qu'il me fallait pour me remettre de l'ordre dans les idées.

Avant de regagner l'auberge, je me force à examiner de nouveau la note. Même si je ne peux pas lire les mots, je suis certaine que ce n'est pas l'écriture de Kyol.

Je respire avec un peu plus d'aisance. Ce n'est qu'un acte de cruauté isolé, commis par l'un des partisans du roi. Si Kyol l'apprend, il punira le fae responsable.

Je jette un regard à Aren en passant. Aussitôt, je rive les yeux au sol. Il me semble avoir décelé une lueur de satisfaction dans les siens. C'était si bref que ça m'a presque échappé, mais je suis sûre d'avoir vu quelque chose.

Une nouvelle vague de malaise déferle en moi.

Il n'aurait pas… ? Non. Même Aren ne ferait pas ça à l'un de ses propres faes. Il ne commettrait pas ce crime juste pour semer le doute dans mon esprit.

Mais après tout, qu'est-ce qui me dit que cette tête est bien celle d'un rebelle ?

Chapitre 8

Une cacophonie de coups de feu m'arrache à mon sommeil. Je me dresse en sursaut et cligne des yeux jusqu'à y voir clair dans la chambre.

Une petite minute… Des coups de feu ? Les faes ne se servent pas de pistolets.

Un unique bocal à confiture diffuse sa faible lumière sur le sol. J'ai dû rêver. Pendant un moment, je n'entends plus que le grondement lointain du tonnerre.

Nouvelle pétarade.

C'est quoi, ce bordel ? Pas de doute, ce sont bien des coups de feu.

Je rejette ma fine couverture et bondis hors du lit. Des cris résonnent à l'intérieur de l'auberge. Le couloir s'anime de craquements et de gémissements tandis que des faes passent en trombe devant ma porte fermée. Il y a trop de bruit pour que j'arrive à comprendre les paroles des rebelles, mais ce n'est pas nécessaire. Les tireurs sont forcément humains.

Des balles ricochent contre la façade – quelque part sous mes pieds, je dirais –, et je jurerais que l'auberge tressaille comme si elle souffrait. Je me précipite à la fenêtre condamnée et tambourine du poing sur les planches.

—À l'aide ! Il y a une humaine à l'étage ! je crie.

Ces mots seraient ridicules dans un contexte normal, mais ces gens dehors doivent être capables de voir les faes s'ils leur tirent dessus. Ils comprendront. Ils m'aideront.

— Hé ho !

Ma supplique est noyée sous une nouvelle volée de plomb et l'auberge tremble de plus belle. Je tends le cou pour observer le plafond, à peu près certaine qu'il s'effondrera si les humains prolongent ce tir de barrage. Je n'avais jamais souffert de claustrophobie jusque-là, mais l'air qui emplit la pièce sent le renfermé et la proximité des murs m'oppresse.

Je délaisse la fenêtre pour marteler la porte.

— Laissez-moi sortir !

Personne ne répond.

Mon cœur bat la chamade au rythme des coups de feu. Je suis aveugle ici. Je n'ai aucune idée de ce qui se passe dehors, du nombre d'humains ou de la raison de leur présence. J'aimerais croire qu'ils sont venus me sauver, mais ils criblent cette bâtisse d'une telle quantité de balles que je ne les imagine pas avoir pour objectif de me sortir de là vivante. Ils ne savent pas que je suis ici.

Bordel, je refuse de mourir comme ça.

J'attrape mon jean, l'enfile sous la nuisette en satin que Kelia m'a donnée pour dormir, puis fourre les pieds dans mes bottes sans perdre de temps à mettre des chaussettes. Je m'élance vers la porte. Ce n'est qu'au bout de quatre coups de pied maladroits qui manquent de me faire perdre l'équilibre que je parviens à briser la poignée, mais cette maudite porte refuse toujours de s'ouvrir.

Alors que je m'apprête à la marteler de nouveau, elle s'ouvre à la volée. Une dague à la main, un fae fait irruption à l'intérieur et me dépasse en coup de vent. Il s'attaque à la fenêtre condamnée, arrachant l'une après l'autre les planches de bois avec sa lame. Tandis qu'il s'affaire, deux autres faes déboulent dans la pièce, munis d'arbalètes et de carquois remplis de carreaux.

Des arbalètes contre des armes à feu ? Je ne compte pas traîner dans le coin pour évaluer leur efficacité. Je m'engouffre dans le couloir et cours vers l'escalier. Ce n'est qu'en arrivant au balcon du premier étage que je m'arrête pour me demander où je vais. Peut-être serait-il plus sûr de se cacher et de laisser les humains me trouver ? Ils tirent en continu à présent, presque comme s'ils cherchaient à raser l'auberge avec leurs balles. Le choc sourd des arbalètes des faes semble bien plus discipliné en comparaison. Si l'auberge ne s'effondre pas, les humains pourraient se retrouver à court de munitions avant d'avoir tué tous les rebelles, et… De la fumée ?

Je risque un œil par-dessus la rambarde. Un nuage gris d'origine inconnue flotte dans l'air. Ça ne sent pas le brûlé. L'odeur est presque… métallique ? Je n'ai pas l'impression que ce soit nocif, mais je suis indécise maintenant. Me cacher ici ou avancer ? En essayant de m'imaginer tapie dans un coin sombre, je prends conscience que je vais devenir folle si je ne sais pas ce qui se passe. Je vais descendre. Je pourrai toujours me réfugier de nouveau ici si nécessaire.

Je descends les marches d'un pas rapide, et j'arrive à la moitié de l'escalier quand j'entends crier. Devant la porte d'entrée de l'auberge, je repère deux humains en tenue de camouflage et les vois ouvrir le feu sur la salle de réception. Lorsque leurs balles commencent à arriver à ma hauteur, je me couvre d'instinct la tête et plonge. Sauf qu'étant dans un escalier, je chute dans les marches. Le papier peint à fleurs tourbillonne autour de moi jusqu'à ce que je m'assomme en bas contre le coude de la rampe.

Quand je reprends mes esprits, je me retrouve nez à nez avec une tête transpercée d'une flèche qui me fixe de l'autre côté de la rampe. Le trait d'arbalète a traversé la bouche pleine de sang de l'humain et cloue son crâne au mur derrière lui. Le souvenir de la tête tranchée du fae se surimpose à celle de l'homme. Je ferme les yeux pour essayer de chasser ces deux images.

On m'oblige à me relever. Je pousserais un cri de protestation si une vive douleur dans le bas du dos ne m'avait pas coupé le souffle. Des taches noires obscurcissent ma vision tandis qu'on me traîne à l'écart de la porte d'entrée. On me jette au sol avant que j'aie pu reprendre ma respiration.

Bon sang de bordel, qu'est-ce que j'ai mal. La douleur remonte le long de ma colonne vertébrale jusqu'à mon cou. Prise de nausée, je me force à me mettre à quatre pattes et attends que mon estomac se vide. J'ai quelques haut-le-cœur, mais rien ne sort. Au bout d'une minute, la douleur s'atténue et devient plus supportable. Je me mets en tailleur et tente de retrouver mes repères.

Je suis assise sur le carrelage de la cuisine. Naito et Kelia sont eux aussi tapis à côté du buffet, couverts de la suie qui imprègne l'air. Elle porte une nuisette bleu clair très légère, tandis que Naito n'est vêtu que d'un jean. De longues griffures rouges marbrent ses épaules et son torse. De toute évidence, elles ne résultent pas d'une attaque. Kelia a les joues empourprées et les *edarratae* qui courent sur sa peau vibrent d'énergie contenue.

— C'est qui, dehors ? je leur demande, même si mon regard est attiré par la fenêtre située dans le coin repas.

Lena et un autre fae sont accroupis là-bas, leurs carreaux encochés dans leurs arbalètes.

Quelques cartons, plusieurs épées et une arbalète supplémentaire sont alignés contre le mur à côté d'eux. Mon sac a également été jeté là parmi d'autres.

— Mon père, répond Naito.

Le venin de sa voix pourrait ronger du fer.

— Des miliciens, explique Kelia. Des humains qui tuent les faes.

Je fronce les sourcils, ce qui a pour effet de me donner la migraine. Des humains qui tuent des faes ?

— Pourquoi ?

— Parce qu'ils sont pleins de haine, crache Naito.

— Ils sont doués de double vue ? j'insiste. (Kelia hoche la tête.) Il y a des diseurs d'ombres parmi eux ?

— Ça n'a pas d'importance, dit Naito. Ils ne peuvent pas suivre les faes dans le Royaume s'ils n'en ont pas un qui les aide à traverser un portail.

Kelia pose une main sur son épaule.

— Les miliciens ne nous toucheront pas.

Quelque chose dans le ton de sa voix me dit que ce « nous » signifie en réalité « moi ». Les miliciens ne la toucheront pas elle, ou du moins c'est ce dont elle essaie de convaincre Naito. Tout ça semble cacher une histoire intéressante. Se pourrait-il que… ?

Je reporte mon attention sur Naito.

— Tu étais l'un d'eux.

La tension de sa mâchoire me confirme que j'ai vu juste. Je renifle. Roméo et Juliette, comme c'est mignon !

Je jette un coup d'œil vers la porte d'entrée. Les humains ont l'air de concentrer leurs tirs sur les étages supérieurs. J'ignore si c'est parce qu'ils visent les faes qui se trouvent là-haut ou parce que des miliciens ont déjà envahi le rez-de-chaussée, mais ce n'est pas ce qui m'inquiète. L'attaque des humains s'essouffle. Leurs coups de feu sont plus espacés maintenant. Ils prennent le temps de viser. Et s'ils commençaient réellement à manquer de munitions ? S'ils doivent battre en retraite, est-ce qu'ils reviendront ? Je n'ai pas envie de passer à côté de cette occasion de m'enfuir, mais si je m'élance vers la porte, est-ce que les faes à l'étage ne risquent pas de me tirer dessus ?

— N'y pense même pas, me dit Naito comme s'il lisait dans mes pensées. Les miliciens te tueront sans y réfléchir à deux fois.

Je le fusille brièvement du regard.

— Je ne suis pas avec vous.

— Ça leur sera égal. Tu travailles pour la Cour. Pour eux, tous les faes se valent.

— En ce cas, j'éviterai de fanfaronner au sujet de mon boulot, je lâche sèchement.

Une semaine s'est écoulée depuis qu'Aren a guéri mon bras, et c'est la première fois qu'une chance se présente de m'échapper… Ce pourrait bien être la dernière.

— Écoute-le, McKenzie, dit Kelia. Ces gens-là sont la lie de l'humanité. Ils te tueront dès qu'ils te verront.

Intriguée par un éclair de lumière du côté de Lena, je ravale le « Si tu le dis » qui me brûle la langue. À court de carreaux, le fae près d'elle a délaissé son arbalète. Il se dresse à présent sur ses genoux, une boule de flammes dans les mains.

— *Pas de feu*, lui ordonne Lena dans leur langue.

Après une courte hésitation, le fae serre le poing pour éteindre la petite flambée. Presque tous les faes sont capables de créer et de manipuler du feu, mais être assez habile et puissant pour en jeter – ce que le fae s'apprêtait à faire, je suppose –, c'est impressionnant. Si seulement Lena ne l'en avait pas empêché. Un feu de forêt aurait certainement attiré d'autres humains ici. Des humains normaux. Même si je ne l'admettrai pas, ce que Naito et Kelia affirment au sujet des miliciens me rend nerveuse.

Qu'importe, je ne peux pas rester ici.

Accroupie au ras du sol, je suis prête à me ruer vers la porte d'entrée quand une autre pensée insidieuse me fait hésiter. Mis à part les miliciens et les faes, il y a quelque chose ici qui ne tourne pas rond. Je n'arrive pas à mettre le doigt dessus jusqu'à ce que je jette un nouveau coup d'œil au coin repas. Lena me rend mon regard, le visage blême.

— Vas-y donc, enfuis-toi, dit-elle. Il nous faut une diversion.

Ce sont des faes. Ils ne devraient pas avoir besoin d'une diversion.

— Pourquoi personne n'ouvre de fissures ? je demande.

— On ne peut pas, dit-elle comme si elle n'avait jamais rencontré quelqu'un d'aussi stupide.

— Vous ne pouvez pas…

Je laisse ma phrase en suspens. J'examine la cuisine, les plans de travail et le sol, puis mon jean et mes paumes. Ce n'est pas de la suie qui flotte dans l'air ; c'est de la poussière d'argent. Il y en a partout.

Merde. Les rebelles sont foutus. De vrais génies, ces humains. Non seulement ils empêchent les faes de s'échapper, mais en plus ils réduisent considérablement leur capacité à se battre. Les faes comptent sur leurs fissures pour éviter des attaques et en lancer. Sans cette magie-là, ils sont désemparés.

C'est leur problème, pas le mien. Moi, je me tire d'ici.

Comme je n'ai pas envie de me prendre une flèche dans le dos, j'attends que Lena vise par la fenêtre pour courir vers la sortie. Je ne vais pas loin. Un tas de bras et de jambes entremêlés passe devant moi. Je fais volte-face au moment où Aren et un humain s'écrasent contre le plan de travail. Les deux hommes s'empoignent en jurant, mais Aren est plus fort et plus agile. Il prend l'humain qui se débat à bras-le-corps et le plaque contre le linoléum.

Un objet est éjecté sur le sol. Un pistolet. Naito s'en empare alors qu'il va pour aider Aren, puis ensemble ils traînent l'humain à l'autre bout de la cuisine et le hissent sur une chaise.

— Comment nous avez-vous trouvés ? demande Aren à quelques centimètres du visage de son captif.

Je crois reconnaître l'un des deux humains qui ont chargé à l'intérieur quand j'ai dégringolé l'escalier, mais je ne les ai pas assez bien vus pour en être certaine. En plus, il est tellement amoché qu'il arrive à peine à se tenir droit. Son nez a l'air cassé, il a la bouche et le menton en sang, et sa joue est si gonflée qu'il ne peut pas ouvrir l'œil gauche.

Le visage d'Aren est en meilleur état, mais il est blessé aussi. Le sang coule sur son dos et son torse d'une blessure par balle à l'épaule gauche. Il ne porte pas de chemise. Je suis à peu près sûre que la balle a traversé le muscle. Si elle s'était logée quelques centimètres plus bas, il serait certainement mort.

— Comment nous avez-vous trouvés ? répète-t-il.

Sans laisser à l'homme le temps de répondre, il lui balance son poing dans la figure.

— Réponds à sa question, Tom, dit Naito en s'avançant pour tâter le pantalon de camouflage de l'humain.

Il trouve un objet dans une poche au niveau de sa cuisse. Le rectangle noir ne m'évoque rien, jusqu'à ce que Naito l'insère dans le magasin du pistolet.

— Naito, réplique le captif d'une voix traînante. Ton père se disait que tu avais peut-être rejoint ce groupe.

— C'est pour ça qu'il nous canarde ? Comment il a su, pour l'argent ?

Il coince le pistolet dans son jean.

— C'est une vieille légende, Naito. On a juste trouvé un moyen de le disperser.

Il indique d'un geste de la tête les restes d'un bout de métal tordu. Ça a pu être une vieille canette de soda. Les vigiles ont dû la bourrer de poussière d'argent et d'explosif avant de la lancer dans l'auberge. Il y a d'autres bouts de métal éparpillés tout autour. Et sûrement des dizaines encore dehors.

— Foutaises, dit Naito. Qui vous l'a dit ?

Tom hausse les épaules, comme s'il ne venait pas d'être tabassé. Il balaie la cuisine du regard, pour finir par s'arrêter sur moi.

— Tu es des leurs ?

— Non. Ils m'ont enlevée.

Il est sur le point d'ajouter quelque chose quand Aren l'interrompt.

— Comment nous avez-vous trouvés ?

— Va au diable, dit Tom.

Je dois admettre que les humains ont du mérite. Si c'était moi qu'Aren avait interrogée avec cet air-là, je ne lui aurais pas répondu comme ça.

Aren toise le milicien. Sa voix est glaciale lorsqu'il prend la parole.

— Tu sais de quoi je suis capable ?

Tom se redresse et soutient le regard du fae.

Des veines tressautent au niveau des tempes d'Aren quand il serre les dents. Il jette un coup d'œil à Lena comme pour lui demander sa permission. Elle pince les lèvres, mais lui adresse un bref hochement de tête.

— Très bien, dit-il.

Puis il referme les mains sur les avant-bras de l'humain. Tom pousse un cri et se débat. Sa chaise bascule sur deux pieds puis s'écrase au sol. Aren le suit dans sa chute tandis que ses mains brûlent les manches de Tom et lui calcinent la peau. Le hurlement du milicien et l'odeur âcre font remonter mes souvenirs de Brykeld. J'ai un haut-le-cœur.

— D'accord, d'accord ! s'écrie Tom.

Aren le relâche. De la sueur perle sur le visage de l'homme et sa poitrine se soulève au rythme de ses halètements. Il fixe du regard ses bras, tous les deux rouge vif à cause du feu qui l'a brûlé, puis lève la tête et me regarde. La douleur que je lis dans ses yeux est telle que je me sens obligée d'agir. Je ne peux pas laisser Aren lui refaire du mal. Sans bruit, j'ouvre le tiroir du buffet derrière moi.

— Comment nous avez-vous trouvés ? demande Aren une fois de plus.

Je jette un coup d'œil à l'intérieur du tiroir. Pas de couteaux. Pas même une fichue fourchette.

— On…, articule Tom dans un râle, on a pisté son téléphone portable.

Je referme le tiroir d'un coup de hanche avant qu'Aren et Naito ne braquent leur regard sur moi. Je sais que j'ai l'air coupable. Avec un peu de chance, ils se méprendront sur la raison réelle de ma réaction.

Naito se tourne vers Aren.

— Tu ne l'as pas détruit ?

— Si, répond le fae. Quand nous sommes arrivés ici.

Il parle à voix basse et semble en colère. Je doute que ce soit une habitude chez lui de commettre des erreurs.

Il reporte son attention sur le captif.

— Comment avez-vous su qu'il fallait la pister ?

J'hésite avant d'inspecter le tiroir suivant, en partie parce que je veux connaître la réponse à la question d'Aren, mais surtout parce que Kelia me surveille, maintenant.

Tom secoue la tête.

— Je ne sais pas.

— Comment ?

Aren avance la main et l'arrête juste au-dessus du visage de Tom.

— À mon avis, c'était un tuyau anonyme, dit Sethan en entrant dans la cuisine.

Comme tout le monde reste à distance des fenêtres dans le coin repas, on commence à se marcher dessus ici.

Aren fusille le fils de Zarrak du regard.

— Tu ne devrais pas être ici.

— Toi non plus, réplique Sethan. Si tu meurs, nous échouerons.

Aren rétorque en fae. Je n'essaie pas de comprendre ce qu'il dit. Tom accroche mon regard. Il le soutient un moment, puis jette délibérément un coup d'œil à Naito. Ou, plus exactement, au pistolet passé à sa ceinture.

Bon sang, il veut que je m'en empare. Et après ? J'observe tour à tour Aren, Sethan, Trev, Lena, l'autre fae près de la fenêtre, et Kelia qui s'est avancée à côté de Naito. Je ne peux décemment pas tous les abattre. Et pour être tout à fait honnête, je ne suis pas certaine d'en avoir envie.

Tom me supplie du regard. Je déglutis. Il y a quelques secondes, je cherchais un couteau. Un pistolet, c'est plus efficace comme arme. Je peux le faire. Je vais le faire.

J'adresse à Tom un rapide hochement de tête. Il parvient à me rendre un petit sourire ; puis, la seconde suivante, il bondit sur ses pieds.

Je fonds sur le pistolet et réussis à l'extirper de la ceinture de Naito. Le diseur d'ombres fait volte-face, mais Tom l'attrape avant qu'il ait pu m'arracher l'arme des mains. Aren tacle le milicien, et les trois hommes s'écrasent au sol.

Je pointe le pistolet sur eux.

— Arrêtez. Arrêtez !

Ils ne s'arrêtent pas. Les coups de poing pleuvent, et j'ai peur qu'Aren et Naito tuent Tom avant que j'obtienne qu'ils m'écoutent. Je dirige le canon vers le sol et essaie de presser la détente. Rien ne se passe.

Merde. Je n'ai jamais tenu un pistolet de ma vie. Tout ce que je sais au sujet des armes à feu, c'est ce que j'en ai vu dans les films et… Une petite minute. Les pistolets ont des crans de sûreté, non ?

J'examine la tranche de l'arme, trouve un petit levier que je repousse, puis vise le sol une seconde fois et tire.

J'encaisse le choc tandis que le coup de feu résonne. Mon cœur se remet à battre au bout d'une seconde. J'ai l'attention de tout le monde, maintenant.

Aren se redresse et s'éloigne de Tom. Il se tourne vers moi.

— Reste où tu es.

Je pointe mon arme sur son torse. J'ai beau savoir qu'avec ce pistolet c'est moi qui commande, je ne suis pas rassurée depuis que je l'ai entre les mains. Je me sens dangereuse, et c'est justifié. Il me suffirait de presser sur la détente pour mettre fin à la vie de quelqu'un.

— Tu ignores ce qui se passe ici, dit-il.

Sa voix est apaisante, son expression plus douce qu'elle ne l'était il y a quelques secondes.

— J'en sais assez. Laissez-le se relever.

Naito retient toujours Tom au sol. Il tend la main, paume vers le bas comme pour me calmer.

— McKenzie, je connais ces gens. Ils te tireront dessus dès que tu passeras la porte. Ne fais pas ça.

Je braque le pistolet sur lui et parviens à le tenir sans trembler.

— Laisse-le se relever, Naito.

— McKenzie, dit Kelia d'une voix brisée en s'avançant vers son humain, ses yeux argentés ronds de peur.

La culpabilité me noue l'estomac. Elle serait anéantie si je tuais Naito, et mince, je n'ai pas envie de leur faire de mal.

— McKenzie, dit Aren avec douceur en se rapprochant d'un pas.

Il s'arrête quand je le vise de nouveau. Seigneur, il y a trop de gens ici. Je ne peux pas tous les surveiller.

— Tu ne vas pas me tirer dessus, reprend-il. (Je serre les dents lorsqu'il fait un pas supplémentaire.) Pose ce pistolet, *nalkin-shom*.

Il a raison. Pourquoi, bon sang ? Je devrais avoir envie de le tuer. Il m'a enlevée et n'envisage pas de me laisser partir. Ce n'est peut-être qu'en le tuant que j'aurai une chance de retrouver Kyol.

— Tu ne vas pas me tirer dessus, répète-t-il.

Les mains moites, je rajuste ma prise sur le pistolet. *Réfléchis, McKenzie. Réfléchis !* Je balaie du regard le coin repas, trouve soudain l'inspiration et me retourne vers Aren.

— Tu as raison, lui dis-je. Mais je vais tirer sur elle.

Aren se fige quand je pointe le pistolet sur Lena. Oh oui, il sait que j'ai des raisons de souhaiter sa mort.

— Alors tu le laisses se relever, maintenant.

À ma grande surprise, Lena éclate de rire. Son arbalète est posée sur ses genoux. Je guette un mouvement de sa part qui m'indiquerait qu'elle va s'en servir, mais elle a l'air parfaitement détendue, assise sous sa fenêtre.

— Laisse-les partir, Aren, dit-elle avec un sourire. Ta *nalkin-shom* est responsable de ce qui lui arrive.

Alors là, merde. Si Lena est prête à me rendre ma liberté, c'est que Naito dit vrai. Ces humains n'ont aucune intention de m'aider. Mais après tout, je tiens Tom. Il leur rapportera ce que j'ai fait ici. Ça ne comptera tout de même pas pour des prunes.

— Tue-les, dit l'humain en essayant de s'asseoir.

Naito le plaque de nouveau au sol.

— Sethan, dis-je sans quitter ma cible des yeux. Si tu veux que ta sœur s'en sorte, tu vas nous laisser partir, Tom et moi.

Le silence qui pèse pendant que j'attends la réponse de Sethan m'angoisse. J'ai l'impression que la gravité me joue des tours, rendant le pistolet si lourd qu'il tire sur mes épaules. C'est à peine si j'arrive encore à le braquer sur la poitrine de Lena.

— Très bien, dit Sethan. Naito.

Quand Naito s'écarte, mon regard va à Tom. Erreur. À peine ai-je détourné les yeux de Lena qu'Aren se rue sur moi. Il éjecte le pistolet de ma main et m'attrape le poignet avant que mon cerveau ait compris ce qui se passait. Il s'avance et je trébuche jusqu'à ce qu'il me plaque contre le mur. Je me retrouve le bras coincé entre ma nuisette trempée de sueur et son torse couvert de poussière d'argent. Tandis que ses *edarratae* bondissent sur moi, j'essaie de le repousser de ma main libre, mais ma paume glisse sur son épaule engluée de sang. Il resserre son étreinte sur mon poignet.

— Tu me compliques de plus en plus la tâche de te garder en vie, dit-il à voix basse, son regard brûlant à quelques centimètres du mien. Reste là. Ne bouge pas.

J'ai les genoux en compote quand il me relâche. Il retourne auprès de Tom, qui me dévisage d'un air plus que déçu. Je ne peux pas le lui reprocher.

— Désolée, j'articule.

— N'hésite jamais, dit-il. Si une autre occasion se présente, tu sautes dessus.

Naito récupère le pistolet par terre, remet le cran de sûreté puis le fourre au fond de la poche de son jean.

— Il n'y aura pas d'autre occasion.

Tom tourne vers lui son œil indemne.

— Tue ces démons, Naito. Tue-les et ton père te laissera rentrer.

Naito esquisse du bout des lèvres un sourire sans gaieté.

— Je pense que je vais m'en abstenir.

— Nous avons l'avantage du nombre. On peut attendre. Tes faes ne peuvent pas ouvrir de fissures pour aller chercher de la nourriture ou de l'aide. Ils vont mourir ici. Ne gâche pas ta vie.

Naito reporte son attention sur Sethan.

— Tu crois qu'ils sont de mèche avec la Cour ?

— Je pense que la Cour se sert d'eux pour retrouver McKenzie, dit Sethan. Atroth aimerait mieux qu'elle soit tuée que courir le risque qu'elle nous aide.

— Atroth sait que je ne vous aiderai jamais, je proteste.

Aren me lance un regard d'avertissement, mais je n'ai pas bougé d'un centimètre de là où il m'a ordonné de rester.

— Tu te trompes.

Un grondement de tonnerre ponctue les paroles de Sethan. Sa déclaration est si terre à terre que je ne trouve rien à lui répondre. Un léger doute entame mes certitudes.

— Je vous propose un marché, dit Tom. (Je suis soulagée de voir tous les regards se braquer de nouveau sur lui.) Je parlerai à Nakano pour qu'il vous permette de vous rendre. Il se peut qu'il laisse partir certains d'entre vous. Les femmes, peut-être.

Naito ricane.

— Mon père, clément ? Je ne suis plus un enfant, Tom. Je sais quel genre d'homme il est.

Tom s'essuie le visage avec sa manche et étale sur sa joue le sang qui coule de son nez et sa bouche.

— Mais toi, quel genre d'homme es-tu ? Tu vas laisser mourir ta copine et l'humaine alors que tu pourrais les aider ? Si vous prolongez le combat, ton père n'aura pas d'autre choix que de tous vous tuer.

Aren s'avance d'un pas vers le milicien.

— Pourquoi tiens-tu tant à ce que l'on se rende ? Vous nous avez pris au piège. Tu l'as dit toi-même, vous pouvez attendre.

Tom rampe jusqu'à sa chaise renversée. Il la redresse puis se hisse lentement sur l'assise, ce qui lui arrache une grimace.

— En effet.

J'ai envie de m'interposer entre Aren et l'humain. Les blessures de Tom sont trop graves. Je ne veux pas qu'Aren le maltraite davantage. Je ne veux pas l'entendre hurler ni sentir de nouveau l'odeur de sa chair brûlée, mais je reste à ma place désignée près du plan de travail de la cuisine.

— Il va se passer quelque chose, dit Aren. Quoi donc ?

Alors que je m'apprête à l'interrompre, je suis prise d'une quinte de toux. Je me couvre la bouche du dos de la main et constate que ma peau se couvre de poussière d'argent. L'air en est surchargé ici, ce qui nuit probablement à ma santé. Mais je ne peux pas faire autrement que de la respirer.

Un nouveau coup de tonnerre ébranle l'auberge. C'est à ce moment-là que le mensonge du milicien prend tout son sens.

— Il va pleuvoir, dis-je.

Tous les gens assemblés dans la cuisine me dévisagent. Je m'attends à ce que l'un d'eux me demande pourquoi au juste je me soucie de la météo, mais ils finissent par comprendre, eux aussi.

Tom bondit de sa chaise.

— Sale pute !

Chapitre 9

Aren se jette en travers de la trajectoire de Tom. L'humain s'arrête brusquement, son œil indemne écarquillé au-dessus de l'épaule du rebelle. Je ne comprends qu'il est mort – non, mourant – qu'au moment où Aren le repousse d'un geste ferme. La dague qu'il extrait de la poitrine de Tom produit un bruit de succion. Une fontaine rouge gicle de la blessure et éclabousse le sol en linoléum.

Tom s'effondre et je regarde, impuissante, sa vie le quitter dans une mare écarlate. Tout ça est ma faute. J'aurais dû la boucler.

Je ne parviens à arracher mes yeux de l'humain mort que lorsque Naito empoigne Kelia par le bras et la tire jusqu'à l'évier de la cuisine. Il ouvre le robinet, recueille de l'eau au creux de sa main et en asperge l'épaule de la fae pour laver sa peau enduite de poudre grise.

— Si on t'enlève tout ça et qu'on attend que la pluie fasse retomber l'argent, tu devrais pouvoir ouvrir une fissure.

Aren enjambe le corps de Tom.

— Puisqu'on sait qu'un orage se prépare, ils doivent être au courant eux aussi. Ils passeront à l'acte avant.

Naito recueille de nouveau de l'eau dans sa paume.

— Il faut que vous les repoussiez. Ils n'auront plus aucune chance une fois que vous pourrez ouvrir des fissures. N'économisez pas vos munitions. Tuez tout ce qui bouge.

Renonçant à sa méthode de nettoyage, il s'empare des mains de Kelia et les plonge dans l'évier.

Elle hoquette.

— C'est froid, Naito.

— Je sais, bébé, mais il faut qu'on te débarrasse de cet argent.

— Une douche irait plus vite, dit Sethan. Il va aussi falloir qu'on mette des vêtements propres et qu'on évacue la poussière de l'auberge.

Aren hoche la tête.

— On va procéder par petits groupes. Vous trois d'abord. Emmenez McKenzie avec vous.

Je n'apprécie pas d'être traînée dans l'escalier – j'ai juste envie qu'on me fiche la paix – mais je suis soulagée de m'éloigner du corps de Tom. Je m'installe au milieu du couloir au premier étage, serre les genoux contre ma poitrine et guette la venue de la pluie. Je n'entends que des coups de feu intermittents. Je m'attends presque à finir criblée de balles, mais il doit y avoir assez de murs et de tuyauteries pour les empêcher de traverser toute l'auberge.

Les faes se douchent et changent de vêtements. Aren est le dernier à monter. Il a une cuirasse en *jaedric*, un haut en laine propre et un pantalon dans les mains. Sans m'accorder un regard, il s'enferme dans la salle de bains. Je me lève et m'avance plus loin dans le couloir pour ne pas être près de la porte quand il ressortira. L'idée de trouver un placard où me cacher me séduit plus qu'auparavant. C'est probablement le plus sûr pour moi.

La voix de Naito me parvient du deuxième étage.

— Tu ouvriras une fissure dès que tu le pourras.

— Tu sais que c'est n'importe quoi.

Kelia descend l'escalier à sa suite.

— Ils ne me tueront pas.

— Ça, c'est un mensonge. Si tu leur tires dessus, ils riposteront.

Arrivé au premier étage, il empoigne la rampe.

— Alors va-t'en d'ici pour que je n'aie pas de raison de tirer.

— Pas sans toi.

— Bon sang, Kelia ! explose Naito. Mon père prendra son temps pour te tuer !

Un raclement de gorge. Je jette un coup d'œil à ma droite et constate qu'Aren se tient dans l'encadrement de la porte de la salle de bains.

— Vous allez devoir remettre cette dispute à plus tard, vous deux. J'ai besoin de toi à la porte du fond, Naito. Kelia, reste avec Sethan. (Il lève la main pour couper court à ses protestations.) Jusqu'à ce qu'il ouvre une fissure. Tu seras ensuite libre de faire ce que bon te semble. McKenzie.

Il se tourne vers moi, ouvre la bouche pour parler, se reprend. De nouveau, il s'éclaircit la voix.

— Reste loin des fenêtres.

— Ils arrivent ! s'écrie quelqu'un du rez-de-chaussée.

Aren s'élance vers l'escalier.

— Tu ouvriras une fissure, dit Naito avant d'attraper Kelia par la nuque et de l'embrasser avec fougue.

Elle a l'air à bout de souffle quand il la relâche, et légèrement désorientée lorsqu'il se précipite à la suite d'Aren dans l'escalier. Après s'être accordé un instant pour masquer ses émotions, elle se tourne vers moi.

— Sethan est en haut. Viens.

Par « en haut », Kelia veut dire au grenier. Nous grimpons l'échelle qui mène aux combles. Lena est là, elle aussi. Elle tend une épée à Kelia, me fusillant d'un regard qui semble déclencher un grondement de tonnerre. Le doux crépitement de la pluie résonne sur le toit. Elle va purifier l'air de la poussière d'argent et laver la façade de l'auberge.

Je m'écarte de Lena d'un demi-pas, de crainte que « par accident » elle ouvre une fissure juste à l'endroit où je me trouve. Ses *edarratae* s'embrasent, mais aucun rai de lumière ne trouble le faible éclairage du grenier.

— Ça peut prendre un peu de temps, dit Sethan.

Lena fait les cent pas.

— Nous n'avons pas le temps. Les armes à feu des humains sont plus précises, et ils ont davantage de munitions. Aren n'est pas invincible…

— Je le sais, ça.

— Il prend trop de risques. Il n'aurait jamais dû l'amener ici, elle.

Le stress ne m'aide pas à garder patience. Je croise les bras et lui rends son regard noir.

— Tout ça n'est pas ma faute.

— Ce sont les tiens, dit-elle. C'est ta technologie qui les a conduits jusqu'ici.

— « Les tiens » m'ont enlevée, dis-je en insistant sur les deux premiers mots comme s'il s'agissait d'une insulte raciste. Et les miliciens ne sont pas davantage les miens qu'ils sont ceux de Naito.

— Tu étais prête à tous nous abattre pour t'échapper.

Je ricane.

— Non, pas tous. Juste toi.

Un éclair à ma droite interrompt Lena avant qu'elle puisse répliquer. Une fissure déchire le vide à côté de Sethan. Après un moment de silence pétrifié, il adresse un hochement de tête à sa sœur, s'avance dans la lumière et disparaît. La seconde suivante, Lena ouvre sa propre porte de sortie et s'évanouit à son tour. Ça me démange de dessiner leurs ombres, mais je n'ai ni stylo ni papier. Comme je ne peux pas croquer ce que je vois, je sais seulement qu'ils sont ressortis dans le Royaume, une province de l'ouest, je crois.

Kelia donne un coup d'épée au sol, les yeux rivés sur l'endroit où se tenait Sethan.

— Naito ne se le pardonnera jamais, si tu meurs, lui dis-je.

Elle lève ses yeux argentés et soutient mon regard. Des *edarratae* étincellent le long de sa mâchoire crispée.

— Je ferais mieux de ne pas mourir, en ce cas, grogne-t-elle à voix basse, avant d'ajouter avec plus de fermeté : Allons-y.

Elle m'indique l'échelle. Je songe à refuser de partir, mais j'ai bien vu la fureur dans les yeux de Tom quand il s'est jeté sur moi. Si les autres miliciens sont aussi enragés que lui, je n'arriverai pas à les raisonner.

Avec un soupir, je descends l'échelle puis l'escalier. Je manque de glisser en arrivant au rez-de-chaussée. Le hall d'entrée est trempé. L'étage entier, à vrai dire. Des traces d'argent scintillent encore dans l'eau, mais les rebelles sont parvenus à rincer l'essentiel.

— Par ici, dit Kelia.

Je la suis à l'arrière de l'auberge, me baissant sous les fenêtres devant lesquelles nous passons. Naito se tient devant la porte du fond avec Aren, qui me plaque au sol dès que j'entre dans l'étroite buanderie.

— Reste au ras du sol, m'ordonne-t-il.

— Je suis au ras du sol, je rétorque.

Une lueur d'émotion indéfinissable brille dans ses yeux lorsque je m'éloigne de lui.

Il dit quelque chose à Naito en fae. La seconde suivante, Kelia et lui ouvrent des fissures et disparaissent.

— Ils vont faire diversion, m'explique Naito. Quand ils ressortiront dans la clairière, on courra jusqu'au sentier. Aren et plusieurs autres essaieront de nous dégager le passage, mais il ne faudra pas que tu t'arrêtes.

Il se redresse un peu pour surveiller ce qui se passe par la petite lucarne de la porte. Il a le pistolet de Tom à la main, et le serre avec force entre ses doigts. À sa façon de crisper la mâchoire, je comprends qu'il est prêt à s'en servir si nécessaire.

— Ton père te tuerait vraiment ?

Il me jette un coup d'œil et me répond par un bref hochement de tête.

— Ouais.

— Tu étais un milicien quand tu as rencontré Kelia ?

Au nom de la fae, son expression s'adoucit.

— Ouais.

Une rafale de balles mitraille la façade de l'auberge et ricoche sur des tuyaux dans le mur. Je m'aplatis au sol, ferme les yeux et prie pour que ça s'arrête. Au bout de quelques secondes interminables, je suis exaucée.

Naito secoue des bouts de verre de ses cheveux. La lucarne a volé en éclats.

Le silence qui suit me met mal à l'aise, d'autant qu'il se prolonge pendant plusieurs minutes. J'ai envie de pousser la porte et de tenter ma chance, mais la partie rationnelle de mon cerveau me dit d'attendre. Pour penser à autre chose, je demande :

— Vous êtes heureux ensemble ?

— Ouais.

Il se redresse de nouveau pour regarder dehors.

— Même si la plupart des faes n'aiment pas les humains ?

— La plupart des faes de la Cour, rectifie-t-il. C'est la faute du roi. Il pense qu'on détruit leur magie.

— C'est le cas.

On l'endommage, en tout cas.

— Non. C'est cyclique. La magie du Royaume se renforce ou s'affaiblit d'un siècle sur l'autre. (Naito revient au sol et m'examine.) Pourquoi toutes ces questions ? Tu envisages de fréquenter un fae ?

— Bien sûr que non, je me hâte de répondre.

J'ai déjà entendu la théorie de Naito ; les faes l'invoquent pour excuser les petits souvenirs qu'ils rapportent dans leur monde.

— Je ne peux que te le conseiller, poursuit-il. Le sexe avec les *edarratae*… (Il secoue la tête, et un petit sourire joue sur ses lèvres.) Crois-moi, tu adorerais ça. Tu n'aurais plus jamais envie d'être avec un humain.

Je détourne le regard, en espérant que Naito ne remarque pas que j'ai les joues en feu. C'est à ce moment-là que je me retrouve nez à nez avec deux grands yeux ronds et bleus. Sosch. Il est tapi dans le renfoncement entre le chauffe-eau et le mur.

Je tends la main. Il ne se le fait pas dire deux fois. En roucoulant, il se précipite dans mes bras. Le pauvre chou est couvert de poussière d'argent et tremble.

— Il va te ralentir, dit Naito.

Il a raison. Je devrais le laisser, mais la rancune que je lui garde depuis que je l'ai trouvé caché dans mon sac à dos s'est dissipée. Je ne compte pas l'abandonner sous prétexte qu'il appartient à Aren.

Et en parlant de mon sac à dos, il était posé sur la pile de munitions des faes dans le coin repas. Ce sera plus facile de transporter le *kimki* là-dedans que de courir avec lui dans les bras. Je pose Sosch par terre et lui ordonne de ne pas bouger.

Il obéit, mais dès que je m'éloigne en rampant, il roucoule et me suit. Par chance, la buanderie et le coin repas sont côte à côte, et récupérer mon sac à dos ne me prend que quelques secondes. Sosch se faufile à l'intérieur avant même que j'aie regagné mon poste près de la porte du fond.

Naito me regarde fermer le sac.

— Les miliciens ne le trouveront probablement pas.

Je hausse les épaules, puis rouvre un peu la fermeture Éclair pour que Sosch puisse respirer et sortir s'il en a envie.

— Combien de temps encore ? je demande en mettant le sac à dos sur mes épaules.

Il n'a pas besoin de me répondre. Ma peau me picote quelques secondes avant qu'une fissure s'ouvre à l'extérieur de la buanderie.

— Maintenant, dit le fae.

Naito m'aide à me relever.

— Reste près de moi.

Je n'ai pas le temps de m'inquiéter de malmener Sosch. Nous nous élançons par la porte du fond et nous enfonçons dans la nuit. Enfin, ce qui est censé être la nuit. Les fissures des faes illuminent la clairière, rais blancs qui reflètent la pluie battante. Ça donne l'impression de courir à travers un champ de feux d'artifice au moment du bouquet final. Le tir nourri des miliciens amplifie le bruit de déchirement des fissures. Les faes ne cessent de sauter d'un monde à l'autre, trop vite pour que je puisse tenir le compte de leurs allers-retours.

— Continue de courir ! me crie Naito.

La lumière m'aveugle et des ombres obscurcissent ma vision. J'arrive à peine à distinguer où je vais, terrifiée à l'idée de foncer droit dans une fissure. Où est cette maudite lisière d'arbres ? La pluie me tombe dans les yeux, et je jurerais que la clairière s'allonge un peu plus à chaque pas.

— Couche-toi !

J'ai à peine le temps de comprendre qu'on m'a jetée au sol qu'on m'oblige à me relever.

— Fonce !

Cette fois, je reconnais la voix d'Aren. Il me pousse à la suite de Naito, qui se remet déjà d'aplomb. Occultant mon point de côté et le *kimki* qui s'agite dans mon sac à dos, je continue de courir.

Nous arrivons au sentier. Si je m'imaginais que le couvert de la forêt allait m'apaiser un peu, j'avais tort. À défaut de voir les miliciens, je les entends. J'entends leurs fusils, leur respiration pesante, leurs mouvements dans les taillis humides. Ils se rapprochent. À ma gauche. À ma droite.

Merde, un homme en tenue de camouflage s'avance juste devant moi.

Je m'arrête en dérapant lorsqu'il lève son arme. Puis il vise.

Aren ouvre une fissure entre nous. Un coup de feu claque. Dans un éclair d'acier, l'épée d'Aren fend la pluie et tranche la chair de l'humain.

Aren tend la main pour m'empoigner par le bras et me pousse en avant.

— Suis Naito !

Je trébuche sur le milicien qui émet des gargouillis, essayant de ne pas regarder la plaie béante qui part de son épaule et descend sur sa poitrine. Mon corps menace de me lâcher. J'ai vu trop de sang cette nuit, trop de violence.

Alors que j'avance en rampant, je remarque un petit portable bleu qui dépasse de la poche du milicien. Je l'en extirpe – oh, Seigneur, je suis en train de dépouiller un macchabée – et l'enfouis au fond de ma poche.

Rejetant mes cheveux mouillés de mon visage, je lève la tête. Naito est juste devant moi. Il jette un coup d'œil par-dessus son épaule et me voit à quatre pattes dans la boue. Ma décision prise, je me lève d'un bond, fais demi-tour et me mets à courir en direction de l'auberge. Au bout de quelques foulées, je dévie du sentier et me taille ma propre route à travers la forêt.

— McKenzie ! me crie Naito, mais je suis sûre qu'il ne va pas me suivre.

Il aime trop Kelia pour prendre le risque de la laisser attendre au portail. Et Aren est occupé. Je devrais réussir à leur échapper assez longtemps pour passer un coup de téléphone.

Les broussailles s'accrochent à mes jambes. Je m'en dépêtre et repars, glissant sur les feuilles et l'herbe mouillée. J'ignore où je vais, mais ça m'est égal du moment que je m'éloigne.

Les coups de feu faiblissent et je finis par ne plus voir les fissures, masquées par la végétation dense de la forêt. Un rai de lumière perce la canopée, et lorsque les arbres se font plus clairsemés, je ralentis l'allure. Prudente, je me plaque contre un chêne au tronc épais pour scanner la clairière du regard. Contrairement à ce que je m'imaginais, l'auberge n'est pas perdue au milieu de la forêt. Une bonne vieille route pavée s'étend de l'autre côté du champ. Mais la perspective de courir à découvert me met toujours aussi mal à l'aise, surtout que je ne suis pas certaine de savoir où trouver un lieu sûr.

Je serre les bretelles de mon sac à dos et scrute de nouveau la route. Alors que je suis en train de me demander si elle est très fréquentée d'habitude, Dieu se décide enfin à me tendre une perche. À pas plus de vingt mètres sur ma gauche, j'aperçois une BMW inoccupée, à moitié cachée par des arbres. Qui plus est, je peux la rejoindre sans avoir à traverser le champ. Je suis sûre qu'elle appartient aux miliciens. Avec un peu de chance, je l'atteindrai avant qu'ils reviennent. Si les faes en laissent revenir.

Je me fraie un chemin en suivant la lisière de la forêt, ralentie par mes cheveux et mes vêtements gorgés d'eau de pluie. À chaque pas, je prie que les humains aient laissé les clés dans la voiture. Je ne sais pas ce que je ferai sinon – je ne me vois pas trafiquer les fils de contact – mais, alors que je me rapproche, j'entends le moteur ronronner sous le crépitement de la pluie. Ils l'ont laissé tourner.

Retirant mon sac à dos, je me rue sur la portière côté conducteur, l'ouvre et me laisse tomber dans la voiture. Sosch pousse un couinement quand je jette le sac sur le siège passager. Je n'ai pas le temps de m'assurer qu'il n'a rien. Les choses se présentent beaucoup trop bien pour qu'il n'y ait pas un hic quelque part, mais il est trop tard pour reculer. Je mets la marche arrière et appuie sur l'accélérateur. Trop fort. La BMW dérape dans l'herbe mouillée et l'une des roues se bloque. En jurant, j'actionne le levier de vitesse.

La seconde suivante, les vitres des portes arrière explosent. Des éclats de verre pleuvent. Je me baisse derrière le volant et le tourne à l'aveuglette tandis que des balles criblent la carrosserie de la voiture. J'accélère sur le terrain accidenté et fonce en direction de l'endroit où devrait se trouver la route. J'attends de m'être éloignée des tireurs pour risquer un rapide coup d'œil au-dessus du tableau de bord.

Aren est là. Je fais hurler la pédale de frein lorsqu'il taille en pièces un milicien qui pointait un pistolet sur moi. Il ouvre une fissure, réapparaît derrière un autre homme armé et frappe de nouveau. Trois autres miliciens accourent.

Cette fois, Aren se déplace plus lentement pour les attaquer. Deux des nouveaux venus tirent. Aren trébuche. Il perd l'équilibre, glisse et atterrit violemment sur le dos.

J'aurais peut-être pris la fuite s'il n'avait pas intercepté mon regard à ce moment-là. Je me fige, le pied au-dessus de l'accélérateur. Les miliciens vont le tuer. Ça ne devrait pas m'inquiéter. Je devrais le laisser mourir – il a tué des centaines de faes –, mais l'abandonner à son sort s'apparente trop à un meurtre. Je ne peux pas faire ça alors que je suis en position de l'aider.

Maudissant ma conscience, j'appuie sur la pédale. Je fonce sur les deux humains et les renverse. Sans leur laisser une chance de se remettre, je roule jusqu'à Aren et ouvre la portière passager.

— Monte.

Chapitre 10

— Ça va ? je demande, même si je m'en fiche.

Oui, vraiment. Je ne fais que mon devoir d'être humain en emmenant Aren. Dès que nous aurons mis quelques kilomètres d'asphalte supplémentaires entre nous et les miliciens, je le largue sur le bas-côté et il se débrouille.

Je lui jette un coup d'œil. La main droite serrée sur le pommeau de son épée, il est rencogné contre la portière de la voiture, le plus loin possible de la radio et de l'aération. Ses *edarratae* étincellent de façon désordonnée et son inconfort est visible. Quand la technologie embrouille la magie d'un fae, ça le désoriente. Pas beaucoup au début, et il peut réussir à surmonter son vertige pendant un moment, mais Aren est faible et blessé. Sa cuirasse est toute cabossée, et en plus de ses autres égratignures et hématomes, il y a cette balle qu'il a reçue à l'épaule lors du premier assaut des miliciens à l'auberge. Son armure couvre le trou pour le moment, mais du sang coule le long de son bras gauche et goutte de son coude sur le siège.

Avec précaution, il commence à desserrer les liens de sa cuirasse. Je me crispe sur le volant pour résister à l'envie de l'aider à s'en débarrasser. Ça lui prend un moment, mais il parvient enfin à retirer l'armure et la jette sur la banquette arrière. Cet effort l'a épuisé. Haletant, il s'appuie contre le siège et ferme les yeux.

Génial ! Blessé comme il l'est, je ne peux pas le virer.

Eh bien, qu'il reste dans la voiture, après tout. Dès que nous aurons rejoint la civilisation, je décampe.

— Tu peux couper le chauffage ? il demande.

J'ai déjà froid avec les vitres arrière brisées et on est tous les deux trempés, mais Aren fronce les sourcils de douleur.

Avec un soupir, j'éteins la climatisation.

— Tes *edarratae* n'ont pas l'air si mal en point, lui dis-je tandis que l'air chaud se dissipe.

Ce n'est qu'un demi-mensonge. La technologie perturbe ses éclairs, c'est évident, mais j'ai vu pire comme réaction.

— C'est parce que ce n'est pas moi qui manœuvre le véhicule.

Un petit couinement s'élève lorsqu'il s'agite sur son siège. Il regarde le plancher de la voiture en fronçant les sourcils.

Oh ! non. Sosch.

— Il n'a rien ? je demande à Aren, qui se penche pour sortir le *kimki* de mon sac à dos.

Sosch est vivant, au moins. Il roucoule quand son maître le serre contre lui, mais Aren reste longtemps sans répondre. Sosch aurait peut-être gagné à ce que je le laisse à l'auberge.

— Tu l'as sauvé, dit Aren.

Le ton de sa voix attire mon regard. L'expression de pure gratitude qu'il arbore lui donne l'air beaucoup trop humain. Ce n'est pas bon. Il devient difficile de garder à l'esprit qu'il est un tueur.

— Je ne l'ai pas fait pour toi, j'assène en reportant mon attention sur la route.

Ils ne connaissent pas les panneaux indicateurs, dans ce pays ? Je n'en ai pas vu un seul, et nous n'avons croisé qu'une voiture. Comme nous étions encore trop près de notre point de départ, je n'ai pas fait d'appels de phares pour qu'elle s'arrête. Rien ne me garantissait que ce n'était pas un milicien. Et puis, je connais plus de mots en fae qu'en allemand. Dialoguer avec les gens du coin risque de ne pas être du gâteau.

Je jette un regard à Aren, me demandant à quel point sa magie a souffert de la technologie.

— Tu peux ouvrir une fissure ?

Il hésite avant de répondre.

— Oui.

— Bien. Vas-y.

À sa façon de m'observer, j'ai un coup au cœur. *C'est l'appréhension*, me dis-je, car je lis du regret dans ses yeux. Il est sur le point de dire quelque chose qui ne va pas me plaire.

— Je ne peux toujours pas te laisser partir.

Voilà, c'était couru d'avance. Ça ne me plaît pas du tout.

— Tu n'as pas le choix. C'est moi qui conduis, tu es le passager, et je viens juste de sauver ta peau. Ouvre une fissure.

Il caresse le dos de Sosch, et un petit sourire joue sur ses lèvres.

— On n'est pas quittes pour autant.

— Je tiens compte du fait que tu m'as enlevée.

Il éclate carrément de rire, l'enfoiré.

— Oh, allez. Ça n'a pas été une si mauvaise expérience, si ?

Il plaisante, j'espère.

— Je viens de me faire tirer dessus.

— J'ai pris soin de toi.

Mon estomac se noue de plus belle. Je me concentre sur la route pour échapper à son regard. Non, je ne ressens pas le moindre désir. Rien, que dalle, *niet.* Et je suis encore moins en train d'imaginer à quoi ressemble le sexe avec les faes et leurs *edarratae.* Je n'ai même jamais couché avec un humain, d'abord. Je n'arriverais probablement pas à gérer ça avec un…

Je secoue la tête et serre le volant. Qu'est-ce qui m'a pris de le laisser monter dans cette voiture, mince ? Il m'a enlevée, je devrais être en train d'essayer de le tuer au lieu de l'aider, et pourtant je continue de m'inquiéter à son sujet. Sa blessure à l'épaule a l'air grave, et même s'il essaie de le cacher, je sens qu'il souffre. Il lui faut un médecin, ou plutôt un guérisseur fae.

Bon sang ! Qu'est-ce que ça peut bien me faire ?

— Tu sais où tu vas ? demande-t-il.

— Je suis la route, je réponds, laconique.

— Les humains peuvent suivre cette voiture ?

Je vérifie dans le rétroviseur.

— Il n'y a personne derrière nous.

— Non, avec la technologie, dit-il. Est-ce qu'ils peuvent nous pister ?

Oh. J'examine les jauges derrière le volant. Comment savoir si un mouchard a été posé sur cette voiture ?

— Il y a un second portail au nord de l'auberge, dit Aren. Sosch peut nous aider à le trouver.

Il ne doit pas savoir exactement où il se trouve. Sans Sosch, on pourrait passer devant sans le voir.

Une petite minute… « On » ? C'est quoi mon problème ? Il faut que je me débarrasse de ce fae. Alors que je m'apprête à lui répéter d'ouvrir une fissure, il pose Sosch sur la banquette arrière et retire son tee-shirt.

— Qu'est-ce que tu fais ?

Je détourne les yeux et fixe la route du regard, essayant d'oublier de quoi il avait l'air avec son torse uniquement couvert de poussière d'argent.

— Je saigne, répond-il.

Il déchire le tee-shirt en deux moitiés.

Je cède à la tentation de lui jeter un regard quand il réitère son geste. Il enroule les bouts de tissu autour de son épaule blessée. Ses abdominaux se contractent tandis qu'il serre le bandage. Mince alors.

Je me concentre sur ma conduite. Non, il n'est pas séduisant. Il ne peut pas l'être alors qu'il est couvert de sang et de blessures. Et, pour rappel, il ne s'agit pas que de son sang à lui. Je n'ai aucune idée du nombre d'humains qu'il a tués. Rien que ça, ça devrait me pousser à me débarrasser de lui au plus vite. Le truc, c'est que je me sens bien avec lui à côté de moi. C'est dément, mais je retrouve presque chez lui le côté sécurisant que Kyol a toujours eu.

En y pensant, je fronce les sourcils. Et soudain, tout me semble logique.

— Le syndrome de Stockholm, je chuchote alors que mes jointures blanchissent sur le volant.

Aren me regarde.

— Hein ?

Le syndrome de Stockholm. Ça explique tout. En m'identifiant à mon ravisseur, je crée une sorte de lien affectif tordu avec lui. C'est pour ça que je l'ai sauvé et que je me préoccupe de son bien-être maintenant. Et c'est sans doute pour cette raison que j'éprouve de l'attirance pour lui.

Mon esprit magnifie les moindres signes de gentillesse de sa part, au point que j'en arrive à croire qu'il se soucie de moi alors que ce n'est pas le cas.

— Ça va ? demande Aren.

— Non, je rétorque. Non, ça ne va pas. Je suis psychologiquement perturbée.

Il hausse un sourcil.

— Ouvre une fissure.

— McKenzie, dit-il comme si mon attitude le décevait.

— Tout de suite, bordel.

Je lui balance mon bras dans l'épaule.

Il pousse un grognement.

— Je ne peux aller nulle part tant qu'on roule.

J'écrase la pédale de frein, arrête la voiture et attends, mais il ne bouge pas. Il reste là à me dévisager.

— Je ne déconne pas, Aren. Ouvre cette maudite fissure.

Il soupire, et alors que je m'imagine qu'il va enfin s'exécuter, il dit :

— Je suis vraiment désolé.

— Désolé de qu…

D'un geste vif, il s'empare des clés et coupe le contact.

Je me jette par-dessus la console centrale pour les récupérer. Sans elles, je suis foutue. Aren me repousse.

— Je ne peux pas te laisser partir, dit-il.

— Donne-moi ces putains de clés !

Je tente une seconde fois de les lui reprendre, mais il les tient hors de ma portée et me donne des tapes sur les mains. Alors que j'ai réussi à lui attraper le poignet, il sursaute et, prise dans mon élan, je tombe pratiquement sur ses genoux. Voyant un sourire naître sur ses lèvres, j'assène un coup de poing sur son épaule blessée.

— *Nome Sidhe*, gémit-il en fermant les yeux.

Les clés tombent sur le plancher de la voiture et je me baisse entre ses jambes pour m'en saisir. Avant que j'aie pu me redresser, il m'attrape par la taille et ouvre sa portière d'un coup de pied.

J'essaie de lui envoyer mon coude dans le ventre. Il l'intercepte, me tire sur ses genoux et parvient presque à me jeter dehors. Je lâche les clés pour me raccrocher à la poignée au-dessus de la portière tandis qu'Aren sort de la voiture, m'enlaçant toujours d'un bras.

— Lâche cette poignée.

— Lâche-moi ! je hurle en réponse.

Il tire plus fort et je décolle du sol. La poignée est la seule prise qu'il me reste. Je commence à faiblir. Je donne des coups de pied, mais il tient mes deux jambes maintenant.

— McKenzie.

À sa tentative suivante, mes mains glissent. Je m'ouvre la lèvre inférieure en atterrissant tête la première sur le bas-côté mouillé.

Aren me retourne sur le dos et me cloue au sol. Je me cabre et gesticule pour qu'il me lâche.

— Détends-toi, ordonne-t-il.

Je parviens à dégager mon bras gauche. Il l'immobilise de nouveau.

— Ça suffit, McKenzie. Ça suffit !

Je me relâche et fais de mon mieux pour ne pas réagir quand des *edarratae* passent de ses mains à mes bras. C'est un échec monumental. Même si je ne bouge pas, les éclats de chaos pulsent sous ma peau, et plus il me touche, plus ils deviennent chauds. Ce n'est pas douloureux ; c'est excitant et délicieux.

— Je te déteste, je murmure.

De son regard argenté, il suit un éclair qui serpente sur mon épaule, le long de mon cou et sur ma joue.

— Tu saignes, dit-il avant d'appuyer doucement le pouce sur ma lèvre inférieure.

Je hoquette lorsqu'il diffuse sa magie pour refermer la petite coupure, et j'ai l'impression qu'un millier d'éclats de chaos s'écrasent d'un coup dans mon ventre.

Je ravale ma frustration et tourne la tête pour ne pas avoir à le regarder.

— Tu vas me laisser me relever, maintenant ?

— Tu vas essayer de t'enfuir ? (Face à mon silence, il soupire et je sens son souffle chaud me caresser le cou.) Question stupide. Bien sûr que tu vas essayer.

Aren se lève et m'aide à me remettre debout. Quand il se détourne pour ouvrir la portière arrière de la voiture, je me baisse vivement, me saisis des clés qui gisent oubliées au sol et les fourre dans ma poche.

Il inspecte la banquette arrière un moment avant de se redresser.

— C'est un…

Je regarde par-dessus son épaule la boîte en métal qu'il tient à la main.

— C'est un kit de premiers secours.

Il hoche la tête, l'ouvre et en examine le contenu.

— Tu ne peux pas te soigner toi-même, si ? je demande.

— Non. (Il s'assoit au bord de la banquette, face à moi.) Tu sais coudre ?

Je m'immobilise, prise d'un début de nausée.

— Non.

— Ma blessure à l'épaule a besoin d'être désinfectée et refermée.

— Non.

Je détourne le regard vers la forêt. Il est blessé, mais je ne pense pas réussir à le semer. Peut-être s'affaiblira-t-il d'ici à ce qu'on atteigne le portail ? Je pourrais alors revenir à la voiture et m'enfuir.

— McKenzie, dit Aren sur un ton de supplique.

— Je n'ai pas l'intention de te planter une aiguille dans la peau, dis-je en revenant à lui.

Faire des points de suture, c'est un peu trop pour moi. Je peux nettoyer la plaie, en revanche. Je regarde dans la boîte ouverte sur ses genoux. Les miliciens ont dû l'apporter avec eux ; tout est étiqueté en anglais. Je repère quelques pansements avec des motifs de papillons et les sors.

— Je peux me servir de ça pour maintenir la plaie fermée.

— Je saigne trop.

— C'est ça ou rien.

Son expression se durcit.

— C'est ta nouvelle stratégie de fuite ? Me laisser me vider de mon sang ?

— Ce n'est pas une mauvaise idée.

À vrai dire, ce sera mon plan de secours si je n'arrive pas à l'éloigner de la voiture.

— Très bien. (Il regarde dans la boîte.) Qu'est-ce qui sert à désinfecter ?

— Les lingettes antiseptiques.

— Lesquelles ?

Il retire les bandes de tee-shirt dont il vient d'envelopper sa plaie dix minutes plus tôt. Elles sont complètement rouges, maintenant.

— Celles sur la gauche.

Il jette les bouts de tissu par terre et me fusille du regard, frustré.

— Je sais parler ta langue, McKenzie, mais pas la lire.

Je soupire et prends l'un des paquets blancs.

— Celui-ci. (Je déchire l'emballage et sors la lingette.) Il va t'en falloir plus que ce qu'il y a là.

Il est couvert de terre, de sueur et de sang.

— Nettoie-la du mieux que tu peux.

Je passe la lingette sur le trou dans son épaule et sur son torse incroyablement ferme. Seigneur, il est bien fichu. Plus mince que Kyol, mais son corps sculptural met tout autant l'eau à la bouche. J'essaie de ne pas me laisser distraire par les muscles que j'effleure pendant que je désinfecte sa blessure. Les lingettes n'aident surtout qu'à étaler le sang. Ça ne suffira pas à empêcher une infection.

— Il faut que tu voies un médecin.

— Ça ira, une fois qu'on aura retrouvé les autres.

— Ouvre une fissure, alors. On ne roule plus. Tu pourras renvoyer quelqu'un ici dans les deux minutes.

Soit assez de temps pour que je saute derrière le volant et prenne le large.

Il secoue la tête.

— Ça ira.

J'arrête de nettoyer son épaule et le regarde dans les yeux, sourcils froncés.

— Tu ne peux pas ouvrir de fissure, c'est ça ?

— Si. (Il serre les dents.) Je ne peux juste pas aller très loin pour l'instant. Mais les effets de la technologie se seront dissipés d'ici à ce qu'on atteigne le portail.

— Dans ton état, tu ne tiendras pas jusqu'au portail.

— Ce n'est pas loin.

— Tu ne peux pas évaluer les distances quand tu es en voiture. (Kyol n'y arrive pas, en tout cas.) On pourrait être à des kilomètres de la rivière.

— Je m'en sortirai.

— Tu vas te vider de ton sang.

Un sourire illumine son visage fatigué, et ces fichus éclats de chaos se réveillent dans mon ventre. On pourrait penser que vu que j'ai pris conscience de cette histoire de syndrome de Stockholm, je serais immunisée contre ses effets, mais non. C'est pire que jamais.

— Ta sollicitude fait chaud au cœur, dit-il.

Il étouffe un cri quand je plaque une lingette neuve sur sa plaie.

Étendu sur la plage arrière, Sosch me regarde travailler en clignant des yeux. Je nettoie Aren du mieux que je peux, mais je n'ai pas l'impression d'avancer. Chaque fois que j'exerce une pression sur son épaule, un nouveau flot de sang s'en écoule. Quand il ne me reste plus que deux lingettes, je décide qu'il est temps de voir ce que je peux faire pour la plaie du côté de son dos. Mais à moins de m'asseoir sur ses genoux, il m'est difficile d'y accéder.

— Sors de la voiture.

Je m'écarte pour le laisser se lever.

Il s'agrippe à la toiture de la BMW, se hisse sur ses pieds puis se retourne et appuie ses avant-bras sur le coffre. Mince, il a un dos superbe… si on fait abstraction de la blessure par balle et du sang, bien sûr. Il est large d'épaules, et les muscles de chaque côté de sa colonne vertébrale se bandent quand il ajuste sa position. Un éclat de chaos zigzague le long de sa cage thoracique et disparaît sous la ceinture de son pantalon. Je suis prise d'une envie répréhensible de suivre sa trajectoire du doigt, mais je m'oblige à me concentrer sur le trou dans son épaule.

Quand je jette la dernière lingette imbibée de sang sur la banquette arrière, Aren se réinstalle dans la voiture. Il fouille le kit de premiers secours jusqu'à trouver une aiguille et une bobine de quelque chose qui ressemble plus à du fil dentaire qu'à du fil de couture. Il me les montre.

— Je n'ai pas signé pour ça, je grommelle sans quitter son visage des yeux.

Il m'observe un moment, puis dit d'une voix douce :

— Tu n'as signé pour rien de tout ça, hein ?

Il passe lui-même le fil dans le chas de l'aiguille puis, sans hésiter, il la plante dans sa chair à côté de la plaie. Je grimace et détourne les yeux.

— Tu es différente de ce à quoi je m'attendais, déclare-t-il.

Je garde les yeux rivés au sol. Lui aussi est différent de ce à quoi je m'attendais, mais je n'ai pas l'intention de l'admettre.

— Je pensais que tu serais sans cœur, poursuit-il. Froide, comme le maître d'armes Taltrayn. Ce n'est pas le cas.

— Le maître d'armes n'est pas froid, dis-je sans réfléchir.

Il s'arrête, l'aiguille piquée dans sa peau.

— Tu n'en as pas marre de défendre la Cour ?

J'élude sa question d'un haussement d'épaules. Il a pratiquement refermé la plaie, mais il a du mal à tenir l'aiguille entre ses doigts enduits de sang et il ne voit plus ce qu'il fait, même s'il rentre le menton tant qu'il peut. Il n'arrivera pas non plus à se recoudre le dos.

— Donne ça, je grommelle en prenant l'aiguille.

Avant que je change d'avis, je la plante dans sa peau. Je tire sur le fil, effectue plusieurs autres points, puis fais un nœud.

— Tourne-toi.

Je l'attrape par le bras et le tourne de nouveau face à la voiture. En quelques minutes, j'ai fini de le recoudre. J'essuie un maximum de sang avant de scotcher de la gaze des deux côtés du trou.

Aren sourit.

— Ce n'était pas si terrible que ça, si ?

— C'était atroce, dis-je en l'examinant.

Il a perdu beaucoup de sang. Ça va forcément l'affaiblir, le ralentir un peu.

— Tu es sûr que tu vas tenir jusqu'au portail ?

— Certain.

Il se penche à l'intérieur de la voiture pour prendre mon sac à dos et appelle Sosch d'un claquement de langue. Le *kimki* s'engouffre dans le sac.

Je m'écarte et invite Aren à ouvrir la voie. Il passe une bretelle du sac à dos sur son épaule indemne et me tend la main.

— Je n'ai pas besoin qu'on me prenne la main.

— McKenzie, dit-il sur un ton d'infinie patience.

Je grince des dents quand je comprends ce qu'il veut. En levant les yeux au ciel, je sors les clés de la poche arrière de mon pantalon et les jette sur son torse.

Chapitre 11

Au bout d'une heure, je me retrouve à porter mon sac à dos dans lequel se trouve Sosch et à traîner Aren à travers bois. Il a refusé mon aide au début, et je l'ai regardé trébucher le long de notre « sentier » envahi de mauvaises herbes. Quand la végétation est devenue trop dense, il s'est servi de son épée pour nous tailler un passage. Ce n'est que lorsqu'il a failli perdre l'équilibre et manqué de me percuter que je suis enfin passée outre à ses protestations en lui confisquant son arme. Il est parvenu à rire faiblement et à dire qu'il avait peur que je l'en frappe. Il ne rit plus, à présent. Il n'a pas dit un mot depuis plus de vingt minutes, et je suis trop épuisée pour engager la conversation.

Son poids pèse sur mes épaules. J'ai passé un bras autour de sa taille ; son corps est chaud. Je ne saurais dire si c'est dû à ses *edarratae* qui bondissent sur ma peau ou à la fièvre, ce qui est le plus probable. Combien de temps avant qu'une infection se déclare ? Ses lèvres sont pâles et il transpire. Moi aussi je transpire, et j'ai le dos en compote à force de le soutenir. Mes bottes s'enfoncent dans la terre détrempée. Je regrette sérieusement de ne pas avoir pris le temps de mettre des chaussettes. J'ai si mal aux pieds que j'ai l'impression d'être plongée dans du verre brisé jusqu'aux chevilles. Mais comme Aren ne se plaint pas de son trou à l'épaule, je souffre en silence.

Un peu plus tard, j'entends le murmure d'une rivière. Sosch doit l'entendre, lui aussi. Il remue dans le sac à dos ; puis, en poussant son roucoulement caractéristique, il grimpe sur mon épaule avant de bondir au sol.

La forêt est suffisamment clairsemée pour nous permettre de voir le soleil matinal scintiller à la surface de la rivière. Sosch se précipite vers la berge et se met à laper l'eau.

— Elle est potable ? je demande en me traînant jusqu'à la rive.

— Ça ne devrait pas lui faire de mal, dit Aren, mais il n'a pas l'air pressé d'essayer.

Comment peut-il ne pas avoir aussi soif que moi ? Je suis complètement desséchée.

Il retire le bras de mon épaule et se redresse sans appui.

— On n'est plus très loin du portail. Une fois qu'on aura traversé la fissure, on aura de l'eau.

Je me laisse tomber sur la terre meuble à côté de la rivière. Ce n'est peut-être pas une bonne idée d'en boire, mais je ne peux pas laisser passer l'occasion de tremper mes pieds dans l'eau.

— Dans quelle direction se trouve le portail ? je demande en retirant ma botte gauche.

Il regarde en aval de la rivière.

— Par là.

Il ne semble pas sûr de lui.

— Et à quelle distance se trouvait-il sur une…

Bon sang, mon pied est plus amoché que je le pensais. Mon talon ainsi que presque tous mes orteils sont couverts d'ampoules rouges et purulentes. L'air frais me pique la peau, et je ne suis plus aussi certaine d'avoir envie de plonger le pied dans l'eau.

— *Nome Sidhe*, McKenzie, dit Aren en fixant mon pied du regard. Pourquoi tu n'as rien dit ?

— Je ne savais pas que c'était à ce point.

Il se baisse à côté de moi. Quand il tend la main vers mes orteils, je recule.

— Tu n'as pas assez d'énergie pour me soigner.

— Tu ne peux pas marcher dans cet état.

— Tu n'arriveras pas à ouvrir de fissure.

Il soutient mon regard de ses yeux argentés.

— Et en quoi ça te pose problème ?

Bien vu.

— D'accord, je soupire.

Il enserre mon pied entre ses paumes. Des éclats de chaos frémissent sur ses mains, puis se diffusent dans mes orteils et l'arche de mon pied. Je me crispe et retiens mon souffle, mais rien à faire. Je me mets à glousser comme une collégienne.

Aren lève les yeux de sa magie en haussant les sourcils, tandis que Sosch dresse les oreilles.

— Ça chatouille, j'explique.

Ma jambe tressaute lorsqu'un *edarratae* fuse de ma cheville jusqu'à mon petit orteil, et un nouveau rire m'échappe.

La lassitude quitte le visage d'Aren et le coin gauche de sa bouche se relève.

— Quoi ? je demande.

— Je ne t'avais jamais vue sourire, dit-il.

Je me force à grimacer malgré les frissons qui me parcourent le ventre.

— Ne t'y habitue pas.

Je retire mon pied de sa main. Maudit syndrome de Stockholm. Il doit bien exister un antidote.

— Tu n'as pas essayé de t'enfuir, dit-il d'une voix calme.

— Tu as vu mes pieds ? j'ironise, mais je serre les dents.

Je n'ai pas besoin qu'il souligne mon inconstance et mes contradictions. Je devrais peut-être m'échapper maintenant ? Je suis sûre que je réussirais à le semer, mais de toute évidence, il arrive encore à se servir de certains de ses pouvoirs. Il pourrait emprunter des fissures sur de courtes distances ou trouver un autre moyen de m'arrêter. Ce n'est pas parce qu'il est guérisseur qu'il n'a pas d'autres talents.

Non mais à qui je veux faire avaler ça ? Rien de tout ça ne m'a arrêtée, avant. Je me trouve des excuses pour rester avec lui. Des excuses faiblardes, en plus. Si je suis toujours là, en réalité, c'est parce que je ne veux pas qu'il meure. Et puis, si je l'abandonne, ça reviendrait à lui plonger une épée en pleine poitrine, et je ne me sens pas capable d'exécuter quelqu'un qui est blessé et a besoin d'aide.

— Enlève ton autre botte.

Je ravale ma frustration et obéis. Mince, ce pied-ci est encore pire que l'autre.

Aren se contente de secouer la tête et de me prodiguer sa magie. Je me mords la lèvre pour retenir mes gloussements. Dieu merci, il en a rapidement terminé. Je me sens trop vulnérable quand je ris.

Je me dégage et plonge mes deux pieds débarrassés de leurs ampoules dans la rivière. Le courant frais me revigore.

À côté de moi, Aren se renverse maladroitement en arrière pour s'étendre sur le dos. Il ferme les yeux. Je regarde sa poitrine se soulever au rythme de sa respiration. Les plis au coin de ses yeux trahissent la douleur que lui inflige son épaule. Ça m'inquiète. Il ne saigne plus, mais ce n'était pas forcément judicieux de refermer la blessure. Il faudrait peut-être la laisser se vider de son pus ou l'aérer.

— Parle-moi, dit-il. Ça m'aidera à oublier mon épaule.

J'en doute, mais je dis :

— De quoi veux-tu parler ?

Un éclat de chaos fuse sur ses abdominaux. C'est une idée, ou il est plus terne que d'habitude ? Difficile à dire avec toute cette crasse et cette sueur.

— Depuis combien de temps tu travailles pour la Cour ?

— Dix ans. (Je marque une pause, réfléchissant à ce que je peux dire sans trop en révéler.) Je comptais démissionner, j'ajoute lorsque sa respiration devient saccadée.

Son regard argenté perce entre ses cils.

— Vraiment ?

Je hoche la tête.

— J'étais censée obtenir mon diplôme la semaine après que tu m'as enlevée. J'allais redevenir une humaine normale, tirer un trait sur les faes et ne plus jamais mettre les pieds dans le Royaume.

Il sourit.

— Jamais tu ne pourras être une humaine normale.

Je lui jette un regard noir, mais il a refermé les yeux.

— Dix ans ? dit-il au bout d'un moment. Tu étais jeune, non ?

— Pas tant que ça.

— Tu vivais toujours chez tes parents ?

Je n'ai clairement pas envie que la discussion parte là-dessus. Je sors mes pieds de l'eau et les pose sur la rive pour qu'ils sèchent.

Il tourne la tête vers moi.

— Ils vont se mettre à ta recherche ?

— Non, dis-je sur un ton qui devrait mettre le point final.

— Et d'autres humains ?

— Oui.

Ce n'est pas un mensonge. D'ici à quelques semaines, je vais recevoir des appels pour factures impayées. Et il se peut que je manque à Paige. Sa sœur se marie ce mois-ci, et je lui ai promis…

Et flûte !

— Quoi ? demande Aren.

— J'ai manqué l'enterrement de vie de jeune fille d'Amy.

— Le quoi ?

— Une fête, dis-je. La sœur de mon amie se marie samedi.

Paige ne s'est jamais bien entendue avec Amy, mais elle est la demoiselle d'honneur. Il faut qu'elle fasse bonne figure jusqu'au mariage, et je lui ai donné ma parole que je serais présente aux deux événements pour l'aider à ne pas disjoncter.

Voilà, c'est pour ça que j'ai si peu d'amis humains. Les faes trouvent toujours une raison de me solliciter, et je finis par revenir sur mes engagements.

Aren lève les yeux vers le ciel masqué par les arbres.

— Dis-moi pourquoi tu as commencé à travailler pour la Cour.

Je ramasse une pierre sur la berge et soupire. Il veut encore que je le divertisse ? Très bien.

— Quelle fille humaine dirait « non » à la chance de vivre un conte de fées ? J'avais seize ans. Je rêvais d'émotions fortes et d'aventure. (Et d'amour mais ça, je ne compte pas le lui dire.) La Cour m'a offert tout ça. Ils m'ont dit que j'étais exceptionnelle, que je pouvais les aider, et qu'ils me protégeraient.

— Te protéger ? De qui ?

Je regarde Sosch se laisser glisser jusqu'à une zone rocailleuse et peu profonde de la rivière.

— Des impurs. Thrain m'a trouvée.

— Thrain ? dit Aren comme si ce nom lui laissait un mauvais goût dans la bouche.

Je hausse le sourcil.

— Je pensais que vous vous serriez les coudes, entre impurs.

— Je ne suis pas un impur.

Il s'assoit. Trop vite. À son regard vitreux, je vois qu'il a la tête qui tourne. Il lui faut un moment pour se stabiliser.

— Sethan non plus.

— Si tu le dis.

Je n'ai pas l'intention de me prendre la tête avec lui. Si je parviens à retourner à la Cour – non, quand j'y parviendrai –, je demanderai à Kyol de se renseigner sur la lignée des Zarrak pour moi.

Je regarde en aval de la rivière, la direction du portail d'après Aren.

— Je crois que tu te trompes au sujet du portail. Tu l'as vu indiqué sur une carte ? À quelle distance se trouvait-il de l'auberge ?

— Environ trente *yraka*. (Il cligne des yeux et me regarde.) Ça ne t'avance pas tellement, hein ?

— Si. Les cartes de Kyol sont mesurées en *yraka*.

Il penche la tête de côté.

— Kyol ?

Je me rends compte trop tard de mon lapsus. Aren soutient mon regard. J'ai beau essayer, je ne parviens pas à lui dissimuler la vérité ; il lit en moi comme dans un livre ouvert. Un millier d'émotions passent sur son visage. La stupeur. L'incompréhension. L'horreur. Je parviens à masquer ce que je ressens en même temps que lui.

— Tu es amoureuse de Taltrayn.

Ce n'est ni une affirmation ni tout à fait une question, et je ne sais pas quoi lui répondre. Je serre la pierre dans ma main. Il devinera que je mens si j'essaie de nier la vérité. Si je l'avoue…

Qu'est-ce que je risque ? Qu'Aren coure le raconter au roi ? C'est peu probable.

Il s'agite à côté de moi.

— Taltrayn est mon ennemi, c'est vrai, mais il a des principes. Il n'ira jamais à l'encontre des souhaits d'Atroth. Il ne s'abaisserait jamais à se déshonorer en ayant une liaison avec toi.

— Je le sais, ça !

Il grimace.

— Je suis désolé. C'est sorti trop vite. Je ne voulais pas dire que…

— Le portail est par là.

D'un doigt, j'indique l'amont de la rivière, me demandant pourquoi les paroles d'Aren me blessent à ce point.

Est-ce que c'est parce qu'il a parlé de déshonneur ? Kyol serait déshonoré par ma faute ?

Non ! Je ne peux pas laisser Aren entrer dans ma tête.

— McKenzie.

Je me lève et jette ma pierre dans la rivière.

— Si tu ne veux pas que je te laisse ici, debout. Tout de suite.

Avec des gestes lents et prudents, il lutte pour se remettre d'aplomb. Je garde les bras le long du corps, poings serrés. Je ne l'aiderai pas. Qu'il blêmisse ou qu'il s'avachisse sur son épée, je m'en moque. Une fois que je l'aurai amené au portail pour qu'il puisse ouvrir une fissure plus facilement, je prendrai le large.

Ses genoux parviennent à supporter son poids.

— Tu es intelligente, McKenzie. Tu dois bien voir que…

— Stop.

— Il t'a manipulée.

— Ferme-la, d'accord ?

Je fais volte-face.

Aren me retourne vers lui.

— Il a consenti à s'unir à la fille de Srillan.

Je cesse de respirer, et mon cœur se brise. Il ne devrait pas. Aren cherche juste à dresser un mur entre la Cour et moi. Entre Kyol et moi. Il invente ces mensonges pour m'attirer dans son camp. Je n'ai aucune raison de le croire, sauf que… je connais la fille de Srillan. C'est une belle fae du nom de Jacia, et elle a souvent côtoyé Kyol ces derniers mois.

Un air froid et humide me colle à la peau. Je ne tremble pas, mais j'ai l'impression que mon être entier se morcelle. Ce serait donc vrai ? Mais dans ce cas, pourquoi Kyol ne me l'aurait-il pas dit ? Me l'a-t-il caché sciemment ? Je baisse les yeux au sol pour qu'Aren ne voie pas les interrogations qui passent dans mon regard.

Aren me relève le menton d'un doigt. Ses *edarratae* se propagent sur ma mâchoire. Je sens un éclair traverser mes lèvres. Aren se concentre dessus, puis sur ma bouche, puis de nouveau sur mes yeux.

— Il ne t'aime pas, dit-il.

Je le gifle. Je ne sais pas ce qui m'a pris. Peut-être que tous mes doutes, toute ma frustration sont en train de s'abattre sur moi comme un raz-de-marée. Je ne veux pas y être confrontée. Pas maintenant.

— Je vois, déclare Aren d'une voix calme.

Je n'aurais pas dû le gifler. C'est un truc de fille faible. J'aurais dû lui coller mon poing dans la figure.

— Viens, dit-il. On va chercher le portail en amont.

J'avais la ferme intention de le pousser dans une fissure sans moi, mais au fur et à mesure qu'on se rapproche du portail, je me rends compte que ça ne va pas être aussi facile que je le pensais. Aren a dû économiser ses forces pour la dernière partie de notre périple. Dès que la fourrure de Sosch commence à virer à l'argenté, Aren resserre son étreinte sur mon bras. Bien qu'il ait les traits tirés et soit ruisselant de sueur, il ne me semble plus faible du tout à présent.

Il fouille dans la bourse attachée à sa ceinture et en sort une pierre d'ancrage. Elle luit brièvement quand il lui imprime la marque de notre destination.

— Tu devrais me laisser partir, dis-je, les premiers mots que nous échangeons depuis que nous avons commencé à remonter la rivière.

— Pour que tu te retrouves livrée à toi-même, à l'écart de toute civilisation ? Et sans bottes ? Non, *nalkin-shom*. Tu vas venir avec moi.

Le fait que je sois pieds nus pose problème. Comme les bottes auraient eu tôt fait de rouvrir mes plaies, je ne les ai pas remises. Même si j'ai pris soin de ne marcher que sur la terre meuble du rivage, mes pieds sont encore endoloris et sensibles. Mais je devrais pouvoir régler ça dès qu'Aren sera parti et que je pourrai me servir du portable dans la poche arrière de mon pantalon. Je n'ai pas encore eu l'occasion d'appeler. Aren ne m'a pas quittée d'une semelle depuis que nous avons abandonné la voiture.

La fourrure de Sosch est tout argentée maintenant. Il ponctue de roucoulements ses va-et-vient le long de la berge. Si je ne regarde pas directement l'espace devant lui, j'arrive à voir la ligne qui brouille le paysage.

— On est arrivés, dit Aren.

Après y avoir mis la pierre d'ancrage, il garde ma main serrée dans la sienne, puis s'avance avec précaution jusqu'au bord de la rivière et trempe sa paume dans l'eau. Je sens la présence du portail avant même que la lumière coule entre ses doigts. Par dizaines, des *edarratae* se mettent à étinceler et à courir sur les muscles de ses épaules et son torse ferme, suivant ensuite la ligne en « V » qui part de ses abdominaux pour descendre jusqu'à son…

Quand je me rends compte de ce que j'observe, je détourne les yeux.

Aren me regarde.

— Tu es prête ?

Ce serait une trahison si facile de me laisser fondre dans sa chaleur. C'est tentant. Aren, fils de Jorreb, le boucher de Brykeld, pourrait être l'homme qui panserait mes blessures. Il pourrait m'embrasser, me cajoler, me faire toutes ces choses que j'aurais voulu que Kyol fasse. Il pourrait combler le vide dans mon cœur.

Jusqu'à ce que je lui donne le *Sidhe Tol*. Que se passera-t-il quand il aura obtenu ce qu'il veut de moi ?

— McKenzie ?

C'est ridicule. Je n'ai pas confiance en lui, et même si – je dis bien si ! – Kyol avait consenti à s'unir à Jacia, Atroth reste le roi légitime du Royaume. Les faes de la Cour m'ont sauvé la vie des dizaines de fois. Ils prennent soin de moi. Je ne laisserai pas Aren me le faire oublier.

Rassemblant toutes mes forces, je tire sur ma main sans crier gare. Je glisse entre les doigts d'Aren, mais son autre main est rapide. Il m'attrape par la nuque et me plaque contre son torse.

— Non. (Je sens les vibrations de sa voix contre ma joue. Les battements de son cœur martèlent mon oreille.) Tu n'as pas envie de partir, McKenzie. Tu me fuis par habitude.

— C'est faux.

— Si tu voulais bien être un peu moins butée.

— Non !

C'est comme ça que ça commence, une petite concession par-ci, une autre par-là, jusqu'à ce que je lui aie tout donné. Je le repousse. Il me laisse reculer d'un pas mais me retient fermement par les poignets.

Il soupire.

— Cette fissure… Ça risque de ne pas être agréable.

— Ça ne l'est jamais, je rétorque.

— J'ai perdu beaucoup de sang. Ma magie n'est pas puissante. J'en encaisserai autant que je peux, mais tu vas le sentir passer. Accroche-toi bien à la pierre et à moi. Ce sera vite terminé.

Il serre mes deux poignets dans une main et tend l'autre bras.

— *Sosch. Monte*, dit-il en fae.

Le *kimki* bondit sur son avant-bras puis sur ses épaules. Dès que Sosch est installé, Aren m'entraîne dans la glace.

Non, pas de la glace. Du feu. Mon corps est pris de convulsions lorsque nous pénétrons dans l'Entre-Deux. Je manque presque de lâcher Aren. Tout d'un coup, rien ne va plus. J'ai quitté mon enveloppe charnelle, mais au lieu de flotter je tombe. À une vitesse vertigineuse. Les fissures sont censées être emplies d'une aveuglante lumière blanche, mais pas celle-ci. Tout est noir, ici. Complètement noir.

Chapitre 12

On sonne à la porte. Ils sont en avance. Génial!

Je me passe un coup de brosse dans les cheveux en me demandant pour la énième fois pourquoi j'ai laissé Paige me convaincre d'aller à ce rencard. Je devrais être en train d'étudier ou de dormir, tout sauf aller dîner et danser en boîte avec un mec que je ne connais pas. En plus, je ne me sens pas vraiment dans mon assiette.

Jetant la brosse sur le canapé, je m'efforce de secouer mon esprit embrumé et vais à la porte.

— Salut! dit Paige quand j'ouvre.

Elle sautille sur la pointe des pieds, faisant voler ses cheveux blond californien qui lui arrivent juste au-dessus des épaules. Ils sont plus courts que d'habitude à cause des petites mèches qu'elle a tressées et entortillées dans tous les sens. Si j'essayais de me coiffer comme ça, j'aurais l'air d'avoir un gigantesque nid de rats sur la tête. Mais sur Paige, ça crée un effet de désordre organisé – tendance et sublime.

— Salut, je réponds, juste au moment où une onde électrique me chatouille la peau.

Je dois me faire violence pour ne pas me retourner et vérifier qui vient d'ouvrir une fissure dans mon salon. Je devine que c'est Kyol. Superbe timing.

— Je te présente Ben, dit Paige en indiquant de la tête l'un des deux mecs sur mon perron. Et tu connais Jon.

Non, je ne connais pas Jon. Le petit ami que j'ai rencontré le mois dernier s'appelait Mark ou Matt, quelque chose dans ce genre.

— Je suis McKenzie.

Je secoue la main de Ben. Sa poignée est ferme, il est bien bronzé et, comme promis, il a un sourire ravageur.

— Je t'avais dit qu'il est canon, me glisse Paige en même temps que j'entends une voix derrière moi me dire :

— Je reviendrai plus tard.

En réponse à Kyol, je secoue légèrement la tête. Le monde autour de moi se met à tournoyer plus qu'il ne le devrait. Bizarre. Il s'écoule quelques secondes avant que ça se stabilise. C'est alors que je remarque que Ben a haussé le sourcil et Paige froncé les siens.

— Euh, je veux dire, ouais. Je venais juste de… de me rappeler que j'ai oublié un truc.

— Pas de problème, miss timbrée, dit Paige en traînant son mec à l'intérieur. J'ai oublié d'appeler le restaurant pour réserver.

— Euh…

Je regarde par-dessus mon épaule et vois Kyol posté à l'autre bout de mon canapé. Ses *edarratae* tremblotent un peu plus que d'habitude. Rien de grave, mais j'ai tout de même du mal à me retenir de tendre la main pour éteindre la lumière du salon.

— Je reviendrai plus tard, répète-t-il.

J'invite Ben à entrer.

— Il faut que je file à la salle de bains.

— Dépêche, dit Paige en prenant mon téléphone portable.

Kyol s'attarde sur Ben avant de me suivre dans la salle de bains. Quand il referme la porte derrière nous, il fait noir. Trop noir. Je me frotte les yeux. Quand j'y vois enfin clair, je me prends presque à souhaiter que ce ne soit pas le cas. Un éclair irrégulier étincelle sur son visage dénué d'expression. Il n'est jamais renfermé à ce point-là quand nous sommes seuls.

— Je viens de le rencontrer, dis-je. Paige m'a persuadée d'aller à ce rencard et…

Son regard s'adoucit.

— Non, ce n'est rien. C'est bien pour toi de fréquenter les tiens.

— Ça ne veut pas dire que j'en ai envie.

— Moi non plus, répond-il d'une voix douce.

— Mais pour toi aussi ce serait bien, non ?

Question stupide. Évidemment que ce serait bien. On sait tous les deux que ça ne peut pas durer éternellement. Le roi va finir par découvrir le pot aux roses. Il chargera un autre fae de m'escorter quand j'aurai à lire les ombres. Kyol m'a assurée que dans le pire des cas, il ne serait que démis de ses fonctions de maître d'armes, mais je le soupçonne de me cacher autre chose.

— Ce le serait pour certaines raisons, oui, dit-il. Pour une autre, non.

Sa façon de me regarder me noue l'estomac. Je me demande s'il y a moyen que j'échappe à ce rencard. Je peux dire à Paige que je suis malade. Ce ne serait pas tout à fait un mensonge… je me sens vraiment ébranlée.

— Je vais informer Radath que tu es occupée, décide Kyol.

Je soupire. Autant oublier ça. Kyol ne me laissera pas me désister.

— Radath ne va pas apprécier.

— En effet, confirme-t-il.

Le seigneur général s'attend à ce que je sois à sa disposition et que je me rende où il veut quand il le veut, peu importe le danger que ça représente. Je me demande parfois ce que Kyol doit essuyer quand il m'invente des excuses.

Il ouvre une fissure. La lumière vive me fait plisser les yeux et je suis prise d'une soudaine migraine. Je me frotte le front jusqu'à ce qu'elle se dissipe.

— Hé, dis-je pour retenir Kyol avant qu'il disparaisse.

Il se détourne de sa fissure.

— Ce mec ne m'intéresse pas.

Il m'adresse un sourire.

— Tu viens de le rencontrer, *kaesha*.

À son sourire et au mot « *kaesha* », je craque. Je me jette à son cou et il m'enlace la taille. Il y a des jours où nous arrivons mieux à garder nos distances que d'autres. Ce n'est pas le cas aujourd'hui.

Son baiser est brûlant. Je glisse mes doigts dans sa chevelure sombre et les laisse errer sur la zone sensible juste sous son oreille gauche. J'ai envie d'y poser les lèvres, mais je suis trop absorbée par ce qu'il me fait avec sa langue. Ses éclats de chaos se diffusent dans mes mains, dans ma bouche, partout où il me touche.

J'ai dû oublier de respirer. J'ai le tournis mais je ne veux pas que ça s'arrête. Je me colle contre le corps de Kyol, tire doucement sa lèvre inférieure entre mes dents, et me démène pour briser son contrôle. C'est devenu un jeu de le séduire et le mettre à l'épreuve. Un jeu dont je ne me lasse jamais, même si je perds à chaque fois.

Il agrippe mes épaules et sourit contre ma bouche.

— Essaie de passer un bon moment, dit-il, mettant fin à cette partie beaucoup trop tôt.

Je pose la tête contre son torse. Je n'ai pas envie de passer un bon moment. J'ai envie de rester là, dans ses bras, et de m'y endormir pour toujours.

— Non. Ne dors pas, McKenzie.

— Je ne dors pas.

Je ferme les yeux. Il est tiède. Plutôt chaud, même.

— Il faut que tu te réveilles.

— Mmm, je murmure contre son cœur.

— McKenzie. S'il te plaît.

Il semble inquiet. C'est étrange. Il ne s'inquiète pour ainsi dire jamais. Il garde toujours le contrôle. Bien plus que je ne le souhaiterais. Mais ce n'est pas grave. C'est confortable, ici. Silencieux. Paisible et…

Je tombe dans une cuve d'eau bouillante. Je bondis pour me soustraire à la chaleur torride, mais on maintient mes épaules sous la surface.

— Doucement, McKenzie. Tu en as besoin.

Je me réveille avec la tête qui tourne, ne distinguant de la pièce que des contours flous. *Concentre-toi*, je m'intime. *Il faut que je me concentre.*

Des éclats de chaos serpentent des mains d'un fae et se fondent dans ma peau.

— Kyol ?

Au bout d'un silence interminable, la voix dit :

— Aren.

— Aren ? je répète, perdue.

Je ferme les yeux une fois, puis deux. Ah, oui. Aren, le boucher de Brykeld, mon ravisseur. Bien sûr que c'est lui. Kyol ne me ferait jamais mal comme ça.

Je lutte de nouveau pour sortir de la cuve… non, de la baignoire.

— C'est trop chaud.

— Ça va, McKenzie. C'est toi qui as trop froid. Reste tranquille.

Il ne détache pas les mains de mes épaules. Mes épaules nues. Ses *edarratae* déferlent en moi sans entraves. Je baisse les yeux lorsqu'un éclair jaillit de ses doigts sur ma peau. Il zigzague sous la surface de l'eau, disparaît brièvement dans mon soutien-gorge avant de resurgir pour tracer le contour de ma hanche.

Je reporte mon attention sur Aren.

— Je suis nue.

— Pas entièrement, dit-il, et un peu de sa tension quitte son visage.

Il desserre son étreinte. J'essaie de m'asseoir et de sortir de l'eau autant que possible, mais il m'en empêche. Quand la pièce se remet à tourner, je cesse de lutter. J'ai l'impression de m'être réveillée avec une sale gueule de bois. Je le jure devant Dieu, je ne laisserai plus jamais Aren me faire traverser un portail.

J'ouvre les yeux et inspecte rapidement les alentours. Je suis assise dans un jacuzzi, juste assez haut pour voir le reste de la salle de bains. Il y a une douche délimitée par des parois en verre à côté de deux lavabos. À l'exception d'un bocal à confiture illuminé par magie, il n'y a rien sur le meuble blanc. Je ne vois ni tapis de bain, ni serviettes. Il y a un conduit pour l'air conditionné et le chauffage, ce qui me laisse espérer que l'on se trouve aux États-Unis. Un refuge des rebelles, peut-être ? J'ai envie d'écarter les stores de la fenêtre au-dessus de mon épaule gauche et de jeter un coup d'œil dehors, mais ça ne semble pas judicieux de me tourner tout de suite. Mon équilibre est encore précaire.

— Qu'est-ce qui s'est passé ? je demande.

Aren se concentre sur l'eau qui fait des vaguelettes au-dessus de mon ventre nu.

— Je… Tu as souffert du choc, plus que je ne le voulais. Je n'arrivais pas à te réveiller.

Je ramène mes genoux contre ma poitrine, en partie pour cacher mon corps, et en partie parce que je suis soudain engourdie. J'ai froid, mais je transpire. Je serre les poings pour essayer de me débarrasser de la sensation de picotement dans mes doigts.

— L'Entre-Deux t'a rendue malade, dit-il. (Il se penche de son côté de la baignoire, puis me présente une bouteille remplie d'un liquide rouge foncé.) Bois ça.

— Qu'est-ce que c'est ?

— Ça t'aidera à te sentir mieux.

Il porte le goulot à mes lèvres.

À peine ai-je bu une goutte que j'essaie de la recracher. Il me prend par le menton et me renverse la tête.

— Bois.

Ses doigts me labourent la mâchoire. Le breuvage amer se déverse dans ma bouche, et je n'ai que le choix de m'étouffer ou de lui obéir. La première gorgée me brûle l'œsophage, puis coule et grésille dans mon ventre. Je saisis son poignet pour écarter la bouteille, mais il ne transige pas avant d'avoir estimé que j'ai ingurgité une quantité suffisante de liquide. Lorsqu'il me laisse enfin respirer, je m'assois dans la baignoire en toussant et crachant. Je porte de l'eau à ma bouche en espérant réussir à me débarrasser de l'arrière-goût.

— Ça y est, tu veux m'empoisonner ?

Un infime sourire se forme sur les lèvres d'Aren. Quelque chose me brûle le ventre avec plus d'intensité que les flammes de la mixture qu'il m'a forcée à avaler. Maudit soit-il d'être aussi séduisant. Maudit soit-il de me garder avec lui et de me regarder avec ce stupide rictus.

— On en a déjà parlé, dit-il en reposant la bouteille. Ça n'aurait aucun intérêt de t'empoisonner, ma *nalkin-shom*.

— Tu n'aurais pas dû me faire traverser le portail.

Il hausse les épaules. Son mouvement attire mon attention sur son torse et sur la cicatrice sous sa clavicule. C'était là que se trouvait le trou laissé par la balle. Les points de suture ont disparu. Il ne reste même pas de croûte. À croire que la blessure est guérie depuis des semaines.

Bon sang !

— Combien de temps je suis restée inconsciente ?

— Un peu plus d'une demi-heure, c'est tout, m'assure-t-il. Lena m'a soigné.

— Lena. (Son nom me laisse un mauvais goût dans la bouche… pire que celui de cet horrible breuvage.) C'est une guérisseuse, elle aussi ?

Aren hoche la tête.

— Elle est plus puissante que moi.

Et elle m'a enfermée dans une chambre avec un bras cassé alors qu'elle aurait pu y remédier. La garce.

— La rébellion compte donc au moins deux guérisseurs, dis-je. Il semblerait que ces magies menacées ne le soient pas tant que ça ?

— Ah, tu as mordu à la propagande de la Cour. (Il appuie son avant-bras sur le bord de la baignoire.) Atroth veut que le peuple du Royaume croie que tout ce qui est de fabrication humaine détruit notre magie. Il aime laisser à penser que c'est une sorte de maladie contagieuse qui suit les convois de marchandises humaines à travers le Royaume. Tant que les faes sont maintenus dans la peur, ils ne voient pas d'inconvénient à ce que le roi régule l'accès aux portails. Ils pensent même que c'est nécessaire à leur bien-être, alors que ça ne l'est pas.

— Comment tu expliques le nombre croissant de *tor'um*, alors ?

Son hésitation dure juste assez longtemps pour que je la remarque, puis il opte pour un changement de sujet peu subtil.

— Tiens. (Il reprend la bouteille de poison et me la met sous le nez.) Encore une gorgée.

Je la repousse.

— Non. (Jamais de la vie.) Parle-moi des *tor'um*.

— Juste une, McKenzie.

Il m'empoigne la nuque et un *edarratae* court le long de ma colonne vertébrale. De nouveau, l'agréable sensation de chaleur explose en moi. Elle est à son paroxysme… et totalement déplacée.

Je suis frustrée, par sa faute autant que par la mienne, et c'est la goutte d'eau qui fait déborder le vase. Avant qu'il ait pu m'obliger à boire l'affreuse mixture, je lui arrache la bouteille et la jette contre le mur opposé. À ma grande satisfaction, elle se brise dans une explosion de verre et de liquide écarlate.

— J'ai dit « non », Aren.

Il observe le mur éclaboussé, puis se retourne vers moi. Je jurerais que ça l'amuse.

— Tu retrouves des couleurs. Et ta vivacité.

Il effleure mon mollet lorsqu'il met la main dans l'eau pour retirer le bouchon de la baignoire.

— Désolé, dit-il avec un sourire.

Il n'est pas désolé. Il me perturbe exprès, me taquine même.

— Une serviette, ça serait pas mal, je lâche.

Il courbe légèrement la nuque.

— Bien sûr, *nalkin-shom*.

Il enjambe mes vêtements sales. Ils sont maculés de son sang. J'espère ne pas avoir à les remettre. J'espère que Kelia a volé des affaires neuves. J'espère…

Mon cœur bondit dans ma poitrine quand j'aperçois mon jean. Le portable du milicien ! Serait-il encore dans ma poche ? Difficile à dire vu que mon jean a été jeté en boule par terre, mais Aren en aurait parlé s'il l'avait trouvé, non ?

Il est de retour avant que la baignoire soit complètement vidée. Je fais de mon mieux pour ne pas regarder le tas de vêtements lorsqu'il me tend une serviette, dans laquelle je m'enveloppe tout en me mettant debout.

— Où est-ce qu'on est ? je demande innocemment.

Aren croise les bras et m'observe.

— En lieu sûr. Tu vas devoir garder tes vieux vêtements jusqu'à ce qu'on en ait de nouveaux.

— D'accord, dis-je, toujours sans regarder mon jean.

Il va falloir que je découvre où nous sommes autrement. Ça ne devrait pas être trop difficile. Il suffirait juste qu'Aren sorte de cette pièce. Je sens son regard sur moi. Intimidée, je resserre la serviette.

Aren me retient par le coude quand je chancelle.

— Tu aurais dû boire plus de *cabus*.

— Je vais bien, je m'oblige à mentir. Tu peux me laisser quelques minutes, le temps que je m'habille ? S'il te plaît ?

Le « s'il te plaît » est presque de trop. Il plisse les yeux.

Il jette un coup d'œil à la fenêtre derrière moi.

— On est au premier étage, dit-il. Je peux te faire confiance, tu ne sauteras pas ?

— Cette serviette n'ira pas jusqu'au sol.

Mon trait d'esprit dissipe ses soupçons. Il rit.

— Je suis content que tu te sentes mieux, ma *nalkin-shom*.

— Je ne suis pas à toi, je rétorque, mais il a déjà quitté la salle de bains. Crétin, je marmonne, mais alors que je m'essore les cheveux, je me surprends à sourire.

Ce n'est pas bon, pas bon du tout. *Tu ne peux pas avoir de sentiments pour lui.* Il me manipule et met mes émotions sens dessus dessous pour me rendre malléable. Je dois lui échapper, et tout de suite. Avant que je me mette à croire tout ce qu'il raconte.

Je fronce les sourcils. Je croirais donc certaines choses ? J'ai cessé de le considérer comme l'impur. Je ne suis même pas sûre de penser que Sethan en soit un. Si Aren m'a dit la vérité à ce sujet, il se peut qu'il ne m'ait pas raconté que des mensonges.

Concernant l'union de Kyol, par exemple.

Mon rêve me revient. Je n'en ai qu'un souvenir vague, qui le serait davantage si Paige ne m'avait pas réellement persuadée d'aller à ce rencard. J'avais presque oublié que Kyol m'encourageait à fréquenter d'autres gens, d'autres humains. Peut-être a-t-il agi ainsi parce qu'il voyait Jacia ? Mais il me l'aurait certainement dit s'il avait consenti à une union. Je le lui dirais si je me mariais, tout de même. L'union des faes est comparable au mariage, si ce n'est qu'on ne peut pas revenir dessus, et qu'elle est donc beaucoup plus rare. Un tisserand lie par la magie les pouvoirs des deux faes et les engage à vie. Les divorces n'existent pas dans le Royaume ; je suis à peu près certaine que seule la mort peut rompre l'union.

Ma migraine me martèle le crâne. Je ne sais pas si Aren me ment, ou si je me mens à moi-même. Je déteste être dans le doute. Il faut que je parle à Kyol.

Je sors de la baignoire et, retenant mon souffle, je ramasse mon jean. Le portable est dans la poche arrière droite, là où je l'avais laissé. J'appuie sur la touche qui l'allume. Lorsque l'écran s'éclaire, je respire de nouveau. Alléluia, ça marche !

Il faut que je laisse un message à Paige. Le problème, c'est que j'ignore où je me trouve, et je ne sais pas combien de temps va s'écouler avant que mon message parvienne à la Cour. Kyol la contactera-t-il tous les jours ? A-t-il chargé quelqu'un de la surveiller ?

Je serre le téléphone et regarde par la fenêtre. Une faible lumière brille derrière les stores. Je m'avance et jette un coup d'œil dehors. L'éclairage provient d'un lampadaire. Je consulte l'heure sur le portable et constate qu'il est minuit, mais je n'ai pas la moindre idée du fuseau horaire dans lequel je me trouve. Paige a toujours un emploi du temps de dingue. Elle pourrait aussi bien être sortie faire la fête que profondément endormie chez elle.

Bon. Partons sur le plan B. J'ouvre le robinet du lavabo en guise de fond sonore et compose le numéro de la police.

— Police-Secours, quelle est la nature de votre urgence ?

— Mon nom est McKenzie Lewis, dis-je à la femme tout en enfilant mon jean. Je suis détenue par… des gens. Contre mon gré. J'ai besoin d'aide.

— Pouvez-vous me dire où vous êtes, madame ?

Je tire mon jean humide par-dessus ma culotte.

— Euh, non. Je suis désolée. Est-ce que vous pouvez me l'apprendre ? Vous pouvez localiser cet appel ?

— Nous connaîtrons votre localisation dans quelques minutes. Vous disiez que des gens vous retiennent contre votre gré ? Combien de gens ?

Elle est calme et plus que sceptique, j'ai l'impression.

J'attrape ma nuisette en satin par terre. J'aimerais mieux avoir un tee-shirt.

— Je l'ignore.

— Connaissez-vous certains de leurs noms ?

Je jette un coup d'œil à la porte.

— Non. Pouvez-vous me dire dans quelle ville je me trouve ?

— Vous avez appelé le poste de police de Cleveland.

— Dans l'Ohio ?

— Cleveland, en Géorgie, madame. On vous a menacée ? Vous êtes blessée ?

— Non, je… S'il vous plaît, envoyez juste quelqu'un ici.

Je raccroche en espérant qu'ils aient eu le temps de localiser l'appel.

Je compose le numéro de Paige tout en enfilant la nuisette par la tête, et retiens mon souffle quand j'entends décrocher.

— Ouais ? répond une voix ensommeillée.

— Paige, c'est McKenzie. Tu es réveillée ?

— McKenzie ?

On dirait que ça ne lui évoque rien. Génial !

— J'ai besoin que tu te réveilles, Paige. Je suis en Géorgie.

— Hein ?

— Est-ce que Kyol est passé te voir ?

Un silence accueille ma question, et pendant un moment j'ai peur qu'elle ait raccroché.

— McKenzie, c'est toi ?

Enfin.

— Oui, est-ce que tu as vu…

— Où est-ce que tu es passée, bon sang ? Tu m'avais promis de venir à l'enterrement de vie de jeune fille d'Amy.

Je grimace.

— Je sais. Je suis vraiment désolée, mais c'est important. Est-ce que tu…

— Tu viens au mariage, j'espère, dit-elle sur un ton qui me met au défi de lui répondre le contraire. Je te jure, McKenzie, que si tu me laisses tomber…

— J'y serai ! je murmure plus fort dans le téléphone. Je serai au mariage si tu veux bien m'écouter une seconde. J'ai besoin que tu dises à Kyol que je suis à Cleveland, en Géorg…

On m'arrache le téléphone de la main. Je fais volte-face pour le récupérer mais Aren le lance contre le mur, où il se fracasse au milieu de la tache rouge que j'y ai faite plus tôt comme s'il s'agissait d'une cible.

Il referme les mains sur mes bras.

— Je ne peux pas te laisser seule une minute, hein ? Qui tu as appelé ? (Ses doigts me labourent les épaules.) Qui ?

— Aren, tu…

— Naito ! lance-t-il.

— Tu me fais mal, dis-je.

Il ne desserre pas son étreinte.

— Qu'est-ce qui se passe ? demande Naito en se précipitant dans la pièce.

Kelia et Sethan déboulent sur ses talons.

Aren indique le téléphone portable d'un geste de la tête, mais il garde les yeux rivés sur moi. J'ai envie de me recroqueviller sur moi-même et de disparaître. Il avait la même expression quand il a torturé Tom. Merde, s'il m'infligeait la même chose ? S'il m'ordonnait de lui dire où se trouve le *Sidhe Tol* ? S'il me menaçait pour de bon, est-ce que je céderais ?

— Aren, s'il te plaît.

— Elle a appelé la police, dit Naito en consultant le journal d'appels du téléphone. Et un autre numéro.

— Chaque fois que je pense avoir progressé avec toi…

Aren ferme les yeux et baisse la tête. Je le sens trembler, essayer de contrôler ce qui se déchaîne à l'intérieur de lui. Ses mains me laissent des marques sur les bras. Même les éclats de chaos qui s'infiltrent dans ma peau semblent furieux.

— Aren, je tente une dernière fois.

Son regard argenté est froid lorsqu'il croise le mien. Je n'ose pas respirer. Là, je ne reconnais plus Aren. C'est quelqu'un d'autre, un fae capable d'être le boucher de Brykeld.

— Cette fois, c'est terminé, dit Sethan depuis le pas de la porte. On la conduit à Lorn.

Un muscle tressaute dans la joue d'Aren, puis il hoche la tête une fois, approuvant la sentence de Sethan. Ça me donne l'impression d'une proclamation formelle qui scelle mon sort.

— On n'a pas besoin d'aller voir Lorn. (Naito laisse tomber le portable et l'écrase sous son talon.) On peut la faire parler.

— Elle mentirait, dit Aren.

Il me pousse contre le mur.

— On va la conduire à Lorn, répète Sethan. (Il va au lavabo et ferme le robinet.) Je ne veux pas courir le risque qu'elle nous envoie dans un piège.

Naito serre les dents.

— Lorn exigera quelque chose en échange de son aide.

Kelia pose la main sur son bras.

— Ça ira.

— Je viens avec vous.

— Naito…

Il la fusille du regard.

— Tu n'iras pas sans moi.

Kelia pince les lèvres, mais elle tait ses protestations.

Chapitre 13

La glace m'enserre dans son étau, puis se craquelle et explose lorsque nous émergeons de la fissure du portail. Me gorgeant d'air délicieux et mordant, je chancelle, déséquilibrée, le temps de m'habituer à l'atmosphère du Royaume.

Lena me lâche le bras. C'est la preuve qu'Aren me déteste : c'est à elle qu'il a ordonné de m'amener ici. En dehors du mince rai de lumière qui filtre par ce que je suppose être la porte du bâtiment où nous nous trouvons, il fait noir. Mon talon heurte quelque chose quand je recule… un mur. Je pose les mains à plat contre les planches de bois rugueux. L'endroit semble exigu et bondé. Je suis à peu près sûre que nous sommes au cœur d'un village ou d'une ville. J'entends des voix de faes aller et venir de l'autre côté du mur. Je les imagine descendant une rue et évitant les charrettes dont les roues rebondissent sur les pavés.

La pièce s'éclaire lorsque Lena diffuse sa magie dans la sphère de verre suspendue au plafond. La lumière bleue et blanche se déverse sur des cageots et des tonneaux en bois. Une pile de sacs en tissu me sépare des ombres dansantes de notre fissure. Elles se tordent, s'allongent et rapetissent. L'envie me démange de les dessiner. Je pense que nous sommes dans une ville côtière, mais, sans stylo ni papier, c'est tout juste si je distingue ma gauche de ma droite. Il me suffirait de pouvoir tracer une ligne, une minuscule griffure sur une feuille, pour réussir à m'orienter.

— Mets ça, m'intime Lena en indiquant la cape que je serre dans mes bras.

Elle me l'a jetée juste avant de m'entraîner dans la fissure. Je ne porte plus mon jean irrécupérable et ma nuisette maculée de sang. Kelia m'a donné des vêtements faes avant que l'on quitte la Géorgie : un pantalon beige moulant en cuir souple, un haut bleu brodé, et des bottes noires montantes assorties à celles de Lena. Vu le froid qui règne ici, je lui suis finalement reconnaissante de m'avoir donné cette cape, mais je refuse d'obéir à un ordre de Lena sans lui opposer un minimum de résistance.

Voyant que je n'obtempère pas sur-le-champ, elle hausse son sourcil parfait.

— Aren ne m'en voudra pas si je te fais du mal.

— Il t'en a voulu de m'avoir cassé le bras, je souligne, même si je sais que les choses ont changé entre nous.

Elle hausse les épaules.

— Seulement parce qu'il voulait que tu lises les ombres pour nous de ton plein gré.

Mon estomac se noue. Je ne devrais pas la laisser m'atteindre. Ce qu'elle dit n'est qu'une simple confirmation de ce que je sais déjà : Aren m'a manipulée, en se servant de ses *edarratae* pour me séduire et m'encourager à rejoindre son camp.

Le regard argenté de Lena semble s'intensifier.

— Oh, ça a donc marché ? Au moins un peu ?

Me servant de la cape pour faire diversion, je la déplie avec plus d'agressivité que nécessaire. Je n'apprécie pas qu'elle mette le doigt sur une faille dans ma loyauté à la Cour.

— Il était sûr de t'avoir mise dans sa poche après l'attaque des miliciens, poursuit-elle. Mais quand tu as passé ces coups de téléphone… Disons qu'Aren est patient, mais qu'il y a des limites à ce qu'il peut feindre.

Je trouve l'encolure de la cape et l'enfile. Me forçant à garder contenance, je soutiens le regard de Lena.

— On n'est pas censées aller quelque part ?

Il aurait bien mieux valu que ce soit Sethan qui m'escorte, mais Aren lui a dit à la dernière minute que ce n'était pas prudent qu'il vienne. Je ne sais pas trop si Lena m'accompagne parce qu'il leur faut une épée supplémentaire, ou si sa présence est nécessaire pour d'autres raisons. Pas que ça ait la moindre importance. Je ne vois pas comment me sortir de ce pétrin.

Lena me rend mon regard sans ciller. Elle croise les bras, tapote négligemment son coude du doigt puis dit :

— Il paraît que tu es amoureuse du maître d'armes.

Détourner les yeux reviendrait à plaider coupable. Sans trop savoir comment, je parviens à l'affronter, même si j'ai probablement arrêté de respirer. Je suis froide, aussi froide que si je traversais l'Entre-Deux. Je n'ai pas l'habitude que les gens connaissent mes sentiments pour Kyol. J'ai passé ces dix dernières années à les cacher à la Cour.

— Alors c'est vrai. (Lena secoue la tête, feignant la pitié.) Il a suffi d'un baiser pour que la Cour obtienne ton allégeance. À moins qu'il n'y ait eu davantage ? Non, Taltrayn ne coucherait jamais avec toi, sauf si son roi le lui ordonnait, et ça n'a pas dû être nécessaire vu comme il leur a été facile de t'acheter.

Je cligne des yeux. Je crois qu'elle vient de me traiter de prostituée. La colère s'allume dans ma poitrine, mais avant que j'aie pu faire ou dire quelque chose que je suis sûre de regretter, ma peau me picote. Je me plaque contre le mur à l'instant où une fissure déchire l'air. La seconde suivante, Kelia et Naito surgissent de la fente lumineuse. Alors que j'essaie de me concentrer sur leurs ombres, tout en sachant que je n'arriverai pas à les lire sans esquisser une carte, Naito détourne mon attention. Il est si rare que je rencontre d'autres humains dans le Royaume que je trouve étrange de voir les éclats de chaos blancs sur une autre peau que la mienne.

La porte de l'entrepôt s'ouvre sur Aren, qui se glisse à l'intérieur et la referme vivement. Il regarde Kelia.

— *Il est toujours là ?*

— *Oui. Près du herev*, dit-elle.

Je ne reconnais pas ce dernier mot.

— *À quelle distance du portail ?*

Kelia fronce les sourcils comme si elle se concentrait. Je suppose qu'ils parlent de Lorn. Je dois également supposer qu'elle arrive à sentir où il se trouve. C'est curieux. Et dérangeant.

Je regarde un *edarratae* filer sur la mâchoire crispée de Naito. Il resserre les pans de sa cape d'un geste brusque qui trahit sa mauvaise humeur. Voyez-vous ça ! Mes soupçons doivent être fondés. À moins que Kelia détienne une sorte de pouvoir magique dont je n'ai jamais entendu parler, si elle est capable de sentir où se trouve un autre fae, c'est forcément qu'elle est unie à lui.

— *Suffisamment près*, répond Kelia.

— Bien, dit Aren en anglais. Ça va simplifier les choses. Toi et Naito, vous ouvrirez la voie. McKenzie et moi vous suivrons. Lena, tu resteras en retrait de cinq à dix pas. Il ne faut pas que tu aies l'air d'appartenir à notre groupe. Si ça tourne mal, ouvre une fissure. Compris ?

Son regard passe de l'un à l'autre tandis qu'ils acquiescent. Il ne me regarde pas. Il ne m'a pas accordé un seul coup d'œil depuis qu'il est entré.

Il fait un geste en direction de la porte.

— Allez-y.

Naito relève son capuchon et suit Kelia dehors. Lena leur emboîte le pas. Aren va bien être obligé de dire quelque chose, maintenant. Il va au moins devoir arrêter de se comporter comme si je n'existais pas, car je ne sortirai pas d'ici avant d'avoir obtenu plus d'informations.

— Qui est Lorn ? je demande.

Il observe les cageots empilés contre le mur.

— Mets ton capuchon.

— Où est-ce qu'on est ?

— Dans un endroit où tu n'es pas censée être vue. Ton capuchon, McKenzie.

— Tu as peur que les soldats du roi me reconnaissent ?

Il se retourne enfin. Si je n'avais pas déjà le dos collé au mur, je chercherais à me soustraire à son regard. Je le sens qui me juge, furieux et triste à la fois. Je retiens mon souffle tandis qu'il suit des yeux ce que j'imagine être un éclat de chaos sur mon visage. Un autre étincelle sur ma main.

Aren se rapproche de moi. Son expression ne s'adoucit pas, mais il entrouvre les lèvres comme s'il voulait dire quelque chose. Il s'avance d'un second pas, puis d'un autre encore. Il n'est plus qu'à un bras de distance. Je sens la chaleur de son corps, son odeur de cèdre et de cannelle.

Il tire mon capuchon sur ma tête.

— Reste couverte.

Le sérieux d'Aren me file les jetons. Je m'oblige à respirer et tente de freiner mon rythme cardiaque.

— Où est-ce qu'on est, au juste ?

Il m'empoigne le bras à travers ma cape.

— On est à Lyechaban.

— Lyechaban ! (Pour ce qui est de calmer les battements de mon cœur, c'est gagné : ils triplent de vitesse.) Tu es dingue ?

Il ricane.

— En effet.

— Ces gens vont me tuer, Aren.

— Je te conseille fortement de ne pas essayer de t'enfuir.

Il remonte davantage mon capuchon, m'entoure les épaules d'un bras et me force à passer la porte.

Consciente que je vais attirer l'attention si je me débats, je reste collée à lui. Je voudrais pouvoir recourir à l'illusion pour dissimuler mes *edarratae*, mais cette magie-là ne fonctionne pas sur les humains. Lorsqu'une bourrasque s'engouffre sous les pans de ma cape et menace d'arracher mon capuchon, j'agrippe l'étoffe semblable à de la laine dans un effort désespéré pour la maintenir en place. Je veille à ne pas exposer mes mains et à marcher avec naturel, comme si j'appartenais au Royaume et à cette ville alors que c'est tout sauf le cas.

Il existe dans ce monde des endroits où les humains ne sont pas les bienvenus. Et puis il y a des endroits comme Lyechaban.

J'essaie d'empêcher mon souvenir de remonter à la surface. Je me concentre de mon mieux sur les taudis qui bordent chaque côté de la route, sur Kelia et Naito qui ouvrent la voie vers l'est, vers l'océan et ses odeurs d'embruns. Nous sommes dans l'un des quartiers pauvres de la ville. Ça se voit toujours à la quantité d'argent sur les bâtiments. Ceux d'ici sont construits en bois et en pierre friable, et aucun n'est revêtu d'argent.

Un fae me coupe la route. Dissimulée sous mon capuchon, je vois sa botte passer dans mon champ de vision et me presse contre Aren. La seule et unique fois où je me suis retrouvée dans cette ville, une garnison entière composée des soldats de Kyol m'escortait. Lyechaban est la capitale de Derrdyn, l'une des provinces qui n'a pas soutenu Atroth. Depuis toujours, c'est… je ne dirais pas l'anarchie, mais un endroit régi par ses propres lois. Après que Kyol m'a sauvée de Thrain, le seigneur général Radath a découvert que le magistrat de Lyechaban et son conseil protégeaient l'impur. Comme j'étais jeune et que je commençais à peine à lire les ombres, ils y ont envoyé d'autres diseurs avant moi. Je suis arrivée après que deux autres ont été…

Non. Je refuse de penser à ça.

En me serrant les épaules, Aren me guide lorsque nous tournons à un angle. Sous ma cape, je ne distingue pas grand-chose de la ville. Je la sens, en revanche. Il me faut un temps d'adaptation quand je suis dans le Royaume. C'est encore pire à Lyechaban. Le moindre de mes gestes me semble si humain et déplacé que j'ai du mal à me convaincre qu'on ne me voie pas comme le nez au milieu de la figure dans cette tenue. Enfin, les capes n'ont rien d'inhabituel ici, surtout avec le vent froid qui souffle. Je me fonds dans la masse. Probablement.

Nous prenons un autre virage à droite. Aren me maintient entre lui et les bâtisses qui bordent la route. J'essaie de calmer mon rythme cardiaque et veille à calquer mon allure sur celle d'Aren. Elle a beau être d'une lenteur artificielle pour un fae, j'arrive à peine à suivre, d'autant que je dois regarder où je mets les pieds. Les rues de Lyechaban sont criblées de nids-de-poule et de crevasses.

Par chance, cette rue-ci est moins accidentée que la précédente. Il y a aussi de l'argent sur les portes d'entrée de certaines maisons et échoppes.

Avant même de le constater de mes yeux, j'entends la foule s'amasser au-devant de nous. J'ai envie de courir, mais nous sommes au beau milieu d'une ville prise en étau entre la plus haute chaîne de montagnes du Royaume et l'océan Kerrel. Le portail est ma seule issue. Comment Aren prévoit-il de me le faire traverser ? Il va être surveillé par des contrôleurs et cerné de Lyechabaniens.

Oh, Seigneur. Peut-être n'envisage-t-il pas de me le faire traverser. Peut-être qu'il compte me laisser ici après l'entretien avec Lorn. Ou me livrer aux habitants.

La panique me comprime la poitrine.

Non. *N'en rajoute pas, McKenzie.* Naito est là. Aren doit bien avoir un plan pour le faire sortir de la ville.

Mais je n'arrive pas à me débarrasser de la peur qui ondule sur ma peau, encore moins lorsque je reconnais la structure qui se dresse dans cette sinuosité de la route. Décorée d'ornements complexes en fer forgé et d'effigies à l'image des *Tar Sidhe*, une haute grille en argent ceint le bâtiment. Avec ses flèches noires, il ressemble davantage à une église médiévale qu'à un siège politique. C'est ici que m'emmèneront les soldats de la ville si je suis repérée. Si les citoyens de Lyechaban me trouvent les premiers, ils ne s'encombreront pas de formalités et m'emmèneront au centre-ville sans m'avoir fait comparaître devant le magistrat. Comme les criminels condamnés au pilori dans mon monde il y a un siècle, je finirai exposée au milieu de la place du marché.

Et s'il y avait un humain exposé là-bas en ce moment même ?

Mes pas faiblissent et je finis par m'arrêter. Quelqu'un me percute. Je me raidis, mais la personne marmonne des excuses en fae et reprend son chemin.

La chaleur du bras d'Aren m'enveloppe de nouveau. Il me parle à l'oreille à travers mon capuchon.

— *Continue à marcher.*

Il m'oblige à faire un pas, puis deux. Je songe à le supplier de prendre une autre route. Je m'imagine déjà tourner à l'angle et déboucher sur le centre-ville. La dernière fois que je m'y suis rendue, deux individus étaient ligotés dos à dos à un pilier sur l'estrade principale. Ce n'est qu'en arrivant à la moitié de la place que j'ai remarqué qu'ils étaient humains. J'étais persuadée qu'ils étaient morts. Jusqu'à ce que l'un d'eux tressaille.

Aren se penche pour regarder sous mon capuchon.

— *McKenzie. Qu'est-ce qui ne va pas ?*

— Je ne peux pas…

Je m'arrête dès que je me rends compte que je parle en anglais, mais les mots en fae ne me viennent pas.

Ressaisis-toi, McKenzie. Ce n'est qu'un souvenir. Il n'y aura personne sur cette estrade. Tous les humains qui connaissent le Royaume savent qu'il n'est pas judicieux de se rendre à Lyechaban. Et puis, je ne suis pas lâche. Je peux tout de même traverser une fichue place du marché sans perdre mes moyens.

— *Rien.*

Je me remets en marche, Aren à mon côté. Avec son bras sur mes épaules, je sais qu'il sent mon corps se raidir lorsque nous tournons à l'angle, puis mon souffle se relâcher la seconde suivante. On ne peut pas dire que je sois détendue pour autant. Même s'il n'y a pas d'humains écorchés vifs exposés sur l'estrade, la place du marché est pleine à craquer de Lyechabaniens… ou quel que soit le nom que les habitants de cette maudite ville se donnent.

Pour être franche, je ne sais pas comment je tiens le coup. Je me frotte probablement à une dizaine de faes différents tandis que nous nous frayons un chemin au milieu de la foule compacte. J'ai beau rester couverte, je suis terrorisée à l'idée que mes *edarratae* pourraient traverser ma cape et sauter sur ces gens. Il est impensable qu'ils ne sentent pas le baiser chaud de l'éclair si ça se produisait. Je n'aurais aucune chance de m'enfuir.

Lorsque nous quittons enfin la place du marché, je tremble et transpire. À moins qu'il me porte, je ne pourrais pas être davantage collée à Aren que je ne le suis en ce moment.

— On y est presque, me dit-il de nouveau à travers mon capuchon.

Je rêve ou il essaie de me réconforter ? C'est par sa faute que je me retrouve ici.

Je lui lance un regard noir qu'il ne voit pas. Il s'accroche à mon bras comme s'il avait peur que je me mette à courir.

Quel idiot. Je ne suis pas suicidaire. Dans cette ville, je suis pour ainsi dire enchaînée à lui.

Aren me conduit là où Kelia et Naito nous attendent, devant une modeste bâtisse d'un étage construite en *tewar*, une pierre rouge clair très commune sur la côte est du Royaume. Au début, je ne relève rien de spécial à propos de cet endroit. Sa façade quelconque et nue se fond avec les autres de la rue. Seule la scintillante couche d'argent dont ses murs sont revêtus la différencie des bâtiments qui la flanquent.

Lena nous rejoint à la porte. Personne ne souffle mot lorsqu'elle s'avance et tapote du bout des doigts les planches de bois. Je ne remarque la présence d'un charme magique qu'au moment où le léger bourdonnement qu'il émet s'estompe au contact de la fae, alertant les occupants de la maison qu'ils ont de la visite. Sous ma cape, j'ai à la fois le sentiment d'étouffer et celui d'être exposée à tous les regards. J'ai l'impression qu'il s'écoule une éternité avant que quelqu'un vienne répondre à la porte. Quand enfin un fae l'entrouvre, il pointe une arbalète sur le torse d'Aren et arbore une grimace si convaincante que je recule d'un pas. Aren m'empoigne le bras pour m'empêcher de fuir plus loin. Au moins, il ne se sert pas de moi comme d'un bouclier. D'un autre côté, il me semble plus enviable de mourir d'un carreau d'arbalète qu'étripée par les habitants de Lyechaban.

— *Nous sommes venus nous entretenir avec Lorn*, annonce Lena.

— *Il sait que je suis ici, Versh*, ajoute Kelia.

Un éclair amusé passe dans les yeux argentés du fae.

— *Kelia*, dit-il d'une voix traînante. *Ta dernière visite remonte à plusieurs mois. Ça fait plaisir de te revoir.*

— *Laisse-nous entrer.*

Un sourire étire ses lèvres. D'un signe de la tête, il nous désigne Naito et moi.

— *Je dois d'abord voir leurs visages.*

— *Tu connais Naito*, réplique Kelia. *Tu pourras voir McKenzie à l'intérieur.*

Versh hausse les sourcils de façon à peine perceptible, ce qui provoque en moi un déferlement de malaise.

— *Un instant*, dit-il en refermant la porte.

Aren me serre le bras.

— *Il a reconnu le nom de McKenzie. Il n'aurait pas dû.*

Kelia dit quelque chose au sujet de Lorn. Je ne saisis pas tous les mots, mais je crois comprendre qu'il a des amis, des serviteurs ou des informateurs disséminés dans le Royaume. À en juger d'après l'expression d'Aren, il est clair que cette explication ne le satisfait pas. Il semblerait que les rebelles aient dû creuser loin pour apprendre mon nom. En dehors d'Atroth, Radath, Kyol et quelques personnes de confiance dans le cercle privé du roi, personne ne sait qui je suis. Ou, en tout cas, personne n'est censé le savoir.

Versh revient au bout de quelques minutes. Il ouvre juste assez la porte pour nous permettre d'entrer. Une fois que nous sommes à l'intérieur, il déclare :

— Seuls Kelia et le fils de Jorreb doivent déposer leurs armes.

Si les faes avaient le cran de se servir d'un appareil électronique aussi dépassé qu'un tourne-disque, il se serait arrêté dans un crissement à cet instant précis. Même en passant sur le fait que Versh se soit exprimé en anglais, et à l'exception d'Aren et de Kelia, il nous a tous sciemment insultés. Ne pas demander à un invité de déposer les armes lorsqu'il vient chez vous revient à lui faire un doigt d'honneur. C'est sous-entendre que la personne est si peu douée dans le maniement de ses armes qu'elle ne saurait constituer une menace. Vu que je suis humaine et que, pour être franche, mes talents de combattante ne valent rien, cet affront ne m'atteint pas. Ce n'est pas le cas de Lena, en revanche, et d'après son maintien, je crois que même Naito se sent offensé.

— *Nome Sidhe*, jure Kelia. (Sans déposer les armes, elle bouscule Versh.) Lorn ! Lorn !

Versh la laisse partir et attend qu'Aren détache sa ceinture et l'accroche à ce qui ressemble à un porte manteau luxueux. C'est le seul mobilier visible, en dehors d'un canapé au dossier crevé dans la grande pièce à droite après le couloir. Il est collé contre un mur couvert de… graffitis, je dirais. Il y a des symboles faes gribouillés partout, de la plinthe presque jusqu'au…

Je baisse la tête. Au moins deux faes munis d'arbalètes nous surveillent depuis le balcon. Même s'ils ne sont pas des Lyechabaniens, je ne suis pas pressée de leur montrer mes *edarratae*.

— Par ici, dit Versh.

Il nous mène au couloir dans lequel Kelia s'est engouffrée. Nous tournons à droite, puis Versh nous fait descendre un escalier étroit. J'ai du mal à voir où je vais avec le faible éclairage, mais j'avance vers la sphère bleue et blanche suspendue au plafond plus loin. Quatre faes armés sont assis dans la pièce en bas des marches. Sans dire un mot, ils nous laissent passer une autre porte à la suite de Versh, mais je les sens nous suivre des yeux. Moi en particulier.

J'entends Kelia avant de la voir. Elle est en train de faire une scène à un fae assis tranquillement au bord d'un bureau en séquoia. Ses reproches le laissent de marbre, à l'image des deux gardes postés chacun dans un coin au fond de la pièce, une arbalète à la main.

Contrairement aux murs couverts de graffitis et à la façade décrépite du bâtiment, le sous-sol est peint en bordeaux et tapissé d'une somptueuse moquette blanche. Plusieurs tableaux sont accrochés aux murs dans des cadres argentés. Je reconnais le *Sidhe Cabred* dans l'un, le jardin de sculptures du palais d'Argent dans un autre.

Naito rejette son capuchon et s'avance à côté de Kelia. Le fae sur le bureau – que je suppose être Lorn – joint les doigts en triangle.

— Naito. (Il gratifie l'humain d'un sourire faux avant de poser les yeux sur Aren.) Je suis étonné que tu l'aies laissé venir. D'après ce que j'ai entendu dire, tu n'as pas assez de diseurs d'ombres à ta disposition pour courir le risque d'en perdre un.

Il me jette un regard.

— Ou deux.

— Tu sais pourquoi Naito est ici, dit Kelia.

En ce qui me concerne, je l'ignore. C'est peut-être un truc de mec, une espèce de compétition. Si c'est ça, c'est stupide. D'accord, Naito ne se fie pas à Lorn – ça, au moins, ça a le mérite d'être clair –, mais il devrait avoir confiance en Kelia. Elle ne l'a pas abandonné quand les miliciens ont attaqué. Elle l'aime. Il n'était pas nécessaire qu'il se mette en danger en venant à Lyechaban.

— C'était il y a plus d'un an. (Il se retourne vers Naito.) Et ma *kaesha* a insisté pour que je m'excuse. Même les humains ne gardent pas de griefs si longtemps, si ?

— C'est une question de manque de confiance, Lorn, dit Naito.

Alors qu'il est clair que le fae cherche à le provoquer, il se maîtrise admirablement bien, d'autant plus que Lorn a appelé Kelia sa « *kaesha* ».

— Ah, oui. Ce n'est pas sans fondement, j'imagine. (D'un geste vif des doigts, il lisse les manchettes blanches de sa chemise et se lève.) Au moins, je peux aller droit au but. Je n'ai aucune intention d'approvisionner les rebelles davantage. Même s'il ne s'agissait que d'une infime quantité, Atroth est déjà bien assez irrité de savoir que je vous ai procuré de l'argent. Vous allez devoir trouver quelqu'un d'autre à soudoyer.

— Nous ne sommes pas ici pour de l'argent, dit Lena.

Lorn a beau s'exprimer en anglais, j'ai l'impression d'avoir manqué un bout de la conversation.

— Ah oui ? (Il pose les yeux sur moi.) J'ai reçu une visite intéressante, hier. Il est rare qu'on me prenne par surprise, mais quand le maître d'armes du roi en personne vient frapper à votre porte… Ma foi, même quelqu'un comme moi n'aurait pu le prédire.

Kyol me cherche toujours. Pourquoi cette idée me rend-elle nerveuse au lieu de me soulager ?

— Qu'a dit Taltrayn ? demande Aren.

— Si nous nous asseyions ?

Lorn nous indique une table lustrée sur notre gauche. Elle a l'air d'être en *jaedric*. Ce serait vraiment de l'argent jeté par les fenêtres. Comme tout le reste de la pièce.

Lorn prend place à la table. Lena s'assoit en face de lui, tandis que Kelia et Naito restent debout. Je suis tentée de suivre leur exemple et de m'adosser au mur, mais Aren pose la main sur mon épaule.

— Assieds-toi, McKenzie.

Je rejette sa main mais me laisse tomber sur la chaise.

— Elle est timide ? demande Lorn en m'observant.

— Je dirais plutôt qu'elle prépare sa prochaine tentative de fuite, réplique Aren.

Puis il repousse mon capuchon. Je me sens nue avec le visage découvert, mais je parviens à garder une expression neutre. C'est du moins ce que j'espère, car Aren a vu juste. Je commence à élaborer un plan.

— Ah, te voilà. (Lorn sourit.) Et tes *edarratae*, de toute beauté. Taltrayn se fait beaucoup de souci pour toi. C'est curieux. Je n'ai jamais vu le maître d'armes perturbé, mais il a bien failli me trancher la gorge quand ce que je lui ai dit ne lui a pas plu.

— Que lui as-tu dit ? demande Lena.

Lorn ne me quitte pas des yeux.

— Je lui ai dit, en toute franchise à ce moment-là, que je n'avais jamais vu ni entendu parler d'une McKenzie Lewis. Tu permets ?

Il tend la main vers moi, paume exposée.

Je jette un coup d'œil à Aren, dans l'attente d'une quelconque directive, mais son visage reste impassible.

Bon, très bien. J'étends le bras et pose la main dans celle de Lorn. Je m'étais préparée à la caresse chaude de l'éclair, mais mes *edarratae* se sont à peine infiltrés sous sa peau que Lorn aspire une goulée d'air.

— Mmm, murmure-t-il. Je me demandais…

Il resserre son étreinte. À son contact prolongé, les *edarratae* s'affolent. Trois éclairs s'enroulent autour de mon poignet avant de traverser sa paume et de remonter le long de son bras. Ses pupilles grises se dilatent, et je commence à me demander s'il va me lâcher. Le toucher me fait éprouver une sensation d'une étrange intensité, mais je ne me dégagerai pas. Je n'ai pas envie qu'il sache à quel point ça m'affecte.

Aren se redresse. Lorn lui adresse un bref coup d'œil, puis relâche ma main.

— Eh bien, voilà qui répond à plusieurs de mes interrogations.

Je frotte ma paume sur la jambe de mon pantalon pour chasser l'agréable picotement. Il est plus facile de travailler avec la Cour, quand Kyol est la seule personne à me toucher.

— Nous avons besoin que tu lises en elle, dit Lena.

Lorn appuie le bras sur le bord de la table.

— Elle est le jouet de la Cour. Certaines personnes n'apprécieront pas qu'il lui arrive du mal.

Mon regard passe de Lena à Lorn. Veut-elle dire que… Lorn lirait-il dans les pensées ? La télépathie est censée être une magie disparue.

— J'ai des ressources, dit Lorn au bout d'un moment. J'ai de l'argent. J'ai d'excellents informateurs et une bonne dose d'influence dans tout le Royaume. Que pourriez-vous bien avoir à m'offrir en échange de ce service ?

— Elle connaît l'emplacement d'un *Sidhe Tol*.

Les paroles calmes d'Aren tombent comme un nœud coulant autour de ma gorge.

Lorn hausse les sourcils.

— Voilà qui est intéressant. Dis-moi, d'où tiens-tu cela ? Je vois mal Atroth confier cette information à un humain, quand bien même il s'agirait de sa *nalkin-shom*.

— Je travaillerai pour toi. (Je sais, je tente ma chance à tout hasard.) Si tu me protèges, je lirai les ombres pour toi.

— C'est une proposition fort intéressante, dit Lorn. Mais je n'ai nul besoin d'une diseuse d'ombres, même de ta renommée. Vous les humains êtes utiles aux Descendants, pas aux hommes d'affaires qui se tiennent à l'écart des luttes pour le trône.

— Ce serait prendre parti que de m'obliger à leur donner le *Sidhe Tol*. Le roi ne laissera pas passer ça.

— Je présume que tu disparaîtrais ensuite. (Il hausse le sourcil en direction de Lena. À son hochement de tête, il sourit.) Le roi ne saura jamais que j'étais impliqué.

Je suis prête à parier que si je trouvais le moyen de tuer Lena, la plupart de mes problèmes seraient réglés. Bon. Il ne me reste plus qu'une offre en réserve.

— Protège-moi des rebelles et je te livrerai le *Sidhe Tol*. Tu seras le seul fae à connaître son emplacement.

— Avec les membres du cercle privé du roi, bien entendu, dit-il sans hésiter.

Je sens un muscle tressauter dans ma joue.

— Bien entendu.

Lorn jette un coup d'œil à Aren, debout derrière mon épaule.

— Je dois dire que c'est tentant, Aren. Il semblerait que ta captive échappe à ton emprise.

Sans lui prêter attention, Aren sort un parchemin de sa poche et le déplie sur la table. J'observe la page blanche, consciente de ce qu'il veut de moi. Je me rappelle où se trouve le *Sidhe Tol.* J'arrive à me représenter les lignes que je dois tracer, la courbe de la crique peu profonde qui rejoint la rivière.

— Tu n'as aucune raison de rester loyale à la Cour, McKenzie. Ils se sont servis de toi toutes ces années. (Aren me met un crayon à papier dans la main.) Aide-nous.

Mes *edarratae* jaillissent sur lui lorsqu'il appuie la pointe de la mine au centre de la page.

— S'il te plaît. Je ne veux pas que Lorn ait à te l'extorquer de l'esprit.

Mon cœur se serre. Il paraît tellement sincère, mais je ne suis pas censée croire ce que me dit mon ravisseur, bon sang. Kyol ne m'a pas séduite simplement pour que je l'aide à combattre les ennemis de son roi. Il n'a pas consenti à s'unir ; il correspond à l'image que je me suis faite de lui. C'est Aren qui joue la comédie. Lena n'a pas hésité à le dire, d'ailleurs.

Je regarde Kelia, détendue dans les bras de Naito près du mur en face de moi. Ils ne jouent pas la comédie, eux. Ils ne sont ni assoiffés de sang, ni désabusés.

— Négociez.

J'avais l'intention de dire ça comme un ordre, mais ça ressemble plutôt à une supplique. Si les rebelles et la Cour voulaient bien accepter d'arrêter de se battre, tout le monde serait gagnant.

— On a essayé, McKenzie, dit Aren en glissant une mèche de mes cheveux derrière mon oreille. (Son geste tendre tranche radicalement avec sa façon de me traiter depuis que j'ai appelé Paige.) On a demandé à Atroth de restaurer les quatre provinces qu'il a englobées dans d'autres.

On lui a demandé de cesser d'envahir nos maisons, et de ne plus envoyer ses *nalkin-shom* à nos trousses.

Il s'accroupit à côté de moi et pose la main sur le dossier de ma chaise.

— Le seul compromis auquel il a consenti, ça a été de baisser les taxes des portails. Il l'a fait à quelques jours seulement de la réunion… pour ses amis et ceux qui le soutiennent. On n'a pas voulu cette guerre. Dessine la carte.

D'une main tremblante, je trace une ligne verticale sur la page. Ce n'est qu'une tactique pour gagner du temps. Même s'il dit la vérité, je ne peux pas lui donner le *Sidhe Tol*. Ça ne servirait qu'à ajouter à la violence.

— Je me demande…, dit Lorn, couvrant le léger grattement de la mine sur le papier. Pourquoi avoir rallié la Cour ?

Je lève les yeux.

— Atroth est très antihumain, poursuit-il. Il fait des exceptions pour ceux qui comme toi sont doués de double vue, mais tu dois malgré tout bien sentir l'hostilité ambiante. Les hommes du roi ne sont pas comme les Lyechabaniens… ils ne t'arracheront pas les *edarratae* de la peau… mais ils ne t'aiment pas, je me trompe ?

Atroth, antihumain ? Et la Cour détesterait ceux de mon espèce ? Ils sont réservés en ma présence, c'est vrai, mais je n'ai jamais perçu de haine. Ils ont pris soin de moi.

— Je me trompe ? répète Lorn.

Ce n'était donc pas une question rhétorique.

— Certains m'apprécient, dis-je. Certains d'entre eux sont mes amis.

Ils me parlent et s'intéressent à ma vie et à mon monde. En tout cas, c'était ce que je croyais. Plus rien n'a de sens désormais.

Je reporte mon attention sur mon croquis. Il va falloir que ma carte représente un lieu réel. Autrement, ils sauront que je ne coopère pas quand ils n'arriveront pas à se rendre à la ville que je nommerai. Mais où les envoyer ?

— Une rumeur court sur un scandale dans le cercle privé d'Atroth.

J'interromps mon tracé de la berge d'une rivière – rivière qui n'est pas du tout située dans les parages du *Sidhe Tol.*

Aren s'agenouille à mon côté et dit :

— Termine-la, McKenzie.

— Mes informateurs m'ont rapporté que Taltrayn s'est épris d'une humaine.

Le silence s'abat sur la pièce. Je dévisage Lorn. Il esquisse un sourire presque imperceptible, mais évident dans son regard. À côté de moi, Aren ne bronche pas.

— Je n'ai pas écouté la rumeur, au début, dit Lorn. Après tout, Taltrayn allait s'unir avec la fille de Srillan.

Je ferme les yeux et serre le crayon de toutes mes forces. C'est donc vrai… Oh Seigneur, c'est donc vrai !

— Puis j'ai appris qu'il a refusé l'union.

Mon cœur cesse de battre.

— Quoi ?

Aren lâche un juron.

— Taltrayn n'a jamais consenti à cette union, dit Lorn. Apparemment, le maître d'armes t'aime.

Je suis froide, engourdie, perdue. Mon crayon tremble dans ma main.

— Il ment, dit Aren, toujours à genoux à côté de moi. (Des éclairs étincellent le long de ma mâchoire lorsqu'il y pose les doigts. Avec douceur, il tourne mon visage vers lui.) Dix ans, McKenzie. Tu l'as attendu dix ans. Tu penses honnêtement qu'il a changé d'avis ? Que tout d'un coup, il voudrait de toi ?

Sa mâchoire est crispée et il y a une lueur nouvelle dans son regard, mais je suis trop en colère pour chercher à l'identifier. Le salaud. Le fils de pute. Il savait que Kyol avait refusé l'union.

Je bondis de ma chaise. Avant même que je songe à me servir de mon crayon comme d'une arme, Aren me l'arrache de la main. Il hurle quelque chose à Lorn en fae.

— J'étais curieux, répond Lorn en haussant les épaules. Elle n'a pas davantage le choix qu'avant. Fais-la s'asseoir. Oblige-la à finir la carte.

Je le fusille de mon regard le plus noir.

— Va te faire foutre.

Aren resserre la main sur mon bras.

— Ça va être douloureux si Lorn doit l'arracher de ton esprit.

— Je m'en…

La porte s'ouvre violemment et Versh fait irruption dans la pièce.

— La Cour ! Les hommes de Taltrayn, ils…

Une flèche se fiche dans le dos du fae.

Chapitre 14

Dans un souffle de vent qui n'a rien de naturel, la porte se referme en claquant. C'est probablement Lena qui l'a déclenché, mais tout le monde réagit au même moment. Je me plaque contre le mur tandis que les deux gardes de Lorn se précipitent à ses côtés. Naito fait passer Kelia derrière lui et Aren se rue sur la porte, qu'il referme d'un coup d'épaule lorsque les intrus l'entrouvrent. Il pousse le verrou avant qu'ils aient pu entrer.

Lena lance un regard mauvais à Lorn.

— *Rassure-moi, il y a une issue secrète ?*

— *Bien entendu*, dit-il en s'élançant derrière son bureau.

Il pose la main sur un point situé en haut du mur. Une lueur bleue se diffuse sous sa paume, puis une vibration emplit la pièce lorsque le pan de pierre peinte se met à coulisser.

Un choc qui ressemble à un coup de bélier ébranle la porte.

— Kelia ! s'écrie Lorn depuis le trou dans le mur, en lui faisant signe de le rejoindre.

— Vas-y !

Naito la pousse en avant, mais elle ne lâche pas son bras. Kelia dévisage Lorn.

— Ça mène au portail ?

L'exaspération de Lorn se lit sur son visage.

— Tu ne peux pas rester avec lui, Kelia. Les faes de la Cour vont...

— Est-ce que ça mène au portail ! exige-t-elle de savoir.

À un craquement de la porte, il tressaille.

— *Nome Sidhe*. Oui ! Oui ! Viens !

Naito l'oblige à rejoindre Lorn.

— Prends soin d'elle.

— Naito, non !

— Allez-y tous les deux, je m'entends dire. Je vais les retarder.

Je suis sérieuse. Je n'ai pas envie qu'il arrive du mal à Naito ou à Kelia. Il faut bien que le conte de fées de quelqu'un ait une fin heureuse.

— On y va tous, dit Aren. Maintenant. Courez !

Après que Lena s'est engouffrée dans le trou noir, Lorn empoigne Kelia puis Naito et les éjecte tous deux hors de la pièce avant de partir à leur suite. Alors que je m'éloigne de l'issue, Aren me retient par le bras. La seconde suivante, je me retrouve en train de dégringoler dans un escalier.

Aren m'aide à rester debout. Il avance trop vite, et je n'y vois strictement rien. Je glisse et me cogne le genou gauche. Pas le temps de sentir la douleur ; Aren me relève aussitôt. Je détecte un éclair blanc lorsque des *edarratae* illuminent la joue de Naito. Il nous précède de tout juste quelques mètres. Derrière nous, je finis par entendre le bois se fendre et les soldats du roi abattre la porte. Ce n'est qu'une question de secondes avant qu'ils débarquent dans ce tunnel.

J'essaie de me dégager.

— Ils sont là pour moi, Aren. Je vais les ralentir.

Il resserre son étreinte.

— Non.

— Ça vous laissera le temps de vous enfuir.

— Non !

Bon sang, pourquoi refuse-t-il de m'abandonner ? Ça le ralentit de me traîner derrière lui, et je ne vois pas du tout comment il espère passer sous le nez des contrôleurs du portail. S'ils ne me livrent pas aux citoyens de Lyechaban, ils appelleront les gardes. Ils me détiendront jusqu'à l'arrivée de Kyol, et ils arrêteront ou tueront Aren.

— J'essaie de t'aider ! je hurle.

— Tu peux m'aider en courant plus vite.

Bon, très bien. Je ne sais pas pourquoi je m'inquiète pour lui, de toute façon. Il m'a menti. Si son obstination à me garder avec lui le détruit et sa rébellion dans la foulée, il l'aura cherché.

Je cesse de lui résister et cours. Ce n'est pas une mince affaire quand on ne voit rien. Je laisse glisser mes doigts sur le mur de pierre humide et m'accroche à la main d'Aren. On n'est toujours pas assez rapides. Les soldats gagnent du terrain.

— Dépêchez-vous !

La voix de Lorn perce les ténèbres. La seconde suivante, quelque chose d'impalpable se rompt, comme une corde qui cède. La tension dans l'air se volatilise et la température chute. Un grondement sourd fait vibrer le tunnel entier.

Aren cesse de courir. Il me plaque contre le mur, se colle à moi et m'oblige à rentrer la tête sous son menton.

Ça va s'effondrer sur nous. J'ignore ce qu'est au juste ce charme magique que Lorn a activé, mais il s'y est pris trop tôt. Le sol se soulève sous mes pieds. Mes genoux me lâchent. Je m'agrippe à Aren, et lorsque les roulements de tonnerre s'amplifient, je supplie le ciel que mon ravisseur détienne une sorte de magie qui puisse nous sauver.

Il m'arrache du mur. Quelque chose s'écrase sur mon épaule. Je trébuche et lâche Aren en tombant. Quand des blocs de pierre commencent à se détacher de la voûte, je me couvre la tête et me mets à prier.

Il s'écoule une éternité avant que le tremblement de terre s'apaise. J'ai la peau à vif et couverte d'hématomes, mais je suis toujours vivante. Rien de cassé.

Des pierres roulent sur le sol. Je ne sais pas du tout vers quelle direction je suis tournée, mais ce doit être Aren que j'entends se rapprocher de moi. Mes poumons sont tellement saturés de poussière et de micro-débris que j'ai l'impression de recracher une avalanche.

Aren s'agenouille à côté de moi.

— Tu es blessée ?

— Oui, j'articule entre deux quintes de toux.

— Tu n'as rien, dit-il en me hissant sur mes pieds.

J'en déduis que ses oreilles doivent bourdonner autant que les miennes.

Alors qu'il commence à me guider dans le tunnel, ma cape me tire en arrière.

— Je suis coincée.

— Retire-la.

Il défait la patte qui retient la cape et la rejette. Je baisse les yeux au moment où elle glisse de mes épaules, et vois un *edarratae* étinceler sur mon avant-bras. En manches courtes à Lyechaban. On a vu mieux, comme idée.

— Je ne peux pas sortir comme ça.

Il plaque ma main contre son côté.

— Reste près de moi.

Je n'ai pas d'autre choix que de le suivre. Mes poumons sont irrités, mon épaule m'élance, et je me sens tellement au bout du rouleau que la chaleur des *edarratae* qui passent de moi à Aren ne me dérange pas.

— Surveille où tu mets les pieds, ici, dit-il, et je suis frappée par une impression de déjà-vu.

Je me suis déjà retrouvée dans une situation similaire, blessée et contrainte d'avancer à tâtons, comptant sur un autre pour me conduire en lieu sûr. Kyol a toujours pris soin de moi et pourtant, petit à petit, Aren a entamé la confiance que j'avais en lui. Ça ne devrait pas être possible. Je connais Kyol – je me repose sur lui depuis le début – et il...

Il a refusé une union pour moi.

La culpabilité me lacère le ventre, tranchante comme une dague. C'est encore ce syndrome de Stockholm, qui lamine mon bon sens et me fait douter de choses que j'ai toujours tenu pour vraies. Tout rentrera dans l'ordre quand j'aurai échappé à Aren.

Je trébuche et m'agrippe à son bras. C'est si soudain que je manque de l'entraîner avec moi. Il me rattrape avant que j'aie touché le sol. Je me retourne dans ses bras, glisse une main derrière son cou et pose l'autre par terre.

— Ça va ? demande-t-il.

Seigneur, ses lèvres sont toutes proches. Une part de moi réprouve ce que je m'apprête à faire, mais dès que j'ai refermé les doigts sur un morceau de roche, je le lui lance à la tête.

Il lâche un juron. Dans le noir, je réitère mon geste à l'aveuglette. Cette fois, il intercepte mon poignet.

— Arrête, gronde-t-il.

Il est peut-être énervé, mais moi aussi.

— Tu m'as menti. Délibérément !

— Je ne savais pas qu'il avait refusé.

— Je ne te crois pas.

— Je ne savais pas !

Il me repousse.

— Tu me manipules depuis le début, je l'accuse.

Quelque part à ma gauche, il éclate de rire.

— C'est moi le manipulateur ? Je t'ai gardée en vie, je t'ai protégée. Je ne t'ai pas fait de mal. En l'espace de quelques jours, tu en as appris davantage sur ce monde et cette guerre que durant tout le temps où tu as travaillé pour la Cour. Kelia t'a enseigné notre langue. Je t'ai sauvé la vie. Je t'ai soignée. Tu ne m'as rien donné en retour.

— Tu m'as enlevée !

— J'aurais dû te tuer !

À sa voix chargée d'émotion, je ravale ma repartie. Je ne suis pas certaine qu'il s'agisse uniquement de colère. A-t-il mal ? Je ne l'ai frappé qu'une fois. Peut-être a-t-il été blessé quand le plafond s'est effondré ? Je refuse de croire que cet accent de douleur dans sa voix puisse avoir une autre origine. Il n'a aucun sentiment pour moi. Et c'est réciproque.

Il soupire.

— Je ne peux pas laisser la Cour te récupérer, McKenzie. Si tu tiens à la vie, reste avec moi.

Il m'entraîne et je trébuche à sa suite dans le noir, en essayant de me convaincre que je n'ai aucune raison de me sentir coupable. Si Aren ne m'a pas tuée ou torturée, c'est uniquement parce qu'il souhaite obtenir ma libre coopération. Je ne lui serais d'aucune utilité en tant que diseuse d'ombres sinon. Je mentirais, j'essaierais de gagner du temps, j'enverrais les rebelles dans un piège. Mais depuis le temps, il devrait bien avoir compris que je ne trahirai pas la Cour, non ? Il n'a plus de raison valable de me garder en vie désormais.

Des éclats de chaos dessinent les contours d'une ombre devant nous. Naito. Avant que nous l'ayons rejoint, l'air se déchire et Kelia sort d'une fissure. Elle jette une épée à Aren, puis en tend une autre à Naito en disant :

— Dépêchez-vous. Les faes de la Cour arrivent.

— Et Lena ? demande Aren.

— Elle va revenir avec des renforts.

Quelques pas seulement nous séparent du bout du tunnel. Une faible lueur venue d'en haut me permet de distinguer les silhouettes de Naito et Aren, ainsi que l'échelle en bois posée contre le mur à côté de nous. Naito monte le premier. Je le suis, grimaçant chaque fois qu'un éclat de chaos étincelle sur mes mains et mes bras. Lorsque enfin je m'extirpe d'une étroite fente dans la roche, je tremble. Je ne suis pas naïve au point d'espérer qu'il n'y aura pas de Lyechabaniens dans la rue.

Une fissure s'ouvre à ma droite. Je reconnais l'odeur d'Aren et la chaleur de son contact quand il sort de la lumière et m'aide à me relever. En plissant les yeux, j'examine les environs. Nous sommes sur une étroite bande de terre coincée entre la ville et la rivière. Derrière nous, les échoppes et les habitations s'entassent pratiquement les unes sur les autres. Des marchands tiennent des étals le long de la berge. Je parviens à comprendre la plupart de leurs harangues. Heureusement, ils ne font que vendre leurs poissons, fruits et légumes sans nous montrer du doigt, Naito et moi. Pour l'instant.

Aren m'attire devant lui. J'avance en trébuchant vers un autre groupe de marchands qui attendent avec leurs charrettes et leurs *cirikith*, des bêtes de trait dont l'apparence évoque un croisement entre un cheval et un stégosaure, avec de petites plaques opalescentes en guise de peau. Leurs brides et les charrettes qu'ils tirent sont incrustées de pierres d'ancrage afin que rien ne se perde dans l'Entre-Deux lorsqu'ils empruntent des fissures. Nous nous rapprochons de l'avant de la file, là où le sol est revêtu d'une large bande en argent. Les marchands doivent payer une taxe pour la franchir et accéder au demi-cercle de terrain nu qui empiète sur la rivière et sur lequel se dresse le portail. C'est là que les contrôleurs attendent. Je hoquette quand l'un d'eux lève les yeux et regarde droit vers moi.

L'instant suivant, son attention dévie vers la gauche. Une dizaine de fissures fendent l'air à la limite de la bande en argent. Leurs épées brandies, des rebelles surgissent des fentes de lumière en poussant des cris de guerre. Une seconde vague déferle derrière eux, Lena en tête.

À ma grande stupéfaction, je constate que les marchands ne s'enfuient pas. Ils choisissent pourtant systématiquement de sauver leur peau en abandonnant leurs marchandises et leurs *cirikith*. C'est ainsi que les rebelles mènent leurs attaques avec succès depuis des années, mais les marchands en ont peut-être enfin eu assez de se retrouver pris entre deux feux. Ils ne sont que quelques-uns à détaler. Les autres dégainent leurs armes et se placent entre leurs charrettes et les rebelles qui se rapprochent.

— *Sidhe*, marmonne Aren dans sa barbe.

Il me suffit d'un coup d'œil dans sa direction pour comprendre que ce n'est pas une poignée de marchands munis d'épées qui l'inquiète. Je suis son regard jusqu'à une rue derrière nous qui mène au centre-ville. Les faes de la Cour, une vingtaine environ, sont en train d'accourir vers nous. Soudain, en plein élan, ils ouvrent des fissures et s'y engouffrent.

— Vas-y !

Aren me pousse en avant. Je dérape sur le revêtement en argent. Des fissures s'ouvrent derrière moi, et alors que les faes de la Cour réapparaissent, un fracas métallique retentit.

Plusieurs hommes du roi s'élancent pour intercepter les rebelles. Pendant que je me relève à quatre pattes, une seconde vague de faes se matérialise à la limite de la bande en argent. Puis une troisième. Lena est au cœur du chaos, défaisant tous les soldats de la Cour qui viennent à portée de son épée. Des corps s'affaissent autour d'elle. Certains rejoignent l'éther avant d'avoir touché le sol. Leurs âmes d'ombre flottent dans les airs et se mêlent à d'autres. Une infinité d'autres. La berge semble plongée dans le brouillard.

L'angoisse me prend au ventre. Je regarde par-dessus mon épaule et cherche Aren des yeux. Il est désavantagé par le nombre, mais il va bien. Plus que bien, même. En l'espace de quelques secondes, il abat deux de ses adversaires, fait volte-face et contre l'attaque d'un troisième. Mince alors, il sait se battre. Il est entouré d'âmes d'ombre, lui aussi, et je comprends que si cette rébellion dure depuis si longtemps, c'est pour une sacrée bonne raison : ses meneurs manient l'épée avec presque autant de dextérité que le maître d'armes.

Le maître d'armes ! Je me remets sur mes pieds et scrute les visages des faes qui me dépassent en courant, mais je ne le vois pas. Il y a trop de confusion pour que je reconnaisse qui que ce soit.

— Le portail, McKenzie ! s'écrie Aren.

Il s'est avancé sur la bande en argent.

— Attention !

L'avertissement jaillit de mes lèvres au moment où un fae tombé à terre et couvert de sang se redresse sur un coude et vise de son épée les chevilles d'Aren. Le rebelle évite la lame d'un bond, puis plonge sa propre épée dans le ventre du fae.

— Vas-y ! ordonne Aren.

Pétrifiée, j'observe le fae agonisant jusqu'à ce qu'il disparaisse et que la brume blanche de son âme d'ombre s'élève dans les airs. Qu'est-ce que je viens de faire ? Ma mise en garde a signé son arrêt de mort. J'ai tué un fae de la Cour. Je m'éloigne de la scène de mon crime, en serrant les poings pour empêcher mes mains de trembler.

Quelqu'un me percute. Puis quelqu'un d'autre.

— *Tchatalun*, murmure une voix.

C'est un mot qui signifie « disgracié », mais est pratiquement synonyme d'« humain ».

— *Tchatalun*, répète le marchand, plus fort cette fois.

Je bondis en arrière quand il tente de me frapper, mais ne me rends compte qu'il tient une dague que lorsqu'il se jette de nouveau sur moi. Aren le tue avant qu'il ait pu m'infliger une troisième coupure. Hébétée, je regarde la tache rouge s'étendre sur mon ventre.

Aren y applique la main aussitôt, la glissant sous mon chemisier mouillé pour diffuser sa magie. Lena vient à son secours et repousse les faes le temps qu'il me soigne. Il m'entraîne pas à pas vers le portail, mais il y a trop de gens qui nous encerclent. Quand un fae se rue sur nous, Aren me pousse vers la charrette d'un marchand.

Je glisse sur la bande en argent et me réceptionne violemment sur le côté. La douleur brûlante qui me transperce me donne la nausée. Mon ventre n'est pas totalement guéri. En serrant les dents, je fais de mon mieux pour occulter la blessure et rampe jusqu'à la charrette pour me tapir en dessous.

Il s'écoule un moment avant que je reprenne mon souffle. Quand je parviens à me concentrer sur le sang et le chaos au-delà de l'ombre de mon refuge, je le vois : Kyol, qui se taille un chemin dans la masse des rebelles. Une vague d'émotions me submerge. J'ai envie de crier son nom, d'être de nouveau à son côté, mais je garde le silence de peur de le distraire. Je ne crois pas qu'il sache que je suis ici. Si c'était le cas, il me chercherait des yeux tout en combattant, et surveillerait le portail ou les extrémités du champ de bataille pour s'assurer que les rebelles ne m'emmènent pas loin de lui. Au lieu de ça, il arbore une expression de froide indifférence tandis qu'il fauche ses adversaires. C'est un masque. Il se déconnecte de ses émotions quand il se bat. Je crois bien être la seule avec Atroth à savoir à quel point tuer le dérange, mais pour son roi, Kyol est prêt à massacrer n'importe qui.

Il tuerait même Aren.

J'ignore pourquoi cette pensée me vient à l'esprit. Peut-être parce que mon ventre me fait souffrir et que j'ai besoin de soins. Ou peut-être est-ce un retour en force du syndrome de Stockholm. À moins que… que je n'aie pas envie qu'Aren meure. Quoi qu'il en soit, je me surprends à scruter la cohue, dans l'espoir de reconnaître sa haute stature et ses cheveux en bataille.

Je le repère près de Kyol. Trop près. Ils se battent presque dos à dos. Si Aren se tourne de quelques degrés sur sa gauche, et Kyol de quelques degrés sur sa droite, ils se verront. Se livreront combat. Et l'un d'eux n'y survivra pas.

C'est Aren qui succombera. J'en suis certaine.

Seuls deux hommes luttant au corps à corps les séparent à présent. L'un d'eux est Naito, qui n'a pas encore atteint le portail. Il tranche dans les défenses du fae de la Cour, plongeant son épée dans sa joue et sa mâchoire. Je ne suis pas sûre que l'homme ait senti passer la lame, malgré tout. Le coup en lui-même était assez violent pour lui briser la nuque. Le corps du fae s'effondre. La seconde suivante, il est remplacé par son âme d'ombre.

— Naito ! s'écrie Kelia.

Un autre fae de la Cour vise l'humain. Aren se retourne et intercepte la lame avant qu'elle ait terminé de décrire son arc de cercle.

— Vas-y ! hurle Aren.

Naito s'élance vers le portail, et vers Kelia qui l'attend dans le cercle de terrain nu. Elle esquive les attaques d'adversaires pendant qu'il parcourt la distance qui les sépare. Alors qu'il est sur le point de la rejoindre, elle plonge la main dans l'eau. Puis se redresse.

Un cri s'élève à ma gauche. Je me retourne à temps pour voir Kyol dégager sa lame du corps d'un rebelle et se rapprocher de Kelia en trois grandes foulées. La fissure de la fae se décompose lorsqu'elle recule en trébuchant et brandit son épée.

— Non, je murmure.

Elle dévie l'épée de Kyol, mais n'a pas le réflexe de se baisser pour éviter le poing qu'il écrase sur son visage. L'instant suivant, Naito arrive en hurlant. Le maître d'armes contre l'attaque de l'humain enragé sans le moindre effort. Le temps que Kelia s'effondre sur le ponton, Kyol a déjà désarmé Naito. En quelques secondes, il ouvre une fissure sur le portail, passe un bras autour du cou de Naito puis s'évanouit dans le rai de lumière.

— Non, je murmure de nouveau.

— Naito ! hurle Kelia.

Après avoir embroché son adversaire, Aren se tourne vers Kelia et la voit ramper à genoux et fixer des yeux, impuissante, les ombres qui se tortillent. Elle ne sait pas les lire. Elle ne sait pas où aller.

Moi si.

Dans un sursaut, je détourne le regard, mais Aren m'a vue.

La minute suivante n'est que confusion. Aren m'attrape avant que j'aie pu m'extirper de sous la charrette du marchand. Il me traîne hors de ma cachette, me maintient au sol à quatre pattes et serre mes cheveux dans son poing, me renversant la tête pour que je regarde les ombres.

— Lis-les ! ordonne-t-il.

Il prend un bout de papier, celui sur lequel j'avais commencé à tracer la carte dans le sous-sol de Lorn, et le déplie par terre.

Je secoue la tête.

— Tout de suite !

Il m'enfonce de force un crayon à papier dans la main. Quand un fae de la Cour se rue sur nous, Lena se jette en travers de sa route et plonge son épée dans le ventre de l'homme.

Je ne fais pas un geste, ne tressaille même pas lorsque le corps s'affaisse à côté de moi et disparaît. Je ne lirai pas les ombres. Je ne lancerai pas Aren aux trousses de Kyol.

— *Soit elle les épingle, soit tu la tues !* lâche Lena en parant l'attaque d'un nouveau fae.

Aren porte la lame ensanglantée de son épée à ma gorge.

— Ne m'oblige pas à faire ça, McKenzie.

J'expire brutalement. Non. Il a refermé l'entaille que j'ai au ventre… ou commencé, en tout cas. Il ne va pas me tuer maintenant. Il bluffe.

Je ferme les yeux pour ne plus voir les volutes des ombres.

Aren me tire les cheveux.

— Regarde, bon sang !

Sa lame entame ma chair. J'ouvre aussitôt les yeux.

— Je vais le faire, gronde-t-il à mon oreille.

Le métal s'enfonce plus loin. Je suis trop terrifiée pour sentir la douleur, trop prise de court pour émettre une protestation ou une supplique. Un liquide chaud et épais coule le long de ma gorge.

— Lis-les !

Je regarde les ombres. Ma main se met à tracer des lignes. Je ne sais pas ce que je fais au juste jusqu'à ce que l'échelle de ma carte change.

Des gouttes rouges éclaboussent le papier et marquent la lisière d'une forêt à l'ouest des montagnes de Derrdyn. Kyol est là. Ma carte est assez précise pour qu'Aren réussisse à le rattraper avant qu'il n'ouvre une nouvelle fissure. Il me suffirait d'un mot pour avoir la vie sauve.

Une nouvelle goutte de sang s'écrase sur la carte. Je ne sens pas la lame contre ma gorge, seulement ce fluide chaud et humide qui me prouve qu'Aren est prêt à tuer.

Lui peut-être, pas moi.

Ce que je fais ensuite tient du suicide, mais ça ne m'empêche pas d'aller au bout. Je déchire ma carte en deux. En l'espace de quelques secondes, les ténèbres m'engloutissent.

Chapitre 15

Je dois être morte. Les gens meurent quand on leur tranche la gorge. Ils se noient dans leur propre sang. Je suis pratiquement sûre que je ne respire pas. J'ai froid, je suis engourdie, et je ne souffre plus.

L'atmosphère est si pesante ici qu'elle m'oppresse. Je garde un vague souvenir de la morsure de l'Entre-Deux, mais j'ignore comment je suis passée de la charrette du marchand à la fissure du portail, ni qui me l'a fait traverser. Tout ce que je sais, c'est que je ne me trouve plus au même endroit. Je marche à côté d'éclairs, ou plutôt je titube. Ma coordination est fichue. Je suis faible et fatiguée. Et j'ai froid. Pourquoi je n'arrive pas à me réchauffer ?

Les éclairs me tendent la main. Je sens qu'on presse un objet chaud dans ma paume. Ce n'est pas assez pour que je tienne le coup. Mes genoux me lâchent. Cette fois, on me transporte dans la glace.

Je retrouve peu à peu ma lucidité, une pensée cohérente après l'autre. Je me rends compte que j'ai la main serrée sur ma gorge. Je sens la coupure sous mes doigts. Le sang est presque sec à présent, mais je n'ose pas bouger. J'ai peur de rouvrir la plaie. Je revois ma gorge se déchirer, ma trachée cracher des postillons rouges. Aren n'a pas dû trancher assez profondément pour entamer le tissu qui protège mon œsophage. Mais il aurait suffi d'à peine plus de pression…

Nous sommes dans la banlieue de Vancouver, dans un endroit appelé Lynn Valley. J'ai dû entendre les faes le dire quand nous sommes ressortis ici. Franchement, je n'arrive pas à me le rappeler. Je crois que c'est ce qui s'appelle être en état de choc. Ce qui est sûr, c'est que nous sommes dans mon monde. Seule la peau des faes présente des éclats de chaos, et quant à la maison devant nous, avec son toit de bardeaux, ses fenêtres en arc et son revêtement blanc, elle est typique de l'architecture terrestre.

— *Tu as besoin de repos.*

Une voix à ma gauche.

Je tourne lentement la tête vers Sethan, et le vois debout à côté d'Aren. Je suis assise contre une barrière en bois, en compagnie d'une dizaine de faes blessés. Aren passe d'un rebelle à l'autre, appose les mains sur eux pour soulager leur douleur et refermer leurs plaies. Même de cette distance, il a l'air épuisé, et je me demande depuis combien de temps il s'affaire. D'après ses épaules voûtées et le tremblement qui l'agite quand il se relève, je dirais qu'il essaie de tous les soigner à lui seul.

Tous sauf moi.

Il regarde dans ma direction. Nos regards se croisent. Je remarque un changement à peine perceptible dans ses yeux, comme si à sa lassitude s'ajoutait quelque chose qui pourrait être une supplique. Ma gorge me fait soudain mal de partout, et je détourne la tête.

Trop vite.

La cour se met à tourner autour de moi. Je ferme les yeux un moment, dans l'espoir que le monde retrouve sa stabilité.

— Hé !

Quelqu'un pousse ma jambe. Je me force à ouvrir les yeux et vois une fae vêtue d'un jean et d'un pull blanc accroupie devant moi. Au départ, je la prends pour Kelia, mais cette fille n'a pas de pierreries tressées dans les cheveux. En plus, ses yeux sont étonnamment sombres, et quelque chose à son sujet me dérange. Lorsqu'un éclat de chaos étincelle sur son visage, je comprends de quoi il s'agit. Au lieu d'être bleu vif comme chez un fae normal, l'éclair est pâle, si pâle qu'il semble presque blanc. C'est une *tor'um*, une dépossédée. De naissance, je suppose, car elle n'a pas l'air d'être folle.

— Il faut qu'on te transporte à l'intérieur, dit-elle.

Je n'ai peut-être pas encore les idées bien claires, car ça n'a pas de sens qu'il y ait des *tor'um* dans mon monde. À moins d'avoir l'autorisation de la Cour, les faes ne sont pas censés venir sur Terre. Je suis consciente que ça ne les arrête pas tous. Tous les impurs que j'ai traqués sont venus chercher des diseurs d'ombres et des humains doués de double vue. Les marchands aussi ouvrent des fissures ici, que ce soit pour éviter les taxes aux portails ou pour rapporter des biens de fabrication terrestre et les vendre. Mais les *tor'um* ne peuvent pas en faire autant. Ils sont incapables d'ouvrir des fissures.

— Tiens, dit-elle en me tendant une bouteille d'eau. Bois.

J'ai peur de déglutir, mais j'ai les lèvres et la gorge desséchées. Je m'avance vers l'eau. Mon bras est lourd et ma main tremble si fort que j'effleure la sienne par mégarde.

Je m'écarte en sursaut et laisse tomber la bouteille tandis qu'un éclat de chaos bondit sur ma peau. Au lieu de l'habituelle sensation de picotement et de chaleur, l'éclair est froid et m'engourdit presque. Mon regard passe de ma main au visage de la fae, devenu de marbre. Elle ramasse la bouteille et me la jette à la poitrine.

— Les *tor'um* ne sont pas contagieux.

Ce n'est pas pour ça que j'ai eu un mouvement de recul. Je suis humaine – ce n'est pas comme si elle risquait d'endommager ma magie –, mais je n'ai pas souvent rencontré de *tor'um*. Et je n'en avais en tout cas jamais touché un avant. Ils ont tendance à rester entre eux. J'ignore si c'est par choix ou parce que ce sont des parias. L'aptitude à ouvrir des fissures est profondément ancrée dans la culture fae. En être privé constitue un handicap majeur que ne souhaite aucun d'entre eux. Peu importe que certains *tor'um* parviennent à maîtriser des magies secondaires ; du fait de leur incapacité à voyager instantanément d'un point à un autre sans assistance, la société des faes les a délaissés.

— Tu as une demi-heure, dit-elle en se levant. Sois prête à bouger à ce moment-là.

J'ai une excuse sur le bout de la langue, mais ma voix refuse de fonctionner. Je bois une gorgée d'eau. Ça ne me donne pas plus d'énergie, hélas, et la porte de la maison me semble terriblement loin. Je ne sais pas pourquoi elle tient à ce que j'entre. Les autres faes ont reçu des soins, mais rien n'indique qu'ils vont aller où que ce soit. Ils sont assis plus loin de moi qu'avant, assez loin pour que je ne puisse pas entendre leurs conversations, et on leur a apporté de la nourriture et de l'eau. On s'est occupé d'eux.

Je repose ma tête contre la barrière et laisse mes yeux se refermer. Je jurerais qu'il ne s'écoule que quelques secondes avant que je sente un regard sur moi. Aren. Je me demande depuis combien de temps il est assis là, les bras appuyés sur les genoux. À sa posture, je dirais que ça fait un moment, et ça me met mal à l'aise. De même que son silence. Je ferme les yeux de nouveau, dans l'espoir qu'il s'en aille.

Il n'en fait rien.

— Je peux te soigner, maintenant ? demande-t-il d'une voix calme.

— C'est toi qui m'as coupée.

Ma voix est faible et rauque, et la plaie en travers de ma gorge s'étire à chaque mot, mais au moins j'arrive à parler.

Aren reste longtemps sans répondre. Je regarde l'herbe couverte de rosée. Je devrais ressentir de la peur ou de la colère, mais ce n'est pas le cas. Je ne ressens d'ailleurs pas grand-chose, jusqu'à ce qu'Aren me dise avec douceur :

— Je suis désolé.

Je me mordille la lèvre inférieure. J'ai beau ne pas avoir envie de le croire, je perçois un vif regret dans sa voix, dans son regard et même dans le vide autour de lui.

— Ça ne m'a pas fait plaisir de te blesser, dit-il.

— Tu aurais pu me soigner il y a des heures.

J'aimerais mettre de l'agressivité dans ces paroles, mais je suis trop fatiguée et je souffre trop pour trouver la force de le haïr.

Il penche la tête légèrement.

— J'ai essayé.

Je crois d'abord que ce qu'il veut dire, c'est qu'il ne lui restait plus assez de magie. Après tout, il a soigné une dizaine de faes au cours de la nuit. Puis un souvenir remonte à la surface. Il est flou, mais je revois Aren agenouillé à côté de moi tandis que je donne des coups de pied en lui hurlant de rester loin de moi.

Je hausse les épaules en guise de réponse.

Une minute s'écoule en silence avant qu'Aren ajoute :

— Les *tor'um* veulent que tu rentres avant que leurs voisins se réveillent.

Dans la cour d'à côté, j'aperçois le dernier étage d'une maison derrière la barrière. Plus haut, les étoiles commencent à pâlir. L'aube est presque là. C'est donc pour ça que les *tor'um* veulent que je rentre ? Parce que quelqu'un risque de regarder par la fenêtre et de me voir ici, couverte de sang ? Si je criais, est-ce qu'on m'entendrait ? Est-ce qu'on viendrait m'aider ?

Mais comme ma gorge n'est pas en état de supporter un cri, je demande :

— Que font-ils ici ?

— C'est ce qu'ils ont choisi, répond Aren. S'ils veulent survivre dans le Royaume, ils sont obligés de dépendre d'autres faes, et on les considère comme des… *enthess*.

Il marque une pause et sonde mon regard pour voir si j'ai compris.

— Des citoyens de seconde catégorie ?

Il hoche la tête.

— La plupart des faes ne veulent pas être associés à eux, mais ici, ils peuvent se fondre dans la masse. La technologie les affecte peu. Ils n'ont pas besoin de payer un fae pour geler leurs réserves de nourriture ; ils peuvent se servir de réfrigérateurs. Ils n'ont pas besoin de trouver quelqu'un qui sache ouvrir des fissures pour les escorter d'une ville à l'autre ; ils peuvent conduire des voitures. Ils peuvent trouver un travail qui ne requiert pas d'aptitudes magiques, et les humains ne les rejettent pas. Ici, ils peuvent être normaux.

— Et si quelqu'un voit leurs *edarratae* ?

— Ils nous en informent, dit-il. (Il s'avance vers moi et tend une main vers mon cou.) Tu permets, *nalkin-shom* ? Je ne veux pas te déplacer tant que tu n'es pas guérie.

Je me concentre sur la maison. Comme celui de diseur d'ombres, le don de double vue est inné, et pourtant j'ai vécu les seize premières années de ma vie sans croiser un seul fae. Kyol et les autres soldats d'Atroth ne s'attardent pas ici plus longtemps que nécessaire, et l'idée qu'un fae choisisse de vivre sur Terre me laisse perplexe.

— McKenzie ?

La main d'Aren est restée en suspens.

— D'accord, dis-je en écartant mes cheveux de ma gorge.

Il se rapproche et pose la main sur la plaie.

Ça brûle, pas autant que lorsqu'il a réparé mon bras cassé, mais assez pour que je m'accroche à son tee-shirt et le serre dans mon poing.

— Elle n'est pas profonde, dit-il.

— Ce n'est pas mon impression.

Il secoue la tête.

— Ton artère principale passe par ici. (Il appuie le pouce contre mon pouls, à droite de ma trachée.) Si je l'avais sectionnée, tu te serais vidée de ton sang. J'ai fait attention.

— Attention, mon œil, dis-je en grinçant des dents. (Ça ne fait plus mal. C'est agréable, à présent. Ce qui est presque pire que la douleur.) J'ai perdu tellement de sang que je me suis évanouie.

— Ça, c'était à cause de ta blessure au ventre, je pense. (Il retire la main et examine ma gorge.) Tu as une cicatrice.

— Génial.

— Si tu m'avais laissé te soigner quand je te l'ai proposé la première fois, ça n'aurait pas été le cas.

Je hausse le sourcil.

— Tu tiens vraiment à ce qu'on débatte de qui est en tort dans cette histoire ?

Lorsqu'il longe ma cicatrice du bout des doigts, je dois me faire violence pour ne pas frissonner.

— Remonte ton chemisier, *nalkin-shom*.

J'hésite, mais il n'a pas eu l'occasion de refermer complètement les entailles que j'ai au ventre, et comparée à elles, ma coupure à la gorge ressemble à une égratignure. Je relève le chemisier maculé de sang. En examinant les deux lignes hideuses et presque parallèles, je me dis que j'ai de la chance d'être en vie.

— J'imagine que celles-ci aussi vont laisser des cicatrices, dis-je.

Il hoche la tête.

— Mais là, ce n'est vraiment pas ma faute.

À l'instant où je souris, j'ai conscience d'avoir perdu la bataille. Aren le remarque, et je jurerais que son humeur s'améliore. Toutes sortes de sentiments bizarres m'assaillent quand je me rends compte que je l'ai un peu soulagé de son stress, que j'ai un peu allégé son fardeau. J'aimerais... Oui, j'aimerais qu'il ne fasse pas partie de cette rébellion. J'aimerais qu'on soit amis.

Je ravale mon sourire.

— Tu pourrais faire vite, s'il te plaît ?

— Je pourrais te guérir d'un baiser.

Une lueur malicieuse s'allume dans ses yeux argentés, et un millier d'éclats de chaos ricochent dans mon ventre. Une vague de chaleur déferle en moi, plus intense entre mes cuisses. Et merde. Merde ! C'est quoi mon problème, bon sang ?

— Contente-toi de me soigner.

À son petit rire, je constate que ma réaction ne lui a pas échappé. Heureusement, ce n'est pas sur mes lèvres qu'il pose les mains mais sur mon ventre. Je serre les dents quand il déploie sa magie. Sous l'effet de la douleur qui me coupe en deux, je tressaute vers lui.

— Chut, dit-il pour m'apaiser. Ça y est presque. L'entaille est profonde sur le côté.

Je laboure ses biceps des doigts. Ses muscles tremblent. Il est épuisé. Il le cache bien, mais il a besoin de repos. J'ai besoin de repos, moi aussi. Mon ventre m'élance davantage qu'au moment où les blessures m'ont été infligées.

— Aren, je siffle.

— Fini, dit-il rapidement.

Avec douceur, il passe la main sur mon ventre d'avant en arrière, comme s'il pouvait effacer le souvenir de la souffrance. De la sueur perle sur son front.

— Et toi, ça va ?

Il penche légèrement la tête de côté, et je regrette d'avoir exprimé mon inquiétude. Sa façon de me regarder me donne l'impression qu'il me désire. Je suis butée, mais pas idiote non plus. Je sais que je le désire aussi. Comment rester insensible aux éclairs que ses caresses déclenchent sous ma peau ? Pourtant, même s'il est séduisant en diable avec son sourire enjôleur et ses cheveux ébouriffés, il me faut sacrément plus qu'un joli minois pour succomber à un mec. J'ai besoin de quelqu'un comme Kyol, qui me connaisse vraiment. Kyol se soucie non seulement de mon bien-être physique, mais aussi de mon équilibre émotionnel. Il me protège du mieux qu'il peut de la violence de son monde, et il s'implique dans mon autre vie. Quand mes parents ont coupé les ponts et refusé de m'adresser la parole tant que je ne me serais pas fait « aider » dans un centre psychiatrique, il a été là pour moi. Je peux compter sur lui. Aren, en revanche… Il a prouvé qu'il était prêt à se débarrasser de moi si la situation l'exigeait.

Je repousse la main qu'il a laissée sur mon ventre.

— On rentre ?

— Oui, dit-il en se levant. (Il m'aide à me remettre d'aplomb et me soutient le temps que le monde cesse de tourner autour de moi.) On va parler, et ensuite tu pourras aller te laver.

Le ton d'Aren est grave. Trop grave. Il s'est excusé et m'a dit qu'il n'aimait pas me faire du mal, mais en quoi est-ce que ça nous avance ? Même quand j'ai cru qu'il allait me tuer, j'ai refusé de lire les ombres pour lui. Il sait que je ne l'aiderai jamais.

Lorsqu'il commence à marcher vers la maison, je reste là où je suis. Au lieu de me traîner à sa suite, il se retourne vers moi.

— Tu as gagné, McKenzie, dit-il. On va te renvoyer à la Cour. En échange de Lena.

— Lena ?

J'ai dû mal entendre. C'est Naito qu'ils ont capturé.

— Elle a été prise à Lyechaban, dit Aren.

À ces mots, il se raidit comme s'il devait se protéger de ma réaction. Il s'attend à ce que je fête ça, peut-être ? À ce que je remue le couteau dans la plaie ? Je devrais – c'est une victoire pour la Cour –, mais je reconnais l'humeur d'Aren à présent. J'ai déjà entendu ce ton, et vu ce poids peser sur les épaules du fae. Il se sent responsable de ce qui est arrivé à Lena.

— Ce n'est pas…

J'allais dire que ce n'est pas sa faute, mais je me reprends juste à temps. J'ai beau ne pas avoir envie de jubiler, je ne vais pas lui témoigner ma sympathie non plus. C'est une bonne nouvelle pour moi. Je vais enfin pouvoir rentrer chez moi.

Et voir Kyol.

Mon estomac se noue. Je ressens surtout de l'impatience, mais un peu d'anxiété s'y mêle également. J'ai besoin de voir Kyol. Besoin qu'il me conforte dans l'idée que je travaille pour les gentils, qu'Atroth est le roi légitime, et que les revendications des rebelles au sujet du nombre de provinces, des taxes sur les portails et des transgressions de la Cour ne sont que des mensonges.

— Quand ? je demande à Aren.

— Demain.

Il doit remarquer ma surprise, car il hausse le sourcil et ajoute :

— C'est trop tôt ?

— Non, pas assez, dis-je.

Je ne veux pas qu'il sache à quel point je me sens mal à l'aise au sujet de… Eh bien, de tout.

Il détourne brièvement le regard, puis dit :

— Ton amie Paige… Son mariage est demain soir.

Je me sens hausser les sourcils, étonnée qu'il se souvienne de ce détail de notre conversation dans la forêt. Il était blessé et saignait à ce moment-là, et je ne faisais que parler pour meubler le silence.

— C'est le mariage de sa sœur, oui. Pourquoi ?

— Taltrayn et moi allons nous retrouver là-bas. Désarmés et visibles. C'est un lieu public. Il y aura des gens qui te connaissent.

— Et de la technologie, je l'avertis. De l'électricité. Des lumières. De la musique.

— Ça handicapera Taltrayn autant que moi. (Il pose la main au creux de mes reins et me guide.) Viens à l'intérieur. Je ne te rendrai pas à Taltrayn dans cet état. Tu peux te laver et te reposer.

Mes premiers pas sont hésitants. Je m'accroche à Aren et attends que mes doigts et mes lèvres cessent de picoter.

— Ça va ? demande-t-il.

Dès que mon vertige s'est dissipé, je me tourne vers lui.

— Tu as conscience que tu vas devoir mettre un costard, n'est-ce pas ?

Il penche la tête de côté.

— C'est quoi, un costard ?

Chapitre 16

C'est le mois de mai au Texas. La nuit n'est pas fraîche, mais il ne fait pas non plus assez chaud pour chasser le froid persistant de l'Entre-Deux. En revanche, je ne suis pas certaine que ce soit pour cette raison que j'ai la chair de poule. Peut-être est-ce en réaction au fae nimbé d'éclairs assis sur une pierre tombale à ma gauche. J'ai pourtant expliqué à Lorn que c'était irrespectueux de s'asseoir là, mais il ne m'a pas crue quand je lui ai dit que les humains enterrent leurs morts.

J'imagine que pour attendre Aren, ce cimetière vaut bien n'importe quel autre endroit. Une haie fournie le sépare de la route derrière nous et de la bâtisse grandiose, éclairée par les lumières artificielles, qui se dresse au sommet de la colline en face. Un parc de dix hectares s'étend entre le cimetière et l'entrée latérale du manoir. C'est là que nous sommes censés retrouver Kyol et Lena. Si seulement Aren voulait bien se dépêcher un peu.

— Tu as hâte de reprendre ton petit scandale où tu l'as laissé ?

Je ne donne aucun signe d'avoir entendu les paroles de Lorn.

Il glousse.

— Ne t'inquiète pas, McKenzie. J'excelle dans l'art de garder les secrets. D'ailleurs, tu pourrais me donner l'emplacement du *Sidhe Tol* sans que je le révèle à quiconque.

J'éclate d'un rire bref et me tourne enfin vers lui.

— Je me demandais ce que tu faisais ici.

Il porte une main à son cœur, l'air meurtri.

— Comment ça ? Je voulais simplement aider la cause.

— Oublie ça, dis-je. Tu as laissé passer ta chance à Lyechaban. Il n'y a plus rien que tu puisses m'apporter désormais.

— Tout le monde a besoin que je lui apporte quelque chose. Tu dois juste décider…

Ma peau se couvre de nouveau de chair de poule. Alors que Lorn marmonne un commentaire au sujet du timing, un éclair de lumière illumine le cimetière. Quand Aren sort d'une fissure, j'ai un petit coup au cœur. Il a fière allure. Plus que ça, même. Il porte un costume coûteux, probablement volé dans une boutique de vêtements haut de gamme. Son pantalon moule ses fesses et sa veste semble inviter les mains à se glisser en dessous, sur son torse ferme et jusqu'à ses épaules musclées.

Il me dévisage. Au début, je crois qu'il guette ma réaction. Il pose ensuite son regard argenté sur ma poitrine, sur mon ventre et mes cuisses dans leur fourreau de soie, puis enfin sur mes mollets nus et mes escarpins à bout ouvert. Je m'agite. Il est rare que je porte des robes – je ne sais jamais quand les faes de la Cour vont débarquer dans ma vie et me demander de lire les ombres –, et je me sens vulnérable, mise à nu.

Aren ramène ses yeux aux miens. Il cille une fois, se racle la gorge puis me montre une cravate bleue chatoyante.

Elle n'est pas parfaitement assortie aux éclats de chaos qui filent sur ses mains et son visage, mais la couleur s'en rapproche.

— Qu'est-ce que je suis censé faire avec ça ?

— La nouer autour de ton cou, je crois.

Aren se tourne vivement vers Lorn.

— Qu'est-ce que tu fabriques ici ?

Il se lève de la pierre tombale.

— Je tiens juste compagnie à la *nalkin-shom*.

Aren se retourne vers moi et m'inspecte de nouveau. Cette fois, c'est presque comme s'il s'attendait à découvrir une plaie béante.

— Ça va ?

— Ouais, je réponds en fronçant les sourcils.

Lorn m'a rejointe à un portail à quelques kilomètres au nord de la maison de la *tor'um*. Un rebelle du nom de Kian m'y a escortée avant de me donner une pierre d'ancrage et de me laisser seule avec Lorn. J'en ai déduit qu'il avait été convenu qu'il m'amènerait ici. Je me serais trompée ?

— Il ne t'a pas fait de mal ? demande Aren.

Une bribe de conversation me revient… Aren disait que je souffrirais si Lorn devait extraire l'emplacement du *Sidhe Tol* de mon esprit. La réaction de Lorn à Lyechaban m'avait paru curieuse. Sur le coup, je m'étais imaginé que c'était parce qu'il n'avait jamais touché d'humain avant, mais son contact m'avait laissé à moi aussi une impression étrange et pénétrante, qui m'est revenue lorsqu'il m'a pris la main au portail.

Je me tourne face à lui.

— Tu t'es introduit dans mon…

— Ça n'a pas marché, dit-il avec un soupir. Il semblerait que les humains soient immunisés contre ma magie.

Aren me serre doucement la main.

— Tu es sûre de ne pas avoir ressenti de douleur ?

Chaud et attirant, un éclat de chaos remonte jusqu'à mon épaule et m'incite à me dégager.

— Non. Ça n'a pas fait mal.

— Ne te bile pas, Jorreb, dit Lorn. Si ça marchait, je lui aurais arraché le *Sidhe Tol* à Lyechaban. Je suis simplement venu m'assurer que ce n'était pas un coup de peine.

— De veine, je marmonne.

Je ne suis pas certaine de le croire.

— On en reparlera plus tard, dit Aren d'un ton ferme.

Pour toute réponse, Lorn hausse les épaules.

— Je dois me passer ça au cou ? me demande Aren en brandissant la cravate. Comme une corde ?

— Ben… ouais.

Je tourne le dos à Lorn et prends la cravate. Jamais de ma vie je n'ai noué sa cravate à un homme.

— C'est censé se mettre autour du cou, comme ça… (Seigneur, son odeur est délicieuse) et pendre comme ça. Mais je ne sais pas bien comment m'y prendre avec le nœud. Et il faut boutonner ça.

Les deux derniers boutons de sa chemise sont défaits. J'effleure sa peau en ajustant celui du bas. Je m'attaque au second.

Aren pose une main sur la mienne.

— C'est important ?

S'il s'agissait d'un autre mariage que celui de la sœur de Paige, je lui répondrais que non, mais Amy va épouser un avocat issu d'une famille d'avocats. C'est lui qui paie la fiesta de ce soir et, d'après Paige, il ne sait pas dire « non » à sa sœur. D'où tenue correcte exigée et réception au manoir Marbarrage.

— Sans, tu attirerais l'attention.

Je passe la cravate derrière son cou. Un frisson le parcourt lorsque la bande de soie lui caresse la nuque. Je parviens à ne pas y prêter attention, pas plus qu'à la chaleur d'un *edarratae* qui me picote le bout des doigts.

Pendant que je m'occupe de la cravate, je profite d'avoir gagné quelques centimètres grâce à mes talons pour jeter un coup d'œil à l'étiquette de sa veste. Armani. Ben voyons.

— Vous, les faes, vous avez des goûts de luxe.

— C'est Kelia qui a des goûts de luxe, dit Aren.

— Elle est allée faire des emplettes ?

« Larcins » serait un terme plus adéquat, mais je n'ai jamais été très à cheval sur la sémantique.

— Elle avait besoin de se changer les idées.

Lorn s'avance et considère mon nœud de cravate avec une grimace.

— Tu t'y prends mal. Ce pan-ci va dessous, je pense.

Je repousse sa main d'une tape.

— Depuis quand tu es expert en la matière ?

— Même un fae peut voir que c'est n'importe quoi.

Je le fusille du regard. Puis je dénoue la cravate d'un geste vif et recommence.

Aren souffle de frustration. Il a du mal à rester tranquille et bande ses muscles comme s'il se préparait à un combat. C'est peut-être bien le cas. Kyol pourrait déjà être là quelque part, à nous attendre. À m'attendre moi.

— Ça y est, tu as fini ? demande Aren.

Je défais mon nœud pitoyable et reprends de zéro.

— Ce serait plus facile si tu ne bougeais pas.

Lorn dit quelque chose en fae que je ne comprends pas. Au gloussement d'Aren, je m'applique à serrer le nœud le plus possible.

De guerre lasse, j'abandonne. Mieux vaut ne pas avoir de cravate du tout qu'en avoir une toute de travers.

— Laisse tomber, dis-je en fourrant la bande de soie bleue dans sa poche.

Peut-être que Paige pourra s'en occuper plus tard.

— Loués soient les *Sidhe*, marmonne Aren en défaisant le premier bouton de sa chemise. (Il regarde Lorn.) Tu peux partir, maintenant.

Lorn lui répond par un sourire indulgent, puis se tourne vers moi.

— McKenzie, si par hasard tu avais besoin de mon aide quand tu seras revenue à la Cour, n'hésite pas à me transmettre un message.

Avec un clin d'œil, il recule et ouvre une fissure.

Le rai de lumière blanche disparaît et des ombres se mettent à danser. Sans me laisser le temps de les lire, Aren m'entraîne vers la grille qui donne sur les jardins du manoir. Elle est cadenassée. Il pose la main sur le verrou et déploie sa magie. Le métal rougeoie à la chaleur de son contact, puis il lui suffit de tirer un bon coup pour que le cadenas fondu tombe au sol.

Lorsque la grille s'ouvre en grinçant, il me tend la main. J'accepte de la prendre, mais c'est uniquement parce que je n'ai pas du tout l'habitude de marcher avec des talons hauts.

— Une dernière chose, dit-il avant que j'entre dans le parc.

Il met la main dans sa poche.

J'ouvre la bouche. La referme. Je ne trouve pas les mots… Le collier est sublime. La chaîne est composée de maillons délicats en or blanc, et elle est assez longue pour que ses treize diamants reposent juste sous ma clavicule. Ceux aux extrémités sont plus petits, tandis que ceux au centre font environ la taille d'un centime. La lune a beau être cachée cette nuit, ils brillent autant que les gouttes de lumière d'une fissure de portail.

— Pourquoi tu me donnes ce bijou ? je parviens enfin à demander.

Un sourire joue sur les lèvres d'Aren.

— Il est à Kelia. Elle dit que tu peux le garder si tu lui ramènes Naito. Dans le cas contraire, elle s'est promis de faire le nécessaire pour que le vol du collier remonte jusqu'à toi.

Oh, bon sang. Ce n'est pas comme piquer un costume ou une robe dans un centre commercial. Ce collier doit valoir des centaines de milliers de dollars. Pas que je sois inquiète au sujet de Naito. Kyol ne ferait jamais de mal à un humain, pas volontairement en tout cas, et je suis presque certaine de l'avoir vu placer une pierre d'ancrage dans la paume de Naito. Quand j'en ai informé Kelia, elle m'a dévisagée d'un air absent jusqu'à ce que je lui jure de m'assurer qu'il n'ait rien et qu'ils se retrouveraient. On dirait bien qu'elle m'a prise au mot, mais je n'avais pas besoin de ce collier en guise de rappel.

Je repousse les mains d'Aren.

— Je ne porte pas de jolies choses.

— Cette robe est jolie. J'ai toujours pensé que les robes étaient peu pratiques, mais celle-ci… (Il laisse courir ses doigts le long de mon corps.) Le tombé est parfait. Je crois que j'aime ce qui n'est pas pratique.

Il prend soin d'effleurer ma peau quand il passe les mains derrière mon cou pour attacher le collier. Son souffle est chaud sur ma nuque. Je ne sais pas s'il a du mal avec le fermoir ou s'il s'attarde exprès, mais mon corps est réceptif à son contact. Je ferme doucement les yeux.

— Arrête, dis-je soudain. Aren, arrête ça.

Il ajuste le fermoir et retire les mains.

— Que j'arrête quoi ?

— Je ne sais pas pourquoi tu fais ça.

— Tu as envie de rester avec moi.

Il déclare ça comme si c'était une réalité.

Je secoue la tête.

— Ce sont tes *edarratae*, Aren. C'est tout. Ils jouent avec mes émotions et me poussent à croire que je veux des choses qui ne sont pas bonnes pour moi.

— Je suis d'accord.

— Et peu importe ce que tu… (Une minute.) Tu es d'accord ?

— Taltrayn n'est pas bon pour toi. (Il se rapproche de moi. Je franchis à reculons la grille ouverte et me retrouve dans les jardins.) La Cour n'est pas bonne pour toi. Ce sont eux qui t'ont manipulée.

Le sol cède sous mes talons. Aren tend la main et m'attrape le bras avant que je perde l'équilibre. Frustrée, je le repousse.

— Qu'est-ce que tu attends de moi ? Que je refuse d'y aller ? Tu as besoin de moi pour récupérer Lena et avoir une chance que la Cour relâche Naito.

— Je veux que tu admettes que je ne suis pas un monstre comme la Cour le prétend. Que tu admettes que tu me fais confiance.

— Te faire confiance ? Tu te fiches de moi ? (Je balaie mes cheveux de mon cou et pointe ma cicatrice du doigt.) Tu as failli me tuer !

— Les humains vont t'entendre si tu continues à hurler. (De nouveau, il parcourt la distance qui nous sépare.) Et je me suis excusé, *nalkin-shom*. Je suis désolé de t'avoir fait du mal.

Il glisse les doigts dans mes cheveux, ramenant mes mèches sombres sur ma cicatrice.

— Vraiment désolé.

— On ferait mieux de se rendre à la réception.

J'ai tellement besoin de marcher que j'en tremble. Il regrette son acte – je le sais –, mais je n'arrive pas à le regarder dans les yeux quand il me dévisage comme ça. Ses émotions sont trop brutes, trop intenses. Et elles me perturbent.

Il passe doucement le pouce sur mon pouls.

— Je regrette qu'on ne t'ait pas trouvée les premiers. Cette loyauté que tu voues à Taltrayn… C'est ahurissant.

— Aren…

— Je sais, dit-il, reculant d'un pas. Je sais.

Il n'insiste pas davantage. Il garde ses distances, restant à un ou deux mètres de moi tandis que nous nous retournons pour traverser les jardins. L'air nocturne tempère la chaleur sous ma peau. J'évite de regarder Aren et me focalise à la place sur les invités du mariage qui profitent de la douceur extérieure. J'essaie de les observer sans en avoir l'air. Je suis toujours paranoïaque quand je me retrouve avec un fae au milieu d'humains, même si le fae en question choisit de rester visible. Comme 99,9 pour cent de la population ne possède pas le don de double vue, la plupart des gens ne verront pas ses éclats de chaos, mais le 0,1 pour cent restant m'inquiète malgré tout.

Le paysagiste qui a dessiné ce parc pourrait rivaliser avec celui du roi Atroth, mais au lieu d'avoir recouru à la magie pour le mettre en valeur, ce sont des lampions qui brillent sur les gerbes de fleurs colorées, sur les topiaires soigneusement entretenus et sur les quelques arbres et rochers décoratifs. Une guirlande lumineuse borde chaque côté de notre sentier. Cette technologie pourtant simple perturbe les *edarratae* d'Aren. Très peu. Juste assez pour attirer mon attention. J'aimerais ne pas éprouver de plaisir à le regarder. J'aimerais ne pas me sentir à l'aise à côté de lui.

Une bruine fraîche me chatouille la peau lorsque nous passons devant une fontaine en pierre. Un lion, la gueule figée dans un rugissement, bondit à travers un rideau d'eau. Nous le contournons et nous dirigeons vers l'escalier qui mène à la réception. Ce n'est que lorsque les premières notes de musique parviennent à nos oreilles qu'Aren se raidit. Il ne s'arrête pas, mais sa démarche perd de son assurance.

— Tu peux attendre ici si tu veux, dis-je en gravissant les marches.

J'espère que je conserve un semblant d'équilibre et de grâce malgré ces maudits escarpins.

— Tu attendrais avec moi ?

J'atteins la terrasse supérieure et regarde par-dessus mon épaule. Il se tient en bas des marches, les mains fourrées dans les poches.

— Je dois trouver Paige et féliciter les mariés.

Je doute que Paige estimera que c'est suffisant pour dire que j'ai assisté au mariage, d'autant plus que j'ai manqué la cérémonie à proprement parler. La réception est censée durer jusqu'à minuit, mais certains invités ont l'air d'être là à boire et s'amuser depuis des heures. Mais ce n'est sincèrement pas ma faute si je suis en retard, et au moins je suis venue.

Aren monte l'escalier, et ses *edarratae* s'emballent un peu plus à chaque pas.

— Ça ne devrait prendre que quelques minutes, dis-je dans l'espoir qu'il reste à l'écart. (Je n'aime pas voir ses éclairs aussi désordonnés.) Je reviens tout de suite.

— Je viens avec toi.

Parvenu à la terrasse, il me décoche un sourire en coin comme si rien ne le gênait. Il ne devrait vraiment pas aller à l'intérieur avec ces lumières, téléphones portables et autres appareils électroniques. Plus il s'y exposera, plus il sera désorienté.

— On a rendez-vous avec Kyol dans le parc, lui dis-je. Il ne sera pas à l'intérieur, encore moins avec Lena.

— Je ne veux pas prendre ce risque.

Mais il veut bien prendre le risque que la technologie le perturbe. C'est parfaitement logique.

Je lève les yeux au ciel, me détourne et entre dans le manoir.

Quand j'ai cherché le lieu sur Google, je me doutais que le mariage d'Amy serait d'un luxe extravagant. C'est à la hauteur de mes attentes. La salle de bal est superbe. Une fresque représentant des chérubins dans les nuages orne le mur intérieur, tandis que la façade tout en verre offre aux invités une vue sur les jardins et les fontaines. Un groupe joue une reprise d'une ballade de Bryan Adams – non, pas celle de *Robin des bois* –, et au pied de la scène, la piste de danse est bondée. J'aperçois les mariés au milieu de la foule alors que je fais le tour, balayant la salle du regard à la recherche de Paige.

Aren reste à côté de moi. Il prend garde à ne pas toucher les autres humains, mais moi, c'est une autre histoire. Toutes les occasions sont bonnes pour me frôler. J'ai sérieusement besoin de me détendre. C'est presque terminé. Je n'ai plus qu'à tenir jusqu'au bout de cette nuit.

— McKenzie, lance une voix familière derrière moi. Où est-ce que tu étais passée, bon sang ?

Je me retourne, une excuse sur le bout de la langue, mais Paige me saute au cou avant que j'aie pu lui dire que je suis désolée.

— Tu m'appelles en pleine nuit et tu me raccroches au nez ! Qu'est-ce qui s'est passé ?

— Je, euh… (Je ne m'étais pas préparée à ça, je n'y avais même pas réfléchi du tout.) J'étais partie voir…

Qu'est-ce qu'il y a en Géorgie ?

— Des trucs. Et j'étais à court de monnaie pour la cabine téléphonique.

Paige s'écarte. Il est clair qu'elle ne me croit pas mais elle n'insiste pas pour le moment, préférant s'intéresser à Aren qui se tient en silence à côté de moi, les mains de nouveau fourrées dans les poches.

— Tu n'es pas Kyol, dit-elle.

Paige, le tact incarné.

Une émotion passe sur le visage d'Aren.

— Non, en effet.

Paige me regarde.

— J'ai pensé que si tu amenais quelqu'un, ce serait Kyol.

— Non. Je te présente Aren. C'est… une connaissance.

Je ne me sens pas le cœur d'en dire davantage. J'aurais pourtant dû, car Paige se met à l'examiner avec un intérêt accru. J'aurais tout aussi bien pu sauter sur la scène et crier « Aren est disponible ! » dans le micro. Paige est mignonne et attirante, même dans sa longue robe en satin rose de demoiselle d'honneur. Qui n'est pas si affreuse que ça, d'ailleurs, et qui va plutôt bien avec ses cheveux blonds attachés en couettes brouillonnes mais élégantes.

Aren ne dit rien. Je ne suis même pas sûre qu'il écoute. Il regarde moins Paige que ce qui se passe derrière elle, cherchant Kyol et Lena parmi les invités, j'imagine. C'est peine perdue. Si Kyol était seul, il viendrait peut-être me chercher ici ; mais pas avec Lena qui, j'en suis sûre, va faire une crise quand elle verra les minuscules lumières qui bordent les allées du parc.

— On voulait juste féliciter ta sœur avant de sortir un peu.

Paige lève les yeux au ciel.

— Amy est sur la piste de danse. Encore. Elle m'a harcelée pour danser toute la nuit. (Elle se focalise sur Aren, que j'ai eu la brillante idée de qualifier de connaissance plutôt que de petit ami potentiel ou même d'ami tout court.) Tu veux danser ? Ça t'évitera d'avoir à rencontrer Amyzilla.

Pour ça, il va devoir sortir les mains de ses poches, et au premier contact ses *edarratae* iront en elle. Paige ne verra pas les éclairs, mais elle les sentira. Elle s'imaginera que le picotement électrique prouve qu'ils ont des atomes crochus, et puisqu'elle est tout sauf une vierge effarouchée, elle n'hésitera pas longtemps avant de trouver un endroit où ils pourront être seuls.

— Il est germophobe, je lâche.

Paige hausse le sourcil et je tressaille. C'est déjà ce que je lui avais dit quand elle a rencontré Kyol et qu'il a refusé de lui serrer la main.

— Bon sang, McKenzie. Tu fais la tournée des groupes de soutien pour gens souffrant de TOC ou quoi ?

Voilà, c'est à cause de ce genre de choses qu'on pense que je suis folle.

— Ce n'est qu'une coïncidence, dis-je, sans conviction.

À côté de moi, Aren se détend. Il est étrange de le voir faire ça alors qu'il est entouré d'humains et de technologie. Lui jetant un coup d'œil, je constate que son expression est tout aussi relâchée que sa posture, voire nonchalante.

— Il est là, dit-il.

Mon estomac se noue quand, suivant son regard, je vois Kyol en costume qui tient la main de Lena, juste devant les portes de verre ouvertes sur le jardin. Je constate qu'ils vont bien ensemble, ce qui me prend un instant au dépourvu. On dirait un couple. Cette idée ne m'a pas une fois traversé l'esprit quand je le voyais en compagnie de Jacia. C'est peut-être pour ça que je n'ai jamais soupçonné qu'il puisse y avoir quelque chose entre eux. Seule une fae de la beauté de Lena peut lui correspondre, pas une humaine quelconque comme moi.

Arrête, McKenzie. C'est pour toi qu'il est ici.

Ça n'a pas pu échapper à Kyol que je suis à côté d'Aren, mais il ne lâche pas le rebelle des yeux. Il arbore sa « mine de soldat », comme je l'appelle toujours. D'une implacable sévérité, elle est impossible à déchiffrer pour la plupart des gens. Je perçois tout de même que côtoyer de si près la technologie de la salle de bal le met mal à l'aise. Mais il carre les épaules et garde une posture assurée, presque agressive. Il traverserait un magasin de matériel électronique sans broncher si je l'attendais à l'autre bout.

Cette pensée fait naître un petit sourire sur mes lèvres. Une chaleur familière et paisible m'enveloppe.

Un échange silencieux passe entre Kyol et Aren, puis Kyol tourne les talons et conduit Lena hors de la salle de bal.

— C'est qui, cette nana ? demande Paige.

Elle aussi regarde partir les deux faes.

— Juste une fille. Il faut que je leur parle. Je reviens dans une minute. Je…

Je me rattrape avant de dire « je te le promets » ; vu la tournure qu'a prise ma vie dernièrement, inutile de prendre des engagements que je n'arriverai peut-être pas à tenir.

Paige soupire.

— Je continue de penser que tu serais mieux sans lui, McKenzie.

Pour la première fois, Aren semble vraiment remarquer Paige. Il la gratifie de l'un de ses séduisants sourires en coin.

— Je suis on ne peut plus d'accord.

Paige hausse les sourcils et me lance un regard qui marque son approbation. Ouais, sauf qu'elle ne sait rien de lui.

— On revient.

Aren me prend le bras et me conduit à travers la foule. Le temps que nous arrivions dehors, ses *edarratae* s'enroulent jusqu'à mon épaule.

Kyol n'apprécie pas. Il sait ce que ça fait de me toucher, et ce que je ressens quand des faes me touchent. Il attend avec Lena au bord de la terrasse inférieure, affichant une grimace qui tranche avec son impassibilité habituelle.

Aren s'aperçoit à son tour de sa réaction. Il s'arrête avant que nous descendions les marches, se penche tout près de mon oreille et murmure :

— La soirée promet d'être intéressante.

Je parviens à réprimer un frisson.

— Ne le provoque pas.

Aren sortirait perdant d'un combat singulier avec le maître d'armes, j'en suis certaine.

Il me répond par un petit rire.

Si Aren ne me soutenait pas sur les marches de pierre, j'aurais eu l'air ridicule avec mes talons. Je parviens à garder un semblant de grâce jusqu'en bas. Nous attendons qu'un couple d'humains passe avant de nous avancer vers Kyol et Lena. Aren m'arrête à environ dix pas d'eux.

— Ça va ? demande Aren à Lena.

Elle ne semble pas blessée, mais elle n'a pas bonne mine non plus. Elle n'est pas à l'aise entourée de toute cette technologie, même quand il ne s'agit que d'une guirlande lumineuse. Évidemment, son inconfort pourrait être dû en partie à la robe qu'elle porte. C'est une jolie robe décolletée, et… Une petite minute.

J'inspecte de plus près la mousseline familière, douce et mauve qui drape sa silhouette mince et s'arrête à un centimètre du sol.

Je me tourne vers Kyol, bouche bée.

— Tu lui as donné ma robe.

Question entrée en matière, ma déclaration laisse à désirer, mais c'est ma robe, et elle, c'est Lena.

Le regard de Kyol s'adoucit lorsqu'il pose les yeux sur moi, avant de se durcir de nouveau quand il revient à Aren.

Aren, lui, ne se contient pas. Il explose de rire.

— Tu vas me manquer, ma *nalkin-shom*.

La musique cesse soudain dans la salle de bal et le silence retombe sur la nuit. Quelqu'un prend le micro pour porter un toast, un cousin éméché de l'un des mariés sans doute. Les humains dans les jardins commencent à rentrer. Seul un couple s'attarde dehors. Assis au bord de la fontaine, ils sont perdus dans leurs baisers.

— Finissons-en, dit Kyol en retirant un bracelet d'argent du poignet de Lena.

Aren me serre le bras. Au début, j'ai l'impression qu'il ne va pas me laisser partir. Alors que j'envisage de me débattre, le couple à la fontaine se lève. Je n'ai pas envie d'attirer leur attention.

— Avance jusqu'à lui, dit-il enfin.

Je garde l'œil rivé sur Lena tandis que nous commençons à marcher l'une vers l'autre. Elle m'imite, mais son expression est bien plus haineuse que la mienne. Elle ne porte pas de chaussures. Quelle chance. J'aimerais être à sa place.

Un gloussement de femme. Je jette un regard vers la fontaine juste à temps pour voir le couple partir en courant au fond du parc au lieu de regagner la salle de bal. Ils disparaissent à l'angle d'une haie, me laissant seule avec les trois faes.

— Vas-y, dit Aren dès qu'ils ne sont plus visibles.

Lena ouvre une fissure et s'éclipse de ce monde. Soudain, Aren est de nouveau à mon côté, un bras passé autour de ma taille.

— Jorreb, gronde Kyol.

Il porte la main à sa hanche, là où devrait se trouver son épée s'il était armé.

— Détends-toi, Taltrayn. Si je comptais revenir sur notre accord, j'aurais envoyé les miens la récupérer au portail. Nous avions convenu d'un échange à minuit. Il n'est pas encore minuit, et McKenzie doit assister à ce mariage.

Techniquement, c'est une réception, et techniquement toujours, Aren n'a pas la moindre idée de l'heure qu'il est. Les jours et les nuits sont plus longs dans le Royaume qu'ici, et il n'a bien entendu pas de montre. Il pourrait déjà être minuit passé.

— Qu'est-ce que tu fiches ? je siffle.

— Je me montre un peu égoïste.

Il a un sacré cran de tourner le dos à Kyol comme ça. Je jette un coup d'œil par-dessus mon épaule tandis qu'Aren me reconduit au manoir. Kyol est sur nos talons, tel un prédateur prêt à bondir sur sa proie.

— Minuit, je lui souffle. Ça va. Je t'assure.

Seul un panneau de verre nous sépare des humains à l'intérieur, et Kyol sait à quel point je déteste quand les faes créent des problèmes dans ma vie réelle. S'il se bat contre Aren maintenant, les gens vont accourir. Mais il ne semble pas avoir entendu ce que j'ai dit. Les yeux rivés sur la tête d'Aren, il serre le poing gauche.

— Hé, McKenzie, m'interpelle Paige.

Kyol se fige. Je me retourne lentement et la vois en haut de l'escalier.

— Tout va bien ici ? demande-t-elle en fixant tour à tour Aren et Kyol de ses yeux bleus.

Elle semble plus intriguée qu'inquiète.

— Euh, super, dis-je.

Un petit gloussement échappe à Aren à côté de moi.

Paige esquisse un sourire.

— Il y a un mec qui voudrait te rencontrer, mais si tu as déjà deux hommes qui se battent pour toi…

— J'adorerais le rencontrer.

J'essaie de me libérer de l'étreinte d'Aren, mais il refuse de me lâcher.

— Elle est occupée, dit-il.

Il est tourné vers moi à présent, et même s'il regarde toujours dans la direction de Paige, je suis certaine qu'il n'a pas perdu de vue le maître d'armes. Il ne reviendra pas sur sa décision.

Je me retourne vers Kyol.

— Minuit. S'il te plaît…

Lorsqu'il me dévisage, un éclat de chaos joue sur sa mâchoire crispée. Je retiens mon souffle, priant pour qu'il m'écoute. Il n'a aucune raison de se fier à Aren – et moi guère plus, d'ailleurs –, mais je pense qu'il tiendra parole. Si Kyol voulait bien être patient…

— Minuit, dit-il sur un ton de mise en garde très clair. Je ne te quitterai pas des yeux.

J'ai à peine le temps de le remercier d'un faible sourire qu'Aren m'entraîne déjà en haut des marches de pierre. Quand nous atteignons la terrasse supérieure, je me débarrasse de mes escarpins. J'en ai marre que ces maudites chaussures me déséquilibrent.

— Occupée, hein ? demande Paige, les yeux sur le bras qu'Aren a passé autour de ma taille, sans faire le moindre effort pour cacher son rictus. Je vais dire à Lee qu'il devra attendre un autre jour pour te rencontrer, alors.

— Je peux aller le voir m…

— Merci, m'interrompt Aren. Elle apprécie.

— Pas de problème, dit Paige.

Je lui lance un regard noir auquel elle se contente de répondre par un haussement d'épaules. Franchement, je me demande parfois si ce n'est pas elle qui perd la tête. Après tout, il faut bien qu'elle soit un peu folle pour avoir réussi à supporter mes excentricités ces huit dernières années.

Aren fait glisser son bras sur mes hanches tandis qu'il me mène à la salle de bal. Je ne vois pas Kyol, mais je sais qu'il nous surveille.

— Tu te comportes comme un sale con, dis-je.

Le haussement d'épaules d'Aren respire l'innocence feinte.

— Nous avions un accord. Je l'honore.

Furieuse, je prends une flûte de champagne sur le plateau d'une serveuse qui passe et la vide alors que tout le monde est encore en train de trinquer au toast du Type Bourré. La musique reprend au moment où je repose mon verre.

— Danse avec moi, *nalkin-shom*, dit Aren en m'entraînant vers la piste de danse.

— Ce n'est pas franchement approprié.

Comme j'aurais pu le prévoir, il ne m'écoute pas. Je me retrouve collée à lui, entourée d'humains au beau milieu de cette salle de bal parfaite. Aren me tient contre lui et imite les pas des gens autour de nous. J'ai déjà vu des faes danser. Ce n'est pas comme ça qu'ils procèdent, en se balançant d'avant en arrière sans le moindre espace entre leurs corps.

— C'est ridicule, Aren. Je ne suis pas Cendrillon le soir du bal. Et ce n'est pas comme ça que tu vas obtenir mon soutien, ni même ma sympathie. Je ne vais pas…

Il pose un doigt sur mes lèvres.

— J'oublie mes responsabilités quand je suis avec toi. C'est agréable. Paisible.

Il glisse les mains derrière mon cou, sous mes cheveux, puis se met à jouer avec le fermoir de mon collier.

— J'aimerais que tu oublies certaines choses quand tu es avec moi. Tu serais plus heureuse.

Mon cœur cogne dans ma poitrine. Je me mords la lèvre inférieure pour effacer le picotement que m'a laissé le contact de son doigt. À moins de vouloir attirer l'attention sur moi, je ne peux rien faire contre les éclairs qui parcourent ma colonne vertébrale.

Je déglutis et cherche une horloge des yeux. J'en trouve une accrochée en hauteur sur le mur le plus proche. Elle est gigantesque et ornée d'un cadre de roses dorées. Dieu merci, l'aiguille des minutes, dorée elle aussi, se rapproche de minuit. Je n'arriverai pas à tenir beaucoup plus longtemps. Kyol non plus. Il est posté là, sous l'horloge. Je le sens en proie à un conflit intérieur, tiraillé entre ma requête et son envie de m'éloigner d'Aren. Et les mains baladeuses de ce dernier n'arrangent vraiment pas les choses.

— Tu cherches à l'énerver ?

Il suit mon regard.

— Il n'aime pas que je te touche, hein ?

— C'est moi qui n'aime pas que tu me touches.

— Je ne crois pas, non.

À son sourire, je m'embrase malgré moi. Sa main plaquée contre mon dos nu me brûle agréablement et j'ai l'impression que mes genoux faiblissent. J'ai passé les bras autour des épaules d'Aren. Nous sommes trop proches. Je devrais le repousser.

— Je suis curieux, McKenzie. Que feras-tu quand tu apprendras que Naito n'est pas sain et sauf ? Quand tu découvriras que ton précieux maître d'armes l'a tué ?

— Naito va bien.

Ma voix n'est pas aussi forte qu'elle devrait l'être. Ce n'est pas que je doute de ce que je dis, mais les éclats de chaos d'Aren me grisent trop.

Il suit du pouce la ligne de ma mâchoire.

— Je suis désolé, *nalkin-shom*.

Je ne lui demande pas pourquoi. Je détourne la tête et me concentre sur l'horloge au mur, car son regard argenté est trop intense, ses caresses trop intimes.

L'aiguille des minutes se déplace sur le chiffre douze.

— Minuit, dis-je doucement.

Je m'attends presque à entendre un coup de gong solennel marquer cet instant.

Aren suit mon regard, d'abord jusqu'à l'horloge puis jusqu'à Kyol, toujours posté en dessous, silencieux et prêt. Quand le maître d'armes commence à s'avancer vers nous, Aren pose les mains sur mes épaules et me tourne vers lui.

— McKenzie, écoute-moi. Ne révèle pas à Taltrayn que tu as appris notre langue. Réfléchis à ce que tu entendras. Sois à l'affût des mensonges. Cette rébellion n'est pas ce pour quoi ils la font passer. Tu nous connais. (Il serre mes épaules.) Tu me connais. Ton collier…

Il fait courir son pouce sur les diamants.

— Ces pierres précieuses recèlent un peu du même… *ekissrin*. (Il jette un coup d'œil à sa droite, remarquant certainement que Kyol est à mi-chemin.) Il n'existe pas de mot pour ça dans ta langue, mais disons que les diamants et les pierres d'ancrage ont des propriétés similaires. On peut imprimer une marque aux deux. Celui-ci…

Il touche le plus gros diamant, situé au milieu de ma poitrine.

— Celui-ci t'emmènera en lieu sûr.

— Aren…

— J'y serai tous les soirs que je pourrai, au coucher du soleil. Si tu ne peux pas venir, envoie quelqu'un d'autre. Pas quelqu'un à qui tu penses pouvoir te fier. Quelqu'un de pauvre. Quelqu'un que tu puisses acheter.

Aren est cinglé de dire des choses pareilles, de me laisser avec ce collier marqué. Kyol n'est plus qu'à quelques pas et…

— Demande à ce fae de te conduire à un endroit situé à l'extérieur des murs d'argent, et je viendrai te chercher.

Mon estomac se noue.

— Je ne…

— Je viendrai pour toi, McKenzie.

Son baiser me prend par surprise. Un instant seulement, j'ai conscience que les pas de Kyol faiblissent, qu'il me regarde, qu'il nous regarde. Puis des éclairs se déversent des lèvres d'Aren, et il n'y a plus que nous.

Tout ce que je peux dire pour ma défense, c'est que les *edarratae* me font perdre ma retenue, car je rends son baiser à Aren. Et pas à moitié. Des éclats de chaos me chatouillent le visage et la gorge, courent sur mes épaules et le long de mes bras, m'ébranlent de la tête aux pieds. Je me rapproche d'Aren et presse ma poitrine contre la sienne.

Je sens sa main remonter jusqu'en haut de mon dos, et il m'attire plus près. Ses moindres caresses me comblent d'extase. Une extase absolue. La main qu'il avait posée sur mon épaule descend plus bas. Elle effleure mon sein avant de s'arrêter sur ma hanche. Seule ma mince robe de satin nous sépare, mais si je ferme les yeux, si je me laisse aller à oublier tout ce qui compte dans nos deux mondes, j'imagine le bout de tissu disparaître et visualise ma peau nue contre celle d'Aren.

J'ouvre brusquement les yeux quand Kyol m'empoigne le bras. Aren me retient encore un moment, tandis que ses lèvres et ses mains s'attardent comme s'il s'agissait de son dernier souffle. Comme si c'était le seul souffle à avoir jamais compté de sa vie. Puis il regarde le maître d'armes dans les yeux.

— Tu as de la concurrence, maintenant.

Il bat en retraite avant que Kyol puisse lui botter les fesses et me décoche un sourire qui m'envoie des vagues de chaleur dans tout le corps. Je m'avance d'un pas vers lui, mais il disparaît dans la foule.

Chapitre 17

— McKenzie ? (Kyol serre mon bras.) Ça va ?

L'espace de quelques battements de cœur, je garde les yeux rivés dans la direction où Aren est parti. Des humains me barrent la vue à présent, mais c'est presque comme si je le voyais encore. J'ai son goût sur les lèvres, et je sens la chaleur persistante de ses caresses.

Un *edarratae* bondit sur mon bras. Celui de Kyol. Il me relâche vivement, comme s'il n'était pas certain que son contact soit le bienvenu. Toujours désorientée, je le dévisage jusqu'à ce que le monde cesse de tourner autour de moi, et que l'orage argenté qui se déchaîne dans ses yeux sombres me ramène sur terre.

C'est terminé. Alors que je m'attendais à éprouver du soulagement, il ne me submerge pas. Je le sentirais plutôt venir au compte-gouttes.

— *Kaesha ?*

Kyol a le front creusé d'inquiétude. Je sais que c'est pour moi, mais c'est de lui-même dont il devrait se préoccuper. La technologie de cette salle de bal perturbe ses éclats de chaos. Ils étincellent sur sa peau sans discontinuer.

Je secoue la tête pour chasser le souvenir du baiser d'Aren.

— Il faut que tu sortes d'ici.

— McKenzie.

C'est d'une voix tremblante qu'il prononce mon nom. Je lis une telle douleur dans son regard que je recule d'un pas. Aren lui aurait-il fait quelque chose ? Il n'a pas l'air blessé. Au contraire, il semble plus inébranlable et stoïque que jamais.

— Viens.

Je le tire de nouveau par la main. Cette fois, il acquiesce d'un hochement de tête grave et me suit. J'ai l'impression que marcher l'apaise. Au bout de quelques pas seulement, c'est lui qui se met à me guider.

Une fois sortis, il accélère l'allure, trottinant presque dans l'escalier de pierre qui mène à la terrasse inférieure. Nous y croisons une poignée d'humains que nous dépassons sans ralentir, et nous dirigeons vers le cimetière au fond des jardins, là où Lorn m'a amenée et Aren passé un collier de diamants au cou.

Merde ! Il faut que je me débarrasse de ce collier. Si la Cour découvre qu'il est marqué, ils trouveront Aren.

Aren. Seigneur, il est fou de m'accorder sa confiance comme ça.

Kyol scanne les ombres du jardin, le visage dur et soucieux. Je dois courir pour rester à sa hauteur.

— Kyol.

Il ne ralentit pas.

— Kyol, arrête. (Je freine des talons pour l'obliger à se retourner.) Qu'est-ce qui ne va pas ?

— Je… (Il aspire une goulée d'air.) Je suis désolé, *kaesha*.

De nouveau ce regard blessé. Blessé et… coupable ?

— Je vais bien, Kyol. Vraiment.

— Jorreb, dit-il à contrecœur. Il n'a pas… il ne t'a pas…

Il pose la main derrière ma tête et appuie son front contre le mien. Ses cheveux sombres sont coupés court pour ne pas le gêner, mais ils sont tout de même assez longs pour que je puisse y glisser les doigts. Je ne devrais pas faire ça alors que nous sommes à découvert et que des faes pourraient nous épier, mais je veux le réconforter, et son contact, son odeur, sa présence entière m'ont manqué. Il est large d'épaules et musclé – plus qu'Aren –, et je me sens petite dans son ombre, en sécurité, même s'il semble toujours déstabilisé. Sous mes mains, il contracte ses muscles comme s'il se préparait à encaisser un choc.

— Jorreb a-t-il abusé de toi ?

Il s'écoule un moment avant que je comprenne ce qu'il me demande.

— Non, dis-je, presque offusquée par sa question. Il ne m'a jamais fait de mal.

J'ai à peine prononcé ces dernières paroles que je prends conscience de mon mensonge, et quelques secondes plus tard, Kyol découvre la vérité après avoir glissé mes cheveux derrière mon oreille et posé les doigts sur mon cou. Il fronce les sourcils, ses yeux argentés fixés sur ma gorge.

Je rejette mes cheveux sur mon épaule, mais il est trop tard. Il a senti le relief irrégulier sur ma peau.

— Qu'est-ce qu'il t'a fait ? demande-t-il en explorant mon cou des deux mains, à la recherche d'autres cicatrices.

— Ce n'est rien, dis-je vivement. J'étais blessée. Il m'a soignée.

— Soignée ? (Il interrompt abruptement son inspection.) Jorreb est un guérisseur ?

— Ouais, dis-je, en me demandant si j'aurais dû garder cette information pour moi.

Mais après tout, pourquoi devrais-je me censurer avec Kyol ? Ce n'est pas à moi de protéger Aren. Je veux que cette guerre se termine et que la Cour gagne, non ?

Et mince, ça s'annonce mal. Je suis tellement embrouillée que je ne sais plus ce que je veux. Les rebelles ont des visages à présent, des personnalités. Ils ne sont pas si mauvais que ça. Et si ce qu'ils prétendent était en partie vrai ? Sethan pourrait bien ne pas être un impur, mais un authentique Descendant des *Tar Sidhe*. Il se peut qu'il y ait autrefois eu dix-sept provinces au lieu de treize. Peut-être que la magie des faes ne s'étiole pas autant que le pense la Cour ; peut-être que les taxes des portails ne sont pas totalement justes.

Peut-être. Il y a si peu de choses dont je sois sûre ces jours-ci. Une migraine me martèle le crâne au niveau des yeux.

— Je veux démissionner.

Kyol s'immobilise.

— Démissionner ?

Je ne comptais pas l'annoncer si vite, mais il est trop tard pour revenir en arrière. Et puis, c'était ce que j'avais prévu avant qu'Aren m'enlève. L'idée me paraît encore meilleure maintenant. Je resterai en dehors de la guerre du Royaume. Je retournerai au campus, convaincrai mon professeur de me laisser repasser mon examen, puis j'obtiendrai mon diplôme et trouverai du travail. Je serai normale.

— Oui. Démissionner. (Je soutiens le regard de Kyol, mais il a remis son masque. Je n'arrive pas à cerner ses émotions.) J'avais pris ma décision avant qu'Aren m'enlève.

Tout en me caressant les bras, il baisse les yeux puis mêle ses doigts aux miens.

— Je… j'en parlerai à Atroth.

J'entends un bruit dans les buissons derrière moi. Kyol fait volte-face et s'interpose entre moi et le danger.

Par chance, il n'a pas à se préparer au combat. Un murmure de plaisir s'élève en même temps qu'un nouveau bruissement de feuillage, et nous voyons deux paires de pieds nus s'agiter au sol. Des humains.

— Ramène-moi à la maison, je chuchote.

Kyol resserre le bras autour de moi.

— Ce n'est pas prudent de rentrer chez toi. Les rebelles pourraient t'y retrouver. Je suis désolé. Ils n'auraient jamais dû apprendre ton nom. On ignore comment ils y sont parvenus, mais… (Il prend une inspiration.) Je suis désolé.

Il est clair qu'il se sent coupable de ce qui s'est passé. Ça ne m'étonne pas. Il prend toujours ses responsabilités à cœur et déteste me voir contrariée. Mais puisqu'il n'y est pour rien, je souris et me remets à marcher, main dans la sienne.

— Où est-ce qu'on va, alors ?

— Un autre humain qui travaille pour nous habite dans le coin, dit-il. Il a envoyé une voiture te chercher. Tu peux rester avec lui jusqu'à ce que tu trouves un nouvel endroit où vivre.

— C'est un diseur d'ombres ?

La Cour en compte cinq. Nous ne collaborons généralement pas, mais j'ai rencontré les autres.

— Non, dit Kyol. Il n'a que le don de double vue.

Ce qui signifie que la Cour fait appel à lui dans le feu de la bataille, chose que Kyol essaie de m'éviter. Heureusement. Je déteste que mes expéditions de diseuse d'ombres se terminent dans le sang, lorsque les rebelles nous attaquent au lieu de fuir ou de se rendre.

— Mes hommes sont de l'autre côté du mur.

Alors qu'il m'indique la haie dont nous nous rapprochons, je lâche sa main. Juste à temps. Un portail en bois s'ouvre en grinçant et un fae passe la tête dehors. C'est Taber, l'un des officiers de Kyol.

— *Aucun signe des rebelles*, dit-il.

Kyol enlève sa veste et la tend à l'autre fae en échange de la ceinture où est accrochée son épée.

— *Jorreb est venu seul.*

Mon fae est loin d'être parfait, mais je crois comprendre leurs paroles. Même si ma traduction est approximative, le ton de Kyol suggère qu'il s'attendait à ce que ça tourne mal. Ou, du moins, qu'il s'attendait à pire qu'une danse et un baiser.

Kyol me fait passer le portail. Les soldats sont environ une dizaine à attendre au bord de la route. Ils portent des armures en *jaedric*. Plus élégantes que celles des rebelles, elles sont enduites d'un vernis noir et estampillées du blason du roi – un arbre *abira* à treize branches, une pour chaque province – au niveau de la poitrine. Je suppose qu'ils sont tous invisibles, car ils offriraient sinon un drôle de spectacle, postés comme ça sur le bas-côté.

Pas qu'il y ait tellement de circulation. Une voiture, la seule jusqu'ici, surgit d'un virage. Je l'observe en me demandant s'il s'agit de celle que l'humain est censé m'envoyer. Mais c'est une limousine. Pour le mariage, certainement. Je me retourne vers Kyol et Taber dans l'intention de me concentrer sur leur échange, mais ils regardent tous les deux la limousine s'avancer à côté du trottoir.

Le conducteur baisse sa vitre. Je soupire. Il doit s'imaginer que j'ai besoin d'aide, puisque j'ai l'air d'être toute seule au bord de la route.

— Je vais bien…

— Vous êtes McKenzie ? demande-t-il.

— Euh, ouais.

Je jette un coup d'œil à Kyol.

— Il va t'emmener chez Shane, dit-il, me confirmant que c'est la bonne voiture.

Le chauffeur sort du véhicule et m'ouvre la portière arrière, mais Kyol me retient avant que j'aie pu monter. Il dit quelque chose à Taber, puis se baisse pour s'installer sur la banquette.

— M'dame, dit le chauffeur en voyant que je ne bouge pas.

J'acquiesce en souriant, puis me glisse sur la banquette en cuir souple. Kyol est assis en face de moi. Dès que la portière est refermée, je dis :

— Tu ne devrais pas être ici.

— Je ne te laisserai pas seule tant que tu ne seras pas en sécurité.

— Aren ne peut pas ouvrir une fissure dans une voiture en marche.

J'allais en dire plus, mais le chauffeur s'installe au volant, et la vitre qui sépare son siège de notre section est baissée.

— Il vous faut quelque chose, m'dame ? demande-t-il.

— Dans combien de temps serons-nous chez… (c'est quoi le nom du type, déjà ?) Shane ?

— D'ici trente minutes, répond-il.

Trente minutes. C'est un peu plus long que lorsque Aren et moi nous sommes retrouvés dans la même voiture en Allemagne. Sa magie est revenue alors qu'il était blessé. Comme Kyol est en pleine forme, ça devrait aller.

— Ça vous embête si je ferme ça ? je demande au chauffeur en indiquant la vitre.

— Je m'en occupe, m'dame, dit-il.

Il appuie sur un bouton du tableau de bord de la limousine. Une fois la vitre remontée, je me laisse retomber dans mon siège et essaie de me détendre. Pour une raison que j'ignore, je n'y parviens pas. Kyol et moi sommes seuls. Ensemble. Mais nous ne disons rien ; nous nous contentons de nous regarder comme si nous avions tous les deux douté de nous revoir un jour. Je sais que ça a été mon cas.

Kyol baisse les yeux au sol. Ça ne lui ressemble pas. C'est plutôt moi qui ai tendance à me défiler, soit parce que j'ai peur que d'autres remarquent ma façon de le regarder, soit parce que c'est trop dur de garder mes distances sinon.

Il déboucle sa ceinture et la pose sur la banquette. Je n'ai pas l'habitude de le voir comme ça, si peu sûr de lui. J'observe ses *edarratae*. Si leurs mouvements deviennent trop désordonnés, je dirai au chauffeur que je ne me sens pas bien et lui demanderai de s'arrêter sur le côté. Mais Kyol a l'air d'aller bien. Seule une légère ride lui creuse le front. J'ignore si c'est parce que la technologie lui donne la migraine ou qu'un sujet grave occupe ses pensées. Les deux, peut-être. Vu le silence de plomb, je le soupçonne de vouloir me parler de quelque chose.

L'anxiété me prend au ventre. Je crois que c'est de nous qu'il veut discuter. Chaque conversation que nous avons eue à propos de notre relation s'est terminée de la même manière : lui me disant que nous ne pourrons jamais être ensemble.

Il pose de nouveau le regard sur moi, et je décide soudain qu'il est primordial que nous n'ayons pas cette discussion.

— J'ai encore planté mon examen de fin d'année, dis-je précipitamment. Je ne sais pas si mon professeur va me laisser le repasser. Je ne vois pas comment je vais pouvoir lui expliquer pourquoi j'ai quitté la salle de classe en courant.

Il cligne des yeux. Ouais, le sujet que j'ai choisi tombe vraiment comme un cheveu sur la soupe.

— Je suis désolé. On n'avait pas le temps et… (Il relâche son souffle et se voûte.) Peu importe, au final. Je n'ai pas été assez rapide.

La frustration perce dans sa voix. Il secoue la tête.

— J'ai pris mes précautions. J'ai toujours veillé à ouvrir deux fissures à la suite plutôt qu'une seule pour te ramener chez toi, et il n'y avait que quelques faes qui connaissaient ton nom complet. Des faes en qui j'avais confiance. Si j'avais su que tu étais en danger, je ne t'aurais pas laissée hors de ma vue. Je t'aurais protégée. (Il referme la main sur l'épée posée à côté de lui. Une lueur de détermination brille dans ses yeux argentés.) Je peux te protéger, McKenzie.

Une sensation agréable me chatouille le ventre. Ce n'est pas bon. Ma décision de démissionner en prend un coup, comme chaque fois. Je ne veux pas le quitter. Jamais.

Il me tend une main que je feins de ne pas voir. À la place, je m'avance sur la banquette jusqu'au minibar situé dans l'angle au fond de la limousine.

— J'ai manqué l'enterrement de vie de jeune fille d'Amy, dis-je en examinant l'étiquette de chaque bouteille l'une après l'autre. C'est une tradition humaine, une excuse pour sortir et se soûler, en gros. J'avais promis à Paige d'y être.

— McKenzie…

— Mais bon, je pense qu'elle m'a pardonné, j'enchaîne en m'obstinant à ne pas le regarder. Elle était inquiète que je ne la rappelle pas.

Kyol se rapproche de moi. Je prends une bouteille de vin format individuel, dévisse le bouchon et remplis un verre. J'ai la main qui tremble, surtout parce que la limousine bouge, mais aussi parce que je suis nerveuse. Je suis plus posée d'habitude, je me contrôle mieux que ça, mais je suis fatiguée de… de tout.

Kyol couvre mon verre de la main avant que j'aie pu le porter à mes lèvres.

— McKenzie. (Ses *edarratae* vibrent sur sa peau.) Parle-moi. J'ai besoin de savoir que tu vas bien.

— Je vais bien.

— Regarde-moi.

Il me prend le menton pour m'obliger à affronter ses yeux argentés.

— Kyol. (Je prends mon inspiration.) Je ne vais pas y arriver. Je ne peux pas continuer comme avant. Je ne veux plus de ces caresses volées quand personne ne nous regarde. Je refuse de vivre comme ça. Plus maintenant.

— D'accord.

— Je sais que Radath et le roi vont… quoi ?

Il fait courir ses mains le long de mes bras, laissant derrière lui un sillage de chaleur.

— Ces dernières semaines… elles ont été les pires de ma vie. Jorreb nous a envoyé un fae avec tes vêtements. Ils étaient couverts de taches rouges et… (Il déglutit.) j'ai cru que tu étais morte. J'ai cru que je ne te reverrais plus jamais, et je m'en suis terriblement voulu de m'être contenu quand nous étions ensemble. Je me suis souvenu de chaque fois que je t'ai dit « non » et tout ce que je voulais, c'était une chance de pouvoir te dire « oui ». J'ai cette chance, à présent.

Il m'agrippe par les épaules.

— Je vais parler à Atroth, McKenzie. Si tu acceptes de me pardonner, si tu veux encore de moi, je lui parlerai. Je le convaincrai que toi et moi sommes faits pour être ensemble.

C'est vrai ? C'est la question que j'ai envie de lui poser, mais je ne parviens pas à la formuler. C'est ce que j'ai toujours voulu, l'espoir auquel je me suis raccrochée pendant dix ans, et je me retrouve maintenant terrifiée à l'idée d'être piégée dans un rêve. Peut-être bien qu'Aren m'a tuée quand il m'a entaillé la gorge. Il doit forcément y avoir un truc, car tout ça est trop simple et trop facile pour être réel.

— Mais… et toi ? je demande quand j'ai retrouvé la voix. Atroth va vouloir que tu sois avec quelqu'un d'autre, non ? Jacia, par exemple ?

Lorn a beau avoir dit que Kyol a refusé cette union, prononcer le nom de cette fae me fait mal.

Il fronce les sourcils.

— Comment… Qui t'a dit ça ?

Je pince les lèvres en un mince sourire d'excuse.

— Jorreb, devine-t-il. (Il lâche mes épaules.) C'est ce qu'Atroth veut… La fille de Srillan est un bon parti pour moi. Mais je ne consentirai jamais à une union. Jamais, McKenzie.

— Le roi sait pourquoi ?

Si Atroth est au courant que Kyol m'aime, pourquoi n'a-t-il pas réagi ? Il aurait pu modifier la loi, faire une exception, ou encore me confier à la charge d'un autre fae.

Kyol pousse un soupir.

— Je suis sûr qu'il s'en doute, mais si je ne dis rien et qu'il n'y a pas de preuves, je pense qu'il continuera à fermer les yeux.

Mais s'il disait quelque chose…

— Tu perdrais ton poste ? je demande.

— Il y a des chances. J'aimerais… (Il s'interrompt et ferme les yeux. Lorsqu'il les rouvre, j'y lis une excuse.) J'ai besoin de quelques jours. Il va falloir que tu nous dises ce que tu sais au sujet de la rébellion. On retrouvera les meneurs et on les éliminera. Une fois que la guerre sera finie, Atroth sera plus disposé à m'écouter. Dans le cas contraire… s'il ne nous permet pas d'être ensemble, je quitterai la Cour. Je resterai avec toi.

C'est mon souhait le plus cher qu'il me fait miroiter.

— Et si la guerre ne prend pas fin ? je demande d'une voix calme.

— Si nous éliminons le fils de Jorreb, elle prendra fin.

Je détiens le moyen de tuer Aren, accroché à mon cou. Mon cœur se serre. J'aime Kyol – depuis toujours, et pour toujours –, mais je sens encore les lèvres d'Aren, avides contre les miennes. J'entends résonner ses dernières paroles, sa promesse de venir me chercher que je sais qu'il tiendra, même si j'ignore d'où me vient cette certitude. J'ai passé les dernières semaines à essayer de lui échapper, et maintenant que je suis libre…

C'est quand même incroyable, non ? J'ai passé dix années à chercher quelqu'un qui puisse combler le vide que Kyol a laissé dans mon cœur, et quand je trouve enfin le bon candidat, c'est un ennemi et un fae.

J'inspire une bouffée d'air. Non, c'est hors de question. Je n'aime pas Aren. Mince, je ne suis pas comme ces filles qui se font courtiser par deux hommes mais ne savent pas lequel choisir. Quand on est incapable de savoir qui on aime le plus, c'est qu'on n'en aime aucun assez. Je n'ai donc pas de sentiments pour Aren. Je m'y refuse.

Mais je ne veux pas qu'il meure.

Je ferme les yeux. Je ne sais pas quelle trahison est la pire : donner le collier marqué à Kyol, ou garder le secret ?

— McKenzie ?

— Je veux que tout ça s'arrête, dis-je.

Kyol pousse un soupir audible et la tension dans ses épaules se relâche.

— Je sais. Viens là, *kaesha*.

Il pose mon verre de vin et m'attire dans ses bras. Des *edarratae* brillent sur sa peau. Du bout des doigts, il dessine la cambrure de mon dos jusqu'à ma nuque. Les éclairs chatouillent le duvet sur ma peau avant d'onduler le long de ma colonne vertébrale.

— Ça m'a manqué, murmure-t-il. Je n'imaginais pas que ce serait à ce point.

Il glisse ses pouces sur mon pouls de chaque côté de ma gorge et m'offre l'un de ses rares sourires, ceux qu'il me réserve à moi seule.

— Tu devrais te reposer, dit-il en déposant un baiser sur mon front.

Un éclat de chaos descend sur mon visage. Kyol suit son trajet des lèvres, puis hésite à quelques millimètres des miennes.

Je n'arriverai pas à dormir avec ce feu qui bouillonne dans mes veines. Quand je referme la distance qui nous sépare, il ne résiste pas. Il écrase ses lèvres contre les miennes et des éclairs se déversent dans ma bouche.

Surprise par l'intensité de notre baiser, je sens mon cœur s'emballer. Je m'attends presque à ce que Kyol s'arrête. C'est généralement à ce stade qu'il s'écarte, refusant de s'enflammer, et je me prépare à sentir un courant d'air froid sur mes lèvres.

Il ne s'arrête pas. Tandis que ses yeux argentés virent à l'orage, je commence à comprendre qu'il était sincère. Une fois la guerre terminée, nous serons ensemble, que le roi nous accorde sa bénédiction ou non.

Enfin!

Ma robe remonte sur mes hanches lorsqu'il m'attire sur ses genoux. Je me presse contre lui et un grondement sourd résonne dans sa poitrine. Je retrouve le sourire. C'est comme ça que je l'aime, quand son contrôle s'effrite et qu'il s'abandonne à mes caresses.

Ses gestes ont quelque chose de désespéré lorsqu'il m'allonge sur la banquette, me capturant entre le cuir souple et son corps de marbre. Il pose la bouche sur ma mâchoire et remonte lentement jusqu'à mon oreille. Quand je gémis, il vient au creux de ma gorge et… oh, merde. Le collier marqué. Il l'effleure des lèvres puis s'arrête, s'attardant sur la cicatrice dans mon cou. Je me raidis, mais il se contente d'y déposer un baiser. Il ne remarque pas la chaleur que dégage la pierre.

Lentement, il fait glisser sa main sur mon corps drapé de soie, sur ma hanche et plus bas, jusqu'à trouver ma cuisse nue. Il trace des motifs sur ma peau, de minuscules cercles qui envoient un éclair d'*edarratae* le long de ma jambe.

La chaleur de ses mains est délicieuse. Je l'embrasse goulûment, consciente que Naito avait raison. Être avec un humain ne sera jamais comparable à ça.

Oh, bon sang!

— Naito.

Les mains de Kyol s'immobilisent, mais sa poitrine se soulève au rythme de sa respiration.

— Quoi ?

Je ferme les yeux. Quelle idiote d'avoir rompu le charme de ce moment.

— Naito, dis-je en me forçant à soutenir le regard de Kyol. Le diseur d'ombres à qui tu as fait traverser le portail de Lyechaban. Il va bien ?

Une ride creuse son front.

— Tu penses à Naito ?

— Non, pas vraiment. C'est juste que… je ne t'ai pas vu lui donner de pierre d'ancrage et, enfin, j'étais inquiète.

— Je lui ai donné une pierre d'ancrage, dit-il au bout d'un moment, retirant la main de ma cuisse. Je ne savais pas que tu étais là.

Mince, mince, mince!

— Il va bien, alors ?

Au bout d'une autre longue pause, il dit :

— Il va bien. (Il lisse mes cheveux et plaque un baiser sur mon front.) Promis.

Je grimace quand il s'écarte et me laisse dans le froid.

— Je suis désolée, dis-je en me redressant à mon tour.

À mon grand soulagement, il m'adresse un petit sourire.

— Ce n'est rien, *kaesha*. Nous sommes presque arrivés chez Shane.

Je me sens quand même nulle… et coupable. Je n'aurais pas dû lui demander si Naito allait bien. Les faes de la Cour se mettent en quatre pour protéger les humains. Ils m'ont sauvée des griffes de Thrain il y a dix ans, et ils en ont libéré d'autres que détenaient des impurs. Aren m'a embrouillé l'esprit, voilà tout. D'ici à quelques heures, tout sera rentré dans l'ordre.

Chapitre 18

Je suis réveillée par la sensation d'un baiser sur mon front. Il est si tendre, et je suis tellement à mon aise, que je ne réagis que lorsqu'un éclair me traverse le front.

Prise de panique, je me redresse en sursaut et repousse le fae penché au-dessus de moi.

— Chut, *kaesha*. Tu es en sécurité ici.

« *Kaesha* », pas « *nalkin-shom* ». Même si je pense que ce dernier m'aurait apaisée tout autant. Je respire de nouveau, puis me laisse retomber sur l'oreiller et me focalise sur Kyol.

— Quelle heure il est ?

— C'est le matin, dit-il. Je ferais mieux de ne pas rester plus longtemps. Il faut que je parle à Atroth.

Rester ? Je balaie les alentours du regard. Au lieu d'être dans la limousine, nous sommes dans un lit. Je n'ai pas souvenir d'avoir fermé les yeux, mais c'est bien ce qui a dû se produire, et nous devons être chez Shane, dans ce qui ressemble à une chambre d'amis. Kyol est resté là tout ce temps ? Ses éclats de chaos sont bien plus agités qu'ils ne l'étaient durant le trajet en voiture. La lumière a beau être éteinte, l'électricité continue à circuler par les câbles dans le mur, et il y a probablement des téléphones sans fil ou un réseau wi-fi dans le coin. Entre le mariage, le trajet en limousine et cette maison, Kyol s'expose à de la technologie depuis beaucoup trop longtemps.

Je m'assois.

— Tu ne devrais pas être ici.

— Je suis un peu désorienté, c'est tout, dit-il. Ça ira mieux dès que j'aurai regagné le Royaume.

Je commence à repousser la couverture.

— Non. (Kyol pose la main sur la mienne.) Ne bouge pas. Dors. J'enverrai Taber te chercher d'ici quelques heures.

Il serre ma main, puis la laisse glisser de la sienne lorsqu'il se lève. Même s'il n'était pas déstabilisé par la technologie, il serait obligé de partir. Je suis sûre qu'Atroth et le seigneur général Radath attendent tous les deux son rapport. Ils vont vouloir me parler, à moi aussi.

— Kyol ?

Il me regarde, attendant la suite, mais je ne sais pas ce que j'ai envie de dire. Quelque chose au sujet d'Aren ? De la rébellion ? Les mots qui me viennent à l'esprit à présent donnent tous l'impression que je défends ce qu'ils ont fait. Comme ce serait malvenu, je me contente d'un « merci ».

Il esquisse le plus infime des sourires tout en ouvrant une fissure.

— On se voit bientôt.

Il s'avance dans la lumière blanche et disparaît. Même dans la chambre plongée dans l'obscurité, j'arrive à voir ses ombres. Mais je ne peux pas les lire distinctement sans dessiner une carte, et il n'y a pas de papier en vue – juste le lit double, une coiffeuse et une commode assortis, en chêne rouge. Un jean et un tee-shirt gris à manches longues sont pliés sur la coiffeuse, et des bottes de fabrication humaine sont posées par terre à côté. Consciente qu'il y a peu de chances que je parvienne à me rendormir, je sors du lit.

Les vêtements et les bottes sont à ma taille. Je les prends, vais à la porte et jette un coup d'œil dehors. Il n'y a personne, et la salle de bains est juste au bout du couloir.

Après avoir ouvert le robinet de la baignoire, je retire ma robe, enlève mon collier de diamants et les laisse tous les deux sur le meuble à côté. Quelques minutes plus tard, je me glisse dans l'eau et laisse la chaleur détendre mes muscles. Sous la surface, les cicatrices jumelles ondulent sur mon ventre. C'est une bonne chose que Kyol et moi ne soyons pas allés plus loin la nuit dernière. S'il avait vu ces marques, il s'en serait voulu d'autant plus. Et il aurait découvert où Aren a mis les mains.

Mon estomac se contracte au souvenir du contact d'Aren. Frustrée, je prends ma respiration et plonge la tête sous l'eau. Il faut que je noie son souvenir, que j'oublie ce baiser. Ce n'était encore qu'une de ses manipulations. Aren et moi sommes ennemis. Je le sais, et lui aussi. Il n'aurait jamais dû me donner ce maudit collier.

Je ressors brusquement de l'eau et aspire de l'air. Les diamants scintillent au bord du lavabo, comme pour me narguer. Je dois leur livrer la pierre d'ancrage, n'est-ce pas ? Même si j'aurai l'impression de poignarder Aren dans le dos.

Je passe mes doigts dans mes cheveux mouillés. Je veux juste que tout ça se termine. Je veux vivre une vie d'humaine normale. Avec Kyol.

« *Jamais tu ne pourras être une humaine normale.* » Ce sont les paroles qu'Aren avait prononcées au bord de cette rivière en Allemagne. Il avait dit ça le sourire aux lèvres, comme si j'étais trop extraordinaire pour être normale.

— Et mince !

Avant que je me remette à penser à son baiser, je me lève en répandant de l'eau sur le sol à côté de la baignoire. Je m'essuie avec une serviette, m'essore les cheveux, puis me saisis du collier de diamants. Comme je n'ai pas envie de le garder au cou, je l'enroule plusieurs fois autour de mon poignet et l'attache. Il peut aussi se porter comme un bracelet, finalement, et avec le tee-shirt à manches longues que Kyol m'a laissé, personne ne le verra à moins que je ne décide de le montrer.

Quelques minutes plus tard, je suis habillée et explore le château. En tout cas, c'est l'impression que ça me fait. Construit sur deux étages, cet endroit est gigantesque, avec une salle de cinéma au premier et une demi-douzaine de portes closes que je n'ose pas pousser. Il y a dû y avoir une sorte de fête ou de rassemblement la nuit dernière. Dans l'une des pièces à vivre, des gobelets en plastique rouge et des bouteilles de bière sont éparpillés partout, sur le sol, les meubles et même sur la table de billard, ce qui, il me semble, n'est pas recommandé. Et il y a quelqu'un qui ronfle sur le canapé. Pour éviter de le réveiller, je traverse la salle sur la pointe des pieds, me retrouve dans l'escalier et gagne le rez-de-chaussée, où j'espère trouver la cuisine.

La taille de cette maison ne devrait pas m'étonner ; on m'a envoyé une limousine la nuit dernière. De toute évidence, Shane a de l'argent. Mais je ne peux pas m'empêcher de me demander comment il l'a gagné. Que fait-il dans la vie ? Comment s'y prend-il pour garder un boulot bien payé et empêcher la Cour d'interférer avec…

Je m'arrête pour examiner les murs hauts du couloir et son plafond en voûte. Les faes n'ont tout de même pas pu financer tout ça. Enfin, je sais que le roi me donnerait plus d'argent si je le lui demandais, mais je suis quasiment certaine qu'ils se procurent leurs liasses de billets en s'introduisant par des fissures dans les chambres fortes des banques. Je me sens déjà coupable de les laisser payer le loyer de mon petit appartement – c'est du vol, après tout –, mais peut-être que ce n'est pas le cas de Shane. Si ça se trouve, il considère cet endroit comme son dû.

— Perdue ?

Je me retourne. Shane – je suppose que c'est lui, vu sa façon de se tenir comme s'il était le maître des lieux – a quelques années de plus que moi. Il porte une chemise blanche déboutonnée et un jean qui descend sur ses hanches. Ses cheveux châtains sont en bataille, mais il n'a pas l'air d'être tombé du lit. Il a l'air… eh bien, d'avoir fait la fête.

— Je suis McKenzie, dis-je au cas où il me prendrait pour l'un des invités de la nuit dernière.

— Je t'ai rencontrée il y a quelques heures. (À mon expression perplexe, il esquisse un sourire.) Tu étais inconsciente. Taltrayn t'a portée dans l'escalier. Tu as le sommeil lourd ?

— D'habitude non.

Mais je ne suis pas surprise d'avoir dormi si profondément. Mes problèmes d'insomnie s'envolent quand je suis avec Kyol, et on ne peut pas dire que ces trois derniers jours – ces dernières semaines, même – aient été une partie de plaisir.

— Il a dit que tu as eu une mauvaise journée. (Shane s'avance dans le couloir.) Tu as faim ? ajoute-t-il en passant devant moi.

— Je suis affamée.

Je le suis dans la cuisine où il lance la machine à café et fait réchauffer le petit déjeuner : des gaufres surgelées sorties d'une boîte assez grande pour rassasier une petite armée. Quand le micro-ondes sonne, il prend les deux assiettes et va les poser sur une table dans la pièce d'à côté. Un mur incurvé, percé de grandes fenêtres en arc, sépare le coin repas de la terrasse extérieure.

— Tu sais jusqu'à quand tu restes ? demande-t-il en inondant ses gaufres de sirop d'érable.

C'est une bonne question, et je ne sais pas bien comment y répondre. Je n'ai pas envie de chercher un nouvel appartement, mais je comprends pourquoi je ne peux pas rentrer chez moi. Ce n'est pas parce que les rebelles m'ont échangée contre Lena qu'ils ne veulent pas me récupérer. Ce qui est sûr, c'est qu'Aren le veut.

— Je partirai dès que possible.

— Il n'y a pas le feu, dit-il. J'ai de la place.

— Ouais. Cet endroit… (j'inspecte tour à tour la vue dehors, les voûtes en pierre à l'intérieur et la cheminée en marbre dans la pièce d'à côté) c'est… grand.

— Démesuré, tu veux dire. (D'un sourire en coin, il m'informe qu'il n'en a pas honte. Il attaque ses gaufres.) Comme la Cour se moque d'où je vis du moment que c'est près d'un portail, j'ai choisi un endroit qui me correspond.

À l'expression de mon visage, il ajoute :

— Quoi ? Je risque ma vie pour eux. J'ai mérité tout ça, surtout ces derniers temps.

Personne n'a besoin d'un endroit pareil, mais je décide de ne pas me lancer dans ce débat. À la place, je reviens sur la fin de sa dernière phrase.

— Que veux-tu dire par « ces derniers temps » ?

La bouche pleine, il dit :

— Ils m'ont donné pas mal de boulot ces dernières semaines.

— Plus que d'habitude ?

— Ouais. Jusqu'ici, ils n'avaient besoin de moi que quand les rebelles attaquaient, mais ils ont commencé à passer à l'offensive. Tu as entendu parler du boucher de Brykeld ?

Je hoche lentement la tête.

— Il a enlevé la meilleure diseuse d'ombres de la Cour. Même si elle est sans doute morte, ils sont passés à la vitesse supérieure il y a quelques semaines et se sont mis à inspecter tous les endroits où les rebelles auraient pu être, dans l'espoir de… Quoi ?

Je me rends compte que je fronce les sourcils. J'étais partie du principe que Kyol lui avait dit qui j'étais. A-t-il eu une raison de s'abstenir ? Il a toujours gardé mon nom secret, mais les rebelles le connaissent à présent. Je ne vois pas quelle importance ça peut bien encore avoir.

— Je ne suis pas morte, dis-je à Shane.

— Tu n'es pas… (Il écarquille les yeux.) Merde alors. Je pensais que tu n'avais que le don de double vue. Je ne savais pas que tu lisais les ombres. Merde, répète-t-il. Tu as de la chance d'être en vie.

Mal à l'aise, je prends ma fourchette.

— Tu reçois souvent des gens, ici ?

Il ne s'oppose pas au changement de sujet. En haussant les épaules, il se renverse de nouveau sur sa chaise.

— Je reçois des gens tout le temps. Tu l'as dit, c'est une grande maison. On peut s'y sentir seul.

— Tu te sens seul, bébé ? demande une voix groggy.

La femme brune qui s'avance dans le coin repas est grande, belle comme un mannequin, et elle porte un peignoir noir ouvert avec, hélas, rien en dessous.

— Pas avec toi ici, mon cœur, dit-il en déposant un baiser sur son ventre nu.

Je regarde par la fenêtre pendant qu'il renoue sa ceinture.

— C'est qui ? demande-t-elle.

— McKenzie. (Il lui passe un bras autour de la taille.) Elle va rester ici un moment.

La fille considère mes longs cheveux humides, mon absence de maquillage et mon tee-shirt simple à manches longues.

— Une cousine ? demande-t-elle à Shane, comme s'il était impossible qu'il s'intéresse à quelqu'un comme moi.

Il se met à rire.

— Elle n'est pas de ma famille. C'est une… collègue de travail. Bon, si tu allais te chercher à manger ?

Une fois qu'elle s'est éclipsée dans la cuisine, je demande :

— Elle vient souvent ?

— Carla ? Nan. C'est la première fois.

Il fourre un morceau de gaufre dans sa bouche. Quand il baisse la main, il manque de tremper son tee-shirt dans le sirop sur son assiette. Il remonte ses manches.

Il a une cicatrice sur l'avant-bras droit. Elle n'est pas jolie à voir. Elle doit faire cinq bons centimètres de long et de large, et va de son poignet presque jusqu'à son coude.

— Qu'est-ce qui t'est arrivé ? je demande.

Il suspend sa fourchette à mi-chemin de sa bouche. Il jette un coup d'œil à sa cicatrice, puis à moi, et des ombres semblent danser dans son regard. Il serre les lèvres. Quelques secondes s'écoulent encore avant qu'il dise :

— Notre boulot est dangereux. (Il indique mon cou de la tête.) La tienne, c'est Jorreb ?

Je pose les doigts sur l'excroissance de peau. J'ai le sentiment que je devrais en garder un résidu de douleur, mais tout ce que je conserve du temps que j'ai passé avec Aren, c'est son baiser d'adieu. Il continue à m'embrouiller l'esprit.

Et c'est ce qu'il espérait, j'en suis sûre.

Je me racle la gorge.

— Désolée. Je ne voulais pas être indiscrète.

Carla revient avec une pomme et deux tasses de café. Elle en tend une à Shane et garde l'autre.

— Kelly et Joe ont fini ensemble la nuit dernière, dit-elle en prenant place sur la chaise à côté de lui.

Il grogne en guise de réponse. J'aurais mieux aimé qu'il s'abstienne. Elle prend ça pour un signe d'intérêt et se lance dans un commérage sur la vie sexuelle des gens qui étaient à la fête. Elle ne regarde pas une fois dans ma direction, mais tandis qu'elle énumère les hommes qui sont sortis avec Kelly, Shane me décoche un sourire malicieux et hausse les épaules.

Alors que je m'apprête à quitter la table, je vois une lumière vive apparaître dehors. Avant que j'aie eu le temps de reconnaître le fae qui jette un coup d'œil par la fenêtre, il sort d'une fissure dans le coin repas.

Shane se raidit mais ne se retourne pas. Il n'est pas attiré par les ombres comme je le suis. Il ne voit pas leurs crêtes et leurs courbes, et ça ne le démange pas d'avoir un crayon dans les mains.

Je ferme les yeux, puis me concentre sur le fae. L'arbre *abira* gravé au centre de sa cuirasse en *jaedric* m'indique qu'il est de la Cour, mais ce n'est pas Taber, le fae que Kyol m'avait dit qu'il m'enverrait.

— On a besoin de vous. Vite.

Il s'exprime en anglais avec un accent marqué.

Carla arrête de parler. On pourrait presque croire qu'elle a entendu ce qu'a dit le fae, mais il me suffit d'un regard pour constater que ce n'est pas pour l'homme nimbé d'éclairs qui se tient à côté de la table qu'elle fronce les sourcils, mais pour Shane.

— Tu m'écoutes ? demande-t-elle.

— Bien sûr, dit-il avec calme, mais je vois à son air préoccupé qu'il essaie sans doute de comprendre pourquoi on nous convoque tous les deux.

Carla croise les bras.

— Réponds à ma question, alors.

— Je t'ai dit que j'écoutais.

— La question d'avant !

— Tout de suite, Shane, dit le fae.

Au ton de sa voix, je devine que ce n'est pas la première fois qu'il doit insister pour que Shane se dépêche. Ils ont déjà travaillé ensemble.

— Je vais devoir sortir un moment.

Shane recule sa chaise de la table. La perspective d'emprunter un portail avec un fae que je ne connais pas me met mal à l'aise, mais comme je veux en savoir plus et que je ne peux pas lui demander ce qui se passe avec Carla dans la pièce, je me lève à mon tour.

— Sortir où ?

Furieuse, elle nous regarde tour à tour avant de s'arrêter sur Shane.

— Me promener, dit-il.

Elle se lève.

— Te promener. Maintenant ? Avec elle ?

Leur dispute est brève. Lorsqu'elle insiste pour nous accompagner, il lui dit « non » de but en blanc et la plante dans le coin repas, fulminante. Il ne s'écoule pas plus de trois minutes avant qu'on soit dehors, mais le fae n'apprécie pas le retard. Il se met à marcher de ce qui est pour lui un pas rapide, ce qui veut dire que Shane et moi devons trottiner pour ne pas nous laisser distancer.

— Où nous emmènes-tu ? je demande.

C'est à peine s'il m'accorde un regard.

— Haeth.

Haeth est une ville située au sud-est du Royaume qui voisine le massif Adaris. Je ne m'y suis rendue qu'une fois il y a des années pour emprunter son portail. Entre l'océan Kerrel au nord et les montagnes à l'est, c'est un endroit superbe, et je ne verrais pas d'inconvénient à y retourner si je n'avais pas la quasi-certitude d'y trouver un bain de sang. On a dû informer la Cour de la présence des rebelles là-bas. J'ignore s'ils y sont réellement.

La maison de Shane est adossée à un parcours de golf. La matinée étant bien avancée et le ciel d'un bleu limpide, nous ne sommes pas les seuls de sortie. Des groupes de golfeurs attendent que les gens devant eux jouent pour pouvoir prendre leur place. Ils n'apprécient pas de devoir retenir leurs cannes le temps que nous traversions le parcours.

— C'est le maître d'armes qui t'a envoyé me chercher ? je demande, contente que Shane soit là pour ne pas avoir l'air de parler toute seule.

— Radath, répond le fae.

— Le seigneur général ? Il passe par Taltrayn pour me convoquer, d'habitude.

Quand nous atteignons le bois au bout du parcours, je détache le bracelet marqué de mon poignet et le glisse dans ma poche. Le fae va nous donner des pierres d'ancrage quand nous serons arrivés au portail, et si j'emprunte la fissure avec deux pierres contre ma peau, je me perdrai dans l'Entre-Deux.

— Je suis les ordres, dit le fae.

— Taltrayn est à Haeth ?

Il ne me répond pas, et j'arrête de marcher.

— Je ne vais pas là-bas s'il n'y est pas.

J'ai déjà lu des ombres avec d'autres faes que Kyol, mais ce n'est pas arrivé souvent, et toujours avec quelqu'un que je connaissais. Sans compter que je viens d'échapper aux rebelles, et que j'ai dit à Kyol que je voulais démissionner. Je n'ai pas envie d'être de nouveau propulsée dans la bataille.

Shane s'arrête à côté de moi.

— J'avoue que je suis de son avis, Daz. Quelque chose me dit que Taltrayn ne sera pas ravi qu'elle se retrouve à Haeth.

Le soutien de Shane me surprend. Je ne l'aurais pas cru du genre à s'impliquer quand ça ne le concerne pas vraiment.

Daz se retourne, son impatience visible.

— Nous n'avons pas le temps de discuter de ça.

— Tu peux m'emmener au palais, dis-je, mais je n'irai pas à Haeth.

Un crissement de feuilles s'élève à notre droite. Un autre fae se rapproche dans les bois. Il a un air vaguement familier, mais je ne crois pas que ce soit l'un des hommes de Kyol. Il est plus probable qu'il soit au service de Radath. Sachant qu'un fae ne peut pas traverser une fissure avec deux humains à la fois, sa présence paraît logique.

— *Qu'est-ce qui se passe ?* demande le nouveau venu.

Daz lui explique que je refuse de me rendre à Haeth. Je baisse les yeux au sol, comme si je ne les écoutais pas débattre de mon sort. C'est tout de même pratique d'arriver à comprendre l'essentiel de ce qu'ils disent, mais leur conversation me met aussi mal à l'aise. D'après eux, Radath pense qu'ils trouveront l'impur s'ils attaquent Haeth. Je ne parviens pas à déterminer si l'impur en question est Sethan ou Aren.

Le nouveau venu lève une main et interrompt Daz au milieu de sa phrase.

— *Je vais conduire Shane à Haeth. Occupe-toi de la diseuse d'ombres.*

Il invite Shane à le suivre. Ce dernier m'adresse un haussement d'épaules presque penaud.

— À la prochaine.

Une fois qu'ils sont partis, Daz me dévisage d'un air mécontent. Enfin, il relâche son souffle et dit :

— Je vais t'emmener au palais.

Chapitre 19

Fidèle à sa parole, le fae nous fait ressortir au niveau de la porte ouest bien gardée du palais d'Argent. Derrière moi s'étend la ville de Corrist, tandis que devant se dresse un mur d'argent dont le sommet se perd haut dans le ciel. La herse à sa base est à moitié relevée. Un contingent de faes de la Cour attend de l'autre côté, arbalètes au poing. Ils ne baissent leurs armes que lorsque Daz dit quelque chose au sujet de la fourberie des *kimki*. En tout cas, c'est ce qu'il me semble avoir compris. Ce doit être une phrase codée, car les gardes nous laissent entrer.

Dans l'enceinte, les marchands les plus fortunés de la capitale tiennent boutique. Les rues sont bondées, mais nous les traversons rapidement – ou plutôt, aussi vite que nous le permet mon allure d'humaine –, et nous entrons sous la flèche à l'extrême sud du palais d'Argent. Je n'ai jamais visité de châteaux en Europe, ce qui est dommage vu qu'il serait facile de demander à Kyol de m'y emmener, mais c'est à ça que je les imagine ressembler de l'intérieur : murs de pierre, tentures aux motifs complexes, tapis tissés se déroulant sur toute la longueur du couloir. Excepté les orbes, enchâssés dans des appliques, qui projettent une lumière bleue et blanche sur les murs. L'ambiance tamisée ainsi créée donne une impression de fraîcheur et de calme.

—Attends ici, dit Daz.

Il s'éloigne vers la salle du trône avant que j'aie pu acquiescer.

Bon, il y a pire comme endroit où attendre. Je suis dans le jardin de sculptures du palais. Avec son sol de marbre, son plafond en verre et ses statues de pierre ciselée, c'est un endroit magnifique. Serein, aussi. La lumière matinale inonde la cour à ciel ouvert et se déverse sur les faes qui conversent en petits groupes, assis sur des bancs de pierre ou debout.

—McKenzie ?

La voix ne me dit rien, et je n'aurais pas reconnu le fae non plus s'il n'avait pas eu un peu de *premthyste* tressé dans ses cheveux gris et soyeux. Ça fait un moment que je n'ai pas vu le seigneur Raen, aîné de Cyneayen et haut noble de Tayshken, mais je retrouve Kelia dans l'angle de son nez et la forme de ses yeux. Il jette des regards de tous les côtés, comme s'il craignait que quelqu'un le surprenne à me parler. Mais je ne vois pas comment les faes présents pourraient ne pas nous remarquer ; avec mes *edarratae*, je ne passe pas inaperçue.

—McKenzie, répète-t-il. (Il se met à scruter le ciel, comme s'il allait trouver la traduction de ce qu'il veut dire écrite dans les traînées de nuages.) *Ma fille, Kelia.*

Il prend une inspiration mal assurée, me regarde et insiste :

—*Kelia. Est-ce qu'elle va bien ?*

Je reste plantée là où je suis et me force à prendre l'air interloqué de celle qui ne comprend pas, mais un élan de sympathie me noue l'estomac.

— *Sidhe.* (Il se passe une main sur le visage.) *Tu… tu reconnaîtrais son nom, je pense, si tu l'avais rencontrée. J'ai besoin…*

De nouveau, il balaie du regard le jardin de sculptures.

— *Il me faut un traducteur, mais ce n'est pas prudent…*

Je ne parviens pas à suivre ce qu'il dit ensuite. Pauvre homme. J'ignore depuis combien de temps Kelia a rejoint la rébellion, mais il est évident que ça le mine. J'aimerais le réconforter et lui dire qu'elle va bien, ou du moins qu'elle ira bien une fois que j'aurai trouvé le moyen de convaincre la Cour de libérer Naito, mais au lieu de ça, je croise les bras et garde la bouche fermée.

— *Marchons ensemble un moment. Marcher.*

Le seigneur Raen mime le mouvement de deux jambes avec son majeur et son index.

Malgré mon malaise, je lui emboîte le pas. Les faes nous regardent, à présent. Certains de ceux qui discutent ont dû faire dévier le sujet sur nous, j'en suis sûre. Raen ne leur prête pas attention et garde les yeux rivés sur le sol de marbre tandis que nous passons devant une autre sculpture. Je ne sais pas comment elle s'appelle, mais Kyol m'a dit qu'elle représente les *Tar Sidhe*, les faes aux puissants pouvoirs magiques qui régnaient sur le Royaume il y a des siècles. Les personnages m'ont l'air de représenter les éléments, même si j'ignore pourquoi il y en a cinq au lieu de quatre. La terre, l'eau, le feu, le vent et…

— *Sa mère rejette la faute sur moi*, dit Raen. *Je crois qu'elle a raison. Je n'aurais pas dû…*

Il n'aurait pas dû quelque chose. Ce serait plus facile de le comprendre s'il ne marmonnait pas dans sa barbe.

—Mais cet humain, il n'est pas bon pour elle. Ou ne l'était pas. Il aurait détruit sa magie, fait d'elle une tor'um. Kelia a toujours eu une fascination malsaine pour votre monde.

Comme je sens qu'il a besoin de parler, je l'écoute, veillant à garder mes réactions pour moi.

—Elle m'aurait peut-être pardonné si je pouvais le lui rendre. C'est impossible, à présent. Le maître d'armes l'a tué. Elle ne m'adressera plus jamais la parole.

Un étau de glace me prend au ventre. J'arrête de marcher.

—Quoi ?

Sourcils froncés, le seigneur Raen soutient mon regard.

J'ai peut-être mal compris ce qu'il a dit. Kyol m'a donné sa parole – il me l'a promis ! – que Naito allait bien.

—Naito, dis-je, pour l'encourager à répéter sa phrase.

—L'humain ?

J'acquiesce. Il secoue la tête.

—Kelia est ma fille. Kelia. *Est-ce que tu l'as vue ?*

Alors que je m'apprête à parler, je referme la bouche. Il y a trop de faes dans le coin, et s'il a raison… Non, ça ne tient pas debout. Kyol ne m'aurait pas menti au sujet de Naito. C'est impossible.

Vraiment ?

Sans un mot d'explication, je quitte le seigneur Raen. Je dois parler à Kyol. Il faut qu'il me confirme que Naito est en vie. Et cette fois, je dois être prête à discerner s'il ment.

Daz m'intercepte avant que j'entre dans la salle du trône. Je vois ses lèvres remuer, mais il ne me reproche pas de ne pas l'avoir attendu là où il m'avait laissée. Il fait demi-tour et me conduit aux gigantesques portes ouvertes chargées de dorures. Quatre soldats, deux de chaque côté, montent la garde à l'entrée. Ils nous cèdent le passage et nous nous avançons sur un tapis en laine bleue. Il se déroule jusqu'au bout de la salle pour s'arrêter au pied de l'imposant dais en argent sous lequel est installé le trône du roi. Il est inoccupé. Seuls une dizaine de soldats m'observent depuis leur poste.

Je me force à avancer. Même si les murs d'enceinte empêchent déjà les faes d'ouvrir des fissures ici, l'essentiel des décorations est en argent. Certaines sont imprégnées de magie, comme cette sculpture fixée au mur qui représente des formes géométriques imbriquées. Elles brillent d'une lumière bleue scintillante, semblable aux *edarratae* des faes quand ils sont dans mon monde.

J'ai la chair de poule, mais je ne peux pas repartir. Je dois découvrir la vérité. Si Kyol m'a menti au sujet de Naito, il a pu mentir pour d'autres choses. Il a pu mentir sur toute la ligne.

Seigneur, je vous en supplie... faites que Naito soit en vie.

Daz me fait passer devant le dais en argent et m'indique une ouverture dans le mur du fond.

— Par ici.

Prenant une inspiration, je m'ordonne de me détendre et passe dans la pièce suivante.

Des orbes enchâssés dans des appliques éclairent l'étroit escalier d'une lueur bleue. L'air frais, presque froid, devient tiède lorsque nous parvenons en bas des marches. Le feu n'est pas allumé dans la petite salle, mais certains faes peuvent recourir à la magie pour réchauffer l'air. Radath et Atroth étudient une carte déroulée au centre de la table en bois derrière laquelle ils se tiennent. Kyol n'est pas là.

Je m'arrête abruptement, éraflant mes bottes sur le sol de pierre. Je ne veux pas parler à Radath et au roi ; c'est pour Kyol que je suis venue à Corrist. Mais s'il n'était pas là ? Et si Daz n'avait en réalité aucune idée de l'endroit où il se trouve, et qu'il m'attendait en ce moment même à Haeth ?

Atroth lève les yeux. Si je ne le connaissais pas, je ne me douterais pas qu'il est le roi des faes. Il porte les habits d'un noble, les mêmes que ceux de Lorn la première fois que je l'ai vu : chemise blanche sans un pli et veston marron foncé. Le veston est en *jaedric* et gravé d'un symbole qui ressemble à une fleur de lys. Il ne porte ni couronne ni marque suggérant qu'il est un Descendant des *Tar Sidhe*. Il est plus petit que Radath, et comme ses muscles n'ont pas été tonifiés par la guerre, plutôt replet. Le sourire qu'il m'adresse semble sincère.

— McKenzie, dit Atroth. Je t'en prie, entre.

Atroth s'est toujours montré bienveillant avec moi. Contrairement à Radath et certains autres faes de la Cour, je n'ai pas le sentiment qu'il me considère comme un mal nécessaire. C'est plutôt comme s'il regrettait que je sois nocive pour son peuple. C'est pour ça que je ne lui en ai jamais voulu d'interdire les relations entre humains et faes. Il est le roi. Son devoir est de protéger le Royaume.

— Assieds-toi. (Il me désigne une chaise.) Voudrais-tu quelque chose à boire ?

— De l'eau, ça ira.

Je n'ai pas soif, mais j'ai besoin de m'occuper les mains.

Atroth manie la cruche lui-même. De nouveau, il sourit en me tendant mon verre. Je ne parviens pas à me le représenter ordonnant à Kyol de tuer un humain. Le roi a besoin de nous pour déjouer les illusions, et quand ses faes s'immiscent dans mon monde, ils prennent mille précautions pour ne pas nous faire de mal, que nous soyons doués de double vue ou non. Les rebelles, eux, ne s'embarrassent pas de ce genre de détails. Naito est vivant. Forcément.

— Merci, dis-je.

Il prend place en face de moi.

— Nous étions inquiets à ton sujet. Nous sommes heureux que tu sois revenue, saine et sauve. Je t'assure que Taltrayn a pris toutes les mesures possibles pour empêcher les rebelles de te trouver. Et quand ils t'ont enlevée, il a fait tout ce qui était en son pouvoir pour te ramener.

« *Tu serais consternée d'apprendre ce qu'il est capable de faire pour te récupérer.* » Les paroles d'Aren résonnent dans ma mémoire. Nous étions assis sur la chose qui me servait de lit à ce moment-là, et il venait de soigner mon bras cassé. Je ne lui ai pas demandé de détails. Je ne me fiais pas à Aren ; je me fiais à Kyol. C'est toujours le cas, n'est-ce pas ? Il se peut très bien que j'aie mal compris le seigneur Raen.

— Où est Taltrayn ? je demande.

C'est le seigneur général qui me répond :

— Tu es censée être à Haeth.

Du Radath tout craché. Avec lui, pas de « bonjour, ça va ? », seul le sujet qui l'intéresse compte. Je ne sais jamais trop comment l'aborder. C'est un grand fae, aussi large d'épaules que Kyol. Quand je l'ai rencontré il y a dix ans, il était plus imposant qu'il ne l'est maintenant. Ou peut-être que « corpulent » serait un terme plus approprié. Comme il ne s'est plus retrouvé sur les premières lignes d'une bataille depuis des années, son corps a perdu de sa masse musculaire. Ça ne l'empêche pas d'être intimidant, mais ce n'est en général pas un problème puisqu'il m'adresse rarement la parole, préférant laisser Kyol s'en charger.

— Taltrayn a dit qu'il allait vous parler, dis-je au roi.

— Parler de quoi ? demande Radath.

Atroth ne semble pas voir d'inconvénient à ce que le seigneur général réponde à sa place, mais moi si, d'autant que j'ai l'impression que le moment est très mal choisi pour annoncer que je veux démissionner.

— *Majesté.*

Kyol me tire de l'embarras. Je relâche mon souffle et me retourne pour le regarder descendre dans la salle. Impassible, il garde les yeux rivés sur son roi. Rien de surprenant à ça. Nous avons pris l'habitude de faire comme si nous n'éprouvions rien l'un pour l'autre.

— Maître d'armes, dit Atroth sur un ton enjoué. J'étais certain que la nouvelle te parviendrait vite. Viens, joins-toi à nous.

Kyol s'assoit sur la chaise à côté de la mienne.

— J'ai laissé McKenzie avec Shane.

— *Shane nous prête main-forte à Haeth*, dit Radath. *C'est là que devrait aussi se trouver ta diseuse d'ombres, mais elle a refusé d'y aller.*

Au bout d'un long moment, Kyol dit :

— *Elle n'a échappé aux rebelles qu'hier.*

À sa voix, je le trouve changé. Pas franchement inquiet, mais pas à l'aise non plus. Même si ce n'est peut-être que mon imagination, car il ne montre aucun signe de nervosité. Il se contrôle à la perfection.

Radath serre les mains sur la table.

— *Tu as toujours affirmé qu'elle n'était pas fragile.*

— *Ça ne veut pas dire qu'elle soit indestructible. Elle a besoin de temps pour récupérer.*

— *Et nous, il nous faut l'impur…*

Atroth interrompt Radath d'un geste de la main.

— *Je suis de l'avis de Taltrayn. L'envoyer à Haeth n'est pas ce que tu aies ordonné de plus judicieux.*

À cette réprimande, le seigneur général plisse brièvement les yeux, mais il se remet vite et reporte son attention sur moi.

— Dis-nous ce que tu as appris au sujet des rebelles.

J'essaie de gagner du temps en buvant une gorgée d'eau. Je suis sûre que c'est Aren qui l'intéresse, mais c'est Sethan l'impur. Même si je commence à croire qu'il est bien un Descendant.

— Tu as retenu des noms ? demande Kyol.

Je parviens à hausser les épaules d'une façon que j'espère nonchalante.

— Trev, Mrinn, Roop, Sethan.

Je guette une réaction à ce dernier nom. J'en obtiens une de Radath. Ses narines se dilatent.

— *Le fils de Zarrak s'est intéressé à elle.*

— *Évidemment*, répond Atroth.

Après une pause, il ajoute :

— *Mais est-il parvenu à la convaincre du bien-fondé de ses revendications ?*

— *Il n'a rien à revendiquer*, grince Radath. *Sa province n'existe plus. Il suffira de quelques menaces pour que les habitants de Haeth l'abandonnent.*

L'air de la salle a une odeur de renfermé. Je sens le regard d'Atroth peser sur moi, mais je n'ose pas lever les yeux.

Je n'ai pas envie que cette conversation se poursuive. La tournure qu'elle est en train de prendre me terrifie.

Le roi tambourine des doigts sur la table.

— *Zarrak sait se montrer persuasif. Il se pourrait qu'il bénéficie d'un plus grand soutien qu'on ne l'imagine. Interroge-la à son sujet.*

— Ce Sethan. (Radath insiste sur chaque syllabe.) Qui était-il ?

Mon instinct me crie de gagner du temps.

— Il prétendait être un Descendant, dis-je. (Ils savent déjà qui est Sethan. Mes paroles ne nuiront à personne.) Il a dit qu'il compte s'emparer du trône. Je crois que Jorreb n'est qu'une couverture.

Le roi fronce les sourcils.

Kyol intervient alors pour expliquer en fae ce que je veux dire par « couverture ».

Atroth hoche la tête d'un air entendu.

— Oui. Il y a un peu du sang des *Tar Sidhe* dans la lignée de Zarrak, mais tout juste assez pour permettre à sa famille de conserver sa place au sein de l'aristocratie, pas pour s'asseoir sur le trône d'argent.

— Vous connaissiez son existence ? je demande prudemment.

— Quand nous avons capturé Lena, nous nous sommes doutés qu'il devait être impliqué, dit Atroth.

Puis il ajoute d'une voix douce, presque pensive :

— La lignée des Zarrak était très respectée, autrefois.

Sa réponse se tient, mais je ne me sens pas beaucoup mieux pour autant.

— As-tu lu des ombres quand tu étais avec eux ? demande le seigneur général. Sais-tu où ils t'ont emmenée ? Si nous arrivions à trouver Zarrak ou Jorreb, nous pourrions mettre un terme à cette révolte.

— Des vies seraient épargnées, ajoute Atroth.

Ce souci de sauver des vies leur est-il venu après coup ? En ce qui concerne Radath, j'en suis presque certaine. Quant au roi, je ne peux rien affirmer.

— Ils m'avaient bandé les yeux.

En prononçant ces mots, j'ai la tête qui bourdonne. Dans quel camp est-ce que je suis ? Je pourrais aider la Cour, donner mon collier marqué à Atroth. Je jette un coup d'œil à Kyol dans l'espoir qu'un signe de sa part me rassure, mais son visage ne laisse rien passer. J'aimerais pouvoir lui parler en privé. Et revenir à l'époque où je n'avais pas de doutes à son sujet et à celui de la Cour.

Radath relâche son souffle en grondant presque.

— *Elle ne nous est d'aucune utilité. Nous n'aurions pas dû procéder à l'échange.*

— *Pas exactement, Radath,* dit Atroth avec calme. *Il lui faudra peut-être un peu de temps pour se souvenir de tout. Elle est traumatisée. Regarde son cou.*

Je dois me faire violence pour ne pas toucher la cicatrice que j'ai à la gorge.

— *Son séjour chez les rebelles n'a pas dû être agréable.*

— *Ils l'ont menacée,* renchérit Radath. *On est en droit de se demander pourquoi au juste ils l'ont gardée en vie. Quels secrets leur a-t-elle révélés ?*

Kyol soutient le regard du seigneur général.

— *Elle est forte. Jamais elle ne nous trahirait.*

Je garde les yeux baissés sur l'eau qui fait des rides dans mon verre, de peur que l'expression de mon visage en dise trop long et qu'ils devinent que j'ai tout suivi de leur échange. Kyol me croit, lui. C'est déjà ça, non ? Mais moi, est-ce que je le crois toujours ?

— Naito saurait où les trouver.

Le silence retombe avant que Kyol, plus inexpressif que jamais, dise :

— *Elle ne sait pas qu'il est mort.*

Par chance pour moi, le choc est progressif. J'ai le temps de contrôler ma réaction, d'enfoncer mes doigts dans mes genoux et d'ordonner à mes poumons de continuer à se remplir d'air. J'avais bien compris les paroles de Raen, mais je n'y avais pas cru jusqu'à maintenant. Naito est mort. Kyol l'a tué. Kyol !

Seigneur, quelle belle idiote j'ai été ! Aren m'avait dit que mon entêtement me jouerait des tours, et il avait raison. J'ai laissé mon amour pour Kyol m'aveugler. Je l'ai laissé se servir de moi.

Aren. Je l'appelle dans ma tête, comme s'il pouvait m'entendre. J'aurais dû rester avec lui, j'aurais dû lui donner le *Sidhe Tol.*

— McKenzie ? dit Kyol à côté de moi.

— Quoi ? je m'oblige à articuler.

Je ne peux pas disjoncter, pas maintenant.

— Tu ne te rappelles rien d'autre ?

Je n'arrive toujours pas à déchiffrer l'expression de son visage. A-t-il eu des sentiments pour moi, ou est-ce que Lena avait raison ? Ne m'a-t-il embrassée que pour s'assurer ma loyauté ?

— Non, dis-je d'une voix plus maîtrisée. C'est tout.

— *Elle ne nous dit pas tout*, gronde Radath.

Je n'ose pas regarder le seigneur général en face.

— *Si elle savait quoi que ce soit d'utile,* assure Kyol, *elle nous le dirait.*

Le collier de diamants dans ma poche m'obsède.

— *Tu te trompes, Taltrayn. Tu as jusqu'au crépuscule pour découvrir ce qu'elle cache.*

— *Et comment voudriez-vous que je lui soutire ce qu'elle ignore, seigneur général ?*

Radath sourit.

— *Sers-toi de ton imagination. Cette fille est amoureuse de toi. Frappe-la, mets-la dans ton lit, je m'en moque, mais fais le nécessaire pour qu'elle coopère.*

Chapitre 20

Je dois garder un air impassible, impénétrable. C'est plus facile que je m'y attendais, car je suis comme morte. Je ne sens plus rien qu'un bloc de glace m'étreindre le cœur.

— McKenzie, dit Kyol dès que nous quittons la salle du trône. Qu'est-ce qui se passe ?

Je ne réponds pas et me concentre sur mes pieds. Je pensais avoir appris ce que ça faisait d'avoir le cœur brisé quand j'ai cru que Kyol était mort en essayant de me protéger des rebelles. Cette douleur-là avait été vive et profonde, mais au moins je ressentais quelque chose.

Hébétée, je me tourne vers le jardin de sculptures.

— Non. (Kyol me pousse dans la direction opposée.) Par ici.

Je prends conscience qu'il me conduit à ses quartiers. Je devrais courir, mais pour aller où ? À moins qu'un fae me ramène dans mon monde, je suis coincée au Royaume. Même pour retrouver Aren, j'aurai besoin d'aide.

Je regarde fixement devant moi. J'ai craqué pour le méchant. Comme c'est cliché et stupide de ma part ! Mais, pour ma défense, je n'avais que seize ans quand j'ai rencontré Kyol. Peut-être que je l'ai intégré à ma crise d'adolescence. J'étais trop jeune et trop naïve pour percer à jour ses manipulations.

Seigneur, je me suis trompée sur toute la ligne à son sujet. Il n'est pas honorable : il est fourbe. Ses sourires, ses caresses, ses regards de sollicitude, tout est un mensonge depuis le début. Un mensonge, bon sang ! Et tout ce qu'Aren m'a dit est vrai.

Nous montons un escalier. Tout ça n'est pas entièrement ma faute. C'est Kyol le vrai salaud. J'ai beau avoir passé la dernière décennie à lire les ombres pour la Cour, je peux anéantir toute l'aide que je leur ai apportée en trois courtes syllabes. Je vais aller trouver Aren. Je vais lui donner l'emplacement du *Sidhe Tol.*

Le temps que nous arrivions à la chambre de Kyol, mon engourdissement s'est mué en fureur.

Il ferme doucement la porte.

— McKenzie, parle-moi.

Je ferais mieux de ne rien dire et de me comporter comme si tout allait bien, mais je craque.

— Te parler ? je crache en me retournant vers lui. Et si c'était toi qui me parlais, Kyol ? Pourquoi tu n'essaierais pas de me dire la vérité ?

De surprise, il écarquille ses yeux argentés. Il recule même d'un pas chancelant.

— De quoi est-ce que tu parles ?

— De tout, dis-je. Mais si on commençait par Naito ? Tu m'as promis qu'il allait bien.

Il fronce les sourcils, perplexe.

— Il va bien.

— Foutaises !

— Je le jure.

Je ne relève pas son mensonge.

— On devrait peut-être parler d'autre chose, alors ? De la façon dont tu comptes me convaincre de coopérer, par exemple ? Il va falloir beaucoup plus qu'un baiser pour me manipuler cette fois. Tu vas devoir me violer, car je ne coucherai pas avec toi. Pas de mon plein gré.

Je le repousse des deux mains.

Son expression me dit qu'il voit enfin où je veux en venir.

— Tu as compris.

— Ça, tu peux le dire !

— Tout ? (Il s'appuie d'une main contre le mur.) Tu as tout compris.

Il a l'air tellement meurtri. Une part de moi voudrait que je m'avance pour le réconforter, mais je ne céderai pas. Ce n'est qu'une facette du rôle qu'il joue.

Je me raccroche à ma colère.

— J'ai renoncé à ma vie pour toi, Kyol. Ça fait des années que je n'ai pas adressé la parole aux membres de ma famille parce qu'ils me croient folle. Et ils ont raison. J'ai été folle de t'écouter. Je devrais avoir un vrai boulot à l'heure qu'il est. J'aurais dû obtenir mon diplôme il y a quatre ans. Je devrais être mariée, ou au moins avoir eu un petit ami. Mais non, je n'ai jamais laissé sa chance à personne, parce qu'aucun homme ne pouvait t'égaler. C'est ce que j'ai cru, mais ils valaient tous mieux que toi, tous ! (J'arpente la pièce.) Je croyais que c'était le décret d'Atroth qui nous séparait. Ridicule ! Dis-moi, ça t'a rendu malade de me toucher ? Tu as dû retenir ta respiration quand on s'embrassait ? Réponds !

Il secoue la tête.

— Non, McKenzie, ce n'est pas ce que tu crois. Je…

— Tu savais qu'Aren n'était qu'une couverture, n'est-ce pas ? Sethan était obligé de se cacher derrière lui, car vous vous en seriez pris à sa famille si vous aviez su qu'il menait les rebelles. C'est ce que tu fais en ce moment à Haeth, n'est-ce pas ?

— McKenzie, nous n'étions pas sûrs. S'il te plaît.

Il s'avance d'un pas vers moi.

— Ne t'approche pas !

Il tressaille, mais pose la main sur son épée. Je me fige, consciente qu'il lui serait facile de me tuer avec cette lame. Les humains n'ont aucune valeur à ses yeux. Nous ne sommes que des pions.

Il lâche rapidement la garde et laisse sa main retomber le long de son corps. D'une voix douce, il dit :

— Jamais je ne te ferais de mal.

— Trop tard.

Je vois sa pomme d'Adam bouger lorsqu'il déglutit.

— Il y avait des choses que je ne pouvais pas te dire, mais je ne t'ai jamais menti.

Je me mets à rire, et les larmes me montent aux yeux.

— Je n'ai pas menti, insiste Kyol. Je… (Il s'interrompt et ferme les yeux le temps de reprendre contenance.) D'accord. On peut considérer que j'ai menti par omission, c'est vrai.

Je laboure mes paumes de mes ongles pour empêcher mes larmes de couler.

— Qu'est-ce que tu ne m'as pas dit d'autre encore ? À part que tu as assassiné Naito ?

Nouvelle grimace. Il baisse la tête et fixe le sol des yeux.

— Cette guerre, McKenzie, c'est compliqué…

— Ouais. Ça, j'avais remarqué.

Il ne relève pas mon interruption et poursuit :

— Je suis ami avec Atroth depuis que nous sommes enfants. Quand il est monté sur le trône, je l'ai soutenu. C'était un bon roi… et c'est toujours le cas, mais les rebelles l'ont contraint à prendre des mesures qui n'ont plu à personne. C'est vrai, il y a eu des atrocités, mais elles ont été commises par les deux camps, et jamais par les soldats sous mes ordres. Jamais. J'ai fait ce que j'ai pu pour t'éviter la violence, mais si tu avais vu jusqu'où peut aller la cruauté des rebelles…

— La Cour n'est pas innocente.

— Les rebelles sont bien pires…

— Vous avez envoyé des messages avec des têtes tranchées ! je hurle.

— McKenzie, s'il te plaît.

Il s'avance pour me prendre le bras, mais je m'écarte d'un bond. Il aurait mieux valu que je me détourne, car je vois ma réaction lui couper le souffle.

— Il t'a retournée contre moi, dit-il, tâtonnant derrière lui pour trouver le bord de son bureau.

Je garde le dos droit et la tête haute.

— Il m'a retournée contre la Cour, oui.

Il secoue la tête.

— Tu ne peux pas te fier à lui, McKenzie. Je t'en prie, ne lui accorde pas ta confiance. Il t'a raconté des demi-vérités et s'est servi de ton sentiment d'insécurité contre toi.

— Mon sentiment d'insécurité ? je répète. Mon sentiment d'insécurité ! Je t'ai attendu dix foutues années, Kyol ! Tu sais à quel point c'est pathétique ? Aucune femme sensée n'attendrait un homme aussi longtemps, mais moi si car j'ai été assez stupide pour croire que j'étais embarquée dans une sorte de conte de fées. Mes illusions t'ont permis de profiter de moi.

—Je t'ai bien traitée.

—Non, espèce de sale égoïste. Tu m'as manipulée. Tu m'as embrassée quand j'avais seize ans pour t'assurer ma loyauté à la Cour, et là, tu trouves tous les mots qu'il faut pour que je continue à me raccrocher à un espoir ridicule. Eh bien, tu peux aller te faire foutre. Je n'ai jamais compté pour toi.

—Tu te trompes, McKenzie. Tu te trompes. Je t'ai aimée depuis l'instant où je suis entré dans ton monde.

Mon cœur bat à tout rompre dans ma poitrine. Je refuse de l'écouter, de le laisser me manipuler plus longtemps.

—Ça fait dix ans que j'attends que tu me dises ça. Comme c'est arrangeant que ça te vienne au moment où je menace d'arrêter de lire les ombres pour toi.

Il s'avance vers moi.

—Je ne dis pas ça pour...

Je m'écarte.

—Je ne te crois plus.

—Si tu acceptais seulement de m'écouter.

Il se rapproche encore.

Je cogne mon talon contre le mur.

—Je n'ai fait que ça, t'écouter. Je me suis accrochée à tes moindres mots bien trop longtemps, et cette fois j'en ai assez. J'en ai terminé avec t...

Il plaque sa bouche contre la mienne, me réduisant au silence. Il me cloue au mur avec une telle force que je n'arriverais pas à lui échapper même si je le voulais. Et c'est ce que je devrais vouloir. Je ne devrais pas trembler comme ça, laisser mes genoux faiblir au point qu'il soit obligé de me soutenir tandis qu'il m'embrasse. Les éclats de chaos sur ma peau prennent vie dans un mouvement frénétique, fusent le long de ma gorge et de ma mâchoire, se glissent entre mes lèvres pour aller en lui. Leur chaleur lui coupe le souffle.

« *Frappe-la, mets-la dans ton lit, je m'en moque.* »

Même après avoir détaché ses lèvres des miennes, Kyol continue à tenir mon visage entre ses mains.

— S'il te plaît, *kaesha*. Tu me connais.

Je pose les deux mains sur son torse et le repousse.

— Non !

Ça n'aurait eu aucun effet s'il n'avait pas voulu bouger, mais il consent à me laisser de l'espace. En le voyant s'adosser au mur opposé, l'air défait et anéanti, je ne peux m'empêcher de me détourner. C'est dur de tomber en désamour. Je n'ai pas envie de le blesser, mais il n'est pas l'homme que je croyais. Ce n'est pas Kyol, c'est un étranger. Un meurtrier.

Je regarde par la fenêtre derrière son lit. Les remparts d'argent qui ceignent le palais se dressent dans le lointain. Entre ici et le mur d'enceinte, les plus riches marchands et nobles de Corrist ont construit leurs demeures. Les nobles possèdent également des propriétés ailleurs, et la plupart des marchands ne vendent probablement plus rien eux-mêmes depuis des années, mais le simple fait d'avoir accès à la capitale signifie qu'on est quelqu'un d'important. C'est peut-être ce que je me suis mis en tête, moi aussi. Rencontrer le roi, connaître le maître d'armes et les autres membres du cercle privé, tout cela m'a donné l'illusion de mon importance. Et Kyol m'a emmenée au *Sidhe Cabred*, alors que la majorité des faes ne rêvent même pas d'avoir la chance de voir ne serait-ce qu'une feuille du paradis personnel du roi. C'est peut-être à cause de ma vanité que je me retrouve dans cette situation.

Je sursaute quand Kyol frappe du poing contre la porte.

— Non !

J'ai à peine le temps de le voir se déplacer qu'il est déjà à mon côté.

— Ça ne se terminera pas comme ça.

Il referme la main sur mon bras et m'entraîne hors de sa chambre.

Paniquée, j'essaie de lui faire lâcher prise.

— Laisse-moi, Kyol.

— Du calme, dit-il sèchement, sans prêter attention aux regards intrigués des faes que nous croisons.

Je suis tentée de les supplier de m'aider, mais personne n'osera s'opposer à Kyol, d'autant plus qu'il semble prêt à massacrer le premier qui respirera un peu trop fort. Toute trace de douleur et d'incertitude a disparu de son visage rigide.

Je suis fichue, je suis allée trop loin. J'aurai dû m'abstenir d'ouvrir la bouche et disparaître sans dire un mot. L'occasion ne se présentera peut-être plus, maintenant. Bon sang, je crois qu'il m'emmène aux sous-sols. Il n'y a que les cachots et la réserve en bas.

— Kyol, s'il te plaît.

Il me force à descendre un escalier. Des torches éteintes sont accrochées au mur. Passant la main sur l'une d'elles, il diffuse de la magie dans l'orbe de verre et l'emporte pour nous éclairer dans le boyau obscur.

Il fait froid, et je ne vois rien au-delà de la lueur bleue et blanche de la torche. Alors que j'ai l'impression d'être un rat dans un labyrinthe, Kyol sait exactement où il va.

J'envisage d'essayer d'acheter ma liberté avec la pierre d'ancrage dans ma poche, mais j'ai à peu près autant envie de la donner à Kyol que j'avais envie de donner l'emplacement du *Sidhe Tol* à Aren. Quelle ironie, un tel revirement de situation !

Kyol s'arrête devant une porte en bois massif et frappe deux coups. Nous attendons. Si je n'étais pas terrifiée, je trouverais ce silence gênant. Ces dix dernières années, je me suis toujours sentie à l'aise avec Kyol. Je n'aurais jamais cru que ça pourrait changer – mais, après tout, je croyais aussi qu'il m'aimait. Je pensais le connaître.

— Tu me fais mal au bras, dis-je.

Aussitôt, il desserre son étreinte.

On entrebâille la porte, et des gémissements et murmures s'échappent de l'intérieur. Une femme fae jette un coup d'œil dehors. Me voyant la première, elle fronce les sourcils avant d'ouvrir plus grand la porte.

— *Maître d'armes*, dit-elle.

— *Ça ne prendra qu'une minute.*

Il me tire à l'intérieur.

C'est trop propre pour un cachot, et bien que certains faes soient attachés à des lits de camp, la plupart sont assis et libres de leurs mouvements. C'est une grande pièce, qui m'évoque les abris temporaires que les gouvernements de mon monde dressent après une catastrophe naturelle. Une dizaine d'aides-soignants s'occupent des malades. Je m'arrête sur un homme près de moi, qui gémit et se balance d'avant en arrière. Incongrus sur un fae dans le Royaume, des *edarratae* vont et viennent sur sa peau en lui prêtant une pâleur maladive. Ses yeux sont enfoncés dans leurs orbites, son visage émacié. Je mets un moment à le reconnaître. Je crois qu'il s'appelle Kwinn, l'un des lieutenants de Kyol.

— Ceci est l'œuvre des rebelles, dit Kyol. L'œuvre de Jorreb. Lorsqu'il capture des faes de la Cour qu'il soupçonne de connaître nos plans, il les emmène dans ton monde et les enferme dans une pièce remplie d'appareils technologiques. Pendant des heures, des jours, des semaines parfois. Le temps qu'il faut pour les faire craquer. Une fois que les rebelles ont obtenu ce qu'ils voulaient, ils nous les renvoient dans cet état.

Ces faes-ci ne sont pas comme les *tor'um* de Lynn Valley. Eux sont nés privés de la capacité à ouvrir des fissures ; ils n'ont pas mené une existence normale pour se retrouver dépouillés de leur magie à cause de la technologie humaine. Kyol m'a déjà décrit cette maladie. Il m'a expliqué qu'une telle perte est intolérable pour les faes, car la magie est indissociable de leur vie. Brisés, leurs esprits se replient sur eux-mêmes. Et voici ce qu'ils deviennent.

Kwinn recommence à se balancer en gémissant. Je ferme les yeux pour tenter de surmonter les émotions qui m'assaillent. Aren n'est pas innocent. Il a fait ça.

Kyol me prend la main.

— Je n'ai jamais voulu que tu sois témoin des horreurs de la guerre. Tes cauchemars sont bien assez affreux comme ça sans que tu doives voir en plus des faes dépérir de cette manière. Je t'ai tenue à l'écart de certaines choses pour épargner ta conscience et te garder en sécurité. C'était peut-être une erreur.

Je n'avais pas besoin qu'on me ménage. J'avais besoin qu'on me fournisse tous les faits pour que je puisse prendre des décisions fondées sur ce qui est vrai plutôt que sur une version déformée de la vérité.

— Ça ne te suffit pas ? demande Kyol.

Je ne dis rien. Cette… cette torture, c'est l'une des choses qu'Aren m'a cachées. Il savait que ça ne ferait que renforcer la résistance que je lui opposais. Et c'est le cas. Je jurerais que la pierre d'ancrage pulse dans ma poche pour m'encourager à la livrer à Kyol. Il n'y a donc pas de gentils dans cette guerre ?

— Ramène-moi juste dans mon monde.

Kyol serre les dents.

— Il te faut d'autres preuves ? Très bien.

Il m'entraîne hors de la pièce. La lueur bleue de sa torche éclaire le couloir. Nous descendons un autre escalier, tournons à gauche, puis nous arrêtons enfin devant une grille de fer gardée par deux soldats. Ils saluent Kyol d'un signe de tête, me lançant des regards vaguement intrigués. Le fae de gauche insère une clé dans la serrure et pousse la grille.

Épées, lances, arcs et autres armes sont alignés contre les deux murs, tandis que des cuirasses en *jaedric*, des casques et divers éléments de protection que je ne parviens pas à identifier sont entassés pêle-mêle tout du long de la pièce, formant des piles qui m'arrivent à la taille. Une fine couche de poussière recouvre l'ensemble, signe que les faes descendent rarement s'équiper ici. Quel gâchis. Aren pourrait armer la rébellion entière avec le tiers de ce qui est stocké ici.

Kyol me mène à travers l'arsenal. Au fond, nous prenons un virage brutal à gauche et un fae – Garrad, l'un des hommes de Kyol – se lève d'une chaise. Kyol lui fait signe de se rasseoir tandis qu'il s'avance vers le mur de pierre sur la droite. Il pousse un vieux chariot en bois du passage, puis serre le poing droit avant de plaquer la paume contre une pierre située en hauteur. Tout comme pour le passage secret de Lorn à Lyechaban, une lumière bleue nimbe le rectangle, et un pan de mur de trois pieds sur cinq s'écarte en crissant quelques secondes plus tard.

Kyol cale sa torche dans la rainure laissée au sol et me fait passer sous l'avancée de pierre.

— Maintenant ! s'écrie quelqu'un de l'intérieur.

Kyol me rejette dans la pièce et tire son épée, visant et manquant exprès l'humain couvert d'éclairs qui se rue sur lui. Un deuxième homme s'élance vers moi, mais Kyol intervient et lui envoie son poing en pleine figure. Je reconnais Naito juste avant qu'il n'encaisse le coup. Lorsqu'il s'écrase contre le mur du fond, le bruit de sa chute se répercute dans la petite cellule de pierre.

— *Maître d'armes ?*

Garrad se précipite dans la pièce, son épée brandie.

— *La situation est sous contrôle*, dit Kyol.

Après avoir jeté un coup d'œil aux deux humains, le garde hoche la tête une fois puis regagne son poste.

Je mets plus de temps à comprendre ce qui s'est passé qu'il n'en a fallu pour que ça se produise. Je dévisage Naito, qui me dévisage aussi, sa joue droite déjà enflée.

— McKenzie ?

— Naito. (Je tombe à genoux à côté de lui et l'aide à s'asseoir.) Seigneur, je te croyais mort.

— Pas encore, dit-il.

Submergée par le soulagement, je tremble à l'idée que je n'aie peut-être pas été si stupide que ça. Je ne me suis peut-être pas totalement méprise au sujet de Kyol. Je regarde par-dessus mon épaule. Toujours sortie, son épée forme un barrage de fer entre l'autre humain et moi.

Je me retourne vers Naito.

—Ça va ?

—Je crois que j'ai le visage explosé, mais je suis vivant.

—Il faut qu'on te sorte de là. (Je l'aide à se relever, puis jette un coup d'œil à l'autre humain.) Lui aussi.

—Ce n'est pas possible, objecte Kyol, sans baisser sa garde.

—Tu peux ranger ton épée, lui dis-je.

Voyant qu'il ne bouge pas, je me lève et pose une main sur la sienne pour l'inciter à rengainer son arme. Des *edarratae* vibrent dans mes doigts.

Lentement, il tend la main et glisse mes cheveux derrière mon oreille.

—Si je ne lui avais pas fait emprunter le portail, *kaesha*, il aurait été tué. Et si, plus tard, je n'avais pas accepté de l'exécuter, il serait mort.

—Quel putain de héros, grogne Naito derrière moi.

Un muscle tressaute dans la joue de Kyol.

Je jette un regard noir au rebelle.

—Tu n'aides pas, là.

Naito croise les bras et s'adosse au mur.

—Je veux me tirer d'ici. Je ne resterai pas enfermé des semaines ou des mois comme lui.

L'autre humain a en effet l'air d'avoir séjourné ici un moment. Un tee-shirt sale drape sa silhouette maigre, et une barbe en broussaille lui mange le visage qui, j'en suis sûre, serait blême s'il n'était pas couvert de crasse. Mais il est en vie. Ils le sont tous les deux. Grâce à Kyol.

Je me retourne vers lui.

— Tu ne peux pas les garder ici éternellement.

— Ce n'est pas mon intention. Dis-nous où nous pouvons trouver les rebelles, McKenzie. Quand nous aurons mis fin à cette guerre, je les renverrai tous les deux dans ton monde. Je le jure.

Le collier de diamants pèse lourd dans ma poche, mais la Cour a perdu ma loyauté. Je ne les aiderai pas, plus jamais.

— Je t'ai dit tout ce que je savais.

Une émotion passe dans son regard. De la douleur ? De la déception ? Je n'arrive pas à trancher.

— Kyol, s'il te plaît, j'essaie de nouveau. Ils ne peuvent pas rester…

— Ils sont en vie. C'est le mieux que je puisse faire pour le moment.

Avant que j'aie pu ajouter un seul mot, il me tire hors de la cellule. Lorsqu'il se retourne pour déloger la torche de la rainure dans le sol, je croise le regard de Naito. J'espère être parvenue à le rassurer, et qu'il comprend que je ne vais pas le laisser moisir ici. Je vais trouver le moyen de libérer les deux humains.

Je ne suis pas qualifiée pour planifier une évasion, mais je n'ai pas le choix. Tandis que Kyol me conduit hors des sous-sols du palais, j'échafaude un stratagème pour y retourner. Je vais avoir besoin d'aide pour faire s'échapper Naito et l'autre humain. Ça, au moins, c'est une certitude.

Nous n'échangeons pas un mot durant le trajet, jusqu'à ce que nous nous arrêtions devant la porte d'une chambre qui m'a déjà été attribuée. Il prend mes mains dans la sienne. J'inspecte chaque côté du couloir, mais il n'y a pas d'autres faes en vue.

— Je t'aime, McKenzie, me dit-il d'une voix douce. Malgré ce que tu as entendu aujourd'hui, j'étais sincère la nuit dernière. Je veux être avec toi. Dans ton monde ou dans le mien, peu importe. Mais je ne peux pas abandonner Atroth tant que les rebelles essaient de le renverser.

Des *edarratae* courent le long de mes bras, sur mes poignets et mes mains, pour finir par se fondre en lui. Les choses ne se sont pas arrangées entre nous. Il n'a pas tué Naito – Dieu merci –, mais il m'a laissée croire des choses fausses.

Face à mon silence, il pousse un soupir.

— J'ai des affaires à régler, aujourd'hui. Tu peux rester seule un moment ? Il sera peut-être tard avant que je puisse revenir.

Je hoche la tête. Je m'en veux terriblement de ce que je m'apprête à faire.

Alors qu'il allait dire quelque chose, Kyol se reprend et me serre les mains. Puis il dépose un baiser sur ma tête, se détourne et part retrouver ses responsabilités de maître d'armes d'Atroth. Encore maintenant, je souffre de passer après son roi.

Je ne vais pas dans ma chambre après son départ. Ça ne me semble pas une bonne idée de rester seule avec mes pensées. À la place, je retourne au jardin de sculptures. Ce que je projette est dangereux – on pourrait me trahir, et je risque la prison ou pire –, mais je dois essayer.

Je ne mets pas longtemps à trouver celui que je cherche. Il est là, assis sur un banc à côté de la statue d'un *cirikith* sauvage aux écailles de pierre minutieusement taillées, qui se cabre libre de toute entrave. Quand mon ombre tombe sur le fae, il lève les yeux du document qu'il est en train de lire.

— *Monseigneur*, dis-je dans sa langue. *Souhaitez-vous toujours obtenir le pardon de votre fille ?*

Chapitre 21

Si je n'avais pas un projet d'évasion pour m'occuper l'esprit, je passerais le reste de la journée… eh bien, pas à pleurer dans ma chambre, ce n'est pas mon genre, mais sans doute à me morfondre dans un certain désespoir. Au lieu de ça, attendre le crépuscule me rend si nerveuse que j'ai presque creusé une tranchée dans la pierre à force de faire les cent pas. Un million de choses pourraient aller de travers cette nuit.

Franchement, je trouve que notre plan craint. Enfin, c'est surtout celui du seigneur Raen. Il s'imagine que parce qu'il est un haut noble, personne ne l'empêchera de me traîner avec lui dans les sous-sols. J'ai essayé de lui dire « dans tes rêves » en fae, mais il n'existe apparemment pas d'équivalent pour cette expression. Au bout d'une demi-minute à le regarder froncer les sourcils, perplexe, j'ai fini par hausser les épaules. Il a pris ça pour un signe d'approbation.

Peut-être bien que son titre nous permettra d'aller jusqu'à Naito et l'autre humain, mais Raen n'a pas été très clair quant à la manière dont il envisage de les faire sortir. Il m'a juste dit de me fier à lui, qu'il s'en occuperait. Même si j'ai du mal à prendre ce que me disent les gens pour argent comptant ces temps-ci, lorsque le soleil se couche enfin, je vais attendre dans le couloir qu'il m'a indiqué et m'adosse au mur en essayant de passer inaperçue. Hélas, je ne maîtrise pas les *edarratae* sur mes mains et mon visage, et même si c'était le cas, je ressemblerais toujours à une humaine. Ceux de mon espèce n'ont tout simplement pas l'aura des faes.

Anxieuse, je sors le collier marqué de ma poche et l'attache à mon poignet. Ça me réconforte de le sentir de nouveau contre ma peau. J'espère qu'il me portera bonheur et que cette évasion se déroulera sans incident.

Alors que les derniers rayons de soleil s'estompent à la fenêtre en face de moi, je vois s'approcher le seigneur Raen.

— *Viens*, dit-il, me dépassant sans m'accorder un regard.

Il ne vérifie que je le suis qu'au moment où nous nous engageons dans un escalier. À mi-chemin, il s'arrête et dégaine une dague.

Je me fige. J'ai beau le surplomber de trois marches, je dois me retenir de battre en retraite lorsqu'il se met à tourner lentement le poignet dans un sens puis dans l'autre. Si ça n'est pas un geste menaçant, je ne sais pas ce que c'est.

— *Du poison*, dit-il, et je vois un liquide briller sur le tranchant de l'acier. *Si tu verses le sang, ton adversaire s'effondrera.*

— *Mort ?* je demande, le cœur battant à tout rompre.

Je n'ai envie de tuer personne, encore moins quelqu'un qui ne fait que son travail.

— *Inconscient.* (Il remet la dague au fourreau et me la tend.) *Ne te coupe pas.*

Repérant un mouvement derrière le seigneur Raen, je cache la dague derrière mon dos et la coince dans ma ceinture. Le fae qui monte vers nous dans l'escalier est dangereux, je le sens à sa lente ascension et à la façon dont son regard passe du seigneur Raen à moi. Les gardes de deux épées dépassent de derrière ses épaules comme les ailes d'un démon, mais il n'est ni un soldat du palais, ni l'un des hommes du roi. Il porte des vêtements noirs, sans signe distinctif.

Alors que Raen s'écarte de son passage, le fae ne poursuit pas son chemin. Il s'arrête à côté du noble et esquisse du bout des lèvres un sourire presque inexistant. Peut-être essaie-t-il d'être aimable, mais je le trouve simplement inquiétant.

— *Voici Micid, fils de Riagar*, dit Raen. *Il est ther'rothi.*

Je fronce les sourcils.

— *Ther'rothi ?*

— Ça signifie « celui qui arpente l'Entre-Deux », dit Micid en anglais.

Je cligne des yeux. Le sourire du fae s'élargit.

— Je vais dans des *tjandel*, explique-t-il.

Je n'ai aucune idée de ce dont il s'agit, ni d'où cela se trouve. Je jette un coup d'œil à Raen, mais il semble tout aussi surpris que moi de découvrir que Micid parle ma langue.

— Qu'est-ce que ça veut dire, arpenter l'Entre-Deux ? je demande.

Micid sourit. Et disparaît.

Il n'y a pas eu de rai de lumière. Puisque nous sommes dans l'enceinte du palais d'Argent, il n'aurait de toute façon pas pu ouvrir de fissure. Et étant douée de double vue, je devrais pouvoir le voir s'il avait recouru à l'illusion.

Lorsque le fae réapparaît, je recule en chancelant et manque de trébucher sur la marche derrière moi.

— Ça veut dire, dit-il, que j'arpente l'Entre-Deux.

Je reconnais à présent le mot qu'a employé Raen, *ther'rothi*.

— Cette magie est…

J'allais dire « éteinte », mais à entendre Kyol en parler, j'ai toujours eu l'impression qu'elle n'avait tout bonnement jamais existé. C'est aussi impossible que de ramener des faes d'entre les morts. C'est un mythe, une légende.

— Elle est…

— Rare, complète Micid, une lueur dans ses yeux argentés.

Le seigneur Raen monte d'une marche.

— *Les faes ne peuvent pas se servir de l'illusion pour dissimuler des humains. La seule solution, c'est que Micid t'emmène dans l'Entre-Deux. Personne ne te verra. J'obtiendrai des gardes de Taltrayn qu'ils m'ouvrent la réserve. Tu indiqueras à Micid l'endroit où sont cachés les humains. Il ouvrira la porte, puis vous fera sortir l'un après l'autre en passant par l'Entre-Deux.*

Je commence à secouer la tête à la moitié de son explication.

— *Non. Je ne peux pas arpenter l'… Ce n'est pas ce qu'on avait prévu.*

— *J'ai modifié le plan*, dit-il, comme si ça ne posait aucun problème.

Déjà que je n'aimais pas son plan initial, je n'ai vraiment pas envie qu'il implique un autre fae dans cette histoire. Si je me fie à Raen, c'est uniquement parce que je suis convaincue qu'il serait prêt à tout pour obtenir le pardon de Kelia. Je n'ai aucune raison de me fier à ce Micid.

— *Je ne peux pas me rendre dans l'Entre-Deux sans passer par un portail*, dis-je. *Ça me tuerait.*

— *Nous n'allons pas voyager dans l'Entre-Deux*, explique Micid. *Nous ne ferons que passer, comme l'on patauge dans un bassin peu profond. J'ai déjà emmené des humains.*

Je n'aime pas ça. Plutôt que de solliciter l'aide de Raen, il aurait peut-être mieux valu que je trouve un fae disposé à me faire emprunter le portail de Corrist. J'y ai réfléchi. Une fois que j'aurai donné à Aren l'emplacement du *Sidhe Tol*, il sera à même d'ouvrir une fissure dans le palais d'Argent. Je pourrai lui dessiner une carte qui le conduirait à la cellule de Naito. Mais c'est bien ça le problème. Quand Kyol s'apercevra de ma disparition, je suis certaine qu'il déplacera les deux humains. Je ne peux pas partir sans eux.

Je soutiens le regard de Raen.

— *Vous avez confiance en lui ?*

Après un instant de réflexion presque insignifiant, il dit :

— *Il fera ce que je lui ai demandé.*

Son hésitation ne me rassure pas, mais je n'ai plus tellement le choix.

— *Très bien. Finissons-en.*

Micid me tend la main. Il ne semble pas dérangé par mes éclats de chaos quand je replie mes doigts sur les siens.

— Vous êtes sûr que ça ne me tuera pas ?

— Certain, répond-il. Tu ne quitteras pas ce monde. Tu pourras le voir sans être vue. En revanche, ne fais pas de bruit, les faes peuvent nous entendre.

Lorsqu'il caresse ma paume du pouce, des signaux d'alerte se déclenchent dans ma tête et j'essaie de retirer la main. À cet instant précis, tout devient noir.

Je hoquette, frappée par une vague de froid. Je recouvre la vue la seconde suivante, mais tout autour de moi – l'escalier, le plafond de pierre en arc de voûte, et même le seigneur Raen – baigne dans une lumière bleue. Quand je tourne la tête, les choses se mettent à ondoyer comme si nous étions sous l'eau. L'air dans mes poumons est si froid que je risque des engelures, même si ce n'est pas tout à fait aussi intolérable que traverser l'Entre-Deux. Je tiendrai le coup… je crois.

Raen dit quelque chose, mais sa voix me parvient étouffée et je n'arrive pas à discerner ses paroles. Micid lui donne une réponse succincte avant de m'aider à descendre l'escalier.

J'ai le vertige. Micid et moi sommes séparés du monde, comme si nous y évoluions à un rythme décalé, même si nous suivons Raen et arrivons devant la réserve un instant seulement après lui.

— *Ouvrez la grille*, dit le seigneur Raen aux deux gardes, d'une voix toujours aussi distante et difficile à comprendre.

Alors que je m'attends à ce qu'ils protestent, le soldat à sa gauche demande :

— *Je peux vous aider à trouver quelque chose ?*

— *Non.*

À la réponse laconique de Raen, les gardes échangent un bref regard mais déverrouillent la porte.

Raen entre, suivi d'un des gardes. Micid et moi glissons devant l'autre, qui s'est mis à froncer les sourcils après le passage du seigneur Raen.

— *Je peux peut-être écourter vos recherches, monseigneur*, dit le premier fae. *Que cherchez-vous ?*

— *Une épée.*

Le fae balaie du regard les centaines d'épées alignées contre le mur. Avec prudence, je presse Micid de le dépasser.

Il faut que je bouge si je ne veux pas me mettre à claquer des dents.

— *Où est l'inventaire ?*

— *L'inventaire ?*

— *Oui.* (Raen plisse les yeux.) *Vous gardez ces artefacts. Vous devez bien avoir une liste des objets qui sont stockés ici. Comment sauriez-vous sinon s'il manque quelque chose ?*

— *Des artefacts ?* dit le fae, qui considère de toute évidence le contenu de la réserve comme de la camelote bonne à jeter.

— *Apportez-moi l'inventaire. Tout de suite.*

Le garde reprend une expression neutre.

— *Oui, monseigneur.*

Il se retourne alors brusquement et je me retrouve nez à nez avec lui. Micid m'écarte de son chemin juste à temps. Il pose la main sur ma taille et l'y laisse même après que la menace est passée. Résistant à l'envie de lui envoyer mon coude dans le ventre, je mets autant de distance entre nous que possible et l'entraîne vers le fond de la réserve.

— *Il y a un autre garde à l'angle.*

Le *ther'rothi* hoche la tête. À peine Garrad apparaît-il dans notre champ de vision qu'il me lâche la main. Je vois Micid devenir flou un instant, puis la lueur bleue de l'Entre-Deux s'évanouit. En comparaison, le Royaume est chaud, presque brûlant. Quand j'emplis mes poumons d'air, j'ai l'impression de respirer dans un sauna.

Garrad bondit sur ses pieds. Alors qu'il a à moitié dégainé son épée, elle est soudain repoussée dans son fourreau. La chair de sa gorge se déchire. Du sang se déverse de la profonde coupure et gicle de sa bouche dans un gargouillis lorsqu'il se met à tousser. Il trébuche contre le mur et commence à glisser, puis disparaît dans l'éther avant d'avoir touché le sol.

Un poing de glace me comprime la poitrine tandis que je regarde l'âme d'ombre de Garrad s'élever dans les airs.

Micid réapparaît.

— Ce n'était pas la peine de le tuer, je parviens tout juste à murmurer.

Personne n'était censé mourir.

Il essuie sa lame sur sa manche.

— Il m'aurait empêché d'ouvrir la cellule des humains. Où est-elle ?

— Tu aurais pu l'assommer.

Garrad était l'un des hommes de Kyol. Kyol se fiait à lui… comme il se fiait à moi.

Micid hausse les épaules.

— Les humains, diseuse d'ombres. Le temps nous est compté.

J'ai la peau moite et mes doigts gourds me démangent. Je n'arrive pas à détourner le regard du sang sur le sol, à oublier la stupeur que j'ai lue dans les yeux de Garrad. Comme je ne vois pas quoi faire d'autre, je pointe un doigt vers le mur. Ma responsabilité est engagée. Je n'ai pas le choix, je dois aller au bout.

Micid écarte le chariot du passage.

— Où se trouve la pierre qui déclenche le mécanisme ?

— Au-dessus de toi.

— Où ça ? (Il m'invite à me rapprocher.) Montre-moi.

Le cœur battant, je m'avance jusqu'au mur et me dresse sur la pointe des pieds pour toucher la pierre.

— Là ? demande-t-il.

Je m'écarte d'un bond lorsque sa main frôle la mienne.

—Oui.

Sous l'effet de sa magie, la pierre se nimbe d'une lueur bleue. J'entends le pan du mur s'ébranler dans un grondement. J'essaie de m'éloigner, mais Micid se décale et je me retrouve piégée entre lui et le chariot. Il me percute sciemment et en profite pour me rattraper lorsque je perds l'équilibre. Sa façon de m'empoigner par les hanches est beaucoup trop intime. Je panique.

Alors que je le repousse, je finis par me retrouver encore plus près de lui. Me voyant lutter, il rit jusqu'à ce que je parvienne à dégainer ma dague. Je m'arrache de son étreinte et brandis mon arme entre nous.

Je lacère sa manche droite et le coupe. Un mince filet de sang affleure sur sa peau pâle. Ce n'est qu'une égratignure, mais elle suffit à l'énerver. L'air mauvais, il disparaît la seconde suivante.

Et merde!

Je recule en vitesse. Ma dague finit éjectée de ma main et mon bras s'engourdit. Toujours invisible, Micid se jette sur moi et je tombe sur le dos. Il referme la main sur ma gorge. Je m'attaque à des doigts que je ne vois pas et essaie de couiner un appel au secours, mais l'air ne passe pas. Le mur était bien en train de coulisser, non? Qu'est-ce que fabrique...

—McKenzie?

Naito se dresse au-dessus de moi. Alors que ma vue se brouille, je le vois m'examiner de la tête aux pieds. Enfin, il se décide à donner un coup de pied.

Micid lâche mon cou. Je reprends mon souffle et tente de le frapper à la tête. Raté.

— Naito ! je parviens à crier avant qu'une main étreigne de nouveau ma gorge.

Naito se jette sur moi. L'autre humain se joint à lui, rouant de coups le vide entre nous. Je m'éloigne du corps à corps en rampant et aspire de l'air dans mes poumons. Le temps que je retrouve une respiration normale, la lutte est terminée.

— C'est quoi, ce truc ?

Naito repousse Micid, apparemment toujours coincé dans l'Entre-Deux.

— Un *ther'rothi*, ça te dit quelque chose ?

Il grimace.

— Ça n'existe pas.

— On dirait bien que si, dis-je en me remettant debout.

L'autre humain aide Naito à se relever.

— Le seigneur Raen l'a recruté pour m'aider à vous faire sortir.

Naito cesse de s'épousseter et se raidit.

— Le seigneur Raen ?

Je n'ai pas le temps de lui fournir d'explication. Des bruits de pas précipités nous parviennent, et le garde qui était resté devant la porte de la réserve déboule à l'angle. Il s'arrête en dérapant et étudie la scène derrière la lame de son épée. Je suis son regard jusqu'à la mare de sang au sol.

— Nous ne l'avons pas tué, dis-je, même si je suis rongée par le remords.

Je suis responsable de la mort de Garrad, au moins en partie. C'est moi qui ai conduit Micid ici.

— *Retournez dans la cellule*, ordonne le fae en se rapprochant d'un pas.

Je recule. Naito ne bouge pas, mais l'autre humain s'avance à gauche et se baisse pour récupérer la dague que j'ai laissée tomber.

— Retourne dans la cellule, Evan, tente le fae en anglais.

— Non, dit Evan.

Il n'a aucune chance de vaincre un fae avec cette dague, encore moins l'un des hommes de Kyol. Mais il doit être désespéré, car il fend l'air dans un rugissement de fureur presque comique.

Je fronce les sourcils et me demande si le temps qu'il a passé en captivité a court-circuité ses capacités mentales. Puis, du coin de l'œil, je détecte un mouvement.

La tige d'une lance s'abat sur la tête du fae, qui s'effondre comme une masse devant le seigneur Raen.

— *Où est Micid?* demande Raen.

D'un geste de la main, j'indique le sol derrière moi.

— *Quelque part par là.*

Il grimace.

— *Il était censé t'escorter.*

— *On dirait qu'il va nous falloir un plan B.*

Je ne m'excuserai pas au sujet de Micid. À mon avis, le *ther'rothi* n'est pas mort mais simplement inconscient. Je peux remercier le poison de ma dague, ou l'attaque de Naito et Evan.

— *Un plan B?* demande Raen.

Il ne comprend pas, et je ne compte pas lui expliquer.

Naito passe devant Raen sans lui accorder un regard et s'agenouille à côté du garde sonné. Il fouille ses vêtements, trouve un jeu de clés accroché à un anneau en métal et l'empoche.

Evan fixe du regard une épée à sa taille et s'empare d'une arbalète au mur avant de passer en revue le reste de la réserve.

— C'est sympa de la part de Taltrayn de nous avoir enfermés avec un arsenal.

Naito récupère l'épée du garde. Alors qu'il se relève, le seigneur Raen s'avance vers lui.

— *Kelia. Je dois lui parler.*

Lorsque Naito tourne le dos au noble, je suis prise d'un élan de sympathie. J'ignore ce que Raen a bien pu faire pour que Naito le déteste autant et que sa fille coupe les ponts. Ce doit être pire que d'avoir simplement désapprouvé leur relation.

Avec un soupir, le seigneur Raen se place devant Naito.

— *Ma fille. Je dois lui parler.*

Naito lui jette un regard glacial.

— *Elle ne veut pas vous parler.*

— *Tu la feras changer d'avis.*

— *Non.*

Il contourne Raen, qui lève le bras pour lui barrer le passage.

— *Tu la feras changer d'avis.*

Naito grimace.

— *Je ne l'obligerai à rien.*

— *Un autre fae gardait cette réserve,* dit Raen sur un ton encore plus menaçant que celui de Naito. *Il va revenir, et je pourrai soit le retenir, soit lui dire où vous êtes.*

Je m'interpose entre les deux hommes.

— *Je lui dirai de vous parler.*

Naito me fusille à mon tour du regard.

— Nous perdons du temps, dis-je. Il faut y aller.

Evan fait le tour de la réserve.

— On va devoir se fondre dans la masse si on veut sortir d'ici. Et cacher notre peau.

Pendant qu'ils inspectent la pièce à la recherche de déguisements, je me tourne vers Raen.

— *Surveillez s'il vient d'autres faes. S'il vous plaît. Je vous promets de parler à Kelia.*

Au début, je ne suis pas convaincue qu'il va bouger. Il observe Naito de ses yeux froids et argentés. L'animosité dans l'air est presque palpable. Ça lui coûte d'aider l'humain qui lui a pris sa fille.

Enfin, il pousse un soupir. Il retire ses gants l'un après l'autre, se défait de son manteau et me tend le tout, avant de retourner sans bruit vers la porte pour y monter la garde.

— Ça marchera, dit Evan en indiquant d'un signe de tête le manteau que j'ai à la main. (Il me rend la dague que Raen m'a donnée.) Nous n'avons pas vraiment été présentés. Je suis Evan. Je lisais les ombres pour Aren avant que la Cour me capture.

— McKenzie, dis-je en prenant la dague.

Il hoche la tête.

— La *nalkin-shom*. J'ai entendu parler de toi.

Je parviens à me retenir de lever les yeux au ciel.

— Comme tout le monde, j'ai l'impression.

Il se met à rire, puis m'aide à enfiler le manteau de Raen.

Nous fouillons la pièce pendant encore une minute. Evan et Naito trouvent des armures qui ne laissent que leurs mains et leurs visages à découvert. Je finis par donner les gants de Raen à Naito. Ils lui vont mieux, et nous convenons que c'est lui qui manie le mieux l'épée de nous trois… même si la question ne se posait pas vraiment à mon sujet. Nous ne trouvons qu'un gant supplémentaire, qu'Evan enfile avant de décider de cacher son autre main dans sa manche. À moins d'être contrainte de les sortir, je compte garder les deux miennes sous mon manteau.

Evan se gratte la barbe.

— Ne reste que nos visages.

— On ne peut rien y faire, dit Naito. On attirerait trop l'attention avec des masques ou des capuchons.

— Et si quelqu'un nous voit ? je demande.

— On le tue.

Naito a dû m'entendre exprimer ma désapprobation, car il me regarde.

— Si on arrive à s'enfuir sans tuer personne, tant mieux. Mais si on n'a pas le choix…

Il hausse les épaules.

Ce n'est pas parce que je tourne le dos à la Cour que j'ai envie que des gens meurent.

Que d'autres gens meurent. Je pose les yeux sur la tache de sang au sol, puis sur la lueur bleue de la torche accrochée au mur. Je m'avance et m'en saisis.

— On va prendre ça avec nous. Si on garde les orbes devant nos visages, les faes ne verront peut-être pas nos éclats de chaos.

— La lumière va attirer l'attention, objecte Naito.

— Les *edarratae* aussi, dis-je, bien décidée à ne pas revenir là-dessus.

Les faes ne mourront plus à cause de mes choix.

— On ne verrait rien dans le noir sans la torche, ajoute Evan. McKenzie, c'est toi qui vas la porter puisque tu connais le chemin. Naito et moi, on restera en retrait et on s'occupera de ceux qui nous regarderont de trop près.

Cette fois, Naito ne proteste pas. Tant mieux. Nous n'avons que trop tardé.

Le seigneur Raen nous attend près de la sortie.

— *Kyol saura ce que vous avez fait*, lui dis-je.

Sans changer d'expression, il hoche la tête.

— *Mais il ne pourra rien y faire, n'est-ce pas ? Sauf s'il avoue qui il cachait ici.*

Et si le roi ou le seigneur général découvraient que Kyol n'avait pas exécuté les deux diseurs d'ombres, il serait fichu. Je ne veux pas que cette histoire lui attire des ennuis. Radath sera déjà bien assez furieux d'apprendre que je suis partie.

Je raffermis ma prise sur la torche.

— *Vous lui direz que je suis désolée ?*

Le seigneur Raen m'adresse un sourire morose.

— *Si tu dis la même chose à Kelia.*

— Allons-y, marmonne Naito derrière moi.

Raen s'écarte du passage.

— *Vite. Prenez à gauche.*

Naito passe devant nous et sort sans accorder un regard au fae. Evan murmure un bref « merci ». Je leur emboîte le pas.

— *Naito*, lance le seigneur Raen.

À ma grande surprise, Naito s'arrête.

— *Si Kelia est à Lynn Valley*, dit Raen, *emmène-la loin. S'il te plaît. Le seigneur général compte attaquer demain à la tombée de la nuit.*

Lynn Valley. Oh, Seigneur, c'est là-bas que j'ai été. Et là-bas que se trouvent les rebelles, ou qu'ils se trouvaient il y a à peine un jour et demi.

— *Mais c'est dans mon monde*, gémis-je.

Raen pince les lèvres.

— *Le roi est désespéré.*

Désespéré au point de lancer une attaque sur une zone résidentielle ? Je ne veux pas y croire, mais il me suffit de jeter un regard à Naito pour comprendre que je devrais.

Chapitre 22

Dieu merci, les couloirs du sous-sol sont déserts. Je guide Naito et Evan dans les tunnels étroits, espérant réussir à nous faire sortir de là rapidement. Les deux fois où je me suis rendue à la réserve, je venais de la direction opposée. J'aurais pris à droite après la porte si Raen ne nous avait pas dit d'aller à gauche. Je ne peux que supposer que ce chemin-ci soit plus sûr et que le garde ait emprunté l'autre issue.

Ma torche éclaire notre route et projette sur les murs de pierre sa lueur bleue et blanche. Je reste à l'affût de bruits de pas, d'un froissement de tissu, du grincement d'une armure en *jaedric* ou d'un souffle dans l'air. N'importe quoi qui m'indiquerait que quelqu'un se rapproche. Je n'entends que mon cœur qui cogne dans ma poitrine et, de temps à autre, des sons venant de Naito et d'Evan.

Malgré l'air frais qui circule sous le palais, j'ai le front baigné de sueur. Je suis inquiète au sujet d'Aren, de Kelia, de Sethan… et peut-être aussi de Lena, juste un peu. J'ai besoin de les savoir tous sains et saufs.

Nouveau couloir, aucun signe des faes. Notre évasion se passe trop bien, et j'ai des frissons d'appréhension en m'engageant dans un escalier. Il bifurque brusquement sur la droite. Je ne vois rien au-delà du tournant.

Je ralentis presque au point de m'arrêter quand j'arrive à l'angle. Seigneur, je n'aime pas ça. C'est trop facile, trop calme.

— Qu'est-ce qui se passe ? chuchote Naito.

Je secoue la tête pour lui signifier qu'il n'y a rien, m'oblige à chasser ma paranoïa et tourne à l'angle.

Il n'y a personne. En revanche, une grille se profile en haut de l'escalier. Je me hâte de la rejoindre en priant pour qu'elle ne soit pas fermée à clé.

Elle l'est.

— Laisse-moi essayer.

Naito se glisse devant moi et sort de sa poche le jeu de clés qu'il a confisqué au garde inconscient. Je tressaille au bruit qu'elles font en frottant contre le cadenas en métal. Naito essaie d'être discret, mais il règne un tel silence dans ce couloir...

— C'est bon.

Il ouvre la grille d'une poussée. Le crissement résonne entre les murs de pierre.

Derrière nous, Evan lâche un juron.

— Attendez ici, je chuchote.

C'est à peine si je parviens à me faufiler par l'étroite fente sans faire grincer la grille davantage. J'inspecte le couloir désert. Alors que je m'apprête à dire à Naito et Evan que la voie est libre, je vois un fae s'avancer dans le tunnel à moins de vingt mètres sur ma gauche. La lueur bleue et blanche de ma torche éclaire son visage. C'est Taber. Merde.

— Salut, Taber, dis-je en m'avançant vers lui.

— McKenzie ? (Il regarde la grille ouverte, sourcils froncés.) Qu'est-ce que tu fais ici ?

Réfléchis, McKenzie. Réfléchis!

—Kyol m'a donné les clés.

Taber m'examine lentement de la tête aux pieds.

—Ton manteau n'est pas à ta taille.

Je baisse les yeux sur ma tenue.

—Non… mais, euh, il me tient chaud.

Il penche la tête de côté.

—Je devrais peut-être te raccompagner à ta chambre ?

—Justement, ce serait super.

Je me rapproche de lui en priant qu'il se détourne et m'emboîte le pas, mais il cesse soudain de froncer les sourcils. Il me dépasse et repousse mon bras quand je tente de lui barrer le passage.

Juste avant qu'il atteigne la grille, Naito et Evan font irruption dans le couloir. Naito éjecte Taber d'un coup d'épaule dans la poitrine. Evan lui empoigne les bras pour le maîtriser tandis que Naito s'empare de la tête du fae et la frappe une fois… deux fois… trois fois contre le sol de pierre.

Taber ne bouge plus.

Naito se redresse en essuyant le sang du fae sur son pantalon. Evan met plus de temps à se relever – je pense que rester assis dans sa minuscule cellule l'a affaibli –, mais ni l'un ni l'autre ne retiennent longtemps mon attention.

—Quoi ? lâche Naito. Un guérisseur s'occupera de lui.

Je commence à reculer, pointant l'orbe de ma torche vers les trois faes qui accourent dans notre direction.

Evan se retourne et lâche un juron. Il fait glisser l'arbalète de son épaule, y encoche un carreau et vise le couloir.

—Courez ! ordonne-t-il lorsque le trait quitte son arme et va se planter dans la jambe du fae du milieu.

Evan encoche un nouveau carreau. Les deux autres faes se mettent à couvert dans une niche, traînant leur camarade blessé avec eux, et appellent des renforts.

Comme il est désormais inutile de cacher nos *edarratae*, je me débarrasse de ma torche et me mets à courir.

— Allez ! s'écrie Naito.

Evan renonce à attaquer et nous suit. Nous dépassons en coup de vent une volée de marches.

— Il y a une sortie, je crie à Naito devant moi. Tout droit et à droite.

Elle nous conduira hors du palais. Si nous arrivons jusqu'à la ville, nous aurons peut-être une chance.

Des faes déboulent au bout du couloir. Nous nous immobilisons brusquement, perdant de précieuses secondes à comprendre tous les trois en même temps qu'ils nous intercepteront avant que nous ayons atteint le croisement.

Naito me pousse dans l'autre sens. Les deux faes indemnes surgissent de leur niche à l'autre extrémité du couloir, et nous nous retrouvons coincés.

Evan décoche un nouveau carreau. Manque sa cible.

Naito sort son épée.

— Là-haut !

Je m'élance vers l'escalier et monte les marches quatre à quatre, Evan et Naito sur les talons.

Il va falloir qu'on arrête de courir et qu'on se cache. Je tombe sur une porte en bois et essaie de tourner la poignée. Verrouillée. Je me précipite vers la suivante pendant que Naito s'attaque à celles du côté gauche du couloir.

Evan tire dans l'escalier.

— Je n'arriverai pas à les repousser, crie-t-il en apprêtant un nouveau trait.

Il tire encore.

— Ici !

Naito enfonce une porte d'un coup d'épaule.

Evan l'atteint le premier. Je m'engouffre à sa suite, une seconde trop tard. Un fae m'attrape et m'oblige à me retourner tandis que ses deux compagnons se précipitent dans la pièce. D'une main, je m'appuie contre le mur et parviens à garder l'équilibre assez longtemps pour refermer la porte d'un coup de pied et pousser le loquet.

Mon assaillant me repousse et je me cogne violemment la tête. Ma vue se trouble et s'obscurcit. Je cligne des yeux et parviens à chasser les taches sombres à temps pour me focaliser sur Naito.

Il bondit et plonge son épée dans le dos du fae qui me retient, manquant de m'embrocher par la même occasion. La pointe de sa lame ressort et s'arrête juste au-dessus de mon nombril. Je me colle dos au mur et rentre le ventre.

Naito dégage sa lame et me rattrape par le bras lorsque le fae s'effondre. Il lâche un juron en regardant mon ventre.

— Je vais bien, je lui assure tandis que le fae s'évanouit dans l'éther.

J'éloigne Naito de la porte, sur laquelle on tambourine de l'autre côté.

Les deux faes qui sont parvenus à entrer acculent Evan et le menacent de leurs épées, prêts à frapper dès qu'il baissera son arbalète ou tirera. Même si Evan en tuait un, jamais il n'aurait le temps d'encocher un nouveau trait avant que l'autre fae le taille en pièces. Je ne suis même pas sûre qu'il lui reste des carreaux.

Naito m'entraîne à côté d'Evan. Nous avons beau être trois, nous sommes humains. Les faes de la Cour ont l'avantage. Ils ont eu des années pour perfectionner leurs talents. Si nous ne nous trouvions pas dans le palais d'Argent, nous serions déjà morts. Ils surgiraient d'une fissure derrière nous et nous abattraient.

Sans compter que le temps joue plutôt en leur faveur. Ils peuvent attendre que les renforts enfoncent la porte.

Cette pièce est un parloir, ou une sorte de salon. Il n'y a qu'une seule issue, ainsi que trois fenêtres en arc sur notre gauche.

Les fenêtres. Nous sommes à un bon étage du sol. La chute risque de faire mal, mais ça vaudra toujours mieux qu'une épée dans le ventre.

Sans me laisser le temps de réfléchir davantage, j'attrape une chaise et brise une vitre avec.

Evan tire au même instant. Le trait se fiche dans l'épaule du fae de gauche. L'autre s'élance et entaille l'avant-bras d'Evan avant que l'humain ait pu l'éviter.

Naito passe à l'offensive et vise la tête du fae. Son adversaire se baisse, pare son attaque et riposte, si vite qu'il semble n'avoir décrit qu'un seul mouvement.

Je pousse Evan vers la fenêtre. Il a laissé tomber son arbalète quand le fae l'a coupé. Il essaie de tirer son épée, mais sa main est gluante de sang.

— Tire-toi d'ici ! Vite !

Il prend une inspiration et hoche la tête.

— Ne l'abandonne pas.

Il me tend son épée. Une fois qu'il a sauté, je retourne à la bataille et vise le fae qui s'apprête à frapper Naito. Il bloque mon attaque sans mal et donne un coup d'épée à son tour. Je pare et trébuche en arrière. Seule, je serais morte – et vice-versa pour Naito –, mais ensemble nous parvenons à tenir le fae en respect.

— La fenêtre, dis-je. Vas-y ! je grogne lorsqu'une frappe particulièrement violente fait vibrer mon épée.

— Toi d'abord, me renvoie Naito.

Je vise la tête du fae. Raté.

— Il sait qui je suis, dis-je, sans savoir si ce que je raconte est un mensonge ou non. Il me livrera à Kyol. Toi, tu dois retourner auprès de Kelia. Vas-y ! Maintenant !

Je vois à son regard qu'il voudrait protester, mais invoquer le nom de Kelia a l'effet escompté.

Le fae pousse un juron lorsque Naito se précipite vers la fenêtre. Je m'interpose entre eux et oblige le fae à se concentrer sur moi. Il contre mon attaque et riposte. Mon épée me vole de la main et se fracasse contre le mur.

Je tire ma dague empoisonnée et la lance.

Le fae lève sa main libre pour se protéger et rejette mon arme. Même si je ne l'ai pas lancée fort, la lame est acérée et le sang affleure d'une petite coupure en haut de sa main.

Sans attendre que le poison agisse, je plonge vers la fenêtre.

Il m'attrape. Je parviens à lui envoyer mon coude dans le menton. Il ne lâche pas prise. Il me jette au sol et m'y cloue.

Je lui balance mon genou dans l'entrejambe, mais je manque d'élan. Il glisse sur le côté et resserre ses mains autour de mes poignets.

— *Reste tranquille*, siffle-t-il en fae.

Un éclair de douleur explose derrière mes yeux quand je lui donne un coup de tête. Je l'entends grogner, même si je suis sûre d'être celle qui a le plus mal de nous deux.

C'est à peine si j'arrive à me concentrer. Au-dessus de moi, je vois son visage trembler. Je me débats, me cambre et me tortille pour essayer de lui échapper.

Il vacille de nouveau. Cette fois, ce n'est pas juste ma vue. Ses bras le lâchent et il s'effondre sur moi. Je reste étendue là, haletante, puis parviens enfin à le repousser.

Je roule sur le ventre et me traîne à quatre pattes jusqu'à la fenêtre, les bras flageolants. Sans me soucier du verre qui me taillade les paumes, je m'accroche à la fenêtre et force mes muscles à coopérer.

Je passe ma poitrine par-dessus le rebord. Le verre me pique la peau, mais le manteau de Raen limite les dégâts. En bas, la rue est déserte. Je vais déguster. Tant pis, il faut que je sorte d'ici. Les faes continuent à marteler la porte.

Mon poids me tire déjà à moitié vers l'extérieur. Je suis sur le point de me laisser glisser lorsque quelque chose me retient. C'est un fae de la Cour, celui qui a un carreau d'arbalète fiché dans l'épaule. Il me traîne dans la pièce tandis que la porte cède et que les soldats du roi déferlent à l'intérieur.

Je pousse un cri qui me réveille. Gelée. Trempée. Prisonnière. Alors que je claque des dents, on me vide un second seau d'eau sur la tête.

Je me remets à crier. J'ai l'impression que ma peau se change en glace sur mes os.

— Ah, te voilà, susurre la voix de Radath dans la lueur bleutée d'un orbe suspendu.

Il retourne son seau à la limite du faisceau lumineux et s'assoit dessus.

J'aimerais pouvoir rester inconsciente. J'ai mal partout : aux côtes et au ventre, au dos, et surtout aux épaules et aux bras. J'ai les mains attachées au mur. Il n'y a pas de chaîne, rien qui le sépare de mes menottes d'argent ; je ne peux pas changer de position du tout.

— Tu vas devoir te mettre à parler, dit Radath. Tu peux commencer par expliquer ce que tu faisais la nuit dernière.

J'ai tellement froid que je dois lutter pour rassembler mes pensées. Je ferme les yeux, les rouvre et fouille du regard les ombres de ma prison. Comment me suis-je retrouvée ici ? Que sait Radath au juste ?

— Où as-tu eu ça ? demande Radath.

Il tient quelque chose à la main. Une dague, celle que Raen m'a donnée.

— Je veux parler à Taltrayn.

J'essaie de prendre une voix assurée, mais je frissonne trop.

Radath se met à rire.

— Évidemment que c'est ce que tu veux.

Je détecte un mouvement à la périphérie de ma vision. Une infime étincelle d'espoir renaît en moi, pour être soufflée la seconde suivante. Ce n'est pas Kyol mais Micid qui s'avance dans la lumière.

Radath suit mon regard.

— J'ai amené mon *ther'rothi* avec moi. Il a demandé à te rencontrer.

Le fae me couve des yeux. Alors que je frissonne déjà, mon corps est parcouru d'un tremblement plus violent encore.

— Micid est d'une espèce rare, poursuit Radath. Peut-être même unique. Montre-lui ce que tu sais faire.

Un sourire étire les lèvres du *ther'rothi* juste avant qu'il disparaisse. Je me plaque contre le mur, redoutant ce qu'il va faire, mais il réapparaît au même endroit quelques secondes plus tard. Ce qui jette la confusion dans mon esprit. Radath a dit que Micid voulait me rencontrer, mais on se connaît déjà. Et je sais de quoi il est capable. À quoi rime cette démonstration ?

Radath ricane.

— C'est gênant de ne pas pouvoir le voir, n'est-ce pas ? J'ai découvert sa magie il y a quelques années et ai promis de la tenir secrète… Seul le roi et moi savons ce qu'il peut faire. En échange, il travaille pour moi quand j'ai besoin de lui.

J'en connais pourtant un qui ne garde pas le secret, mais je ne compte pas reprendre le seigneur général sur ce point.

Radath se penche en avant et murmure :

— Je ferme également les yeux sur ses petites escapades au *tjandel*.

« *Tjandel* ». Ce mot m'est familier. Micid a dit qu'il s'y rendait.

— Cet endroit ne te dit rien ? s'enquiert Radath.

S'il veut que je lui demande des détails, il peut courir.

— C'est… Comment les tiens appellent-ils ça, déjà ? Ah oui, un bordel. C'est un bordel situé dans un quartier malfamé à la limite de Corrist. Il est en dehors des murs d'argent, ce qui permet à la clientèle d'ouvrir des fissures sans être vue. Je connais de nombreux nobles qui ont goûté à ses délices. Tous le nieraient, mais pas Micid. Les prostituées sont sa drogue. Les prostituées ou, plutôt, leurs éclats de chaos.

J'ai l'impression que Radath vient de me renverser un troisième seau d'eau glacée sur la tête.

— La plupart des prostituées ont choisi d'être là, dit-il d'une voix mielleuse. Ce n'est pas le cas de certaines. Elles ne sont pas toutes douées de double vue, et Micid a une passion fétichiste pour les humaines qui crient et se débattent. Il les aime un peu folles, griffant le démon invisible qu'elles pensent avoir en elles. Comme tu es douée de double vue, tu comprendrais ce qui t'arrive, mais je suis sûr qu'il ne verrait pas d'inconvénient à te prendre de force. Tu crierais pour lui, n'est-ce pas, McKenzie ?

Micid m'observe avec un petit sourire sadique.

Puis, brusquement, Radath en vient au but.

— Il y avait deux autres humains avec toi la nuit dernière. Qui étaient-ils ?

Dieu merci, il n'est pas au courant pour Naito et Evan. Ils ont dû réussir à s'échapper. J'aurai au moins accompli quelque chose la nuit dernière. Je me redresse pour tenter d'atténuer la morsure des menottes sur mes poignets.

Radath brandit la dague empoisonnée. Avec précaution, il glisse la lame sous une de mes mèches de cheveux humides et l'écarte de mon visage. Il veut que j'aie peur de lui – c'est réussi –, mais je ne lui dirai rien au sujet des humains. Loin de me sauver, ça ne ferait que condamner Kyol.

Radath m'agrippe le cou de sa grande main et pose la dague à plat de l'autre côté, juste au-dessus de la cicatrice boursouflée qu'Aren a laissée sur ma peau. Il serre la main et me comprime la trachée.

— Qui étaient-ils ?

Il faut que je lui dise quelque chose qui l'apaisera et me fera gagner du temps.

— Des rebelles, je m'étrangle. J'étais censée les aider à entrer dans le palais.

Radath desserre son étreinte. Alors qu'il se tenait le rictus aux lèvres à la limite du faisceau lumineux, Micid hausse le sourcil. Il ne conteste pas ce que j'affirme pour autant. Il n'a vraiment pas envie que le seigneur général sache que l'on s'est déjà rencontrés.

— Et qu'étaient censés faire ces rebelles une fois à l'intérieur ? demande Radath.

Je trouve le courage de le fusiller du regard.

— Ils étaient censés vous tuer.

Radath ricane.

— Je suis aussi intouchable que le roi, McKenzie.

Une porte s'ouvre en grinçant.

— Seigneur général.

Je relâche mon souffle, tremblante. Kyol m'a trouvée.

— J'ai dit à Atroth que je m'occuperais d'elle, dit Radath sans se retourner.

— Je m'en charge, affirme Kyol.

Je ne sais pas bien si sa froideur est pour Radath ou si elle m'est destinée.

— *Tu as déjà eu l'occasion de la faire coopérer*, gronde Radath, passant au fae. *Tu as échoué. Elle n'est plus ta petite protégée.*

— *Vous pourrez aborder le sujet avec Atroth. Il souhaite vous parler.*

Sans se lever, le seigneur général me jette un regard noir. Je n'ai pas l'impression qu'il va s'en aller. Il n'a pas d'ordres à recevoir de Kyol, et il semble trouver divertissant de me garder enchaînée à ce mur. Même si je n'ai eu que des contacts limités avec lui toutes ces années, jamais je n'aurais pensé qu'il me traiterait comme ça. Évidemment, je n'aurais jamais imaginé que je lui donnerais des raisons de le faire.

Radath se voûte. Puis, avec une mauvaise grâce évidente, il se lève et se tourne vers Kyol.

— *Elle a trahi notre roi, maître d'armes. Atroth s'attend à ce qu'elle soit punie. Et je m'attends à ce que tu lui soutires les secrets qu'elle cache encore. C'est compris ?*

— *Compris.*

L'expression de Kyol reste impassible.

Radath fait signe à Micid. Le *ther'rothi* quitte ma cellule le premier, suivi de Radath.

Il sourit, puis laisse la porte claquer derrière lui.

Kyol reste un long moment sans bouger. J'ai un millier d'excuses différentes sur le bout de la langue, mais elles meurent avant d'avoir pu passer mes lèvres. Pour sauver Naito et Evan, je serais prête à recommencer.

— Comment as-tu pu être aussi stupide ? demande Kyol. (Je tressaille au ton de sa voix.) Ils étaient en sécurité, McKenzie ! Tu l'étais, toi aussi !

Il fait les cent pas sous l'orbe, les bras le long du corps et les poings serrés.

— Je ne pouvais pas rester ici, Kyol.

— Alors tu allais le retrouver, lui !

— Je…

Je m'étrangle et mon menton se met à trembler. Je me mords la lèvre inférieure, refusant de pleurer.

— McKenzie.

Il y a de la souffrance dans sa voix, à présent. Il tombe à genoux devant moi, le visage fermé et les épaules voûtées comme s'il venait de perdre une guerre.

Mon cœur se serre dans ma poitrine. Je ravale malgré tout mon excuse et demande d'une voix douce :

— Tu peux me faire sortir d'ici ?

Il se passe les mains sur le visage.

— Je ne sais pas.

Je n'ai pas vraiment le droit de lui demander ça. C'est moi qui me suis mise dans ce pétrin ; il devrait me laisser m'en sortir seule.

— *Sidhe.*

Il prend ma joue dans sa main et appuie son front contre le mien. Nous restons longtemps ainsi, lui chaud, fort et solide ; moi froide, mouillée et tremblante. J'ai l'impression d'être à vif, comme si on m'avait dépouillée de mes émotions, couche par couche, et que je me retrouvais l'âme écorchée. Même mes *edarratae* me semblent ternes et distants.

— Si tu veux partir d'ici, McKenzie, tu vas devoir me donner quelque chose. Atroth n'envisagera pas de te libérer sans avoir obtenu d'informations sur les rebelles.

Je ne peux plus aider la Cour. La rébellion a beau avoir fait des choses qui me déplaisent, la Cour m'a manipulée et s'est servie de moi. Radath a ordonné l'exécution d'humains, et je suis certaine qu'il a donné mon nom aux miliciens dans l'espoir qu'ils me tuent. Le roi n'a rien fait pour arrêter le seigneur général, pas plus que Kyol pour arrêter son roi.

— Je ne peux pas, je murmure.

Il pousse un long soupir puis, lentement, il remonte sa main le long de mon bras gauche jusqu'aux menottes. Lorsqu'il atteint mon poignet, une partie de moi est convaincue qu'il va me libérer quand même, mais il pose alors les doigts sur le collier de diamants caché sous ma manche. Il tire dessus, et le bijou tombe dans sa main.

Il touche la pierre centrale, puis hoche la tête pour lui-même.

— Ceci achètera ta liberté.

Oh, Seigneur.

— Non, Kyol, pas ça !

— Chut, *kaesha*. (Il pose les doigts sur ma bouche.) C'est le seul moyen de te sauver.

Je tire sur mes entraves.

— Non, attends. Écoute-moi. Je te dirai tout ce que tu veux savoir. Je ferai tout ce que tu veux, mais je t'en supplie, pas ça. N'échange pas ma vie contre la sienne.

Son visage est dénué d'expression lorsqu'il se lève ; seul son regard trahit la souffrance que je lui inflige.

— Tu vas me détester pour ça, n'est-ce pas ? demande-t-il.

Je hoche la tête, car je ne suis plus sûre d'arriver à parler. Aren m'a confié sa vie. Il était certain que je ne le trahirais pas. Si les faes de la Cour se rendent à l'emplacement de la pierre d'ancrage, il pensera qu'il ne représente rien pour moi.

Kyol glisse le collier dans sa poche.

— Je suis désolé, McKenzie. Pour tout.

Chapitre 23

L'orbe bleu et blanc suspendu au plafond est la seule chose qui tienne à distance la créature que j'entends gratter le sol dans les ténèbres. Hélas, il ne chasse pas mes cauchemars. Certains sont vieux, récurrents, d'autres inédits. Chaque fois que mes yeux se ferment, je prie pour qu'en les rouvrant je découvre que ces dernières semaines n'ont été qu'un rêve. La guerre du roi serait d'une évidence limpide, les méchants rebelles d'un côté et la gentille Cour de l'autre. Mais ce n'est pas ainsi que va le monde. La guerre, ce n'est jamais si simple.

Et puis, je n'aurais pas rencontré Aren. Son baiser ne me semble plus être une manipulation, à présent. Tous ces moments de douceur, sa façon de me regarder… Je compte peut-être réellement pour lui.

Le crissement d'un verrou résonne dans les ténèbres. La porte est entrebâillée, puis refermée. Dans l'obscurité, j'entends quelqu'un reprendre son souffle.

Pitié, faites que ce ne soit pas Micid.

Une ombre se rapproche du faisceau de l'orbe. Je vois le bout de deux bottes éraflées franchir la limite du cercle lumineux. Le fae fait un pas supplémentaire, puis un autre. La lueur dévoile peu à peu un pantalon noir serré sur des cuisses musclées, une main crispée sur la garde d'une épée, un torse large et puissant, et pour finir un visage furieux qu'encadrent des cheveux en bataille.

— Aren, je murmure.

Non, non, non.

Il serre les dents. Ma poitrine se comprime.

Je secoue la tête.

— Non, Aren. S'il te plaît. Je n'ai pas donné le collier à Kyol, je le jure.

Son expression de colère s'évanouit alors qu'il s'avance sous l'orbe suspendu pour venir s'agenouiller à côté de moi. Il prend mon visage entre ses mains.

— *Sidhe*, tu es glacée.

Une vague de chaleur déferle en moi. J'ignore si ça vient de mes *edarratae*, de sa magie ou du simple fait d'être de nouveau près de lui, mais ça n'a pas d'importance. Ça fait du bien… il me fait du bien.

C'est seulement à ce moment-là que je réagis à la présence de son épée. Jamais la Cour ne lui aurait permis de garder ses armes.

— Kyol ne t'a pas… ?

Il lisse mes cheveux humides.

— Ça va aller, McKenzie. Je vais te sortir d'ici.

Je regarde par-dessus son épaule. À peine visible, Kyol se tient à la limite du faisceau lumineux.

— Il… (Ma gorge se noue.) il t'a conduit jusqu'à moi.

Aren hoche la tête d'un air lugubre. Sans se retourner vers le maître d'armes, il demande :

— La clé.

Constatant que Kyol ne bouge pas, Aren se raidit. Lentement, il se lève et repose la main sur la garde de son épée.

— La clé, Taltrayn.

— L'unique clé est en la possession de Radath.

Il s'écoule un moment sans que personne ne fasse un geste, ni même ne semble respirer. Lorsque Aren reporte son regard sur moi, mon estomac se noue. Si j'interprète bien l'expression de son visage, il est horrifié.

Il se retourne vers le maître d'armes.

— Tu vas m'obliger à faire ça ?

— Tu peux la soigner, dit Kyol sans l'ombre d'une émotion.

Un instant seulement, les épaules d'Aren se voûtent, puis il se met de nouveau à genoux.

— Aren ?

Je scrute son visage, essayant de comprendre de quoi ils parlent.

Il glisse une mèche de cheveux derrière mon oreille.

— Ça va être douloureux, McKenzie. Je dois chauffer le métal et le rendre malléable pour pouvoir l'enlever. Je soignerai tes brûlures dès que tu seras libre.

Je mets un moment à assimiler ses paroles. Puis le souvenir de Tom me revient. Je me remémore les cris qu'il a poussés au contact d'Aren. L'odeur de sa chair brûlée, les cloques sur ses bras quand Aren a retiré ses mains.

— Non, pas question ! Tu es dingue ou quoi ?

— Je ferai aussi vite que possible.

— Non. (Je fusille Kyol du regard.) Tu n'as pas de cisaille ou quelque chose dans ce genre ?

Kyol ne tique même pas.

— Écoute-moi, dit Aren. Tu ne peux pas crier, McKenzie. Taltrayn a chargé un fae qui lui est dévoué de monter la garde devant la porte, mais il y en a d'autres qui patrouillent.

Tiens. (Il retire sa ceinture et l'amène à hauteur de ma bouche.) Mords ça.

Je secoue la tête.

— Tu peux le faire, dit-il. Il le faut.

Et mince, mince, mince! Je ne veux pas, mais Aren ne suggérerait pas une chose pareille s'il y avait une autre solution. Et Kyol ne le laisserait jamais me faire de mal.

Je siffle entre mes dents.

— J'imagine que c'est mieux que si on me tranchait les mains.

Aren sourit comme si tout allait bien se passer. Lui jetant un regard sceptique, je prends la ceinture entre mes dents.

Il tend les mains et les referme sur mes menottes. Le métal se met à chauffer. Après tout ce temps passé à grelotter dans cette cellule, je trouve presque bienvenue la sensation de chaleur. Pas pour longtemps. Elle croît en intensité, graduellement au départ, jusqu'à ce que soudain, j'aie mal.

Mes nerfs disjonctent. Le métal est si chaud qu'il semble froid. Puis j'entends un grésillement et sens une odeur âcre de brûlé. Je me débats contre l'argent qui me ronge les poignets, mais je n'arrive pas à me libérer. Tout en mordant la bande de cuir, je ferme les yeux. Je pousse un cri, mais il est trop haut dans ma gorge pour être audible.

C'en est trop. Je me frappe la tête contre le mur de pierre tandis que mes poignets fondent. Puis je me frappe encore, sans relâche.

J'ai à peine conscience qu'Aren m'arrache les menottes et referme les mains autour de mes poignets. Je suis prise de nausée, car j'ai l'impression qu'il touche des tendons et des os. C'est impossible qu'il me reste encore de la chair.

— Chut, m'apaise Aren en m'injectant sa magie. C'est terminé. Tout va bien maintenant.

Le feu s'atténue lentement. Mes poignets deviennent froids et s'engourdissent, puis se réchauffent de nouveau lorsque le contact d'Aren éveille mes *edarratae*.

Il me prend la ceinture de la bouche et me serre contre son cœur. Glissant sa main dans mes cheveux pour étreindre l'arrière de mon crâne, il diffuse de nouveau sa magie et guérit les blessures que je me suis infligées en me frappant la tête contre le mur. Je tremble dans ses bras, jusqu'à ce qu'il se redresse et essuie les larmes sur mon visage. Du regard, il me supplie de le pardonner.

Je prends une inspiration laborieuse et tente de me ressaisir. Il n'y a rien à pardonner. Il a fait ce qu'il devait pour me libérer.

D'un geste léger, il m'effleure le poignet du bout des doigts.

— Tu vois ? Pas de cicatrices.

Je regarde ma peau rosie mais lisse et j'esquisse un faible sourire.

— Ah, le voilà, dit-il, ses yeux sur mes lèvres. Je ne l'avais pas vu depuis un moment.

Je parviens à lâcher un petit rire. Je croise de nouveau son regard et… Oh.

Je retiens mon souffle. Une mèche de cheveux blonds retombe sur son front, croisant une discrète cicatrice blanche que je n'avais jamais remarquée avant. Ses yeux argentés, animés de cette lueur taquine qui a toujours eu le don de m'agacer, brillent d'un éclat inhabituel. Je me rends soudain compte que mes lèvres s'entrouvrent au souvenir du goût et de la sensation des siennes.

Il sourit, puis porte ma main à sa bouche et embrasse mon poignet guéri.

— Il faut qu'on y aille. Tu peux tenir debout ?

— Je pense, oui, dis-je.

Il remet sa ceinture et m'aide à me redresser. Aussitôt, tout le poids de mon épuisement s'abat sur moi. La dernière fois que j'ai mangé, c'était le petit déjeuner chez Shane. Il s'est écoulé au moins vingt-quatre heures depuis lors. Je suis faible et contrainte de me reposer sur Aren, qui me maintient sur mes jambes et garde les bras autour de ma taille jusqu'à ce que mes genoux soient capables de me supporter. Ça prend un moment. J'ai les membres crispés et endoloris à force de frissonner, et j'ai l'impression qu'on a frotté ma peau avec du papier de verre. Le pire, ce sont mes poignets. Ils ne me font pas vraiment mal, mais je sens que la partie qui a brûlé est sensible.

— Ça va ? demande Aren, son souffle chaud dans mon cou.

Quand je hoche la tête, nous nous tournons vers la porte et vers Kyol.

Kyol. Il n'a pas donné le collier à son roi.

Je n'arrive plus à bouger, et ce n'est pas seulement parce qu'Aren m'enlace la taille et me serre contre lui. Kyol a été tout pour moi pendant si longtemps. C'est vers lui que j'avais l'habitude de me tourner, sur lui que j'ai toujours compté, et je le fais souffrir. Sa douleur est si évidente dans son regard.

Il pince les lèvres. Son regard passe de moi à Aren.

— Tu te rappelles le chemin ? (Aren hoche la tête.) Les gardes postés à l'entrée est ne sont pas sous mes ordres, mais ils manquent d'expérience. Je suppose que tu peux t'occuper d'eux.

— Bien sûr, répond Aren.

— Il faudra les laisser en vie pour qu'ils puissent faire leur rapport à Radath.

Aren acquiesce de nouveau. Il essaie d'avancer, mais je reste figée. Kyol ne veut tout de même pas dire que…

Mais si.

— Tu ne pars pas.

C'est davantage une accusation qu'une question. Le visage de Kyol est plus énigmatique que jamais.

Je rejette le bras d'Aren et traverse la pièce. Il rêve s'il s'imagine que je vais le laisser devenir un martyr à cause de moi.

— Tu ne peux pas rester. Radath va te tuer.

— McKenzie, murmure Aren en guise d'avertissement.

Il se précipite vers la porte et y colle l'oreille.

— Chut.

Kyol pose les doigts sur mes lèvres. Je repousse sa main d'une tape.

— Pourquoi tu refuses de partir ?

Un infime tressaillement fissure son masque.

— La guerre n'est pas terminée.

— Ne te fous pas de moi, Kyol.

— McKenzie, je…

— Tu avais dit que tu partirais.

— Je ne peux pas, *kaesh*…

— Pourquoi ?

— Parce que je ne pourrais plus me regarder en face ! rugit-il.

Je sursaute et une douleur vive, presque débilitante, me vrille la poitrine. A-t-il honte de ses sentiments à ce point ? Toutes ces années, j'ai cru que seul le décret du roi nous séparait. Je ne pensais pas qu'il se méprisait de m'aimer.

Aren dégaine son épée et marmonne quelque chose au sujet des gardes que l'on va rameuter.

— McKenzie, dit-il tout bas, d'une voix de nouveau maîtrisée. Cela fait des années que Radath souffle à l'oreille du roi des directives pour mener cette guerre. Si Atroth l'écoute, c'est parce que ses méthodes sont efficaces. Je l'ai convaincu de renoncer aux plans les plus déplorables du seigneur général, mais si je pars... Je dois rester, *kaesha*. Je ne peux pas laisser Radath contrôler le roi.

— C'est pour ça que tu veux rester ? je demande.

Les mensonges et les vérités s'entremêlent depuis si longtemps que je ne suis plus certaine de savoir les distinguer.

Il serre les dents et hoche la tête.

— Si j'abandonne Atroth aux conseils de Radath, la guerre prendra fin, mais ce sera au prix de la vie de milliers de faes innocents.

Ses paroles ne me rassurent guère. Kyol recommence à faire passer le Royaume avant moi. Je comprends pourquoi il souhaite rester, et je respecte même sa décision. Je ne peux juste pas continuer comme ça. J'accepte qui il est et ce qu'il défend, mais je n'arrive plus à jouer le rôle de la fille amoureuse du héros honorable ; j'ai besoin de quelqu'un qui sache oublier ses responsabilités pour moi. Ne serait-ce que de temps en temps.

— Je peux raisonner Atroth, McKenzie, poursuit-il. Et je vais le faire. Je le convaincrai de parler à l'usur...

(Il s'interrompt pour prendre une inspiration.) Au fils de Zarrak. Nous pouvons négocier la paix.

Le rire grinçant d'Aren s'élève dans l'air.

— On a déjà essayé, tu te rappelles ? Ton roi ne renoncera pas à son contrôle sur les portails. Il a besoin de *tinril* pour acheter les nobles et soudoyer son cercle privé.

— Il a besoin de *tinril* pour protéger le Royaume de toi. (Les yeux de Kyol lancent des éclairs.) Et pour nous éviter un nouveau Brykeld.

Aren ne bronche pas, mais moi si. Je sais maintenant qu'il n'est pas responsable de ce qui s'est passé et qu'il regrette ce massacre. Il a même fait le nécessaire pour que je puisse retrouver la trace du fae qui l'a orchestré et le livrer à la Cour. Je veux bien croire tout ça, mais il lui reste encore à répondre d'autres crimes, comme celui d'avoir rendu *tor'um* les hommes de Kyol.

Bon sang, pourquoi faut-il que ce soit si compliqué ?

— McKenzie, dit Kyol avec douceur. Je mettrai un terme à cette guerre le plus vite possible.

— Tu serais plus efficace si tu ralliais la rébellion.

Ce n'est pas vraiment une suggestion ; je connais déjà sa réponse. Kyol est un homme trop respectable pour se retourner contre son roi et abandonner le Royaume à la cruauté de Radath. C'est égoïste de ma part d'exiger ça de lui.

C'est Taber qui monte la garde devant ma cellule. Je m'arrête net en le reconnaissant, de crainte qu'il m'en veuille d'avoir laissé Naito et Evan l'assommer. Voyant qu'il se contente de me tendre une cape, je murmure une excuse et un « merci » – c'est la moindre des choses –, puis suis Aren dans le couloir.

Il connaît le chemin de la sortie. Nous avançons sans bruit dans le couloir obscur, rasant un mur de pierre brute couvert de mousse. Je suis à peu près certaine que nous ne nous trouvons pas sous le palais d'Argent. Cet endroit est trop vaste ; il y a trop de prisonniers ici. Nous passons devant plus d'une dizaine de portes en bois massif. Certaines étouffent les gémissements et les cris des occupants des cellules, tandis que d'autres ne nous renvoient que le silence. Selon toute probabilité, Radath m'a emmenée à Chaer, une prison située à la limite de la Désolation. Les faes ne peuvent pas ouvrir de fissures pour quitter ce territoire, plus depuis que l'impur Thrain a détruit un portail au cœur de la Désolation. Personne ne sait comment il s'y est pris, mais lorsque le portail s'est effondré, ça a créé un vide dans le Royaume. Ce n'est pas comparable aux effets de l'argent. L'atmosphère permet toujours d'ouvrir des fissures, mais elles sont trop chaudes pour qu'on s'en approche. Comme si la disparition du portail avait endommagé l'Entre-Deux.

À un croisement, Aren lève la main pour me signifier d'attendre. Lorsqu'il disparaît au tournant, je me rapproche prudemment.

Je jette un coup d'œil à l'angle, juste à temps pour voir l'un des deux faes s'effondrer. Aren dévie l'attaque du second et riposte. Chancelant sous la violence de ses assauts, le garde manque de glisser. Avant qu'il ait pu retrouver l'équilibre, Aren le renverse d'un coup de pied aux jambes et abat la garde de son épée sur la tempe du fae.

J'ai la chair de poule. J'inspecte le couloir de long en large, à l'affût de bruits de pas précipités. La lutte a duré moins d'une minute, mais le fracas métallique des épées a résonné comme des coups de feu.

Aren regarde par-dessus son épaule et me voit plantée là.

— La voie est libre ?

J'écoute pendant encore quelques secondes, puis hoche la tête. Si quelqu'un avait entendu quelque chose, l'alarme aurait déjà été donnée.

Aren me tend la main.

— Jusqu'ici, Taltrayn a tenu parole, dit-il en entrelaçant nos doigts. Si ça se confirme, il veillera à détourner l'attention des gardes postés sur le toit, mais il ne faudra pas qu'on perde de temps. Tu peux courir ?

Je hoche la tête. Je n'ai pas tellement le choix.

Il ouvre la porte. L'ombre de la prison s'étire sur le sol à nos pieds. Quelque part derrière nous, le soleil est en train de se coucher. Si on attendait vingt minutes de plus, la nuit couvrirait notre fuite, mais on ne peut pas traîner dans le coin. Aren me serre la main et nous nous élançons.

Malgré l'air froid qui me brûle les poumons et le point de côté qui me donne envie de me plier en deux, je ne m'arrête pas. Lorsque nous atteignons les premiers arbres, Aren ralentit enfin et place une main sous mon coude pour me soutenir. Comme nous sommes toujours en vue de la prison, je force sur mes jambes. Je trébuche une fois, retrouve l'équilibre, trébuche encore. Si des faes qui ne sont pas aux ordres de Kyol regardaient par ici, ils pourraient nous voir. Un archer parviendrait encore à nous toucher. Je dois continuer.

J'attends dix, quinze minutes peut-être avant d'attraper la main d'Aren et de l'obliger à s'arrêter. Pas parce que je nous crois en sécurité, mais parce qu'on se dirige vers l'ouest, plus loin dans la Désolation. La poussée d'adrénaline qui m'a permis de tenir jusqu'ici est retombée et j'ai repris mes esprits. Assez en tout cas pour savoir que ce n'est pas dans cette direction que nous sommes censés aller.

— Il faut qu'on rejoigne le portail de Belecha, dit Aren. Rokan est plus près, mais la Cour va s'attendre à ce qu'on aille là-bas.

Belecha est à l'autre bout de la Désolation. En admettant que je réussisse à parcourir tout ce chemin sans me reposer, il me faudrait au moins un jour pour y arriver. Nous n'avons pas autant de temps devant nous.

— Radath va envoyer des troupes à Lynn Valley, dis-je.

Une étincelle de surprise s'allume dans les yeux d'Aren.

— Quoi ? Quand ça ?

— Elles y sont peut-être déjà. Le seigneur Raen a parlé de « demain à la nuit tombée », c'est-à-dire aujourd'hui. (Je me détourne pour regarder le soleil couchant, même s'il ne m'indique pas l'heure qu'il est à Vancouver.) En ce moment même, si ça se trouve.

— Le seigneur Raen ? (Il fronce les sourcils.) Le père de Kelia ?

— Il m'a aidée à libérer Naito et Evan.

— Naito et... Ils sont vivants tous les deux ?

— Je crois que oui. (Je passe une main dans mes cheveux emmêlés.) Radath avait ordonné à Kyol de les exécuter. Comme je te l'avais dit, il n'a pas obéi, mais il refusait de les laisser partir. Les gardes m'ont surprise alors que je les aidais à s'évader.

Il me dévisage un long moment.

— Lynn Valley. Tu es sûre de ça ?

J'aurais préféré que ce ne soit pas le cas.

— Oui.

— Bon.

Il tourne la tête à gauche puis à droite, inspectant la forêt clairsemée comme s'il pouvait trouver la solution au problème accrochée à une branche d'arbre.

— Bon, répète-t-il.

Il me prend la main. Nous n'avons pas fait plus de dix pas qu'il raffermit son étreinte et accélère l'allure. Une demi-douzaine de pas plus tard, il lâche un juron.

Il se met à courir et m'entraîne à sa suite, mais toujours vers l'ouest. C'est la mauvaise direction. Il faut qu'il aille vers l'est s'il veut rejoindre à temps la frontière de la Désolation pour ouvrir une fissure et avertir les rebelles. Il est peut-être même déjà trop tard.

Je retire ma main de la sienne.

— Vas-y. Je m'en sortirai.

Il secoue la tête.

— Je ne peux pas te laisser.

— Tu ne peux pas les abandonner.

Il pose sur moi un regard peiné.

— McKenzie…

— Si la Cour trouve des rebelles là-bas et si elle attaque, l'affrontement pourrait s'étendre à des habitations humaines. Tu dois y aller.

Il baisse les yeux au sol. En secouant la tête, il sort une petite bourse de sa poche qu'il accroche à un anneau de ma ceinture, puis il détache une dague de la sienne. Il glisse les mains sous ma cape et autour de ma taille pour caler la lame et son fourreau dans le creux de mes reins.

Les mains toujours sur mes hanches, il s'écarte d'un demi-pas et soutient mon regard.

— Continue vers l'ouest. Tu devrais arriver à une route au lever du jour. Prends à droite et marche vers Belecha. En chemin, tu tomberas sur un croisement. Je t'y attendrai au matin, mais si je ne suis pas là… (Il prend une inspiration.) Si je ne suis pas là, il faudra que tu continues seule. Garde ton capuchon relevé et dissimule tes éclats de chaos. La Cour sera à ta recherche. Attends la nuit tombée avant d'entrer dans la ville, puis rends-toi dans une taverne où il y a du monde. Demande où tu peux trouver un *saristi*. C'est un oiseau du massif Adaris. Tout le monde te dira qu'il n'y en a pas à Belecha, mais le bruit remontera jusqu'aux partisans de Sethan… Il en a dans toutes les villes. Attends que l'un d'eux te trouve. Il t'emmènera en lieu sûr.

Je hoche la tête en essayant de rester calme et concentrée, même si je suis éreintée et que je ne veux pas qu'il s'en aille.

La mâchoire crispée, il resserre son étreinte sur mes hanches.

— Tu sais te débrouiller. Ça ira.

Ce n'est pas pour moi que je m'inquiète. Il boit de ses yeux argentés chaque détail de mon visage. Ce n'est pas bon signe qu'il se comporte comme s'il n'allait plus jamais me revoir.

— *Sidhe*, je ne veux pas te laisser.

Il plaque la main derrière ma tête et m'attire dans un baiser brutal.

Il a un goût léger et exotique, le goût du Royaume. C'est enivrant. Mes *edarratae* pulsent au rythme des battements de mon cœur. Je ressens sa chaleur, sa force. Au frisson qui le parcourt, une explosion se déclenche dans mon ventre. Il est doué pour m'obséder et chasser toutes les autres pensées de mon esprit. Il glisse sa langue entre mes lèvres, et lorsqu'il la fait danser avec la mienne, le monde autour se met à tourner. J'aurais pu continuer comme ça longtemps, mais Aren s'écarte et me serre les bras.

— McKenzie. (Il me donne un baiser furtif, s'attarde encore.) Je t'attendrai au croisement. Je te le promets.

Chapitre 24

Il ne m'attend pas le matin venu. Redoutant de ne pas réussir à repartir si je m'arrête pour me reposer, je marche toute la nuit et atteins la route de Belecha juste quand le ciel commence à rosir. Il me faut ensuite environ une demi-heure pour arriver au croisement. Je prévoyais d'y rester jusqu'à la fin de l'après-midi, mais – phénomène rarissime dans le Royaume – une tempête électrique menace. Et puis, Aren m'a dit d'aller à Belecha s'il n'était pas là. Il se peut qu'il n'arrive jamais jusqu'ici.

À cette pensée, j'ai mal au ventre.

Je bifurque vers le nord, les yeux rivés sur la terre que je foule sous mes bottes. Je ne suis pas la seule à me rendre à Belecha. Des marchands et leurs charrettes tirées par des *cirikith* commencent à envahir la rue. Je resserre les pans de ma cape, veillant à ce que mes mains et mon visage restent à l'abri des regards. C'est dans des moments comme celui-ci, quand je parcours un autre monde en compagnie de gens qui maîtrisent la magie, que je me demande si je ne suis pas folle. Il est possible que mon esprit soit prisonnier d'une sorte d'hallucination sophistiquée, tandis que mon corps serait toujours sanglé à un lit de l'hôpital de Belfont. C'est là-bas que mes parents m'ont envoyée. Je séchais tous mes cours, disparaissais sans donner d'explications, et on m'a surprise plus d'une fois à « parler toute seule » et à « faire des crises ». Kyol a mis un mois avant de m'y retrouver, et pendant ce temps on m'a obligée à avaler des médicaments, entourée de patients réellement fous.

Je ne me laisse pas embarquer dans mes vieux souvenirs et poursuis mon chemin. Je ne m'attends pas à aller jusqu'à Belecha – j'imagine qu'Aren va me rejoindre bien avant –, mais alors que le soleil se couche derrière les nuages noirs, je vois les premiers bâtiments à la périphérie de la ville se profiler à l'horizon. Si les murs n'étaient pas mangés par le lierre, les pierres se fondraient dans la grisaille. Le temps que la route de terre battue laisse la place à des pavés lisses, les façades se sont teintées d'une nuance bleue. La nuit est tombée. Des faes diffusent leur magie dans des réverbères surmontés par des orbes.

Je suis déjà venue ici, plusieurs fois d'ailleurs, mais Kyol m'a toujours amenée directement au portail. Même si j'avais eu quelqu'un pour m'aider à le traverser maintenant, nous aurions dû attendre le matin. La nuit tombée, l'accès aux portails des villes est restreint aux faes de la Cour, et ils n'auraient besoin de les emprunter que s'ils escortaient un humain.

Je m'emmitoufle dans ma cape et me hâte vers un bâtiment compact, dont la porte ouverte laisse échapper le bruit de conversations animées. À peine entrée à l'intérieur, je comprends à la vue des faes qui serrent leurs choppes et à l'odeur âcre de l'air vicié que je suis tombée sur une taverne. Et plutôt malfamée, me semble-t-il, car je ne suis pas la seule à me dissimuler sous un capuchon.

J'ai envie de me terrer dans un coin pour me reposer, mais je m'oblige à marcher encore un peu. Le tenancier, un fae décharné dont les cheveux noirs descendent largement sous ses épaules, me demande ce que je veux.

Je veux à manger, mais je dis :

— *Je cherche un saristi.*

Mon accent est désastreux. Il plisse les yeux.

— *Tu cherches quoi ?*

— *Saristi*, dis-je en espérant que j'insiste sur les bonnes syllabes.

— *Ce n'est pas la bonne province pour ça*, dit-il.

Puis :

— *Qu'est-ce que tu veux ?*

Vu la grimace du tenancier, je ne vais pas avoir le droit de rester si je ne commande pas quelque chose. Il y a un menu sur le comptoir. Comme je ne peux pas le lire, j'indique au hasard une ligne de symboles au milieu de la carte.

Je cache ma main aussitôt. Par chance, aucun *edarratae* n'a étincelé sur ma peau, mais bon sang, je ne peux pas me permettre d'être aussi imprudente.

— *Quinze tinril*, dit le tenancier.

Je n'ai aucune idée de ce que représente cette somme, mais je fouille dans la bourse qu'Aren m'a donnée et en sors quelques pièces. Veillant à ne pas exhiber ma main, je laisse tomber la monnaie sur le comptoir.

Après avoir haussé le sourcil, il fait glisser les pièces dans l'une de ses poches. Je serre les dents. Il est impossible que je lui aie donné la somme exacte, mais je n'ai pas l'intention de lui réclamer la monnaie. Je n'ai pas envie qu'il remarque à quel point au juste j'ai un accent étranger.

J'aimerais me tapir dans un coin, ou au moins contre un mur quelque part, mais la seule table libre se trouve au beau milieu de la salle. Vu que ça vaut tout de même mieux que de rester debout, je tire une chaise et m'assois. Peu importe que la chaise grince et vacille tellement qu'elle semble prête à tomber en morceaux au premier geste de trop ; ça fait du bien de soulager mes jambes. Ce serait encore mieux si j'avais un lit. Je suis certaine que même mes cauchemars ne me réveilleraient pas une fois que je serai couchée.

Quelques minutes plus tard, un fae pose un bol devant moi. Je ne sais pas ce qu'il y a dedans. Une espèce de purée nappée d'une substance jaune. Je commence par le pain, qui a peu de chances de me tuer, et en mange la moitié avant de trouver le courage d'en tremper un minuscule coin dans la sauce. Je prends une bouchée.

Et me retiens de la recracher. De l'écorce amère. Ils font de la sauce avec ce truc ?

Avec le ventre qui gargouille, je la repousse sur le bord et tente une petite cuillerée de la purée au fond du bol. Elle a un goût d'œufs parfumés à l'orange. C'est déroutant, mais mangeable.

Les faes entassés dans la taverne sont plus bruyants qu'à mon arrivée, mais je réussis à me déconnecter de leurs discussions. C'est facile, puisque je n'ai pas l'énergie de traduire ce qu'ils racontent. Je finis ce qu'il reste de la purée – dont le goût empire à chaque bouchée –, et hésite à demander à boire au tenancier.

Je n'ai pas eu le temps de me décider qu'on m'arrache mon capuchon. J'essaie de le relever en vitesse avant qu'on remarque mes éclats de chaos, mais il est trop tard. Tout le monde me dévisage – bouche bée, même –, sauf le fae qui m'a démasquée. C'est un colosse qui mesure presque un mètre de plus que moi.

— *Es-tu celle que recherchent les soldats ?* demande-t-il.

Le cœur battant, je recule d'un demi-pas vers la porte et dis :

— *Non.*

Il fronce les sourcils. Si ça ne lui plaît pas, il ne fallait pas poser la question. Il s'attendait vraiment à ce que je réponde « oui » ?

Un fae dans la foule dit quelque chose que je n'arrive pas à traduire, mais mon agresseur se frotte les mains sur son pantalon maculé de boue et répond :

— *Je l'ai trouvée, à moi les tinril.*

Ma tête a déjà été mise à prix ? Génial ! Je recule d'un autre pas vers la sortie.

— *Tu travailles pour les rebelles ?* demande une femme.

Elle porte un pantalon ajusté couleur terre de Sienne et un haut en voile blanc, long du côté gauche mais qui s'arrête juste au-dessus de sa hanche droite, ce qui lui permet d'accéder facilement à la dague qui s'y trouve accrochée.

— *Je ne travaille pour personne*, dis-je.

C'est la vérité, techniquement. Je n'ai pas encore aidé les rebelles. Enfin, sauf si on compte mon avertissement au sujet de Lynn Valley.

Le tenancier, qui de toute évidence ne trouve pas ma réponse à son goût, s'impose dans le cercle qui se forme autour de moi.

— *Si tu ne travailles pas pour le roi, tu travailles pour les rebelles. Fiche le camp.*

— *On devrait la livrer aux rebelles*, crie quelqu'un du fond de la salle.

Quelques murmures d'approbation s'élèvent, mais la majorité semble caresser l'idée de se faire de l'argent.

J'ai toujours la dague d'Aren dissimulée sous ma cape. Elle ne me sera d'aucune utilité contre les trente et quelques faes qui se trouvent ici, mais si un individu seul essaie de me livrer aux autorités, j'aurai peut-être une chance.

— *Je n'ai pas envie que les soldats du roi débarquent dans mon bar.* (Le tenancier dévisage le fae qui m'a arraché mon capuchon.) *Sors-la d'ici.*

J'aimerais mieux que n'importe qui d'autre ou presque me raccompagne dehors. Ce type fait presque le double des autres. Et il empeste. L'alcool et la bouse de *cirikith*, je crois.

— *Tu peux te faire deux fois plus de tinril en la vendant*, dit un fae qui se tient entre moi et la sortie.

— *La vendre ?* demande le colosse.

Le fae hoche la tête une fois.

— *Je connais un endroit.*

Un frisson me court sur la peau. Je balaie la taverne du regard dans l'espoir de trouver une issue. Mais ces gens-là ne seront pas du genre à me porter secours s'ils n'obtiennent rien en échange, et je ne sais pas combien j'ai de *tinril* dans la petite bourse qu'Aren m'a donnée. Je doute que ça suffise. En plus, rien n'empêcherait quelqu'un de me la voler. Il vaut mieux que je n'en parle pas du tout.

Je pose les yeux sur le tenancier. Il fronce toujours les sourcils, mais les rides sur son front me semblent plus marquées qu'avant. Et j'ai l'impression qu'il est plus écœuré que furieux. Ça fait au moins une personne ici à qui l'idée de me vendre pose un problème.

— *Tu vas la livrer à la Cour, Delan*, dit-il.

— *Tu m'as dit de la sortir d'ici.* (Delan articule tellement mal que je peine à le comprendre.) *Je vais le faire. Ce que je fais d'elle ensuite, ça…*

Quelque chose.

— *J'ai une autre solution*, lance une voix familière.

Le groupe de faes qui bloque l'entrée de la taverne s'écarte pour révéler le nouveau venu qui se tient sur le pas de la porte : Lorn. Il ne me regarde pas, et tire sur ses manchettes comme si la scène l'ennuyait déjà. Je ne sais pas si je devrais être soulagée de le voir ou non.

— *Je l'emmène*, dit-il une fois satisfait de sa mise.

— *En échange de combien ?* demande Delan.

Lorn se contente de rire et répète :

— *Je l'emmène.*

— *Pas sans payer.*

Delan s'avance pour m'empoigner le bras.

Je fais un bond en arrière, puis sursaute de nouveau lorsqu'un couteau s'enfonce dans sa poitrine. Delan m'adresse une grimace comme si c'était moi qui l'avais lancé. Ce n'est pas le cas. Je ne sais pas du tout d'où il sort. Ça ne vient pas non plus de Lorn. Il est toujours sur le pas de la porte, l'air aussi détaché que jamais.

Delan baisse les yeux sur la garde de l'arme. Il la serre dans sa main et hésite un instant avant de déloger le couteau.

Erreur. Il écarquille les yeux en voyant le sang se déverser de la plaie. Il plaque la main contre son torse pour arrêter le flux et interpelle du regard les clients de la taverne, mais personne ne lui vient en aide.

Ses genoux cèdent. Il tombe à quatre pattes et disparaît dans l'éther avant d'avoir réussi à se relever. Les autres faes se dévisagent, sans doute pour essayer de deviner lequel d'entre eux a lancé le couteau.

Lorn brise le silence.

— *Maintenant que la question est réglée…* McKenzie.

Je m'arrache au spectacle du sang frais sur le parquet. En serrant les dents, je m'avance et contourne la flaque. Quand j'arrive à sa hauteur, Lorn relève mon capuchon et nous sortons ensemble.

Une silhouette drapée dans une cape nous attend. Je relâche mon souffle en apercevant le visage de Kelia, non seulement parce qu'elle est vivante, mais aussi parce qu'elle est là. Je me fie davantage à elle qu'à Lorn.

— Aren va bien ? je demande.

Elle hoche la tête.

— Naito ?

Il n'est toujours pas revenu. Ce n'est pas bon signe, mais je lui dis :

— Il allait bien il y a un jour. Il a réussi à s'enfuir du palais avec un diseur d'ombres du nom d'Evan.

Lorn nous dépasse en coup de vent.

— Trêve de bavardages, mes chères. Le portail est plutôt loin d'ici.

— Personne n'a le droit d'emprunter le portail après la nuit tombée.

C'est son monde ; il devrait le savoir.

— C'est vrai, dit-il sans ralentir. Mais j'ai mis les gardes dans ma poche.

J'adopte un rythme soutenu pour ne pas me laisser distancer. C'est qui, ce type, au juste ? Le parrain du Royaume ?

Kelia n'a pas besoin de presser le pas pour rester à ma hauteur.

— S'ils ont réussi à sortir de Corrist, ça ira. (Elle semble plutôt confiante.) Naito sait où il peut trouver de l'aide.

Lorn jette un coup d'œil derrière lui et pousse un soupir en constatant que nous sommes à la traîne.

— Déjà que nous sommes obligés de nous rendre à un portail pour ouvrir une fissure, faut-il qu'en plus tu marches si lentement ? Vraiment, Kelia, je ne sais pas comment tu fais pour supporter Naito.

Kelia lève les yeux au ciel.

Nous effectuons le reste du trajet en silence. Par chance, nous parvenons à éviter les faes de la Cour, ce qui tient de l'exploit. On dirait que toute la garnison de Belecha est à ma recherche, et je déteste cette impression d'être traquée. Je n'arrête pas de regarder par-dessus mon épaule tandis que Lorn nous guide à travers la ville. Tout ce que je veux, c'est trouver ce maudit portail et retourner sur Terre. Je sais comment les choses fonctionnent là-bas, j'arrive à me débrouiller. Ici, je suis pratiquement sans défense, et j'en ai assez de devoir dépendre d'autres personnes.

La perspective de rentrer chez moi me donne la force d'avancer. Quand nous atteignons la rive du lac et que je constate que pas moins d'une dizaine de soldats surveillent le portail, je regarde Lorn en priant pour qu'il les ait tous achetés.

Il pousse un soupir exagéré.

— Il n'y en avait que deux ici tout à l'heure. Si nous t'avions trouvée plus tôt… Kelia, va chercher Aren. S'il veut sa magicienne des ombres vivante, il va devoir délaisser les *tor'um*.

Elle ouvre une fissure. J'observe ses ombres se tordre et s'épaissir jusqu'à former ce que je suppose être la topographie de Lynn Valley.

— Aren est toujours là-bas ? je demande à Lorn en resserrant les pans de ma cape lorsqu'une bourrasque de vent froid s'engouffre dans l'étroit passage où nous nous cachons.

Il s'adosse à un mur de pierre.

— Il soigne les *tor'um* qui sont parvenus à s'enfuir dans les bois. Ils sont peu nombreux, mais leurs blessures sont graves. Si tu as de la chance, Aren n'aura pas encore épuisé toute son énergie.

— Tu y étais ? Au moment de l'attaque, je veux dire.

— Je m'occupais de Kelia, oui. Sa déprime… Eh bien, même moi j'en prends un coup.

Une véritable prouesse, je parie. Je m'appuie contre le mur en face de lui.

— Tu es uni à elle.

— Mmm, murmure-t-il en triturant la garde de son épée tandis qu'il surveille la rue.

Comme il ne développe pas, je demande :

— Pourquoi Kelia ?

— Il fallait que je contracte une union.

— Elle ne fréquentait pas Naito ?

Lorn glousse.

— Oh si, elle le fréquentait… la nuit, je suppose. (Il me jette un coup d'œil, rictus aux lèvres.) Les fils et filles de Cyneayen ont des… comment dire ? des réserves magiques ? L'union me permet d'y avoir accès. Ma magie requiert beaucoup d'énergie, surtout quand les faes s'opposent à mes petites incursions mentales.

— Elle a accepté de…

Je me plaque contre le mur lorsque deux fissures fendent les ténèbres. Kelia et Aren. Seigneur, Aren a l'air vidé. Il est couvert de crasse et de sang. Je ne vois pas de blessures graves, mais il semble avoir autant de mal que moi à tenir sur ses jambes.

Il me salue d'un sourire mais ses yeux semblent éteints.

— Ça va ?

— Je vais bien, je mens. (J'irai bien quand j'aurai quitté le Royaume.) Le portail est gardé. Il doit y avoir une dizaine de soldats.

Il hoche la tête, puis s'avance au bout de la ruelle étroite pour jeter un coup d'œil à l'angle.

— Trop nombreux, dit-il comme s'il parlait tout seul. Je vais avoir besoin d'aide, mais nous sommes dispersés. Blessés.

Il se passe une main dans les cheveux.

Je ne l'ai jamais vu dans cet état. Il a l'air… pas désorienté non plus… perdu, peut-être ? Comme s'il n'avait aucune idée de ce qu'il doit faire. Alors que j'essaie toujours de déterminer ce qui ne va pas, Kelia murmure à Lorn :

— Sethan a rejoint l'éther.

Un bloc de glace pèse sur mon estomac. Abattu, voilà de quoi Aren a l'air. Ça a beau être lui qui élabore la stratégie de guerre – où, quand et comment attaquer la Cour –, il n'est pas un Descendant. Il ne peut pas remplacer Atroth. Seul Sethan le pouvait.

Merde. La rébellion vient-elle de perdre la guerre ?

— Les autorités de Vancouver sont sur place, ajoute-t-elle. Il y a eu des incendies. Des flèches perdues. Des morts chez les humains. On ne sait pas encore ce que la police pense de ce qui s'est produit.

J'ai l'impression qu'on vient de me planter un pic de glace dans les yeux. Je presse ma paume sur mon front pour réduire la pression. Une part de moi refusait de croire qu'Atroth autoriserait cette attaque. Ses faes se sont toujours mis en quatre pour ne pas impliquer d'humains normaux.

— Je suis désolée, dis-je à Aren lorsqu'il se replie dans l'obscurité.

Il m'adresse de nouveau un simulacre de sourire.

— On va te faire sortir d'ici.

— Ce n'est pas ce que…

— Alors que la situation est en notre défaveur ? (Lorn secoue la tête.) Je pense que je vais repartir avec Kelia. J'ai déjà consacré bien assez de temps et d'énergie à ta misérable rébellion.

Sa misérable rébellion. Un muscle tressaute dans la joue d'Aren. Je suis sûre qu'il souffre de voir tout ce pour quoi il s'est battu s'effondrer avec la mort d'un seul fae.

— Je reste vous aider, dit Kelia.

Lorn lève les yeux au ciel, mais sa proposition n'a pas l'air de le surprendre.

Il va devoir nous donner un coup de main aussi s'il veut veiller à sa sécurité.

— Il n'y a personne à qui tu pourrais faire appel ? je lui demande, me souvenant de la dague que quelqu'un de la taverne a lancée pour tuer Delan.

— Lorn tient trop à sa neutralité pour impliquer des gens.

Aren s'avance prudemment à l'angle du bâtiment.

Lorn hausse les épaules.

— Je m'accommode bien de la régence d'Atroth. Mes associés n'ont aucune raison de vouloir qu'un nouveau roi occupe le palais d'Argent.

Voilà pourquoi je ne me fie pas à Lorn… De toute évidence, il n'offre son aide que quand il y a de l'argent à se faire. Ou Kelia à protéger.

Aren revient dans l'ombre.

— Les faes sont plus nombreux. Et ils se déplacent.

— Ils organisent des patrouilles sur la rive ? demande Lorn.

Au hochement de tête d'Aren, il ajoute avec un soupir forcé :

— Ce n'était qu'une question de temps.

— Il faut qu'on bouge, dit Aren. Je tiendrai les soldats à distance du mieux que je le pourrai, mais il va falloir que tu t'occupes de ceux que je n'arriverai pas à retenir, Lorn. Reste avec McKenzie et Kelia jusqu'à ce qu'elles traversent le portail.

Il m'adresse un regard d'assurance feinte.

— Tu as la dague que je t'ai donnée ?

Je la tire de ma ceinture.

— Bien. Tu ne devrais pas avoir à t'en servir.

Avec un ricanement sarcastique, Lorn rajuste l'épée à sa ceinture. Je ne sais pas pourquoi, mais j'ai le sentiment qu'il n'a pas versé de sang avec cette lame depuis des décennies.

Je tremble tandis que nous progressons vers la façade du bâtiment. Aren est épuisé. Même s'il était frais et dispos, il aurait du mal à affronter une dizaine de faes en même temps. À moins de diviser ce nombre par deux, je ne vois pas comment il va s'en sortir.

— Prête ? il demande.

Non, je ne suis pas prête. Cette histoire n'a aucune chance de bien se terminer.

Il place une pierre d'ancrage dans ma main.

— Attendez, dit Kelia alors que nous allions nous remettre en marche.

Lorn lui jette un coup d'œil.

— Tu veux revenir sur ta décision, ma chère ?

Sans lui accorder un regard, elle dit :

— Je suis capable de créer des illusions mineures.

Elle tend la main. Je l'observe pendant cinq bonnes secondes en me demandant ce qu'elle fait, avant de remarquer qu'un petit sourire étire les lèvres d'Aren. Il la serre dans ses bras.

— Ça aidera. (Il s'écarte d'elle et se tourne vers moi.) Elle imite tes *edarratae.* Ce n'est pas parfait, mais ça suffira à tromper les faes de la Cour.

Un leurre. Astucieux.

— Elle ouvrira une fissure quand les faes nous encercleront, dit Aren. J'essaierai d'attirer les attaques des autres sur moi pendant que Lorn te fera traverser le portail.

L'intéressé pousse un soupir.

Les nœuds de mon estomac se desserrent un peu. Ça pourrait marcher. Je hoche la tête pour leur signifier que je suis prête, puis Kelia et moi relevons nos capuchons.

Nous avançons du pas tranquille de quatre personnes qui ne font que se promener dans la rue. Les gardes nous repèrent aussitôt. Le groupe du portail vers lequel nous nous dirigeons compte plus d'une dizaine de faes à présent. Si la moitié ne suit pas Kelia quand elle se mettra à courir, nous sommes fichus.

Aren attend que nous ayons pratiquement atteint le revêtement en argent pour ordonner :

— Allez-y !

Kelia perd son capuchon lorsqu'elle s'élance. Il s'écoule une seconde de silence avant que cinq faes de la Cour se secouent de leur stupeur et partent à sa poursuite. Aren et Lorn dégainent leurs épées. Je sors ma dague.

Dès qu'ils ont quitté la bande argentée, les gardes imitent Kelia en ouvrant une fissure à leur tour. Nous courons sur le revêtement, Aren en tête. Il abat un fae avant qu'il ait eu le temps de tirer son épée, puis s'occupe d'en repousser deux autres pendant que Lorn et moi nous précipitons vers le portail.

Deux faes nous barrent la route. Lorn marmonne dans sa barbe, mais contre leurs attaques.

Alors que je rejette mon capuchon, certaine qu'ils ont deviné que j'étais humaine, je vois quelqu'un fondre sur moi du coin de l'œil.

Je brandis ma dague. L'épée du fae se fracasse contre ma lame, l'éjectant de ma main et envoyant une décharge de douleur dans mon poignet. Il aurait amplement le temps de m'achever. Il n'en fait rien.

Lorsqu'il m'empoigne le bras, je lui écrase le nez d'une gifle. Pour l'empêcher de m'attirer vers lui, je redouble mes coups. Serrant son nez ensanglanté, il s'élance à ma suite dès que je me mets à courir.

Aren s'interpose entre nous et le tue sans perdre un instant.

Je m'enfuis vers Lorn et vers le portail, récupérant ma dague par terre au passage. Au nombre d'âmes d'ombre qui s'élèvent dans l'air, je constate que Lorn est un bien meilleur combattant que je ne l'avais cru. Après s'être débarrassé d'un autre fae, il plonge la main dans la rivière.

Je le perds de vue quand un soldat se jette en travers de mon chemin. Aussitôt, Aren est à mon côté. Il me repousse sur la droite et part à la charge.

Ils sont trop nombreux. Deux faes s'avancent, l'épée au poing, plus prudemment que celui à qui j'ai cassé le nez. Ma petite dague ne pourra pas grand-chose contre eux et… et merde. Ils ont appelé des renforts.

Une dizaine de fissures déchirent l'air à la limite du revêtement en argent. Alors que des faes surgissent des rais lumineux, une arbalète s'élève au milieu des ombres sinueuses.

— Aren !

Le fae tire.

Aren ne parvient pas à ouvrir une fissure à temps pour éviter le projectile, mais celui-ci manque sa poitrine et va se planter dans le dos du fae qu'il tient devant lui en guise de bouclier. Protégé par son armure en *jaedric*, le fae ne disparaît pas dans l'éther. Il est encore vivant lorsque l'arbalétrier décoche un second trait et qu'Aren se sert de nouveau de son corps pour se défendre.

Je reporte mon attention sur les deux soldats devant moi. L'un d'eux est défiguré par une cicatrice qui va de sa tempe jusqu'à sa mâchoire. Je fends l'air de ma dague lorsqu'il plonge. Mon seul avantage, c'est qu'ils me veulent vivante.

Le balafré se déporte sur la droite et commence à me tourner autour, tandis que l'autre agite son épée. Il joue avec moi, cet enfoiré !

Je recule pour les obliger à rester devant moi. C'est inutile, Lorn vient à la rescousse. Il télescope le balafré et le désarme à temps pour intercepter l'attaque de l'autre fae.

— Le portail, s'il te plaît, McKenzie, dit Lorn en enchaînant deux frappes hautes avant de tenter un coup bas.

L'air froid de la nuit me brûle les poumons tandis que je me baisse pour éviter les combattants. La fissure de Lorn est restée ouverte sur le portail, mais je ne peux pas l'emprunter sans un fae.

Oh, merde. Des faes, il y en a plein autour. Le garde que Lorn a désarmé m'aperçoit, puis jette un coup d'œil au portail. Je vois pratiquement son plan se former dans son regard.

Il se rue sur moi.

Je donne un coup de dague. Je m'attends à ne rencontrer que du vide, mais il est plus rapide qu'un humain et m'atteint trop vite. Ma lame transperce son ventre et reste coincée à l'intérieur. Puis elle achève de déchiqueter sa chair.

Je lève une main pour l'empêcher de me percuter. Je sens du sang chaud sous ma paume et… oh, Seigneur, je crois que ce sont ses intestins… avant qu'il s'effondre.

J'ai encore les yeux fixés sur lui quand Lorn m'empoigne. Je continue à le regarder tandis que Lorn me traîne jusqu'au portail. Le soldat rejoint l'éther au moment où nous disparaissons dans l'Entre-Deux.

Chapitre 25

Agrippée à la cuvette en porcelaine, je vomis dans les toilettes. Je ne sais pas s'il vaut mieux garder les yeux ouverts ou fermés. Si je les ouvre, je verrai le sang rouge vif que j'ai étalé sur la lunette blanche. Si je les ferme, je verrai le visage blême et déformé par la douleur du fae que j'ai tué.

Le fae que j'ai tué.

Nouveau haut-le-cœur, mais j'ai déjà vomi le minuscule repas que j'ai avalé à la taverne. Le corps secoué de spasmes, je tremble. Je n'arrive pas à m'arrêter. Ce n'est pas la première fois que je vois des faes mourir, mais je n'avais encore jamais senti une lame entamer la chair de cette manière, ni pressé la main contre des entrailles. Je n'avais jamais causé directement la mort de quelqu'un.

Je devrais être jugée pour meurtre. D'accord, c'était de la légitime défense, mais même dans ce cas un juge me condamnerait à… quelque chose.

—Elle est blessée ?

La voix d'Aren derrière moi.

—Elle va bien, dit Lorn, posté près de la porte. Ce n'est qu'un léger malaise. Elle a réussi à tuer l'un des gardes.

Aren pose la main sur mon épaule et me détourne des toilettes.

—McKenzie ?

Ma vue se trouble. Au souvenir de la scène, mon estomac se retourne. Je n'ai qu'une envie, retourner dans l'Entre-Deux où la lumière est trop vive pour voir et où il fait trop froid pour réfléchir.

— Je suis plutôt impressionné, d'ailleurs, dit Lorn. Je ne savais pas les filles humaines capables de tuer.

— La ferme, Lorn. (Aren me prend le menton.) Regarde-moi, McKenzie. Regarde-moi.

Je m'oblige à soutenir son regard argenté. J'essaie d'occulter la trace de sang sur sa mâchoire, et d'oublier qu'il a tué de ces mains qui me touchent bien plus de faes que moi.

— McKenzie ?

Aren m'écarte les cheveux du visage.

Je ne pleure pas. Comment est-ce possible ? Je viens de tuer un homme.

— Tout va bien, McKenzie.

Non, tout ne va pas bien.

— Où est-ce qu'on est ?

Aren plisse les yeux.

— Dans le Colorado. Naito vit ici.

— Il est là ? je demande.

Je parviens à me lever sans son aide.

— On ne l'a pas encore trouvé.

Je ne supporte pas cette façon qu'il a de me regarder, comme si j'étais fragile et à deux doigts de m'effondrer. Je hoche la tête et sors de la salle de bains.

Il me suit dans le salon. Les rebelles se sont mis à l'aise, les quelques-uns qui sont là du moins. Lena est assise sur un canapé couleur sable entre Trev et un autre fae, Nalst je crois. Trois faes sont installés à sa droite sur des chaises prises dans la salle à manger. Ils détonnent tous ici, et ce n'est pas seulement à cause des éclats de chaos qui étincellent sur leur peau. Ils sont trop blafards et crasseux pour avoir leur place dans une maison comme celle-ci. Ce n'est pas non plus un manoir comme celle de Shane, mais elle est tout aussi bien agencée. Soit Naito a du goût pour les draperies et les meubles d'ornement, soit il a engagé un décorateur d'intérieur.

J'entends des bouteilles s'entrechoquer dans la cuisine. Comme le rez-de-chaussée de la maison est spacieux et ouvert, j'aperçois la pièce depuis le bout du couloir. Un plan de travail en granit la sépare du salon. Kelia est de l'autre côté, la tête dans le réfrigérateur. Je crois bien que c'est le seul appareil électrique qui fonctionne dans cette maison. Les lampes sont toutes débranchées, il n'y a pas de télévision dans le salon, et je ne vois pas de téléphone ou d'autre objet de ce genre.

— Tu devrais manger un morceau, dit Aren.

— Boire lui ferait plus de bien.

Lorn nous dépasse et s'arrête là où la moquette crème rejoint le carrelage de la cuisine.

— Kelia, ma chère. Pourrais-tu s'il te plaît t'éloigner de la machine à froid ?

— Réfrigérateur. (Elle tend la main, sans se retourner vers lui.) Et ça ne perturbe pratiquement pas mes *edarratae*.

— Ça les perturbe tout de même, dit-il. Vraiment, j'ai parfois l'impression que tu endommages ta magie juste pour me contrarier.

— Tiens. (Elle lui passe une bouteille de vin blanc, puis regarde Aren.) Il n'y a rien à manger. On va devoir sortir chercher de la nourriture.

— Je vais y aller, dis-je.

Trop vite. Aren me jette un regard que je ne lui avais pas vu depuis ma dernière tentative d'évasion, même si cette fois il n'a rien d'amusé. S'il pense que je vais m'enfuir, il se trompe. Je n'y songe pas en tout cas, mais j'ai besoin d'un peu de temps pour réfléchir. Seule.

— Tu veux peut-être prendre une douche, d'abord ? suggère-t-il.

Je baisse les yeux. Nom de… Je ne peux pas sortir en public comme ça. Avec mes vêtements maculés de sang, je finirais forcément au poste.

Mais je devrais finir au…

Non. Je refuse de penser à ça.

— Ouais, dis-je. Je vais me doucher.

Kelia aligne plusieurs verres à vin sur le plan de travail.

— J'ai des vêtements de rechange dans le placard de Naito. Il va falloir que quelqu'un d'autre aille au magasin.

— Kelia, dit Lorn sur un ton d'avertissement.

Elle lui adresse une moue furtive, ouvre une fissure…

— Kelia !

… et disparaît.

— *Nome Sidhe*, jure Lorn. Elle aurait au moins pu… (Il s'interrompt. Du coin de l'œil, je le vois se retourner vers moi.) Toi, magicienne des ombres. Lis sa piste.

Je suis déjà en train de l'observer. Les ombres dansantes m'attirent comme si elles étaient magnétiques. Elle est ressortie dans le Royaume. Au nord. Corrist, je présume, car je suis sûre qu'elle est à la recherche de Naito.

Lorn me met un magazine ouvert dans la main gauche et un stylo dans la droite. Je cartographie les volutes qui obscurcissent ma vision, puis tourne la page pour me recentrer sur le quartier sud de la ville. Je continue à griffonner les ombres jusqu'à pouvoir déterminer l'emplacement de Kelia.

— Corrist, dis-je pour que la magie opère.

Lorn jette un coup d'œil par-dessus mon épaule. J'ai dessiné la carte sur le schéma d'une sorte d'atome. J'espère que le texte ne rend pas mes lignes trop illisibles.

— Merci.

L'instant suivant, sa fissure déchire l'air. Je me concentre sur le magazine que j'ai à la main pour ne pas me laisser happer par ses ombres. C'est un numéro de *Popular Science*. Dans les articles en première page, il y a la photo d'un cadavre. Je le distingue entre mes doigts tachés de sang.

Soudain, mes mains me démangent et je jette le magazine sur le plan de travail. Les poings serrés, je me précipite vers la chambre de Naito pour prendre des vêtements propres.

Je traîne dans la salle de bains longtemps après avoir fini de me doucher. Ma peau est propre, pas ma conscience. Je me sens même plus coupable qu'avant. Quand je commence à étouffer dans l'air chaud et humide, je me lève pour entrebâiller la porte. Alors que je n'avais pas l'intention de sortir, je me retrouve au bout du couloir. Le salon est rempli de faes. Aren parle avec un homme aux cheveux noirs qui secoue la tête. Je déduis à son pantalon noir et son veston richement brodé que ce doit être un noble. Sans compter qu'il s'est entouré d'une escorte de quatre gardes, tous armés et prêts à défendre leur employeur.

La porte attire mon regard. Kyol m'avait dit il y a des années que ce n'était pas ma guerre. J'aurais dû l'écouter, et il n'est pas trop tard. Je peux laisser tout ça derrière moi et reprendre une vie d'humaine normale, sans craindre de me retrouver dans la situation de devoir tuer pour survivre.

Je ferme les yeux et prends une inspiration. Non. Démissionner n'est plus envisageable. Les choses ont changé depuis que j'ai découvert le Royaume. Les faes de la Cour ne sont plus les gentils, et je dois remédier au mal que j'ai causé ces dernières années.

Alors que je suis sur le point de m'obliger à rejoindre les rebelles dans le salon, je vois deux rais de lumière se matérialiser par la fenêtre. Naito et Evan se détachent des ombres qui se tordent dans le jardin, accompagnés de deux faes que je n'ai jamais vus. Evan trébuche.

— Aren ! je lance.

Il se saisit de son épée.

— Naito et Evan, dis-je en lui indiquant la porte au moment où les humains entrent en chancelant.

— Il est blessé, dit Naito.

Remarque inutile, vu qu'une flèche transperce la poitrine d'Evan.

Aren lâche son épée et aide Evan à s'installer sur une chaise. Il est blanc comme un linge et ses lèvres sont sèches et craquelées.

Lena se lève du canapé.

— Maintenez-le, dit-elle. Je vais le soigner.

Aren soutient Evan par une épaule, Naito par l'autre. Puis Lena referme la main sur la tige de la flèche et tire.

J'ai l'estomac qui se retourne, mais je n'arrive pas à m'arracher au spectacle du sang qui jaillit de sa poitrine et entre les doigts de Lena tandis qu'elle appuie ses paumes sur la blessure.

Evan transpire. Il cesse de lutter contre Naito et Aren et s'immobilise. Lorsqu'il ferme les yeux, je m'attends presque à voir son âme d'ombre s'élever dans les airs. Mais il n'est pas fae. Il est humain et…

Je respire quand il hoche la tête et marmonne un remerciement. Il n'est pas mort. Pas encore, du moins.

Naito se redresse. Il s'écarte pour balayer le salon du regard, jette un coup d'œil au noble à la chevelure noire et à ses gardes du corps, puis va inspecter la cuisine. Il passe devant moi pour regarder dans le couloir avant de revenir sur ses pas.

— Où est Kelia ?

— Elle te cherche, dit Lena, acceptant la serviette que lui tend Trev et s'y essuyant les mains. Elle va bien. Enfin, elle allait bien quand elle est partie.

— Lorn l'a suivie, j'ajoute.

— Lorn ?

Naito marmonne dans sa barbe, puis :

— Elle ne l'écoutera pas.

— Je vais envoyer quelqu'un les ramener, dit Aren. (Il échange quelques mots avec Trev, qui ouvre une fissure et disparaît.) Qu'est-ce qui vous est arrivé, vous deux ?

— Des archers, répond Naito en allant à la cuisine. (Il prend la bouteille de vin que Lorn n'a pas eu le temps d'ouvrir.) On a dû courir pour atteindre le portail. Il a reçu une flèche juste avant qu'on ouvre une fissure.

— Quelqu'un aurait pu vous pister ?

Naito scrute le jardin avant de se retourner vers Aren.

— Non. On a vérifié qu'il n'y avait pas d'humains avant d'agir.

Aren se détend. Le noble lui dit quelque chose, mais le bruit de fissures qui s'ouvrent couvre ses paroles. L'instant suivant, lui et ses gardes disparaissent.

Naito vient vers moi et me tend un verre de vin.

— Tu as l'air d'avoir besoin d'un verre.

Pas autant que lui. Trev n'est parti que depuis deux minutes, mais Naito n'arrête pas d'inspecter le jardin comme s'ils auraient dû être rentrés depuis des heures. Franchement, si lui et Kelia ne sont pas bientôt réunis, leur histoire risque de virer un peu trop Roméo et Juliette.

Je sirote mon vin tandis qu'il descend la moitié de son verre. Un silence de plomb s'abat sur le salon. Aren se laisse tomber dans le canapé à côté de Lena comme s'il capitulait face à la pesanteur de l'atmosphère. Nalst et les autres faes s'assoient à leur tour.

— Le fae qui est parti à l'instant, dit Naito d'une voix à peine plus forte qu'un murmure. C'était Shyre, fils d'Asray. Son père est le haut noble de Criskran. Ils soutiennent la rébellion. Enfin, soutenaient. Il vient juste de mettre un terme à notre alliance. Que s'est-il passé à Lynn Valley ?

— La bataille s'est étendue aux voisins des *tor'um*. Des humains sont morts.

Une pause, puis j'ajoute :

— Sethan est mort.

Naito ferme les yeux. Lorsqu'il les rouvre, il vide ce qu'il reste de son verre et s'en sert un autre. Je tends le mien pour qu'il le remplisse aussi. J'ai besoin de noyer dans l'alcool ce que je viens de comprendre : j'ai rejoint le camp des perdants.

Chapitre 26

— Naito !

Le cri de Kelia m'arrache de mon sommeil. Je rejette la tête en arrière et me cogne contre le mur.

— Kelia !

À côté de moi, Naito se lève d'un bond.

Kelia se jette dans ses bras. Il chancelle et manque de s'effondrer sur le canapé, mais ça n'a pas l'air de le gêner. Appuyé contre le dossier, il l'enlace. Lorsqu'ils s'embrassent, un éclair bleu irrégulier traverse la joue de Kelia. Il se glisse entre les lèvres de Naito, puis fuse le long de son cou pour disparaître sous le col de sa chemise.

Regarder les *edarratae* jouer sur leur peau me rend sensible à la fraîcheur de la pièce. Je me tourne vers le canapé, mais Aren n'est pas là. Il n'y a que Lena. Malgré la scène de pelotage qui se déroule derrière elle, elle ne bronche pas et garde les yeux fixés sur la surface carrelée de la table basse. Pour une fois, je ne la déteste pas. Elle vient de perdre son frère, et je me sens mal d'avoir travaillé pour les gens qui l'ont tué.

Le store du fond cliquette. Lorn referme la porte derrière lui et pousse un soupir exagéré.

— Pourriez-vous vous retenir en ma présence, tous les deux ? Ma tolérance a ses limites.

Naito et Kelia s'écartent l'un de l'autre. D'environ un centimètre.

J'avale la gorgée de vin qui reste au fond de mon verre, puis me lève pour le poser sur le plan de travail. Aren émerge du couloir, Sosch perché sur les épaules. Comme je n'ai pas revu le *kimki* depuis qu'Aren m'a fait traverser le portail en Allemagne, je suis contente qu'il soit sain et sauf, même s'il semble tout aussi las et abattu que le fae.

Aren jette un coup d'œil à Naito et Kelia avant de me regarder. Seigneur, il a vraiment l'air fatigué. Il ne s'est ni douché ni reposé. Les discussions qui l'ont retenu tout l'après-midi ne lui en ont pas laissé le temps. Shyre n'est pas le seul fae à être passé pour confirmer la mort de Sethan. La Cour proclame sa victoire à travers tout le Royaume, et chaque fois que la nouvelle est véhiculée, de nouveaux partisans de la rébellion se rétractent. L'organisation tout entière bascule sur un piédestal qui ne la soutient plus.

Aren pose Sosch par terre et m'adresse un sourire las. Je ne supporte pas de le voir comme ça.

— Kyol a dit qu'il parlerait au roi, lui dis-je. Atroth acceptera peut-être de négocier un traité.

Apparemment, ce n'était pas la chose à dire. L'expression d'Aren se durcit. Il passe devant moi pour aller s'asseoir sur le canapé à côté de Lena.

Quoi, je ne peux même plus mentionner le nom de Kyol ? Bref, passons. Aren n'a pas le choix, il doit envisager toutes les solutions. Ce n'est pas parce que Sethan est mort que Radath va arrêter de traquer les rebelles.

Lorn me dévisage. Naito et Kelia aussi, mais ce n'est pas aussi flagrant.

— Assieds-toi, Lorn, ordonne Aren en prenant une dague posée dans son fourreau sur la table basse.

Il la serre entre ses paumes, pointe vers le bas.

Je fronce les sourcils tandis que Lorn s'avance dans le salon et se laisse tomber dans un fauteuil. Voyant Naito et Kelia s'installer dans l'autre, je m'assois par terre devant la cheminée et passe mes bras autour de mes genoux.

— Nous devons trouver un nouveau candidat au trône, dit Aren d'une voix calme. Un Descendant dont la lignée ne peut pas être remise en question.

Pour une raison que j'ignore, tous les regards se braquent sur Lorn.

En s'en apercevant, Lorn se met à rire.

— Oh non. Pas moi. Régner sur le Royaume dans l'ombre me satisfait pleinement. Je n'ai aucun désir d'être roi.

— Après celle de Sethan, c'est ta lignée la plus pure, dit Aren. Les nobles te soutiendraient.

— Ma lignée est la plus pure après celle de Sethan… et d'Atroth, réplique Lorn. Sans compter que ma réputation entacherait toute la rébellion.

Lena s'agite à côté d'Aren.

— La moitié du Royaume est déjà au courant que tu nous as aidés, dit-elle.

Même s'il n'y a guère d'énergie dans sa voix, elle est là et elle participe. Si elle donne son appui à Lorn, les partisans de Sethan l'envisageront peut-être eux aussi. Si Lorn veut bien se laisser convaincre.

Il secoue la tête.

— Non, ils savent que je suis lié à Kelia, et ils ne connaissent d'elle que sa réputation d'excentrique.

— Hé !

— C'est la réalité, ma chère. (Il lui sourit.) Ton obsession pour tout ce qui est humain n'est pas naturelle.

Elle lève les yeux au ciel, une réaction très humaine qui donne raison à Lorn. Naito se penche vers elle et murmure à son oreille. En riant, elle vient se blottir plus près de lui.

Quand ses *edarratae* fusent le long des bras de Naito, ma peau me picote et je ne peux pas m'empêcher de regarder Aren. Il m'observe, la mine sombre. Je n'aime pas lui voir cet air grave et distant.

Je vais probablement regretter la question que je m'apprête à poser pour le restant de mes jours, mais j'ai moi-même reconnu il y a quelques minutes que les rebelles devaient envisager toutes les solutions. Autant que je mette mon idée sur la table.

— Et Lena, elle ne pourrait pas être reine ?

Je n'ai jamais perçu le Royaume comme un endroit où les droits des femmes sont bafoués. D'après ce que j'ai pu voir, les femmes sont traitées avec le même respect que les hommes. Alors pourquoi pas ?

— Ça n'a jamais été fait auparavant.

C'est Lena qui me répond et, à ma grande surprise, elle ne semble pas vouloir m'égorger. Je ne dirais pas non plus qu'elle a l'air amical, mais c'est une nette amélioration depuis la dernière fois qu'elle s'est adressée à moi. Elle est prête à prendre la relève. À condition d'obtenir le soutien nécessaire.

— Ce n'est pas une mauvaise idée, dit Lorn au bout d'un moment.

Installé à côté de la cheminée, Nalst prend la parole.

— Les hauts nobles pourraient la préférer à Atroth s'ils pensaient qu'il y a davantage de sang *Tar Sidhe* dans la lignée des Zarrak. Ce n'est pas le cas.

Lorn me jette un coup d'œil hésitant. Après avoir adressé un rapide regard à Aren, il dit :

— Si Taltrayn soutenait Lena, ils l'envisageraient.

Je renifle. Si seulement.

— J'ai déjà essayé de le convaincre de quitter la Cour. Il n'abandonnera pas son roi.

Personne ne souffle mot. C'est étrange. Ce qui l'est encore plus, c'est que personne ne me rend mon regard quand je scrute les visages qui m'entourent, pas même Aren, qui garde les yeux rivés sur son épée, mâchoire crispée.

Des nœuds se forment dans mon ventre.

— Quoi ?

Kelia s'agite dans les bras de Naito. Elle sait quelque chose que j'ignore. Comme eux tous.

— Le roi a ordonné l'exécution de Taltrayn, dit Lena.

Un frisson me glace jusqu'à la moelle. Non. Atroth n'exécuterait pas Kyol. Ils sont amis depuis des dizaines d'années. Je n'aurais pas laissé Kyol si j'avais pensé qu'on lui ferait du mal. Lena doit être mal renseignée.

Pourtant, l'expression d'Aren confirme ses dires. Une lueur défensive brille dans ses yeux, mais il y a aussi une dureté presque menaçante dans son regard.

— Tu ne comptais pas me le dire.

Son visage est de pierre. Je n'y lis aucun remords, aucune excuse.

— Tu pensais que je ne voudrais pas le savoir ?

— Tu n'avais pas besoin de le savoir.

Il jette sa dague sur la table basse ; elle retombe de l'autre côté.

J'inspire une bouffée d'air. Il n'est pas assez froid pour tempérer le feu qui brûle au creux de mon ventre. Je suis trop furieuse pour faire autre chose que dévisager Aren. Il me rend mon regard.

— Navré d'interrompre ce qui promet d'être une intéressante petite dispute, dit Lorn depuis son fauteuil, mais si Taltrayn abandonne la Cour, les nobles en tiendront compte. Ils se fient à lui. Ils savent qu'il ne changerait jamais d'allégeance sans raison. Ils envisageront de se rallier à votre cause. Et peut-être de soutenir Lena.

Un muscle tressaute dans la joue d'Aren.

— On n'a pas besoin de lui.

— Si, dit Lena.

— Non ! (Les yeux d'Aren lancent des éclairs.) En plus, il est retenu dans les cachots sous le palais d'Argent. On ne peut pas l'atteindre.

— On le pourrait si on connaissait l'emplacement d'un *Sidhe Tol*.

Lena me regarde.

Je m'empare d'un carnet de croquis posé sur la table basse. Je l'ai trouvé la nuit dernière et j'ai commencé à y dessiner toutes les ombres dont je me rappelais. En le feuilletant, je tombe sur la carte que je cherche. Ce n'est pas la plus précise que j'aie dessinée – je l'ai esquissée dans la terre pendant que j'attendais que Kyol parle aux gardes du *Sidhe Tol* –, mais les rebelles ont Sosch. Ma lecture les amènera assez près du but pour que le *kimki* le trouve.

— Moldavie, dis-je en pointant du doigt le centre de mon dessin.

Je suis avec la rébellion maintenant. Je n'ai aucune raison de dissimuler l'emplacement du portail.

— Moldavie ? dit Naito. C'est dans ce monde-ci.

En effet. Aren a l'air de s'en moquer.

— C'est maintenant que tu me donnes le *Sidhe Tol*, crache-t-il presque. Pour lui !

— Je te l'aurais donné de toute manière.

Il se met à rire.

J'enfonce mes doigts dans mes genoux pour contenir ma mauvaise humeur, mais je suis trop fatiguée pour tout ça.

— Ne sois pas borné, Aren. Tu as besoin de lui. S'il est prévu qu'on l'exécute, il doit avoir conscience qu'il ne peut pas raisonner le roi.

— Alors c'est comme ça, dit-il. Tu veux que je risque ma vie pour lui.

— Je…

Je m'interromps. Bon sang, c'est bien ce que j'attends de lui, non ? Grâce au *Sidhe Tol*, Aren peut compter sur l'effet de surprise, mais il lui restera encore à s'échapper du palais d'Argent. Ce ne sera pas une simple opération de sauvetage. Il ne s'en sortira peut-être pas. Comment est-ce que je peux lui demander une chose pareille ?

— Aren…

— Je parlerai à nos autres partisans. Je les obligerai à m'écouter.

Il se lève et ouvre brusquement une fissure.

— Avant de partir, dit Lena, tu devrais prendre une douche et te changer.

Sa suggestion ressemble plutôt à un ordre. Aren se raidit. Alors que je suis certaine qu'il va faire la sourde oreille et s'avancer dans le rai de lumière, ses épaules se relâchent. Il laisse la fissure s'évanouir.

— Je ne changerai pas d'avis là-dessus.

Lena lui rend son regard, mais n'ajoute rien. Le silence tendu se prolonge un long moment avant qu'Aren se dirige enfin vers le couloir.

— Il y en a un qui est sur les nerfs, aujourd'hui, dit Lorn après son départ.

Il a des raisons de l'être. Il est épuisé et frustré. Il a perdu des amis, la rébellion se morcelle, et je viens juste de lui demander de sauver la vie d'un de ses ennemis.

Je me passe les doigts dans les cheveux. Je n'ai pas envie de blesser Aren, mais Kyol ferait n'importe quoi pour me sauver. Je ne peux pas l'abandonner. Il doit y avoir un moyen de l'aider sans impliquer Aren.

Je lève les yeux et tombe sur Lorn. Peut-être que… ?

— Non, dit-il, anticipant ma question. Je crains que tu n'aies perdu ton avantage, McKenzie. Le *Sidhe Tol* ne m'est d'aucune utilité si d'autres connaissent son emplacement. En plus, tu m'es toujours redevable de t'avoir sauvé la vie à Belecha.

— Je te serai donc redevable de nouveau… et Kyol aussi.

J'ai conscience du désespoir qui perce dans ma voix, mais je suis trop fatiguée et ébranlée pour chercher à le dissimuler.

— Voilà que tu avances des faveurs qui ne sont pas de ton ressort, déclare-t-il. Non, j'en ai déjà bien trop fait. Je refuse d'impliquer les miens dans un raid du palais. Si Aren ne voit pas d'intérêt à libérer Taltrayn, cette rébellion est terminée.

Il dit ça avec une telle nonchalance… Il se moque vraiment de la rébellion.

— Je dois parler à McKenzie. Seule à seule.

Tous les regards se tournent vers Lena. Elle n'a pas l'air enchantée à l'idée de discuter avec moi. En temps normal, je n'en aurais pas envie non plus mais… disons que les choses ont changé.

Lorn se lève.

— Je devrais déjà être parti, de toute façon. Kelia, évite de t'attirer des ennuis, d'accord, ma chère ?

Voyant qu'elle ne répond pas et se contente de hausser le sourcil, il soupire.

— Au moins, envoie quelqu'un me chercher avant de faire une bêtise.

C'est le seul fae à ouvrir une fissure. Je regarde ses ombres se tordre et se mouvoir tandis que les autres sortent par la porte du fond. Lorsqu'elle se referme derrière eux, le silence retombe. On n'entend plus que le crissement du robinet de la douche. Comme je n'ai pas envie de rester assise par terre pendant cette conversation, je m'avance vers le fauteuil que Lorn a libéré.

Lena ne dit toujours rien. Je déteste le silence. Je déteste rester ici sans savoir si Kyol est vivant et si j'arriverai à le rejoindre à temps, ou même à le rejoindre tout court. Mais vu que ça me paraît déplacé et égoïste de parler de lui maintenant, je dis :

— Je suis désolée pour ton frère.

Elle lève les yeux. Je n'ai pas l'impression qu'elle me croie, même si elle n'a pas vraiment l'air sceptique non plus. Ses yeux argentés sont ternes au lieu de vifs et perçants, et je ne l'ai jamais vue arborer une expression aussi neutre. Ça me rappelle Kyol. Je ne peux pas m'empêcher de me demander si elle en cache autant que lui derrière son masque.

— Je ne pensais pas que tu me soutiendrais, dit-elle.

Ce serait Sethan que je soutiendrais, s'il était là. Ça n'a rien d'étonnant. Sethan n'a pas suggéré de me tuer, lui. Il ne m'a pas cassé le bras. En bref, il n'avait pas une dent contre moi. Mais Lena est la seule option qu'il me reste. Je suis prête à laisser le passé de côté et à repartir de zéro, si elle l'est aussi.

— Tu peux faire sortir Kyol du palais ? je demande.

— Tu peux le convaincre de me soutenir ?

Elle ne cille pas. Je suis tentée de mentir, de lui assurer que Kyol fera tout ce que je lui demanderai, mais ce n'est pas réaliste. Il fera tout… ou presque. J'ai beau avoir envie de croire que son exécution imminente effacera ce « presque », je doute que ça se passe comme ça. Ce n'est pas pour rien que son soutien pourrait faire gagner le trône à Lena : les faes le respectent. Il a leur confiance. Ils savent qu'il a le sens de l'honneur gravé dans l'âme. Même si c'est ce qui nous a empêchés d'être ensemble, je n'ai pas envie que cet aspect de lui change. Kyol a été le seul repère stable dans ma vie ces dix dernières années. J'ai besoin qu'il reste le même.

J'ai besoin qu'il reste en vie.

— Je ne sais pas, dis-je.

Seigneur, pourvu que ces mots ne signent pas son arrêt de mort. Lena ne me doit rien. Elle refusera peut-être de passer à l'action sans une garantie, mais je n'en ai aucune à lui donner. Si Kyol estime qu'elle n'est pas ce dont le Royaume a besoin, il n'aidera pas la rébellion.

— Sethan n'a pas voulu ça, dit-elle doucement, les yeux sur la table basse.

Je me détends un peu. Ça ne peut être que bon signe qu'elle pense à ce que ferait Sethan. Il prendrait ce risque, lui.

— Quand les hauts nobles ont désigné Atroth, il aurait pu s'opposer au vote. Il aurait pu contester la nouvelle cartographie des provinces. Il y a bien eu quelques protestations, mais il fallait s'y attendre. En revanche, il ne s'attendait pas à Thrain.

Thrain. Il fallait bien qu'on en vienne à lui. J'aurais pu ne rien savoir de l'existence de ce fae s'il ne m'avait pas trouvée.

— Il y a toujours eu des impurs, poursuit-elle. Mais aucun n'a eu son succès. Il a fait peur à Atroth, et Atroth a réagi… mal. Il a commencé à prendre des mesures dans le but de rester sur le trône plutôt que de protéger le Royaume. Sethan… (Elle s'étrangle, et mince, j'ai presque – presque ! – envie de passer un bras sur ses épaules.) Ce n'est qu'après Krytta que Sethan a résolu de renverser le roi.

Krytta. La ville fantôme située au cœur de ce qui est devenu la Désolation. Lorsque son portail a été détruit, une implosion magique a tué tous les habitants jusqu'au dernier. L'essence de leurs êtres, leurs âmes, ont été arrachées de leurs corps. Parce qu'ils n'avaient pas rejoint l'éther, plus de deux mille faes sont restés des semaines à se décomposer au soleil avant qu'une caravane arrive jusqu'à eux. Mais Atroth n'était pas responsable.

— C'est Thrain qui a détruit le portail, dis-je. Pas la Cour.

À m'entendre, on croirait que je prends la défense de la Cour. Ce n'est pas le cas, pas vraiment… mais le roi et ses faes ont tout de même fait de bonnes choses. Ils m'ont sauvé la vie, ont éliminé Thrain, et essayé de maintenir la paix et l'ordre au sein du Royaume. Et puis, si le roi était un tyran, ou foncièrement mauvais, Kyol ne se serait jamais battu pour lui.

— C'était la faute de Thrain, reconnaît Lena, mais les faes de Krytta le protégeaient. Il n'aurait pas bénéficié de leur soutien si Atroth n'avait pas pris certaines décisions. Comme les marchands de Krytta n'avaient pas les moyens de payer la taxe du portail, ils ont menti aux contrôleurs sur ce qu'ils transportaient. Le roi a sévi en s'immisçant dans leurs affaires et en confisquant leurs biens. Les faes qui se sont opposés à lui ont été emprisonnés ou tués, et puis ça a été l'escalade, jusqu'à ce que Thrain détruise le portail. (Elle soutient de nouveau mon regard.) Tu penses que Taltrayn saura reconnaître les dégâts qu'a causés son roi ?

Il les a déjà reconnus. C'est pour ça qu'il est resté là-bas : il pensait pouvoir raisonner Atroth. Je suis sûre qu'il sait à présent à quel point il avait tort de croire une chose pareille, mais je suis incapable de dire si sa nouvelle vision du roi le conduira à soutenir Lena.

Enfin, ce n'est pas la question qu'elle m'a posée.

— Oui, dis-je, prenant une voix assurée.

Un peu trop, peut-être. Lena pince les lèvres. Quand elle s'avance au bord du canapé, je crois qu'elle va se lever. Puis elle s'immobilise de nouveau. Après un long moment durant lequel j'envisage sérieusement de me mettre à genoux et de la supplier de m'aider, elle relâche son souffle. Elle n'a pas l'air enchantée, mais elle perd un peu de sa raideur.

— Il faut que tu parles à Aren.

Je fronce les sourcils. Ce n'est pas ce à quoi je m'attendais.

— Lui parler de quoi ?

C'est peut-être une question stupide, mais Lena était bien là quand Aren a sous-entendu qu'il aimerait mieux voir Kyol mort qu'accepter de le laisser venir en aide à la rébellion.

— Tu dois le convaincre de sauver Taltrayn.

Peut-être qu'elle est dure d'oreille ou qu'elle était complètement ailleurs quand on a eu cette conversation. Je secoue la tête.

— Aren déteste Kyol. Tu vas devoir envoyer quelqu'un d'autre. Avec le *Sidhe Tol*, il pourra…

— Personne d'autre n'ira, m'interrompt-elle. Pas sans Aren.

— J'ai déjà essayé…

— Tu n'as pas essayé, lâche-t-elle sèchement. Tu as baissé les bras, parce que tu ne voulais pas le blesser.

Qu'elle me cerne aussi bien m'énerve au plus haut point. Si on ajoute à ça une bonne dose d'épuisement, je ne suis pas loin de dire quelque chose que je regretterai. Reprendre mon souffle ne m'aide pas beaucoup à me calmer, mais j'expire en me rappelant que je ne peux pas me permettre de la contrarier.

— Tu as bien vu comment il a réagi, dis-je. Il n'écoutera pas.

Elle esquisse un sourire chargé d'amertume.

— Aren t'a renvoyée à la Cour avec une pierre d'ancrage. Depuis le temps que je le connais, je ne l'ai jamais rien vu faire d'aussi irréfléchi et stupide. Il suit son instinct, mais son instinct n'a pas toujours raison. Il est en colère et fatigué en ce moment. Il n'a pas les idées claires, mais si tu insistes… si tu essaies vraiment de le ramener à la raison… il t'écoutera.

Je me pince l'arête du nez. J'ai l'impression que quelqu'un me donne des coups de marteau à l'intérieur du crâne.

— J'ai besoin d'y réfléchir.

— Tu n'as pas le temps, insiste Lena. Si tu tiens à l'un ou à l'autre, tu pousseras Aren à agir. Il ne renoncera à cette rébellion que lorsqu'il sera mort ou que nous aurons gagné. Et il n'y a qu'avec l'aide de Taltrayn que nous pouvons gagner.

Quand je n'entends plus l'eau de la douche dans la salle de bains, des nœuds se forment au creux de mon ventre. Lena connaît Aren mieux que moi. Peut-être bien qu'il m'écoutera.

— Est-ce qu'Aren peut y arriver ? je demande.

— S'il accepte Taltrayn dans nos rangs, je pense que oui.

Aren et Kyol se battant côte à côte ? Ça pourrait marcher. À condition qu'ils ne s'entre-tuent pas.

— D'accord, dis-je. Je vais lui parler.

Aren est seul dans le bureau, assis dos à la porte dans un fauteuil pivotant. Il fixe des yeux le centre d'un bureau en bois de séquoia et ne se retourne pas quand j'entre. Je ne fais pourtant pas dans la discrétion. Je suis sûre qu'il m'a entendue.

Ça promet.

La lumière entre à flots par les stores relevés de la fenêtre. Contre le mur de gauche, deux grandes bibliothèques sont remplies à craquer d'atlas, de cartes en vrac et de carnets de croquis à spirales. J'ai les mêmes étagères à la maison, même si l'organisation de Naito laisse beaucoup moins à désirer. Son bureau aussi est impeccablement rangé, avec tous ses stylos dans un pot à crayons à côté d'un bloc-notes vierge grand format. Il y a également un bocal de pierres d'ancrage. Je m'avance pour le prendre et examine les deux planisphères accrochés au mur, l'un de la Terre, l'autre du Royaume. Naito s'est servi de punaises rouges pour indiquer les portails sur chaque carte.

Je fais rouler le bocal dans ma main et les pierres d'ancrage cognent contre le verre.

— Aren ?

Pas de réponse.

Je me mords la lèvre inférieure, indécise quant à la manière d'engager la discussion.

— Taltrayn peut t'aider.

Il éclate d'un rire bref et grinçant, puis braque ses yeux argentés sur les miens.

— Tu penses qu'en l'appelant par son nom de famille, tu me feras changer d'avis ?

D'accord. Mauvaise tactique.

— Ce n'est pas de lui dont il est question, mais de la rébellion.

— C'est de toi dont il est question.

Quand il se lève, il envoie son fauteuil rouler vers moi.

Je le rattrape et agrippe le dossier, essayant de trouver une façon de tourner la chose sans le blesser.

— C'est ça le problème, Aren. Ça ne devrait pas me concerner. Tu as une chance de mettre un terme à cette guerre.

— Je peux y arriver sans lui.

— Comment ? (Il regarde par la fenêtre.) J'aimerais vraiment le savoir. Sethan est mort. Ses partisans t'abandonnent. (Il serre les dents.) Réfléchis, Aren. Kyol connaît le roi. Il connaît le général Radath. (Aren ne bronche même pas à ces mots.) Il connaît les emplacements des autres *Sidhe Tol*.

— Bon sang, McKenzie ! (Aren fait volte-face.) Il t'a perdue ! Il ne peut pas te ravoir !

Sous le coup de la colère, mon cœur se met à cogner.

— Je l'ai quitté…

— Parce que tu n'avais pas le choix.

J'enfonce mes doigts dans le fauteuil en cuir.

— J'allais le quitter avant que Radath m'envoie à Chaer.

— Parce que tu n'avais pas le choix, répète-t-il d'une voix chargée de venin. Il refusait de compromettre son honneur pour toi.

— Il allait parler de nous au roi !

Je pousse le fauteuil vers lui.

Il le balaie de son chemin et s'avance en trombe.

— Il a eu dix ans pour te rendre amoureuse de lui. Je n'ai pas eu dix semaines ! Explique-moi en quoi c'est juste ! (Je recule, le cœur battant.) Tu sais ce qu'il a fait ces dernières semaines ? Tu le sais ?

— Il…

— Il s'est introduit dans les maisons de tous les faes sur qui le bruit courait qu'ils étaient liés à la rébellion. Il a menacé leurs familles, tabassé ceux qui refusaient de répondre à ses questions. Si ce qu'ils avaient à dire ne lui plaisait pas, il les arrêtait. S'ils lui opposaient une résistance, il les tuait. Tu as une idée du nombre de mes amis qu'il a assassinés ?

— Il veut la fin de cette guerre autant que toi.

Ça ne me plaît pas que Kyol soit obligé de tuer. Et ça ne me plaît pas davantage qu'Aren doive le faire, que j'aie dû le faire moi aussi.

Il donne un coup de poing dans la porte ouverte. Elle se referme en claquant.

— Tu dirais n'importe quoi pour que je le sauve.

— Aren…

— Vas-y, crache-t-il. Mens-moi. Ose prétendre que tu n'as plus de sentiments pour lui.

Des *edarratae* étincellent sur son visage. Les éclairs bleus semblent bourdonner sous l'effet de sa fureur. Je ne l'avais jamais vu en colère à ce point, à part quand j'ai appelé la police avec le portable du milicien, mais après son coup de sang du début, il est devenu froid et indifférent. Pas comme en ce moment.

Je baisse les yeux sur son torse et le regarde se soulever au rythme de sa respiration furieuse. Il a raison : je mentirais si je disais que je ne ressens plus rien pour Kyol, mais je n'agis pas simplement pour le sauver. Je le fais aussi pour sauver Aren.

— Qu'est-ce qui va se passer ensuite ? demande-t-il. Quand Taltrayn posera les mains sur toi ? (Il m'attrape par les hanches.) Quand il te suppliera de le pardonner ?

Il m'attire contre lui.

Je pose les mains sur les muscles fermes de ses avant-bras. Des éclairs jaillissent le long de ses bras et réchauffent mes paumes.

— Aren, je murmure.

Je suis assez près de sa bouche pour qu'un éclat de chaos vienne se faufiler entre mes lèvres. Il m'arrache un frisson en étincelant sur ma langue. Mais Aren ne referme pas ces quelques millimètres qui nous séparent. Il reste là à attendre, me défiant du regard de l'embrasser la première.

Toute pensée de Kyol s'évanouit. Lorsque je plaque ma bouche sur la sienne, Aren serre les mains sur mes hanches. Il ne reste pétrifié qu'un instant avant de me rendre mon baiser. Alors qu'il colle son corps contre le mien, ses *edarratae* se déversent en moi. Mes muscles s'embrasent et vibrent. Je fais courir mes mains le long de son torse, puis agrippe ses épaules et y enfonce les doigts quand il insère sa langue dans ma bouche.

Un gémissement… mon gémissement. La chaleur dans mon ventre s'amplifie et se diffuse plus bas. Aren passe les mains derrière mes genoux pour me soulever. J'enlace sa taille de mes jambes et laisse mes doigts se perdre dans ses cheveux en bataille. Tout va trop vite, ou pas assez.

Il me pose sur le bureau de Naito puis glisse les mains sous mon tee-shirt. Des éclairs se rassemblent autour de ma cage thoracique et je m'arc-boute contre lui. Il m'embrasse la mâchoire, la gorge, la cicatrice sur mon cou. Il murmure des mots en fae, mais mon corps est trop saturé d'*edarratae*, mon esprit trop obsédé par lui pour les traduire.

Je l'embrasse encore, aspirant des éclats de chaos sur sa lèvre inférieure. Ils sont si bons, si excitants. Autant qu'Aren. Je rapproche mes hanches de lui, prise du besoin de le sentir contre moi, puis enserre sa nuque pour l'attirer plus près. Cette fois, il ne bouge pas. Il retire mes mains l'une après l'autre.

— D'accord, dit-il, essoufflé. Je sauverai ton précieux maître d'armes, McKenzie. Mais jamais je ne le laisserai te reprendre.

Chapitre 27

— Tu voudrais bien arrêter de tourner en rond ? répète Kelia.

Je fais la sourde oreille. Encore.

Ce n'est que comme ça que j'arriverai à rester éveillée. La seule fois où j'ai fermé les yeux, j'ai rêvé que la poste me livrait les têtes d'Aren et de Kyol. Quand j'ai arraché le Scotch du carton qui contenait celle d'Aren, je suis tombée nez à nez avec des yeux non pas argentés mais rouges et pleins de rage. Lorsqu'il m'a accusée de l'avoir tué, je me suis réveillée en sursaut, un hurlement coincé dans la gorge.

Non. Je ne m'accorderai pas de repos tant que je ne les saurai pas tous les deux sains et saufs.

Je vais de la porte du fond à la porte d'entrée, jetant au passage un coup d'œil à l'horloge du four. Elle affiche 3 h 04.

Ils devraient déjà être revenus. À l'exception de Lena et Kelia, Aren a emmené tous les faes avec lui quand il a ouvert une fissure il y a cinq heures. J'ai lu les ombres pour la Cour assez longtemps pour savoir que les hommes du roi sortent généralement vainqueurs des affrontements qui durent plus d'une demi-heure. Les rebelles sont spécialistes des attaques éclair, frappant leur cible et prenant la fuite avant que la Cour ait le temps d'envoyer des renforts.

Ce n'est pas bon signe qu'Aren et ses hommes soient partis depuis si longtemps.

— Tu me donnes le tournis, soupire Kelia.

Je me le donne à moi-même. Ce n'est pas ma faute. Il n'y a pas assez de place ici pour tourner en rond.

Quand j'arrive devant la porte du fond, je regarde s'il n'y a pas de fissures qui fendent les ténèbres de l'autre côté de la vitre, puis je fais demi-tour. Droit sur Naito. Il pose les mains sur mes épaules, m'entraîne vers le fauteuil et m'oblige à m'asseoir.

— Ce n'est pas la première fois qu'Aren aide des gens à s'évader. Détends-toi.

— Il n'a jamais aidé personne à s'évader du palais d'Argent.

J'essaie de me lever.

Naito me repousse dans le fauteuil et m'adresse un petit sourire.

— Tu y es bien arrivée, toi. Je pense qu'il devrait s'en sortir.

Ce n'est pas drôle. Jamais je n'aurais dû convaincre Aren d'y aller. Qu'est-ce qui m'a pris au juste ? Et qu'est-ce qui lui a pris d'accepter, à lui ?

Naito attend un moment, sans doute pour s'assurer que je ne récidive pas. Rassuré, il se laisse tomber sur le canapé à côté de Kelia.

— La Cour ignore que nous connaissons l'emplacement d'un *Sidhe Tol*.

— Ça, ça lui permet d'entrer dans le palais, pas d'en sortir.

Je l'observe passer un bras autour des épaules de Kelia et me prends à souhaiter qu'Aren soit là pour faire de même. Qu'il soit là tout court.

— C'est une opération secrète, dit Naito. Il est doué pour ce genre de choses. Les faes de la Cour ne sauront qu'il est venu que quand il sera trop tard.

Kelia roule des yeux quand je me lève. Je ne tiens pas en place. Je n'ai pas arrêté de trembler ces dernières heures, et j'ai couru plus d'une fois à la salle de bains en pensant que j'allais vomir. Mais non. Je n'ai pas vomi depuis mon arrivée ici.

En allant à la porte d'entrée, je prends le briquet à l'imprimé camouflage posé sur le plan de travail de la cuisine. Les bougies dispersées dans le salon et la cuisine sont déjà allumées, mais j'ai besoin de m'occuper les mains. J'actionne le mécanisme et laisse la flamme brûler quelques secondes avant de l'éteindre.

— Combien de temps avant qu'il n'y ait plus d'essence ? marmonne Kelia.

Je suis sur le point de lui dire que j'ai vu un autre briquet dans un tiroir lorsque Naito bondit sur ses pieds.

— Ils sont de retour.

Je fais volte-face vers la porte du fond juste au moment où Aren l'ouvre. Il me dépasse sans croiser mon regard.

Lena se lève lorsqu'il entre dans la cuisine. Elle l'intercepte et lui empoigne un bras qui, je le remarque seulement maintenant, est rouge de sang. Il la rejette brutalement, sort un verre du placard et ouvre le robinet de l'évier.

La porte du fond s'ébranle de nouveau. J'arrache mon regard d'Aren à temps pour voir Kyol entrer en titubant.

Oh, Seigneur. Il a le visage tuméfié et sanguinolent, et son œil gauche est si gonflé qu'il doit presque le garder fermé. Sous les lambeaux de sa chemise en coton, des lacérations rouge vif serpentent autour de ses côtes et sur ses épaules. Mon cœur se serre tandis que je m'imagine son dos couvert d'un entrelacs de griffures hideuses.

Il fixe son œil indemne sur moi. S'appuyant de tout son poids sur son épée, il s'avance d'un pas à l'intérieur. S'arrête. Vacille.

Je suis auprès de lui avant qu'il s'effondre. Il siffle entre ses dents lorsque je lui agrippe les bras pour l'aider à s'asseoir par terre.

— Merde. Je suis désolée.

Bon sang. Il n'y a pas un seul endroit que je puisse toucher. Sa peau est déchiquetée.

Il s'accroche toujours à l'épée dans sa main. J'essaie de desserrer ses doigts.

— Kyol, je murmure, le pressant de lâcher prise.

Il veut me répondre mais se met à tousser. Son gargouillis rauque me fend le cœur.

Lena se laisse tomber à côté de moi.

— Bouge !

Tremblante, je me remets debout et m'écarte. Je retiens mon souffle jusqu'à ce qu'elle pose les mains sur lui. Le corps de Kyol sursaute sous l'impact de la magie qu'il absorbe. Elle le soigne, Dieu merci. Les coupures les plus superficielles commencent à se refermer. Il va s'en sortir. Aren et lui vont s'en sortir.

J'attends que Lena ait terminé pour revenir auprès de lui. Il a l'air tellement fatigué. Ce doit être aussi mon cas.

Il fronce les sourcils, soucieux, et tend la main pour me toucher le visage.

— *Kaesha*.

— Qu'est-ce qui s'est passé ? je demande.

J'occulte les éclairs qui me traversent et mets un peu de distance entre lui et moi pour ne pas provoquer Aren.

Le masque de Kyol se fissure un instant.

— Je refusais que mes hommes se battent à Lynn Valley. J'ai essayé d'éviter l'attaque.

— Tu as échoué, dit Lena.

Derrière elle, les yeux argentés d'Aren sont durs et pleins de colère. Son corps est si raide que je le sens à deux doigts d'exploser.

Puis, sans crier gare, il se décrispe. Je ne sais pas trop comment interpréter cette transformation, jusqu'à ce que je me rappelle la réception de mariage d'Amy. Dès qu'Aren a repéré Kyol, la tension de ses muscles s'est relâchée. Ce changement m'avait alors paru étrange, mais je le comprends à présent. Aren cache ses émotions derrière ses sourires en coin et sa nonchalance aussi bien que Kyol derrière ses masques impénétrables.

— Il faut qu'on parle, dit Lena. Va te laver. Vite. Rejoins-nous ensuite dans la cuisine.

Kyol et moi nous aidons l'un l'autre à nous relever.

— Tu es sûre que ça va ? demande-t-il.

— Je vais bien, dis-je.

Ou, du moins, j'irai bien tant qu'Aren et lui ne s'entre-tueront pas. Aren fait de son mieux pour donner l'impression que rien ne l'atteint, mais je le vois resserrer la main sur la garde de son épée.

— Vas-y.

J'indique à Kyol la direction de la salle de bains.

Aren me suit des yeux quand je viens vers la table. Lena s'interpose entre nous et insiste pour qu'il la laisse le soigner, mais l'intensité de son regard ne faiblit pas. Il est presque palpable, et un picotement électrique me traverse le corps. Je baisse les yeux sur mes bras pour m'assurer que ses *edarratae* n'ont pas trouvé le moyen de sauter sur moi. Non. J'ai simplement la chair de poule.

Je m'installe à la table. Une fois qu'elle a terminé de soigner Aren, Lena me rejoint. Naito et Kelia l'imitent, mais Aren passe devant nous et va dans la cuisine. Il revient quelques secondes plus tard, un verre empli d'un liquide rouge à la main. Je fronce les sourcils, car je jurerais voir un rictus sur son visage. Je comprends alors pourquoi.

Lorsqu'il pose le *cabus* devant moi, je le repousse.

— Sans façon. Je vais bien.

— Non, tu ne vas pas bien. Je te le ferai avaler de force s'il le faut, *nalkin-shom*.

S'il n'y avait pas eu ce petit sourire en coin à peine perceptible et son « *nalkin-shom* », j'aurais pu m'énerver. À la place, je suis envahie par une agréable sensation de chaleur.

— J'ai juste besoin d'un café.

Il se laisse tomber sur une chaise et me remet le verre dans les mains.

— C'est ça ou rien.

— Ça me va, rien.

Ça fait du bien de se disputer de nouveau avec lui comme ça.

— McKenzie, menace-t-il.

Je me cale au fond de ma chaise et croise les bras.

— Tu devrais boire le *cabus*.

Je me raidis à la voix de Kyol. Je ne l'ai pas du tout entendu arriver. À en juger d'après l'expression d'Aren, lui non plus. Nous étions complètement focalisés l'un sur l'autre.

— Ça te rendra plus alerte, dit Aren en perdant le sourire.

Je rapproche le verre, mais c'est uniquement parce qu'ils ont tous une façon de me regarder qui me met mal à l'aise.

Comme la seule chaise inoccupée se trouve à ma gauche, Kyol s'avance et s'y installe. Il est assez près pour que je sente une odeur de savon dans l'air réchauffé par sa présence. Il porte le même pantalon noir qu'il avait en arrivant, mais il a emprunté un tee-shirt.

— Bien, dit Lena. Maintenant que tu es là…

— Avant que nous parlions, l'interrompt Kyol, toute son attention concentrée sur moi. Je serais prêt à t'emmener loin de tout ça, McKenzie. Je veillerais à ce que les faes ne te retrouvent jamais. Tu n'aurais plus à lire une seule ombre. (Il touche la cicatrice sur ma gorge.) On ne te ferait plus jamais de mal.

Quand un éclat de chaos zigzague le long de mon cou, mon estomac se noue. C'est déstabilisant de voir mes émotions tiraillées dans tous les sens. Je serais heureuse avec Kyol… je le sais. Il est tout ce que j'ai toujours voulu.

Je regarde Aren. Il a une façon de se tenir sur sa chaise qui déchaîne les *edarratae* dans mon ventre. Malgré sa désinvolture apparente, quelque chose me dit qu'il est sur le qui-vive. Derrière cette façade, il m'observe. La peau qui cerne ses yeux est légèrement tendue, comme s'il se préparait à encaisser un choc. Je ne veux pas lui faire de mal, pas plus à lui qu'à Kyol.

— J'ai décidé d'aider la rébellion.

Je m'avachis sur ma chaise et fixe la table des yeux. Je n'ai pas besoin de regarder Kyol pour sentir un nuage noir descendre sur lui. C'est comme si un torrent de chagrin pesait sur ses épaules. S'il se joint à la rébellion, sa trahison d'Atroth sera totale.

Lena déplie une carte du Royaume sur la table.

— Les autres *Sidhe Tol*. Tu sais où ils se trouvent.

Un silence de plomb s'abat sur la tablée et je me mords la lèvre. Kyol ne trahit pas seulement son roi ; il trahit son ami.

— Te mettre sur le trône ne ferait que déclencher une nouvelle guerre, dit Kyol.

Mon humeur s'assombrit. Bien sûr, il a raison. Les partisans d'Atroth ne vont pas disparaître simplement parce que Kyol soutient Lena. Ceux qui le respectent et lui font confiance changeront de camp, mais un nombre significatif d'autres se soulèveront.

— Je te nommerai seigneur général, dit Lena. Tu décideras de la façon dont la guerre doit être menée. Si une stratégie ne te plaît pas, nous ne la mettrons pas en œuvre. Si un soldat à mon service n'est pas à la hauteur de tes critères, il sera en ton pouvoir de le démettre de ses fonctions. Tu pourras passer en revue les troupes actuelles du roi et déterminer quels faes nous seront loyaux et quels autres devront être renvoyés. J'écouterai tes conseils, Taltrayn.

Non sans réticence, je dois admettre que Lena n'est pas qu'une garce au joli minois ; elle est intelligente aussi, et assez perspicace pour comprendre que ce n'est pas le roi mais Radath qui pose un réel problème à Kyol. Sauf que Kyol n'a que faire des titres. S'il accepte sa proposition, ce sera parce qu'il aura jugé que c'est dans l'intérêt du Royaume.

Kyol se tourne vers moi.

— C'est ce que tu veux ?

C'est ma dernière chance de laisser tout ça derrière moi. Seigneur, ce n'est pas l'envie qui me manque. Ma vie serait tellement plus simple, tellement mieux, si je partais et laissais les faes se débrouiller avec leurs problèmes. Et Kyol partirait avec moi, pour moi, mais je pense qu'une part de lui mourrait s'il abandonnait le Royaume en laissant Radath diriger les soldats du roi. Ce n'est qu'en rejoignant la rébellion qu'il aura une chance de se débarrasser du seigneur général.

— C'est ce qu'il y a de mieux à faire, dis-je.

Pour le meilleur ou pour le pire, je viens de sceller nos destins à tous.

Chapitre 28

— Les *Sidhe Tol* sont tous dans ce monde-ci, dit Kyol.
Aren, renversé en arrière, fait rebasculer sa chaise dans un claquement.

— Pas étonnant qu'on ne les ait jamais trouvés, marmonne Naito. On va devoir étudier le terrain. Je vais chercher un atlas.

— Combien y en a-t-il ? demande Lena.

— Les *Tar Sidhe* en ont créé douze, répond Kyol, se référant aux faes qui ont gouverné les provinces après la *Duin Bregga*, cette guerre qui a effacé les emplacements des portails disparus de l'esprit des faes. Mais nous n'en avons trouvé que trois. Radath va déplacer ses troupes pour les sécuriser et protéger Atroth.

Aren plisse les yeux.

— S'il fait ça, leurs emplacements ne seront plus un secret.

— Il n'a pas le choix. Il ne peut pas vous laisser ouvrir une fissure dans la chambre à coucher du roi.

Je ne bouge pas d'un poil. C'est à peine si j'ose respirer : ils sont en train de discuter ensemble et n'ont pas l'air de vouloir se massacrer.

Aren semble soupeser une idée dans sa tête.

— On doit partir du principe que Radath a déjà déplacé ses hommes, en ce cas. C'est un problème. On n'a jamais eu assez de faes pour en remontrer à la Cour quand elle s'attendait à ce qu'on l'attaque. On en a encore moins maintenant, et sans l'effet de surprise…

Naito revient et tend un atlas et un stylo à Kyol.

— Marque les emplacements. J'imprimerai ensuite des cartes plus détaillées.

Kyol ouvre le livre à la page du planisphère puis me regarde.

— Tu lui as dessiné la carte du *Sidhe Tol* en Moldavie ?

— C'était le seul moyen de te faire sortir de Corrist.

Je ne cible pas bien ses sentiments à ce sujet. Il n'est pas en colère. Plutôt… pensif ?

— Je ne regrette pas, dit-il d'une voix douce.

Le souvenir du *Sidhe Cabred* inonde mon esprit. C'est presque comme si je sentais le parfum sucré des fleurs du jardin et entendais le clapotis léger de la cascade. Quand je croise le regard de Kyol, j'ai la certitude qu'il se représente la même chose, les rayons de lune caressant notre peau et les éclats de chaos enchevêtrés sur nos corps. Je discerne pourtant autre chose dans son expression. Du regret ? Peut-être regrette-t-il de ne pas m'avoir fait l'amour cette nuit-là. Je l'attendais depuis des années.

Je me force à détourner les yeux.

— Radath a les trois *Sidhe Tol* à défendre, dit Lena. Il nous suffit d'en attaquer un seul.

— Non, dit Aren. On doit s'assurer que leurs forces restent divisées le plus longtemps possible. On attaquera les trois, puis on ouvrira une fissure pour aller au *Sidhe Tol* qu'on aura choisi à une heure fixée au préalable.

— Combien de faes peux-tu rassembler ? demande Kyol.

Aren secoue la tête.

— Pas beaucoup.

— Marque les *Sidhe Tol*, dit Lena. On conviendra du lieu et du moment de l'attaque plus tard.

Je rapproche ma chaise de Kyol pour l'aider à lire les noms de pays et les numéros des pages au sommaire. Il m'indique où sont situés les deux autres *Sidhe Tol*. Comme je ne m'y suis jamais rendue ni n'ai jamais lu les ombres d'une personne qui y serait allée, je ne peux pas cartographier leur emplacement. Kyol va devoir marquer des pierres d'ancrage. Ça peut prendre un moment.

Enfin, ça pourrait prendre un moment s'il en avait des milliers à marquer. J'ignore combien de faes Aren va réussir à grappiller. Il a le regard perdu dans le vide. Je suppose qu'il échafaude un plan. Ça fait presque trois ans qu'il est en charge des offensives de la rébellion. Il trouvera bien le moyen d'organiser tout ça.

Je reviens à l'atlas. Marquer les emplacements approximatifs des *Sidhe Tol* nous prend moins de cinq minutes. Lorsque Kyol a terminé, il pousse le livre vers Aren.

— Je pense que c'est le Montana la meilleure option, dit-il.

Aren n'accorde pas un regard à la carte. Il a les yeux rivés sur Kelia, dont la chaise est si près de celle de Naito que c'est tout juste si elle n'est pas assise sur ses genoux.

— Je crois que tu devrais contacter ton père, dit Aren.

Kelia grimace. Je lui ai rapporté le rôle que le seigneur Raen a joué dans l'évasion de Naito. Elle m'a écoutée, mais ça n'a pas eu l'air de la toucher.

— Mon père…

— Pas ton père à toi, l'interrompt Aren. Le tien.

Naito hausse les sourcils.

— Le mien ?

— La Cour s'est servie des miliciens pour nous nuire. On va se servir d'eux contre la Cour.

— Les miliciens ? répète Kyol, la tête légèrement penchée de côté.

Aren soutient son regard.

— Oui. McKenzie a failli se faire tuer parce que vous leur avez donné son nom.

Quand Kyol se tourne vers moi, je vois une lueur d'incompréhension dans ses yeux.

— Ils nous ont attaqués en Allemagne, dis-je. Ils connaissaient mon nom et s'en sont servis pour tracer mon téléphone portable.

Il secoue la tête.

— Nous n'avons jamais contacté les miliciens.

Aren lâche un rire sarcastique.

— C'était probablement Radath, je me hâte de dire avant que la conversation tourne au vinaigre. Je suis sûre qu'ils iront au *Sidhe Tol* si Naito leur souffle son emplacement.

— Non, tonne Naito. Je ne veux rien avoir à faire avec mon père.

Aren se penche en avant et appuie les avant-bras sur la table.

— Il n'est pas nécessaire que tu le voies. Passe-lui un coup de fil, c'est tout. Donne-lui l'emplacement du portail et informe-le que des faes y seront.

— Il s'interrogera sur mes motivations.

— Dis-lui que Kelia t'a quitté pour un autre.

Kelia fait la moue à cette suggestion, mais elle n'intervient pas.

— On trouvera un autre moyen, grince Naito.

— Je peux l'appeler, dis-je.

Malgré ses réticences, Naito finit par être contraint d'accepter. Il consent à me donner le numéro de son père à la condition que je ne l'appelle pas d'un endroit proche. Il ne veut pas que Nakano sache où il habite. Je trouve ça un peu excessif, mais Aren charge Nalst de m'emmener dans une cabine téléphonique à New York.

L'appel est bref, en partie parce que je ne veux rien dire qui risquerait d'éveiller les soupçons de Nakano, mais surtout parce que savoir Kyol et Aren dans la même pièce m'inquiète. Vingt minutes seulement après notre arrivée à New York, nous nous retrouvons devant l'unique portail de la ville. Il ne me vient à l'esprit qu'enchaîner deux traversées si vite est une mauvaise idée qu'après que Nalst m'a fait emprunter la seconde fissure.

Dès que je suis libérée de l'Entre-Deux, je tombe à genoux dans le jardin de Naito et emplis d'air mes poumons gelés. Des lames de glace me lacèrent l'estomac. Alors que je tousse, m'attendant à voir du sang gicler sur l'herbe couverte de rosée, Nalst me remet debout. Il me traîne et me porte tour à tour jusqu'à la porte du fond, qu'il ouvre d'un coup d'épaule.

— Aren !

Le temps qu'Aren me rejoigne, le monde a retrouvé sa stabilité. Mes violentes crampes d'estomac s'apaisent, ne laissant derrière elles qu'une douleur sourde et un léger malaise.

Aren pose le dos de sa main contre ma joue.

— *Sidhe*, comme tu es froide. J'aurais dû t'obliger à boire le *cabus*. Tu peux marcher ?

Quand je hoche la tête, il me guide jusqu'à la table de la cuisine. Assis dos au mur, Kyol me regarde. Je lui adresse un sourire pour le rassurer. Il serre les dents, mais reporte son attention sur les cartes étalées devant lui. Assise à sa gauche, Lena les étudie elle aussi. Elle a ramené la plupart de ses cheveux en une queue-de-cheval lâche, laissant les mèches de devant encadrer son visage. Comme elle a la tête baissée, ses boucles dorées effleurent le bord de la table.

Aren m'installe sur la chaise en face d'elle, puis va à la cuisine.

— Tu as eu Nakano ? demande Lena sans lever le nez de ses cartes.

Je jette un coup d'œil à Naito assis à ma droite, le bras passé autour des épaules de Kelia. Il joue avec les pierreries tressées dans ses cheveux et semble totalement absorbé.

— Ouais, je réponds. Je ne sais pas s'il m'a crue. Il n'a pas dit grand-chose.

Naito n'exprime pas son opinion sur la question. Peu importe que les miliciens se montrent ou non, j'imagine ; Lena compte mener ce plan à terme quoi qu'il arrive.

— McKenzie.

Aren s'assoit à côté de moi et pose un verre de *cabus* frais sur la table. Je n'en avais pas bu du tout la dernière fois. On dirait bien que j'aurais dû. Comme je me sens faible et que je tremble, je porte le verre à mes lèvres et renverse la tête.

J'ai l'intention de le vider sans m'arrêter pour respirer, mais je ne parviens à boire que deux gorgées avant d'avoir un haut-le-cœur. Je frotte mes yeux larmoyants du dos de la main. Plutôt mâcher de l'écorce amère pendant une semaine qu'avaler une goutte de plus.

— Le plan se présente bien ? dis-je.

C'est une diversion dont le but est d'empêcher Aren de me demander d'en boire encore. Je finirai ce verre. Tôt ou tard.

Kyol croise mon regard et le soutient un moment. Lorsqu'il pose les yeux sur le *cabus*, je me rends compte que je dois avoir une tête horrible – le teint blafard, sans doute –, et j'ai le net sentiment qu'il a envie de faire le tour de la table et de me prendre dans ses bras.

Il s'en abstient, évidemment. Le visage dénué d'expression, il se tourne vers Aren et demande :

— Combien d'humains travaillent avec toi ?

— Cinq, répond-il sur le même ton neutre que Kyol. Trev va ramener les trois autres. Ce ne sont pas des diseurs d'ombres, juste des humains doués de double vue. On va les répartir entre les *Sidhe Tol*. Les faes qui attaqueront dans le Montana devront se contenter d'un seul.

— Vous avez six humains, dis-je sans prêter attention à la tension entre les deux faes.

Sourcils froncés, je regarde la carte au centre de la table. La Cour aura probablement posté trois ou quatre humains à chaque emplacement. On sera de toute façon désavantagés.

— Vous pouvez m'envoyer dans le Montana.

— On fera avec ce qu'on a, dit Aren.

— Vous avez besoin de moi… et de plus encore, d'ailleurs.

— Non.

Au ton de sa voix, c'est à croire que la question est réglée.

Mon premier réflexe est d'assener qu'il ne me contrôle pas, mais je parviens à ravaler mes paroles. Il essaie juste de me protéger. Je peux concevoir ça.

— Et si Radath ou d'autres officiers du roi interviennent ? Vous aurez besoin de diseurs d'ombres à chaque *Sidhe Tol* pour les traquer.

Il tire vers lui une carte du Montana.

Je prends Kyol à témoin.

— Dis-lui qu'il a besoin de moi.

— Tu n'es pas en état pour ça, McKenzie.

Il dit ça de façon si simple, si posée, si douce.

— En clair, vous préférez tous les deux prendre le risque d'être distraits par des illusions ? Vous avez envie que le reste des rebelles le soient aussi ? C'est stupide. Il y aura moins de morts si je suis là.

— Je ne laisserai pas Naito y aller si elle n'y va pas, dit Kelia.

Naito la regarde, perplexe.

Elle hausse les épaules.

— J'insiste. S'ils comptent obliger McKenzie à rester ici parce qu'ils ont peur qu'elle soit blessée, je t'obligerai à rester toi aussi.

Naito se contente de secouer la tête en souriant, puis l'attire contre lui et dépose un baiser plein de tendresse sur son front.

— J'irai quand même, mais on a besoin de la *nalkin-shom*. Si Radath ou les autres officiers du roi sont bien là, McKenzie pourra les repérer et les traquer s'ils essaient de s'enfuir. Une paire d'yeux supplémentaire ne sera pas de trop.

Kyol serre les poings sur la table. Ce n'est qu'un petit signe de sa colère, mais de la part d'un homme rompu à l'art de dissimuler ses émotions, c'est aussi significatif que l'explosion d'une bombe.

— Ça ira, Kyol.

Il secoue la tête.

— Radath va ordonner à ses hommes de te prendre pour cible.

— Ils…

Oh. C'est donc ça le problème. Radath connaît les sentiments de Kyol à mon égard. Il sait qu'il peut se servir de moi pour atteindre le maître d'armes, mais je ne peux pas renoncer à leur apporter mon aide pour autant. Je dévisage chaque personne autour de la table dans l'espoir que l'une d'elles me soutienne ou me donne une idée. Mon regard s'arrête sur Naito, le seul ici à part moi dont la peau n'est pas couverte d'*edarratae*.

— Ils ne sauront pas qui je suis.

Kyol prend une inspiration.

— Tu ne passes pas inaperçue, *kaesha*.

Sa phrase me transperce le cœur. Je mets la douleur de côté pour me concentrer sur notre problème.

— Si on porte tous des tenues de camouflage, ils n'arriveront pas à nous distinguer les uns des autres.

Aren émet un son à mi-chemin entre un grognement et un rire. Avant que j'aie pu l'en empêcher, il m'embrasse sur la joue. Un éclat de chaos jaillit de ses lèvres et envoie une décharge de picotements chauds dans mon cou.

— Tu es géniale, dit-il. (Il se penche en avant pour s'adresser à Naito.) C'est ce que porteront les miliciens, n'est-ce pas ? Est-ce qu'on peut se procurer assez d'uniformes en un seul jour ?

Naito me gratifie d'un sourire approbateur. La tenue de camouflage ne me permettra pas seulement de me fondre dans la masse ; si Aren et le reste des rebelles en portent aussi, les humains auront plus de mal à nous différencier des miliciens. Bien entendu, ils finiront par remarquer les épées et les *edarratae*, mais grâce à la tenue de camouflage, ils mettront peut-être deux ou trois secondes de plus à réagir que si les rebelles se lançaient dans la bataille avec leurs seules armures en *jaedric*. Deux ou trois secondes, ça laisse assez de temps aux nôtres pour ouvrir une fissure et éviter le danger.

— Ça ne devrait pas être trop difficile, dit Naito. Je peux trouver les coordonnées de quelques surplus militaires.

— Il nous faut un quatrième front, déclare soudain Lena en levant les yeux d'une carte. (C'est la première fois qu'elle s'exprime depuis que je me suis assise.) On doit attaquer le palais lui-même.

— On n'a pas assez de faes pour ça.

Aren pose la main sur ma cuisse.

Je retiens mon souffle. Mon jean me protège de ses *edarratae*, mais la chaleur naturelle de sa main me pénètre. Il est accoudé à la table de l'autre bras. Je ne pense pas que d'autres aient remarqué notre contact.

— Il ne nous en faudra pas beaucoup, dit Lena. Juste assez pour obliger Atroth à laisser des gardes sur les remparts. Taltrayn peut nous suggérer des endroits à attaquer.

Aren chercherait-il à me revendiquer comme sienne ? À me faire savoir qu'il tiendra parole et ne laissera pas Kyol me ravoir ?

— Il y a des failles dont on peut tirer avantage, reconnaît Kyol. Mais les gardes vont être sur le qui-vive.

J'aime embrasser Aren. J'aime son sourire provocateur, son allure nonchalante, la loyauté qu'il voue à Lena et à la rébellion, mais est-ce que je l'aime, lui ? C'est à peine si je le connais.

— Le jeu en vaudra la chandelle, dit Lena. Une fois qu'on aura ouvert des fissures dans l'enceinte du palais, on chargera des hommes d'attaquer les gardes par-derrière.

Aren frotte du pouce l'extérieur de ma cuisse. C'est perturbant, et avec Kyol en face de nous et une bataille qui se profile à l'horizon, le moment est mal choisi pour faire le tri dans mes sentiments.

Aren cesse de me caresser.

— Des assassinats stratégiques, ça pourrait marcher. Il faut que l'on contrôle les accès au cœur de la ville. Taltrayn ?

— Je peux dresser la liste des gardes à éliminer.

La voix de Kyol est dénuée d'émotions. Il garde les yeux fixés sur le centre de la table. J'ai envie de me glisser dans ses bras, de lui dire que son choix est le bon et que tout ira bien, mais je ne peux pas. Je ne peux rien faire de tout ça.

— Bien, dit Lena en se levant.

Lorsque je prends conscience qu'elle verra forcément où se trouve la main d'Aren si elle est debout, je la devance.

Naito quitte sa chaise à son tour.

— Je m'occupe de trouver les surplus.

— Je vais t'aider, intervient Kelia.

— Je ne te laisserai pas toucher l'ordinateur portable, bébé.

Elle penche la tête de côté.

—Je vais devoir me trouver d'autres occupations, en ce cas.

Naito sourit et lui prend la main.

Kyol les regarde s'éloigner de la table. Ça n'a pas pu lui échapper qu'ils sont en couple. Il doit voir qu'ils sont heureux et vont bien ensemble. Si Kyol était un homme plus faible, s'il avait écouté ses désirs, nous aurions pu être comme eux, nous aussi.

Aren et Kyol se lèvent en même temps lorsque Lena passe au salon pour parler à Nalst. Alors qu'Aren se tourne vers moi, je m'empare du verre de *cabus* et m'en sers comme d'un bouclier entre nous. Un léger sourire joue sur ses lèvres, mais ça ne dure pas longtemps. Il s'évanouit dès que Kyol s'avance à côté de moi.

—Tu es sûre que c'est ce que tu veux ? me demande-t-il sans prêter attention à Aren.

Il essaie encore de prendre soin de moi, de m'offrir une porte de sortie.

Je resserre mes mains sur le verre.

—Je dois le faire.

J'ai peur qu'il conteste ce point. Sans savoir ce qui me prend, je me mets à siroter le *cabus*. Pour gagner du temps ? Lui montrer ma détermination ? Quelle qu'en soit la raison, je le regrette aussitôt. M'efforçant de ne pas trop grimacer, j'avale le liquide puis repose le verre.

—C'est mon choix, lui dis-je.

Il me regarde dans les yeux. Si l'on travaillait encore pour le roi, c'est typiquement le genre de bataille qu'il chercherait à m'éviter. Il ne tolérait les risques que je courais avant que parce qu'ils étaient minimes : lui et un contingent de ses meilleurs hommes m'accompagnaient toujours, et nous tendions des embuscades aux faes que je traquais. Demain, ce sera différent. La Cour est informée de notre venue. Il y aura beaucoup de morts, beaucoup de violence. Ça pourrait être aussi terrible que Brykeld.

Kyol me prend la main. Sa chaleur se diffuse dans mes paumes et un éclat de chaos remonte jusqu'à mon coude.

— Tu resteras auprès de moi et feras ce que je te dirai. Tu repartiras par une fissure quand je te le demanderai, et avec la personne que j'aurai désignée.

— Sauf qu'elle sera avec moi, intervient Aren en s'avançant d'un pas.

Kyol me serre la main. Il la relâche avant de s'adresser à Aren.

— Elle et moi avons déjà travaillé ensemble.

Aren hausse les épaules avec nonchalance.

— C'était avant. Elle n'est plus ta marionnette. Je veillerai sur elle.

— C'est moi qui veillerai sur elle. Je l'ai protégée pendant dix ans.

— Tu ne l'as pas protégée de moi.

Le coup de poing de Kyol envoie Aren dans le mur.

Nalst déboule, l'épée au poing, mais Kyol crache quelque chose que je n'arrive pas à traduire et ne s'arrête pas. Il traverse le salon en trombe et sort par la porte du fond.

— *Sidhe*, grogne Aren par terre.

Il tâte sa mâchoire avec précaution.

— Tu l'as mérité, lui dis-je.

Lena grimace et ajoute :

— Ça, tu aurais dû le voir venir.

— Je l'ai vu venir. Je n'ai juste pas eu le temps de me baisser.

Il s'assoit et étire sa mâchoire, d'abord à gauche puis à droite.

Je ne suis pas désolée pour lui. Aren s'est comporté comme un sale con. Il n'avait aucune raison de provoquer Kyol.

— McKenzie, m'interpelle-t-il alors que je me détourne pour partir.

Je ne l'écoute pas et sors.

La soirée est chaude. Humide. Une demi-lune se profile à l'horizon, à moitié masquée par des traînées de nuages. Kyol est assis à ma gauche, adossé au mur de brique, ses avant-bras posés sur ses genoux.

Je me baisse à côté de lui.

— Ça va ?

Il reste un long moment sans rien dire, les yeux rivés sur ses mains jointes. Dehors, ses *edarratae* brillent. Avant, j'avais l'habitude de suivre du doigt le sillage qu'ils laissaient sur sa peau. Ça me manque. Autant que la chaleur de son contact et le réconfort familier qu'il m'apportait.

— Je t'ai perdue, n'est-ce pas ?

Sa souffrance me met en pièces. La gorge nouée, je ne parviens pas à lui répondre. Je ne sais pas quoi dire. J'évite d'aborder ce sujet et de prendre cette décision depuis bien trop longtemps, parce que je pensais finir seule, le cœur brisé. À présent… ça n'a pas à se terminer de cette manière. Lena l'a nommé seigneur général, mais si Kyol et moi survivons à demain, il renoncerait à ce poste. Il abandonnerait le Royaume si je le lui demandais. Il y a dix ans, un an, un mois peut-être même, je le lui aurais demandé.

Il émet un son qui ressemble beaucoup à un sanglot étouffé.

— J'ai consacré ma vie à mon roi. C'est à toi que j'aurais dû la consacrer.

Je déglutis, la gorge à vif.

— Je n'aurais pas dû avoir à t'attendre pendant dix ans.

— Je… (Il s'étrangle.) Tout ce temps, je t'ai fait du tort. Je savais ce que tu ressentais, ce que je ressentais, et je n'ai pas agi.

Je me mords la lèvre et j'ai le goût du sang dans la bouche, mais la douleur ne suffit pas à me distraire. Mes larmes se mettent à couler.

— *Kaesha*, souffle Kyol. Ne pleure pas. Je t'en prie. Viens là.

Il passe un bras autour de mes épaules et m'attire contre lui. Je ferme les yeux et m'imprègne égoïstement de son odeur et de sa chaleur.

— Si je suis venue, c'est pour te réconforter, je murmure.

Il resserre son étreinte.

— Ça me réconforte, dit-il. Ça me réconforte beaucoup.

Chapitre 29

Le jet des miliciens s'est posé à Great Falls il y a environ trois heures. Ça va leur en prendre presque quatre de plus en voiture puis à pied pour arriver à la rivière que surveillent les faes de la Cour. Nous n'ouvrirons pas de fissures tant que les éclaireurs d'Aren ne nous auront pas confirmé leur arrivée. L'heure approche, mais je n'ai jamais eu à attendre aussi longtemps avant une opération. C'est angoissant.

Sauf pour Aren. Il est là, assis dans le salon à lancer des blagues. Ça m'agace de le voir aussi calme et insouciant. Depuis que j'ai enfin mangé un repas digne de ce nom, je me sens mieux physiquement. Sur le plan émotionnel, en revanche, je suis au bout du rouleau. Chaque fois que je me retrouve dans la même pièce que Kyol, j'ai l'impression de lui arracher le cœur, surtout si je suis à proximité d'Aren. Comme je ne supporte pas de lui faire du mal, je m'efforce de rester à distance des deux faes.

J'avale quelques gorgées de *cabus* et manque de m'étrangler, puis fais passer le goût en descendant presque la moitié d'une canette de soda. J'ai dit à Kyol que rien ne l'obligeait à aider la rébellion, mais il m'a répondu qu'il ne se le pardonnerait jamais s'il m'arrivait quelque chose. Sans compter qu'il est déterminé à expédier Radath dans l'éther.

Je ne me sens pas mieux pour autant. S'il arrivait quelque chose à Kyol, je ne me le pardonnerais pas non plus.

— McKenzie.

Naito me tend une ceinture à laquelle est accroché un holster vide. Avec réticence, j'écarte ma chaise de la table de la cuisine et me lève pour prendre la ceinture et la passer à ma taille.

— Ça, c'est le cran de sûreté. (Il actionne un petit levier sur le côté droit du pistolet qu'il tient à la main.) Appuie ici pour changer le chargeur.

Il enclenche un bouton sur la crosse, laisse glisser le rectangle noir d'un centimètre, puis le réinsère dans un claquement avant de me le présenter.

— Tu trouveras des chargeurs de rechange dans le sac, avec ton carnet de croquis.

Génial. Je range le pistolet dans le holster à ma hanche.

Avant que j'aie pu me rasseoir, la porte du fond s'ouvre à la volée. Je m'avance dans le salon à temps pour voir l'un des éclaireurs d'Aren entrer en hâte. Une vague de malaise déferle en moi. J'ai un mauvais pressentiment. J'ai l'impression que ma bonne étoile m'a abandonnée, et que si nous allons au bout de ces attaques des *Sidhe Tol* et de l'invasion du palais d'Argent, une personne à laquelle je tiens ne reviendra pas.

Lena distribue des ordres aux faes assemblés. Des fissures déchirent l'air et la plupart des rebelles s'éclipsent. Naito sort par la porte du fond à la suite d'Evan et de Kelia, ce qui me laisse avec Lena, Aren et Kyol à l'intérieur.

— Vous allez réussir à travailler ensemble, vous deux ? leur demande Lena.

Je pense que ce dont elle veut vraiment s'assurer, c'est qu'aucun d'eux n'ira poignarder l'autre dans le dos. Je ne m'inquiète pas pour Kyol, il ne perdra pas le contrôle. Aren, en revanche…

— On réglera nos différends plus tard, dit-il.

Cette réponse n'a pas l'air de satisfaire totalement Lena, mais elle hoche la tête et ouvre une fissure. Lorsque Kyol sort par la porte du fond, je retourne à la cuisine pour prendre la sacoche militaire verte qui renferme mon carnet de croquis, mes crayons et, paraît-il, des chargeurs de rechange. J'espère vraiment ne pas avoir à m'en servir. Je n'aurai peut-être pas besoin du carnet non plus. Même si Radath débarque dans le Montana, il y a peu de chances que je me trouve assez près de lui pour lire ses ombres lorsqu'il ouvrira une fissure. Mais je pourrai peut-être esquisser les emplacements d'un ou deux autres officiers si je suis dans les parages quand ils prendront la fuite. Mieux vaut que j'y sois préparée.

Alors que je me retourne, Aren se met en travers de mon chemin. Il ne sourit pas, mais il ne semble pas fâché non plus. Il sait que je l'évite, et je suis surprise – voire déçue ? – qu'il ne m'ait pas coincée plus tôt.

— Je suis désolé pour ce qui s'est passé, dit-il. Je n'aurais pas dû provoquer Taltrayn.

Quoi, il me présente des excuses ? Il a pourtant déjà du mal à ne pas faire comme si Kyol n'existait pas…

— C'est tout de même avec lui que je vais traverser le portail.

Lena a tranché à ce sujet en se rangeant à l'avis de Kyol ; on sera plus efficaces ensemble qu'Aren et moi, puisqu'on ne peut pas vraiment dire qu'on ait coopéré sur quoi que ce soit depuis qu'on s'est rencontrés.

— Je sais, dit Aren. Mais je voulais m'excuser. Je ne veux pas que Taltrayn te convainque que je suis le méchant.

Cette déclaration m'arrache un petit rire.

— Mais tu es le méchant, Aren.

En le voyant froncer les sourcils, je comprends qu'il interprète mal mes paroles.

— Ce que je veux dire, c'est que tu es… eh bien, le rebelle. Kyol est le gentil. Il a commis des erreurs, c'est vrai, mais il m'aime.

Il penche la tête de côté. À sa façon de me regarder, ma peau se met à me picoter. Il s'avance vers moi d'un pas hésitant, prudent, et je retiens mon souffle tandis qu'il me fixe de ses yeux argentés. Ses lèvres sont si proches. Je me rappelle la sensation de sa bouche collée contre la mienne, son goût, la chaleur de ses *edarratae*.

Seule une infime distance nous sépare quand il murmure :

— Tu penses que je ne suis pas amoureux de toi ?

— Je…

Je n'en sais rien, et je ne peux de toute façon pas lui répondre car il incline la tête. Je lève la mienne. Son baiser est doux, tâtonnant, comme s'il avait peur de rompre le charme de ce moment et de me casser. Je l'empoigne par la nuque et l'attire plus près jusqu'à ce qu'il réagisse. Des éclats de chaos fusent de ses lèvres et de ses mains posées sur mon visage. Les éclairs étincellent sur ma peau et vont s'enfouir au creux de mon ventre, m'arrachant un gémissement.

Je sens ses doigts se crisper sur mes épaules. Il prononce mon nom dans un souffle tandis qu'il arrache sa bouche de la mienne.

— Si tu continues à faire des bruits comme ça, on ne sortira jamais d'ici.

Je n'ai pas envie d'y aller. Je veux rester là avec lui, voir si ça pourrait marcher entre nous, si on pourrait créer quelque chose de durable.

— McKenzie, halète-t-il lorsque je lui réclame un autre baiser. (Il appuie son front contre le mien.) Tu me mets au supplice. Il faut qu'on y aille. Ou tu peux rester, mais je…

Il déglutit.

— *Sidhe*, je dois y aller.

Bon sang, il a raison. Je me mords la lèvre inférieure, puis hoche la tête.

— Je suis désolée.

— Ne le sois pas, dit-il. J'apprécie que tu t'accordes le droit de me désirer. (Il m'effleure la joue du bout des doigts et des diamants scintillent dans ses yeux argentés.) Ah, l'un de tes rares sourires. Je pourrai mourir heureux, maintenant.

Je ris.

— Je souriais beaucoup avant de te rencontrer.

— Je veillerai à ce que tu souries beaucoup plus. (Je frissonne lorsqu'il dépose un baiser au creux de ma paume.) Beaucoup, beaucoup plus. Juste après qu'on aura renversé le roi.

Tout est trop calme. Les miliciens et les faes de la Cour sont censés être là. Je devrais entendre des coups de feu et des fissures déchirer l'air, pas les battements de mon cœur et le goutte-à-goutte de la pluie qui tombe des arbres.

Kyol me fait m'accroupir sur la terre détrempée et penche la tête pour écouter. Au loin, le tonnerre gronde. Il est prévu qu'il pleuve par intermittence toute la journée. Aren compte même là-dessus. Si les miliciens sèment de nouveau de la poussière d'argent, une bonne averse devrait régler le problème. Mais pour l'heure, une humidité poisseuse pèse dans l'air et entrave la respiration. Le gilet pare-balles sous ma tenue de camouflage colle à mon abdomen, et mon sous-pull mouillé de sueur frotte contre ma peau. Avec leurs cuirasses en *jaedric* sous leurs tenues de camouflage, les rebelles doivent étouffer autant que moi.

Kyol approche la bouche de mon oreille.

— Deux faes de la Cour. Droit devant et…

Ses lèvres m'effleurent. Un éclat de chaos descend le long de mon cou et va se nicher au creux de mon ventre.

— Droit devant et sur la droite, achève-t-il d'une voix tendue.

Occultant la douleur dans ma poitrine, je me mords la lèvre et hoche la tête pour confirmer que les deux faes ne sont pas des illusions. Ils avancent à pas feutrés, sans agiter les taillis. Nous restons figés et les regardons passer en silence entre nous et Aren et Nalst, tapis à vingt mètres sur notre droite. Kelia et Naito se tiennent à côté d'eux, tandis que le reste des rebelles assignés à ce *Sidhe Tol* sont répartis derrière nous et sur la berge opposée de la rivière, à même pas cinq cents mètres.

Un violent coup de tonnerre secoue la forêt. L'épaisse canopée nous protège de la pluie quelques courtes secondes avant que le déluge s'y infiltre. Le fond de l'air fraîchit, mais je me retrouve vite trempée jusqu'aux os et dans un état plus pitoyable encore qu'avant. Je veux qu'on en finisse.

Si Radath n'a pas envoyé plus de quelques faes défendre ce *Sidhe Tol*, il ne devrait pas être difficile de faire entrer un nombre non négligeable de rebelles dans le palais d'Argent.

Une tache marron et verte se détache d'un arbre. Alors que je guette l'éclair bleu qui m'indiquera que le buisson ambulant cache un rebelle, une masse noire et imposante qui ressemble à un tonneau s'échappe du feuillage. Ce n'est pas un rebelle, mais un milicien. Il fourre une canette dans ce qui m'a l'air d'être un lance-grenades, puis prend en joue deux faes de la Cour.

La canette jaillit du canon et explose.

Je me jette sur Kyol pour le protéger des retombées. Le nuage noir ne flotte pas longtemps dans l'air ; la terre boit la poudre dispersée par la pluie.

Kyol m'agrippe les épaules.

— McKenzie !

— L'argent…

Je passe la main sur ses cheveux pour le débarrasser de l'eau de pluie noircie. Comme c'est moi qui ai reçu l'essentiel de la poudre, il devrait pouvoir ouvrir une fissure.

— Ne me protège pas, grince-t-il en m'envoyant rouler sur le côté.

Je pousse un cri lorsqu'un objet pointu se plante dans ma hanche droite.

Kyol jure dans sa barbe et déloge le bout de métal. Il s'éclipse ensuite par une fissure, me laissant à bout de souffle. Bon sang, ça fait mal. Tout à coup, je ressens un nouvel élan de douleur… dû à un autre fragment métallique qui m'entaille le muscle du bras gauche. Cette fois, les miliciens ont ajouté des éclats d'obus dans leurs canettes.

Je n'ai pas le temps de l'extraire que Kyol réapparaît, son épée dégoulinante de sang. Il m'empoigne par le tee-shirt et me traîne jusqu'à un arbre au tronc épais tandis que les bruits des coups de feu et des fissures résonnent dans l'air. Des échardes et des morceaux d'écorce éclatent au-dessus de ma tête. Kyol ressort sans cesse à mon côté, me protégeant presque en permanence des attaques. Mais il ne va pas pouvoir continuer à ce rythme sans épuiser ses forces.

— Jorreb ! lance Kyol lors de l'un de ses passages dans ce monde.

La seconde suivante, Aren élimine les miliciens qui nous tirent dessus, mettant fin à l'affrontement.

Mais il se poursuit ailleurs. Partout. Je chasse l'eau de pluie que j'ai dans les yeux et balaie la forêt du regard. Il est presque impossible de distinguer qui que ce soit tant qu'il ne bouge pas. Kyol a repéré les deux faes de la Cour avant moi. J'en manque peut-être d'autres, que lui ne peut pas voir parce qu'ils se cachent derrière une illusion.

Non, pourtant. Toutes les fissures, sans exception, sont celles de rebelles en tenue de camouflage. Où sont les autres faes de la Cour, bordel ? Le plan est tombé à l'eau. Ce n'est pas nous qui étions censés nous battre contre les miliciens.

À côté de moi, Kyol a le souffle court. Je lui saisis le poignet lorsqu'il commence à se relever et l'implore en silence de rester. Il m'attire contre son torse. Ses bras sont chauds, mais ils tremblent. Il a ouvert trop de fissures, trop vite.

Il me serre plus fort.

— Tu n'as aucune raison d'être ici si les faes de la Cour n'y sont pas.

— À quelle distance se trouve le *Sidhe Tol* ? Ils sont peut-être là-bas.

Des balles criblent le sol à notre gauche, faisant jaillir de la terre et des feuilles mouillées dans l'air.

Kyol me plaque contre le tronc d'arbre.

— Non. Ils vont rester à l'écart du revêtement en argent.

— Peut-être qu'ils l'ont retir…

— Ils sont dans les arbres !

Kyol et moi ne sommes pas les seuls à entendre le hurlement de Naito. J'ai à peine le temps de repérer un fae de la Cour juché sur une branche maîtresse qu'il est déjà mitraillé de balles. Il disparaît dans un rai de lumière. Mort. Son âme d'ombre se dissipe dans la canopée gorgée d'eau de pluie.

Les miliciens se mettent à bombarder la cime des arbres et les fissures se multiplient dans le feuillage. Les fissures et les ombres. Seules quelques-unes de ces dernières sont blanches. Les autres sont toutes noires.

— Qu'est-ce que tu vois ? demande Kyol.

— Ils ont quitté les arbres, je rapporte en étudiant la scène autour de nous.

Les faes de la Cour sont partout à présent, ouvrant sans cesse des fissures pour éviter les attaques des miliciens. Puisque Kyol verra les fissures, je cherche des yeux les faes qui ne disparaissent pas. Selon toute probabilité, ce seront les mêmes que ceux qui recourent à l'illusion pour se cacher.

— Une femme archer, à côté de l'arbre couvert de mousse.

Il suit mon regard.

— Visible.

Un autre rebelle se chargera de l'éliminer.

— Droit devant. Un soldat qui gravit la colline.

— Visible.

— Deux soldats qui passent devant ce qu'il reste de la canette.

— J'en vois trois. Décris-les-moi.

— Celui de gauche est un homme, il s'accroupit. Celui de droite…

— Il a du sang sur son épée ?

— Oui.

Kyol s'évanouit dans un rai de lumière. Il réapparaît derrière les deux faes, se débarrasse du premier avant même qu'il ne s'aperçoive de sa présence, pare l'attaque du second qui fait volte-face et riposte. Trois coups d'épée plus tard, cet adversaire-là rejoint l'éther, ne laissant derrière lui que son âme d'ombre qui s'estompe.

Kyol ressort d'une fissure à mon côté. Inlassablement, je continue à lui décrire la scène, passant d'un arbre à un autre selon les ordres de Kyol. Notre façon de travailler ensemble a quelque chose de synchrone. Il sait repérer où je regarde et est réceptif aux détails qui retiennent mon attention, tels que ce membre en décomposition qu'enjambe un fae invisible aux yeux de Kyol, ou cette parcelle de terrain que je compare à l'empreinte de pas d'un géant. Il reste près de moi tandis que je lui chuchote des emplacements, me touche l'épaule, le bras, place une main au creux de mes reins pour m'encourager. Pour me montrer qu'il est là. Qu'il prendra soin de moi et me protégera.

Sa chaleur me réconforte, et l'horreur de ce qui se déroule autour de nous n'est pas aussi vive qu'elle le sera plus tard dans mes cauchemars. C'est comme si je regardais de loin. Une scène de film, rien de plus.

Rien de plus, jusqu'à ce que je sois touchée par quelque chose. À peine Kyol a-t-il rouvert une fissure que je me retrouve plaquée au sol. La douleur me transperce l'omoplate gauche et se diffuse dans mon dos.

Haletante, je roule sur le côté droit.

Je détecte un mouvement devant moi. Un homme. Un milicien. Des yeux vaguement familiers s'écarquillent de surprise. Ce ne sont pas les yeux de Naito… mais ceux de son père. Remarquant sans doute que je ne suis pas l'un des siens, il les plisse et serre les lèvres d'un air résolu. Il tire un pistolet de sa tenue de camouflage. Puis le pointe sur mon torse.

— Papa !

Le milicien tourne vivement la tête en direction de la voix de Naito.

Je m'écarte du passage lorsque Kyol ouvre une fissure entre nous et brandit son épée au-dessus de Nakano.

Le coup de feu part. Une substance mouillée éclabousse mon visage.

— Kyol ! je m'écrie, terrifiée à l'idée qu'il ait reçu la balle.

La seconde suivante, je vois un bras tranché tenant un pistolet et entends le hurlement de Nakano.

— Papa !

Naito se traîne à genoux jusqu'à son père.

— McKenzie !

Je sens les mains de Kyol sur moi.

Avant que j'aie pu dire quoi que ce soit, Aren sort d'une fissure à côté de moi.

— Tu es blessée ?

Je secoue la tête. Trop de choses s'enchaînent à la fois. Trop de coups de feu et de faes qui ouvrent des fissures. Et par terre devant moi, il y a un bras sectionné et un homme qui se vide de son sang en jurant et en repoussant son fils, ce fils qui – même s'il le déteste – est en train d'essayer de sauver la vie de son père.

Naito serre sa ceinture autour du moignon de Nakano.

— Aide-le.

Je pousse Aren vers les humains.

— Tu n'es pas blessée ?

— Non.

C'est une balle dans le dos qui m'a projetée au sol, mais je ne crois pas qu'elle ait percé mon gilet. Pour l'heure, l'adrénaline endort la douleur.

— Sors-la d'ici, ordonne Aren.

Il se précipite pour rejoindre Nakano.

Alors que Kyol m'aide à me relever, une ombre happe mon attention. En temps normal, je l'aurais laissée passer, mais l'envie de la regarder me démange. C'est un fae de la Cour. Je ne vois pas son visage, mais je suis certaine de le connaître. C'est… *Bordel, c'est Radath.*

J'arrache mon carnet de croquis de ma sacoche tandis qu'il disparaît dans la fissure.

— Il s'enfuit.

— Pas maintenant, McKenzie.

Je repousse les mains de Kyol et sors le stylo de la spirale.

— C'est Radath.

Kyol se fige. Je profite de son indécision pour gribouiller les premières volutes des ombres sur une page vierge. La piste est relativement fraîche. Je pense pouvoir l'épingler à quelques centaines de mètres près.

— Il est parti dans le Royaume.

Consciente qu'il va ouvrir deux fissures de suite, je ne peux pas me contenter d'une approximation. Une ombre à la nuance plus foncée s'étrécit pour former une courbe. La rivière se jette dans l'océan Jythia.

Je me concentre. L'échelle de l'ombre change et gagne en précision. Je passe à la page suivante pour réduire ma carte à son tour. Il est ressorti dans un champ de pierres. Il n'y a pas de ville dans les environs ; ce n'est qu'un endroit perdu au milieu de nulle part.

— Criskran. (J'agite mon carnet de croquis sous le nez de Kyol.) Tu peux l'attraper.

Il serre les dents.

— Reste avec Jorreb, ordonne-t-il.

Lorsqu'il sort mon pistolet de son holster et me le met dans les mains, une lueur passe dans son regard. Je ne comprends sa signification qu'une fois qu'il s'est engouffré dans une fissure. Il ne s'attend pas à me revoir. Pourquoi ? Il a les moyens de battre Radath dans un combat à la loyale.

Un combat à la loyale.

La peur m'étreint et l'air se vide de mes poumons. C'est un piège. Comment expliquer sinon que Radath se soit trouvé là, pile à l'endroit où Kyol et moi nous tenions ?

Seigneur, qu'ai-je fait ?

Je m'adosse à un arbre et fouille la forêt du regard dans l'espoir de repérer quelque chose ou quelqu'un qui pourrait l'aider.

Aren a arrêté l'hémorragie de Nakano. Il s'échappe par une fissure pour aller affronter un trio de faes de la Cour, laissant Naito auprès de son père.

— Va-t'en ! rugit Nakano à son fils.

Naito s'exécute. Il prend le pistolet que serre encore la main inanimée de son père et vise l'un des faes contre lesquels se bat Aren.

Je m'élance en direction du *Sidhe Tol*, dérapant sur des feuilles mouillées tandis que la bataille fait rage. Je dois trouver quelqu'un qui soit en mesure d'aider Kyol. Il le faut.

Je vois Nalst passer en courant devant Nakano. Alors que je m'apprête à interpeller le rebelle, Nakano est plus rapide. Mon cœur se met à cogner dans ma poitrine lorsqu'il sort un pistolet de derrière son dos et vise.

— Attention ! je crie en brandissant mon arme, mais Nalst me gêne.

J'entends deux coups de feu. Je fais volte-face vers l'endroit où Nakano a tiré pour m'assurer qu'il n'a pas touché de rebelle.

Si.

Kelia pousse un hurlement et tombe à genoux. Mais elle porte une armure sous sa tenue de camouflage. Ça va aller. Elle va se relever. Elle va…

Une tache humide grandit sur sa poitrine.

Oh, Seigneur.

Je cours jusqu'à elle. Je laisse tomber mon pistolet et plaque la main sur son cœur pour arrêter l'hémorragie. Sa cuirasse me gêne. Le sang coule aussi de l'espace sur le côté. Il se répand partout, macule ses vêtements. Je n'arrive pas à exercer une pression suffisante.

Elle pousse un cri lorsque je tire sur son chemisier et le déchire afin d'accéder aux liens qui maintiennent en place l'armure en *jaedric*.

— Je suis désolée. Il faut que je… Seigneur. Il faut que je t'enlève ça.

J'ai les mains qui tremblent. Le sang resserre les nœuds sur le côté. Je ne parviens pas à les défaire.

— Naito, s'étouffe-t-elle.

Merde ! Elle va mourir. Ça ne peut pas attendre, elle a besoin d'aide tout de suite.

— Aren ! je hurle.

J'inspecte la forêt et le repère occupé à tuer un fae de la Cour. Il se retourne vers moi au même moment que Naito.

— Kelia !

Naito traverse la forêt presque aussi vite qu'Aren, qui a ouvert une fissure. Il se laisse tomber à genoux et prend la main de Kelia dans la sienne.

— Tiens bon, bébé.

— Naito, murmure-t-elle, les yeux rivés sur son visage.

Aren sort un couteau et tranche les liens sur le côté. Il rejette la cuirasse et pose les mains sur les blessures de Kelia. Une lueur bleue s'en dégage lorsqu'il diffuse sa magie. Le corps de Kelia se relâche. L'instant suivant, elle disparaît.

Je cesse de respirer. Non. Elle n'a pas pu mourir. Aren était en train de la soigner. Il était…

Un spasme secoue le corps de Naito, puis un cri d'angoisse monte de sa gorge.

— Non ! (Il tend la main vers son âme d'ombre qui s'élève, battant l'air comme s'il pouvait la retenir dans ce monde.) Non !

L'ombre blanche se dissipe.

— Non !

Je recule. Kelia est morte. Kyol est parti. Des faes continuent à mourir autour de nous. J'ignore si des rebelles sont arrivés jusqu'au *Sidhe Tol*. Je ne sais pas combien de temps il va s'écouler avant qu'arrivent des renforts des autres attaques.

Naito crie de nouveau. Sa souffrance est telle que les larmes me montent aux yeux.

Seigneur, on ne devrait pas être ici. On n'aurait pas dû venir.

Je fais un autre pas en arrière. Les larmes qui ruissellent sur mon visage se mêlent à la pluie.

Un autre pas et je heurte un obstacle. Je tends une main derrière moi pour me retenir à l'arbre, sauf que ce n'est pas un arbre.

Alors que je me retourne, quelque chose m'enveloppe. Une chose invisible.

La forêt se brouille et s'obscurcit avant de ressurgir dans une nuance bleue. Une main me couvre la bouche. Je n'arrive pas à aspirer assez d'air pour crier.

Je frissonne. Pas à cause de l'étreinte glacée de l'Entre-Deux, mais de la langue humide qui remonte lentement le long de mon cou.

Chapitre 30

Je gesticule, me débats et essaie de crier, mais personne ne voit Micid me traîner jusqu'au *Sidhe Tol*. Personne n'entend son gloussement malsain lorsqu'il me mord l'oreille, et la bataille est trop bruyante, trop chaotique pour qu'on remarque les éclaboussures que je provoque en donnant des coups de pied quand Micid plonge la main dans la rivière et ouvre une fissure sur le portail. Il place une pierre d'ancrage au creux de ma paume, couvre mon poing de sa main et m'entraîne dans le rai de lumière blanche.

Mes vêtements gorgés de pluie gèlent sur ma peau. La douleur me transperce, me coupant le souffle et crispant mes muscles… tous mes muscles : mon ventre, mes mollets, mon dos meurtri. Tout me fait mal.

Puis l'Entre-Deux s'évanouit et je trébuche dans le Royaume. Mes poumons ne fonctionnent plus correctement. L'air dont ils s'emplissent ne semble pas contenir d'oxygène. Des ombres s'immiscent dans ma vision et brouillent les portes dorées de la salle du trône. Mais les ombres ne viennent pas toutes de notre fissure ; la plupart sont le fruit de ma conscience affaiblie. Alors que mes genoux me lâchent, Micid m'attrape les cheveux et me traîne par la porte ouverte.

Je reprends mes esprits, suffisamment pour tendre les jambes et obliger Micid à s'arrêter. Il glisse la main dans mon cou, perturbant mes *edarratae*. Lorsqu'il passe le bras autour de mes épaules, je lui envoie mon coude dans le ventre.

En sifflant, il me saisit la nuque d'une main puis presse un couteau contre ma gorge de l'autre.

— Amène-la ici, Micid, dit Atroth en se levant de son trône.

Quatre gardes se tiennent au pied du dais, main posée sur leurs épées, et plus d'une dizaine d'archers sont postés dos aux longs murs de la pièce. Ils ont déjà encoché des carreaux dans leurs arbalètes. Tous sont silencieux et sur le qui-vive, prêts à agir au cas où des rebelles parviendraient à traverser le *Sidhe Tol*.

Micid colle la bouche contre mon oreille.

— Je te soumettrai quand tout ça sera terminé.

Son couteau m'entaille la peau tandis qu'il me conduit au bout du tapis bleu. J'ai froid et je tremble, mais mes vêtements sont simplement mouillés plutôt que gelés comme je l'avais cru, et mes crampes se sont dissipées. Hélas, j'ai pleinement conscience de mon cœur qui bat la chamade et de l'angoisse qui enfle dans mon ventre. Si je ne m'accrochais pas à l'espoir de trouver un moyen de me sortir de là, j'obligerais Micid à me trancher la gorge. J'aimerais mieux être morte que finir dans son bordel.

Atroth m'examine comme si j'étais une enfant qui a déçu l'un de ses parents. Lorsqu'il descend les marches de la plateforme, ses quatre gardes rompent les rangs pour le laisser passer.

— *Range ce couteau, Micid.*

— *Bien, mon roi.*

Il fait disparaître la lame.

Je me passe la main sur le cou. Je ne saigne qu'un peu – la blessure que les éclats d'obus logés dans mon bras m'ont infligée est plus grave – mais Atroth fronce les sourcils, dénoue l'écharpe bleue autour de sa taille et tamponne l'égratignure superficielle. Je ne sais pas pourquoi il se donne cette peine. Mes vêtements sont maculés du sang de Kelia.

Kelia. Elle est morte. Kyol doit probablement l'être aussi. Et Aren ?

Mon estomac se noue. La bataille du *Sidhe Tol* ne tournait pas à notre avantage, et Aren n'a pas vu Micid m'enlever. Naito et moi lui avons parlé du *ther'rothi*, mais fera-t-il le lien avec ce qui s'est passé ?

Atroth replie l'écharpe sur elle-même avant de la glisser dans une poche de sa veste brodée.

— Tu es devenue un problème, McKenzie.

— Que voulez-vous ?

J'ignore comment je parviens à sembler plus en colère qu'effrayée et épuisée.

Atroth hausse les sourcils.

— Ce que je veux, moi ? McKenzie, tu ne peux t'en prendre qu'à toi-même. Quand nous t'avons sauvée des rebelles, je comptais continuer comme avant. J'ai toujours pensé que tu étais intelligente et volontaire. Jamais je n'aurais imaginé que tu laisserais un impur te manipuler. Pire, que tu te servirais de tes éclats de chaos pour manipuler Taltrayn.

— Je n'ai pas…

Micid me secoue pour m'obliger à ravaler mes paroles.

Atroth pousse un soupir.

— Enfin, je suppose que la faute de ses actes me revient en partie. Je connaissais ses sentiments pour toi, mais je l'ai cru lorsqu'il m'a juré qu'il ne les laisserait pas le dominer. Malgré tout, je n'aurais pas dû vous laisser travailler aussi étroitement ensemble pendant si longtemps. (Il secoue la tête, comme s'il avait déjà eu cette conversation avec lui-même des milliers de fois.) Mais il me fallait assurer ta protection, et Taltrayn était mon maître d'armes. C'était logique. Vous étiez efficaces ensemble.

Je balaie du regard toute la longueur de la salle du trône, à la recherche d'un moyen de sauver ma peau. Il y a trop d'archers postés entre la porte et moi. Je scrute leurs visages dans l'espoir de reconnaître Taber ou un autre soldat susceptible d'être plus loyal à Kyol qu'à Atroth, mais aucun d'eux ne m'est familier.

— *Sidhe*, jure Atroth, happant de nouveau mon attention. Tu n'imagines pas combien cette situation est difficile pour moi.

Je me focalise sur lui et me sens écarquiller les yeux.

— Pour vous ?

J'ai parlé d'une voix si basse et si froide que les gardes les plus proches commencent à sortir leurs épées de leurs fourreaux.

Le roi fronce les sourcils.

— Tu ne penses tout de même pas que tout cela me fait plaisir, si ? Mon amitié avec Taltrayn remonte à avant ta naissance. Je n'ai jamais voulu lui nuire. Quand mes gardes t'ont surprise à aider les rebelles à infiltrer mon palais, j'aurais dû ordonner ton exécution. Je m'en suis abstenu car Taltrayn m'a supplié de t'épargner.

— Vous comptiez donc me livrer à celui-là à la place ?

Je pointe un doigt sur Micid, qui répond par un sourire.

— Bien sûr que non, dit Atroth. Ce n'était qu'une menace, tant pour toi que pour Taltrayn. Tu en savais plus au sujet des rebelles que ce que tu nous as dit. Je devais te faire parler.

— Je pourrais l'emmener dès maintenant, sire.

— Non, Micid. Elle ne deviendra pas l'une de tes prostituées.

Il dit ça comme s'il m'accordait une faveur, comme s'il était le roi le plus raisonnable et le plus tolérant qui soit. Il ne l'est pas. De toute évidence, Atroth est au courant de la passion fétichiste du *ther'rothi*, et ça me révulse que cet enfoiré ferme les yeux sur ses agissements. Sans compter que le sourire pervers de Micid ne faiblit pas. Il continue de penser qu'il m'aura.

Je frissonne. Lorsque je croise les bras, les éclats d'obus incrustés dans ma chair s'enfoncent plus profondément. Je me concentre sur cette douleur plutôt que sur la panique qui menace de m'embrouiller les pensées. Atroth n'a pas encore donné l'ordre à ses gardes de me tuer. Il doit y avoir une issue.

— Ce n'est pas qu'à cause de moi que Kyol a aidé la rébellion, dis-je pour gagner du temps. (Aren finira bien par se montrer. S'il est en vie.) Il n'approuve pas votre façon de mener cette guerre. Si vous n'aviez pas laissé Radath…

Atroth lève une main.

— Ce sont les rebelles qui ont déclenché tout cela. Je ne fais que mon devoir en protégeant le Royaume. Taltrayn l'avait compris, jusqu'à ce que tu commences à lui mettre certaines idées dans la tête.

— Jusqu'à ce qu'on m'enlève, j'ignorais ce qui se passait.

— Tu ne sais toujours pas ce qui se passe. Non, n'ajoute rien. Ça me chagrine de gaspiller ton talent, mais je ne peux plus te faire confiance.

— Alors vous allez me faire tuer, c'est ça ?

J'assène ces paroles comme une accusation. Je ne sais pas s'il remarque que ma voix tremble.

— Nous verrons, dit-il, regardant au-delà de moi.

Lorsqu'il se laisse tomber sur son trône d'argent, je me retourne.

Le seigneur général Radath entre par les immenses portes dorées. Une cape de cérémonie tissée de fils d'argent est accrochée à sa cuirasse en *jaedric*. Malgré sa brève incursion dans la bataille du *Sidhe Tol*, il n'a pas une seule tache, une seule goutte de sueur ni la moindre trace de poussière d'argent sur lui. Il est impossible qu'il ait affronté des faes ou des humains dans le Montana. Impossible qu'il se soit battu contre...

Kyol. À sa vue, mon cœur s'emballe. Il est blessé, en sang et entravé, mais il est vivant. Il marche derrière Radath, calme et la tête haute. Jusqu'à ce qu'il me voie.

Son masque se brise et une expression d'horreur impuissante passe sur son visage. L'un des deux gardes qui l'escortent est obligé de le pousser pour qu'il avance. Il trébuche, puis se hâte de refouler ses pensées et se concentre sur le roi.

Il est vivant. Je ferme les yeux et inspire, même si sa présence ne me garantit pas que je vais m'en sortir. Ni moi ni lui, d'ailleurs.

Je jette un nouveau coup d'œil aux portes dorées, priant qu'Aren et une troupe de rebelles débarquent et les enfoncent, mais je déteste devoir rester plantée là à attendre qu'un autre vienne à mon secours. Il faut que je trouve le moyen de me sauver moi-même.

Sans m'accorder la moindre attention, Radath s'incline devant Atroth.

— Le fils de Taltrayn, sire.

Le roi et son ancien maître d'armes échangent un regard. Le silence qui règne dans la salle du trône est assourdissant, l'atmosphère pesante. Kyol a beau avoir les mains liées devant lui, les gardes qui me tenaient à l'œil se mettent à le surveiller. Je ne suis qu'une humaine. Je ne suis pas une menace comparée à Kyol.

— Sire, dit-il au bout d'un long moment. Elle ne devrait pas être ici.

Le front d'Atroth se creuse davantage.

— Tu as raison, elle ne devrait pas être ici dans de telles circonstances. Toi non plus. Je me suis montré trop indulgent avec toi, Taltrayn. Je t'ai permis de continuer à la voir. Je t'ai cru lorsque tu m'as dit n'avoir joué aucun rôle dans son évasion. Je te faisais confiance, et c'est en me trahissant que tu me remercies ?

Kyol serre les dents.

— C'est à cause de ma loyauté que je l'ai perdue.

— Elle t'a quitté ? Pour Jorreb ? (La colère d'Atroth s'apaise.) Taltrayn… Kyol, tu n'aurais jamais dû donner ton cœur à une humaine. Ce sont des créatures volages. La loyauté n'a pas pour elles la valeur que nous lui accordons, que tu lui accordais avant qu'elle ne t'ensorcelle. McKenzie n'est restée avec les rebelles que quelques semaines. Elle ne pouvait clairement pas partager tes sentiments si elle s'est offerte à un autre fae si vite.

Quelque chose dans le ton d'Atroth retient mon attention. Mon regard passe de lui à Kyol, puis de Kyol à Radath. Kyol est ici. Kyol est vivant. Si Atroth compte le tuer, pourquoi donc met-il autant de temps ? Pourquoi n'a-t-il pas ordonné à Radath d'exécuter Kyol sur-le-champ ?

La seule explication plausible, c'est qu'Atroth n'a pas envie de le tuer. Il cherche une raison de pardonner à son maître d'armes. Si Kyol joue le jeu, il s'en sortira peut-être.

Radath marmonne dans sa barbe puis, plus distinctement cette fois, il déclare :

— Sire, tout cela n'a que trop duré. Il devrait déjà avoir été exécuté. Nous devrions le faire maintenant.

Atroth se rassoit sur son trône et tambourine des doigts l'accoudoir lisse en argent.

— C'est mon ami, Radath.

— C'est un traître. Et ce depuis un moment. Nous n'avons pris conscience de sa duperie que récemment, mais il œuvre contre moi... contre nous, depuis des années. S'il ne s'était pas opposé à tous mes plans, nous aurions pu mettre un terme à cette guerre des milliers de fois. Vous ne pouvez pas vous fier...

Atroth lève une main.

— Kyol, ne vois-tu donc pas qu'elle n'éprouve rien pour toi ? Il en a peut-être même toujours été ainsi.

Je garde la bouche fermée pour ne pas compromettre ses chances de survie, mais mon cœur pompe de l'adrénaline dans mes veines et mon esprit cherche frénétiquement une idée, un éclair de lucidité qui pourrait nous sauver tous les deux.

— Si elle reste en vie, elle aidera ce qu'il reste de la révolte, poursuit Atroth. Même si nous écrasions les derniers rebelles aujourd'hui, l'impur suivant la retrouverait. Je ne permettrai pas qu'elle traque mes officiers. Tu peux lui donner une mort rapide, Kyol.

Kyol ne quitte pas le roi des yeux. Je déglutis pour m'humecter la gorge. Il faut que je lui dise que tout va bien, qu'il n'y a aucune raison que nous mourions tous les deux, mais je suis trop terrifiée pour parler.

— Je suis disposé à te pardonner si tu le fais, dit Atroth. Tout peut rentrer dans l'ordre.

Il tire une dague de sa ceinture et la tend à son maître d'armes.

— Est-ce que tu m'as jamais aimé ?

Kyol a prononcé ces mots d'une voix si basse que je les ai à peine entendus. Ce qui est sûr, c'est que j'ai du mal à les comprendre. Se mettrait-il à écouter Atroth, à douter de mes sentiments ? Je l'ai attendu… pendant dix ans, j'ai attendu. Est-ce qu'il s'imagine que c'est un comportement normal, pour un humain ? Difficile à dire. Il a mis son masque. Je ne vois pas la moindre lueur d'émotion dans ses yeux argentés.

— Prends la dague, le presse Atroth, la voix empreinte de sympathie.

— Réponds-moi, exige Kyol en me faisant face. Ou est-ce que tu t'es servi de moi, McKenzie ? Est-ce que tu connaissais Jorreb avant qu'il t'enlève ?

C'est comme si l'Entre-Deux me coupait le souffle. Quand je parviens enfin à déglutir, j'ai la gorge à vif. Je ne devrais pas avoir à nier ses accusations. Il devrait me connaître mieux que ça.

— Kyol, insiste Atroth.

— Je veux savoir, dit-il. Je veux qu'elle me réponde.

— Je…

— Ils essaient de gagner du temps. (Radath tire son épée.) Sire, ça n'a pas de sens de le laisser vivre une seconde de plus.

L'expression de Kyol reste inchangée. Les muscles de son visage ne se contractent que lorsqu'il cligne des yeux, mais ça ressemble davantage à un tressaillement qu'à un mouvement involontaire. C'est donc ça, il gagne du temps.

Atroth soupire.

— Tu as scellé ton destin, Taltrayn. Agenouille-toi.

— Je suis désolé, *kaesha*.

Radath s'avance. Mon cœur s'emballe lorsqu'il lève son épée et…

Non, je refuse de regarder Kyol mourir.

Le temps se distord. Mes pensées s'enchevêtrent. Le Royaume s'éloigne, et je ne me trouve soudain plus au même endroit qu'avant. J'ai sauté sur le dos de Radath. J'ai arraché l'éclat d'obus de mon bras. Je l'ai plongé dans la gorge du seigneur général.

Le petit bout de métal est couvert de sang. Je n'arrive pas à le tenir assez fermement pour bien trancher la chair, alors je me prépare de nouveau à le…

Radath m'attrape le poignet et le tord. Un craquement, puis je reçois quelque chose en plein visage.

— McKenzie !

Deux personnes, trois, une dizaine peut-être sont en train de crier mon nom. Je ne parviens pas à distinguer les voix des cris et du sifflement des flèches.

Le sang coule de mon visage, éclabousse le sol à côté d'une botte en cuir qui disparaît l'instant d'après. Au début, je crois que c'est ma vue qui me lâche. Puis je prends conscience du vacarme qui emplit la salle du trône.

— McKenzie!

Cette fois, je reconnais la voix d'Aren. Il a réussi à traverser le *Sidhe Tol*. Il vient d'entrer dans la salle du trône, se servant du corps d'un fae de la Cour pour se protéger. Les flèches rebondissent sur l'amure en *jaedric* du fae, mais percent sa gorge et ses bras. Lorsqu'il s'évanouit dans l'éther, Aren plonge de nouveau vers la sortie.

La moitié des faes le suivent.

Quant à ceux qui restent… ils prennent pour cible Kyol, qui a réussi à se libérer de ses liens. Il tient une dague contre la gorge du roi, celle qu'Atroth lui avait tendue quelques instants plus tôt. Les muscles du bras de Kyol tremblent, et le désespoir que je lis dans ses yeux me brise le cœur.

— Taltrayn, crache Radath, la main plaquée sur son cou ensanglanté.

Mais le seigneur général ne bouge pas. C'est inutile, puisque Micid s'en charge à sa place… quelque part.

Je me jette sur le sol à la recherche du *ther'rothi*. Mon coude heurte quelque chose. Je passe mes bras autour de ce que j'imagine être les jambes de Micid pour le piéger. Il trébuche, tombe.

Je hurle en réaction à la douleur qui vrille mon poignet blessé, mais des cris à l'autre bout de la salle du trône noient le mien.

Sans bien savoir comment, je me retrouve sous un Micid toujours invisible. J'enlace ce que je pense être sa taille, puis l'enserre aussi de mes jambes alors que j'entends un fae crier derrière moi. Le fracas métallique devient une percussion régulière. J'aperçois brièvement Aren et une dizaine de rebelles aux prises avec les faes de la Cour.

Je le perds de vue. Quant à Kyol, Radath m'empêche de le voir. Je ne peux pas leur venir en aide. Tout ce que je suis en mesure de faire, c'est m'accrocher à Micid. Pendant qu'il m'étrangle.

Des ombres noires s'immiscent dans ma vision. Des picotements me parcourent le corps, me poussant à relâcher Micid et arracher ses mains de mon cou, mais je tiens bon. Si je le laisse partir, je suis morte. Aren, Kyol et le reste des rebelles sont morts. Personne ne verra Micid attaquer.

Je ne peux pas lâcher.

Je ne peux pas… lâcher.

Je ne…

Une substance humide se répand sur ma poitrine. De l'air s'insinue dans mes poumons, juste assez pour me donner la force d'envoyer un coup de poing à l'aveuglette. Ça ne m'est d'aucun secours. Une masse pèse sur moi et me coupe de nouveau le souffle.

— McKenzie.

J'essaie désespérément de repousser Micid.

— McKenzie, c'est moi. Tout va bien. Il est mort. Le *ther'rothi* est mort.

Je cesse de me débattre. Quelque temps plus tard – des secondes, un millénaire –, ma vision s'éclaircit. Aren écarte mes cheveux humides de mon visage. Il m'embrasse et me serre dans ses bras. Malgré les protestations de mon corps, je ne me plains pas.

— J'ai cru t'avoir perdue, souffle-t-il.

Des *edarratae* me réchauffent la peau, puis sa magie s'infiltre en moi lorsqu'il pose ses doigts sur ma joue enflée.

Je voudrais lui dire que je vais bien, mais ma gorge refuse de fonctionner.

Il laisse doucement glisser ses mains le long de mon cou. Je parviens à émettre un petit gémissement tandis qu'il soigne les hématomes que Micid m'a laissés. Je déglutis et essaie de m'asseoir, pour ne réussir qu'à rouler sur le côté.

La bataille n'est pas tout à fait terminée, mais certains faes de la Cour abandonnent leurs armes. Une poignée d'entre eux assistent même les rebelles. Taber est là, ainsi que deux ou trois autres en qui je sais que Kyol a confiance.

Kyol.

Je regarde derrière Aren et constate qu'il est toujours debout, la dague pressée contre la gorge d'Atroth. Et Radath… à cet instant, je le vois s'avancer vers nous, épée au poing.

—Aren, je m'étrangle.

—Jorreb ! s'écrie Kyol.

Il me regarde droit dans les yeux, et durant ce bref échange je comprends tout. Je comprends qu'il a laissé le piège de Radath se refermer sur lui, qu'il est venu ici pour mourir. Il ne s'était pas préparé à tuer son roi. L'horreur de la décision qu'il est contraint de prendre se reflète dans son regard, et une part de lui-même meurt lorsqu'il tranche la gorge d'Atroth.

Aren se tourne vers Radath, mais c'est trop tard. Il ne peut plus l'esquiver sans m'exposer. Il me plaque contre le sol lorsque Radath s'élance en brandissant son épée.

Non !

Radath sourit.

Non !

Le sourire est toujours là quand la lame de Kyol s'enfonce dans son dos. Radath écarquille les yeux, la bouche tordue par son rictus. Dans un dernier soupir, il abat son épée, mais Kyol le pousse.

Le seigneur général trébuche sur nous, sa lame manquant Aren de peu. Il se volatilise dans l'éther à l'instant où il touche le sol.

Chapitre 31

Il s'écoule un peu de temps – des minutes, des heures, des jours, je n'ai plus la notion de rien – avant que la bataille s'achève. C'est une victoire pour nous, paraît-il. Ce n'est pas l'impression que ça me donne. Je suis dans le jardin de sculptures, assise sur un piédestal en marbre. Deux faes de pierre se dressent derrière moi, et les ombres que projettent leurs épées se croisent à mes pieds. La lame d'ombre de gauche indique une tache de sang près de moi. Il y en a de nombreuses disséminées dans le palais, et de nombreuses dans mes souvenirs, aussi.

Non loin de là, Naito se déchaîne. Lena refuse de le laisser quitter le palais. Au moins pour un moment. Jusqu'à ce que sa douleur et sa colère s'amenuisent. Jusqu'à ce qu'il ne soit plus déterminé à traquer son père. Elle dit que c'est pour son bien. Elle craint que les miliciens le tuent. Moi, je crains qu'il se retrouve incarcéré pour meurtre.

J'entends quelque chose se briser, et les hurlements de Naito cessent. Je ferme les yeux et compatis à sa souffrance, sa soif de vengeance. Je doute qu'il puisse un jour rentrer chez lui.

Je n'ai pu qu'apercevoir Kyol et Aren depuis qu'ils ont quitté la salle du trône. Ils s'occupent de sécuriser le palais. Les rebelles ont condamné les ailes résidentielles.

Postés dans toutes les autres pièces et couloirs, des archers se tiennent prêts à tuer, recrutés parmi les rebelles et les faes de la Cour en qui Kyol a confiance. On leur a fait savoir qu'ils devaient tirer sur tous ceux qui ouvriraient une fissure ici, dès qu'ils mettraient un pied hors du rai de lumière. Jusqu'ici, cette stratégie a porté ses fruits. Les faes de la Cour ont presque totalement cessé d'emprunter le *Sidhe Tol*.

Je m'appuie contre les jambes d'un des faes de pierre. C'est une belle journée. Le soleil commence à peine à décliner dans le ciel bleu éclatant. Depuis que Naito ne crie plus, c'est calme. Si je m'abstiens de poser les yeux sur les taches de sang, c'est même paisible. Ça a quelque chose de franchement dérangeant. Une journée pareille devrait n'être que ténèbres. Il devrait y avoir des nuages noirs et la menace d'un temps houleux.

— McKenzie.

Lorn se tient à quelques pas de moi. Je ne lui ai jamais vu un air si dépenaillé. Sa chemise blanche est froissée et sale, ses épaules sont voûtées et ses yeux argentés semblent plus sombres et mornes qu'à l'accoutumée.

Ma gorge se noue. Il m'est arrivé la même chose un peu plus tôt, lorsque le seigneur Raen m'a trouvée. Je n'ai rien pu dire, mais ça n'a pas été nécessaire. Le père de Kelia n'a eu besoin que de regarder mon visage, et il a pâli. Mes yeux se sont remplis de larmes. Quand j'y ai vu de nouveau clair, il avait disparu.

Lorn s'assoit à côté de moi.

— J'avais recruté des faes pour la protéger, dit-il.

Je tourne la tête vers lui, mais il a les yeux rivés au sol.

— Je n'ai pas eu de leurs nouvelles, poursuit-il. Je suppose qu'ils ont rejoint l'éther avant elle.

— C'était la panique.

Son léger « mmm » a quelque chose de pensif. Nous nous tenons compagnie en silence un moment, jusqu'à ce qu'un flot d'insultes nous parvienne. Encore Naito.

Lorn regarde en direction du vacarme qui s'ensuit. Sa pomme d'Adam remonte une fois dans sa gorge, puis il pince les lèvres et carre les épaules.

— Ça, ça ne peut pas durer, dit-il.

Il semble presque redevenu lui-même. Presque.

Alors qu'il se lève et s'apprête à s'éloigner, un rai de lumière déchire le vide. Le fae de la Cour n'est pas resté plus d'une demi-seconde dans ce monde que trois flèches lui transpercent la poitrine. J'observe sans broncher son âme d'ombre s'élever dans les airs.

Cette fois, le « mmm » de Lorn est lourd de sens.

— Tu n'es pas en forme.

— Personne ne l'est.

Lui compris.

— C'est vrai. Mais tous les autres ici ont réagi quand cette fissure s'est ouverte. Pas toi. Tu serais morte s'il n'y avait pas eu les archers. (Voyant que je ne réponds rien, il soupire.) Ce n'est pas ici que tu vas te remettre. Tu devrais retourner dans ton monde.

— Je vais bien, dis-je.

— Tu viens juste de me faire remarquer que personne ne va bien. Si c'est pour eux que tu restes, tu ne devrais pas. Te voir dans cet état ne remontera le moral ni à l'un ni à l'autre.

— Si un fae recourt à l'illusion…

— Le temps que tu réagisses, ton avertissement arrivera bien trop tard. (Il hausse les épaules.) Fais comme bon te semble, mais si tu décides de suivre mon conseil, je peux charger un fae de t'emmener en lieu sûr.

— Je vais bien, dis-je de nouveau.

À force de me le répéter, ce sera peut-être vrai un jour.

Au final, Lena m'ordonne de retourner sur Terre. Elle prétend qu'elle me veut fraîche et dispose, au cas où des survivants de la Cour lanceraient une attaque organisée. Même si je n'ai pas envie de l'admettre, Lorn et elle ont raison. Ça m'aide un peu d'être de retour dans mon monde. Je peux presque faire comme si j'étais normale, que je ne savais rien du Royaume, des faes et de cette guerre qui a coûté trop de vies. Presque.

J'éteins la télévision. La chaîne diffuse en boucle la même histoire, même si les autorités canadiennes n'ont rien appris de nouveau au sujet de ce qui s'est passé à Lynn Valley. La moitié d'un quartier a pris feu, ainsi qu'une partie de la forêt derrière, et trois humains sont morts. Ce qui déroute le plus les enquêteurs, c'est que les habitants de quatre des maisons ont disparu. Ils n'arrivent pas à retrouver les *tor'um*, alors que plusieurs voisins ont certifié qu'ils étaient là lorsque l'incendie s'est déclaré.

Ça ne me plaît pas que la guerre des faes ait empiété sur mon monde. Il y a un mois, j'aurais juré que si une telle chose se produisait, ce serait la faute des rebelles, mais ils ont pris leurs précautions quand ils m'ont enlevée sur le campus. Aren n'a pas laissé les siens se servir de magie visible aux yeux des humains, et il a veillé à ce qu'ils visent soigneusement leurs cibles ; chaque flèche tirée par les rebelles a touché soit un fae, soit une fissure. Les faes de la Cour n'ont pas été aussi prudents, et les autorités canadiennes ne savent pas quelle explication donner à la demi-douzaine de flèches retrouvées au cours de l'enquête.

Je me lève du canapé. Je loge dans une suite à Las Vegas. C'est apparemment l'idée que se fait Lorn d'un lieu sûr. Avec toute la technologie dont regorge la ville, il a sans doute raison. Aucun fae n'aurait envie de rester ici plus de quelques minutes.

Alors que je me dirige vers l'une des trois chambres, résolue à dormir plus de deux heures cette fois, ma peau se met à me picoter. Je le sens, lui et sa chaleur familière que je n'arriverai jamais à oublier.

— Ça va ? demande Kyol.

J'ignore pourquoi sa question me fait monter les larmes aux yeux – je n'ai pas pleuré depuis que j'ai vu le seigneur Raen –, mais mon menton se met à trembler et le barrage que j'ai construit pour contenir mes émotions s'effondre pour de bon. Je me retourne vers lui et me jette à son cou. Il resserre les bras autour de moi et me tient contre lui comme si rien n'avait changé.

Tout a changé. Rien ne sera plus jamais comme avant entre nous.

— *Kaesha*.

Je pose la tête contre son torse et entends son cœur battre. Je lui trouve un son étrange, comme s'il était lourd et brisé. À moins que ce ne soit de mon cœur qu'il s'agisse.

— Tu vas bien, dis-je.

— Oui. (Il lisse mes cheveux d'une main.) Lena m'a chargé de m'entretenir avec les aînés des provinces.

— Ils vont la soutenir ? je demande.

— Certains, peut-être.

Les mots lui échappent dans un murmure, et je sais que ce n'est pas la conversation qu'on devrait avoir en ce moment. Il y a des choses que je dois dire, des choses dont je dois lui parler.

— Kyol…

— Chut, dit-il. Je sais. (Il prend une inspiration et s'écarte d'un pas pour me regarder.) J'aurais aimé que les choses se soient passées différemment. J'aurais aimé ne pas avoir été aussi stupide.

— Mais…

— Non, ne t'en fais pas. Je comprends pourquoi tu me quittes. Tu as pris la bonne décision. J'en ai pris tellement de mauvaises.

La douleur et le regret dans sa voix me tuent. Je ne réponds rien, car j'en suis incapable. Ma gorge me brûle trop. Si seulement il y avait une façon de procéder sans le faire souffrir. Il est mon protecteur, mon premier amour, mon meilleur ami. Il est la seule personne dans ma vie qui m'ait toujours comprise. Ce que j'ai dit dans le jardin de Naito est pourtant vrai : je n'aurais jamais dû avoir à l'attendre dix ans. J'aurais dû me respecter davantage et savoir que je méritais d'être mieux traitée. J'aurais dû exiger d'être mieux traitée. Peut-être qu'alors il aurait cédé. Nous serions ensemble. Mais j'ai été lâche. Je ne lui ai jamais posé d'ultimatum, parce que j'avais peur qu'il choisisse son roi plutôt que moi.

— Il vaudrait mieux que j'y aille, dit Kyol. Les survivants continuent d'attaquer le palais, et Lena est…

Je pourrais terminer cette phrase à sa place de bien des manières, mais je hausse le sourcil et attends.

— Elle est imprudente, achève-t-il. Elle insiste pour participer aux tours de garde. Il nous faut plus de faes si on veut garder le contrôle du palais, mais c'est stupide de sa part de prendre des risques. (Il soupire.) Il fallait juste que je vérifie que tu allais bien avant de retourner lui parler.

— Je vais bien, dis-je alors que mes yeux s'emplissent de larmes.

J'essaie de les cacher, mais elles n'échappent pas à Kyol. Il me reprend dans ses bras. Je devrais le repousser ; je ne veux pas rendre ces adieux plus difficiles qu'ils ne le sont déjà. Quand je le reverrai, ce ne sera plus pareil. Nous serons… de simples amis. Des connaissances. Des collègues.

Un déchirement résonne dans l'air. Kyol me serre plus fort, puis se focalise sur quelque chose par-dessus mon épaule.

— Si Jorreb te fait souffrir, je le tue.

Il m'embrasse la main, s'attardant pour boire mes éclats de chaos une dernière fois. Puis il s'éloigne et laisse mes doigts glisser des siens tandis qu'il ouvre une fissure. L'instant suivant, il a disparu.

Avant de me retourner, j'essuie les larmes sur mes joues.

Aren se tient à quelques mètres de moi. Il a les mains fourrées dans les poches et les cheveux en bataille, mais il n'est plus couvert de sang, de sueur et de crasse. Il a tout de même l'air fatigué. Je sens aussi un peu d'appréhension, peut-être.

Il prend la parole avant que j'aie retrouvé la voix.

— Si j'étais un type bien, dit-il, je reconnaîtrais que Taltrayn est un fae honorable, qu'il t'aime et qu'il prendrait soin de toi. Je m'éclipserais et te laisserais avoir l'homme que tu as toujours voulu. Mais je ne suis pas quelqu'un d'aussi bien que Taltrayn, McKenzie. Je ne le serai jamais, et je refuse de renoncer. Je me battrai pour avoir la chance d'être avec toi.

Voilà les mots que j'ai attendus une décennie que Kyol me dise. Et malgré tout ce temps, je n'ai jamais préparé de réponse. Je ne sais pas quoi dire. Je ne sais pas comment dire à Aren que j'ai besoin de voir si ça peut marcher, nous deux.

Je le sens tendu lorsqu'il prend une inspiration. Il laisse son regard dériver sur le mur avant de le reporter sur moi.

— Je sais qu'on est partis du mauvais pied. (Un rire lui échappe.) Je sais que tu me détestais, que je t'ai menacée et provoquée, mais on pourrait repartir de zéro. Je ne te ferai plus de mal. *Sidhe*, je jure que je ne porterai plus jamais d'épée à ta gorge. Je te protégerai. Je veillerai à ce que tu n'aies plus jamais à sauter par la fenêtre, et je…

Je suis tentée de le laisser continuer, mais ce genre de digression lui ressemble si peu que je ne peux pas m'empêcher de sourire. Il s'arrête au milieu de sa phrase.

— McKenzie ?

— Je te donnerai peut-être une autre chance, dis-je.

Son regard passe de mes yeux à ma bouche. Il se concentre dessus, comme s'il n'était pas sûr d'avoir bien entendu. Puis un sourire lui étire les lèvres.

— Peut-être ? (Il rit.) J'ai toujours dit que tu étais butée, *nalkin-shom*.

C'est le moment qu'il choisit pour se rapprocher. Il reste encore des problèmes à résoudre, des choses dont on doit parler et des désaccords à régler, mais mon cœur s'emballe lorsqu'il m'effleure la joue des doigts. Une caresse légère et tendre, qui dure juste assez longtemps pour me réchauffer le visage. Il s'avance encore. Je sens la tiédeur de son corps, son odeur de cèdre et de cannelle, et mes lèvres ont soudain faim des siennes. Elles sont si proches. S'il incline la tête un millimètre de plus…

— Je t'aime, murmure Aren.

Je frissonne, traversée par une sensation de chaleur. Pas un *edarratae* ; c'est plus profond, plus intense et plus puissant. Il doit le sentir aussi, car il s'empare de ma bouche l'instant suivant. Son baiser est possessif, désespéré, délicieux. Il le prolonge, sans rien contenir de son ardeur. Il me soulève dans ses bras jusqu'à ce que seul le bout de mes chaussures touche le sol. Je m'accroche, lui rends son baiser et m'embrase tandis que des éclats de chaos fusent sous ma peau. Ils s'enroulent autour de nous, nous fondent ensemble, et le reste du monde s'évanouit.

Achevé d'imprimer en janvier 2013
Par CPI Brodard & Taupin - La Flèche (France)
N° d'impression : 71295
Dépôt légal : janvier 2013
Imprimé en France
81120889-1